博士论文
出版项目

论活动诗歌

20世纪中期纽约派诗歌研究

On Performed Poetry

A Study of the New York School of Poetry in the Mid–Twentieth Century

蒋 岩 著

中国社会科学出版社

图书在版编目(CIP)数据

论活动诗歌：20世纪中期纽约派诗歌研究/蒋岩著. —北京：
中国社会科学出版社，2022.3
ISBN 978 - 7 - 5203 - 9695 - 0

Ⅰ.①论… Ⅱ.①蒋… Ⅲ.①诗歌—文学流派研究—美国
Ⅳ.①I712.072

中国版本图书馆 CIP 数据核字(2022)第 025635 号

出 版 人	赵剑英	
责任编辑	慈明亮	
责任校对	李　莉	
责任印制	戴　宽	

出　　版	中国社会科学出版社
社　　址	北京鼓楼西大街甲 158 号
邮　　编	100720
网　　址	http://www.csspw.cn
发 行 部	010 - 84083685
门 市 部	010 - 84029450
经　　销	新华书店及其他书店

印刷装订	北京君升印刷有限公司
版　　次	2022 年 3 月第 1 版
印　　次	2022 年 3 月第 1 次印刷

开　　本	710×1000　1/16
印　　张	26.25
字　　数	376 千字
定　　价	156.00 元

出 版 说 明

为进一步加大对哲学社会科学领域青年人才扶持力度，促进优秀青年学者更快更好成长，国家社科基金 2019 年起设立博士论文出版项目，重点资助学术基础扎实、具有创新意识和发展潜力的青年学者。每年评选一次。2020 年经组织申报、专家评审、社会公示，评选出第二批博士论文项目。按照"统一标识、统一封面、统一版式、统一标准"的总体要求，现予出版，以飨读者。

全国哲学社会科学工作办公室

2021 年

序

王晓路

　　大约是在 2015 年博士复试中，我第一次见到了蒋岩。但当我得知她在硕士阶段学的是翻译时，多少有一些迟疑。这是因为长期以来，国内高校的外语专业，包括翻译方向，多集中在语言表层的转换训练上，且占用了太多的时间和精力，其结果就可能在人文学术思辨性的引导上有一些欠缺。毋庸置疑，翻译的历史文化功能是非常重要的，但研究的方式绝非只是不同语言之间的表层转换或技术性处理，而是认知拓展和知识生产的一种思想性陈述。[①] 由于目前国内各高校的外语系和中文系以语言区隔的方式分属于不同的学院，在此学科设置下，就很难实施真正意义上的跨学科训练。而博士学位的学习并不是对所谓知识结论记忆式的把握，而是需要具备切实的研究能力，包括筛选和确定研究对象、收集、甄别和整理相关材料、看到并揭示问题所在并能够进行有效的阐释等。如是，才能为今后的职业生涯奠定持续研究的坚实基础。其知识结构、研究视野和思辨能力的重要性是不言而喻的。有鉴于此，我对博士考生在这几个方面的潜力都比较看重。然而，蒋岩在那一年的复试中显得十分沉静，对于教授们提出的专业方面的问题能够谈出自己的一些见解，而不是机械地转述某种教材式的界说。这与许多外语背景出身

[①]　参见拙文《论翻译的历史文化功能：认知模式与知识谱系》，《外语教学与研究》2021 年第 2 期。

的学生不太一样。于是，蒋岩进入了博士阶段的学习。果然，她在学业的各个阶段中都表现出了较强的领悟和学习能力。博士阶段是一个人接受高等教育的最后阶段，也是一生中重要的提升期。而尊重每一个学生的学术兴趣当是其中最基本，也是最重要的教学和指导理念。因此，我从来不让学生全都集中做某一认定的选题，以此扩大所谓的"学术影响"。蒋岩在学习中逐渐显示出其兴趣点是英语诗歌及其相关的文化问题。

各文化区域的早期文艺形式有类似的地方，亦即在伊始阶段都有一些以民谣为标识的吟咏或乐舞样式，"最早的文学，大约就是那种与音乐、舞蹈结合在一起的歌谣"①。各类吟咏、诵读和歌舞的形式在群体的祭祀、庆典等活动中，逐渐形成了一些仪式性的展演。这一点也可以从相关的文献中得到证实，例如《尚书·尧典》中的名句："帝曰：夔！命汝典乐，教胄子，直而温，宽而栗，刚而无虐，简而无傲。诗言志，歌永言，声依永，律和声。八音克谐，无相夺伦，神人以和。夔曰：於！予击石拊石，百兽率舞。"②换言之，无论是汉语的"诗歌"还是英文的"poetry"，均是由某种自然抒发的唱腔与身体语言的结合体逐渐演变为具有形式要素的言语表述，其共性是充分运用语言的构成性要素，包括以书写及表演为特点的视觉效果和以语音及音乐特征的听觉效果。但留存的那些歌谣的另一个共性，则是其中语言表述的特征和内容的丰富性。这一艺术性表述也随之蔓延至个人情感的抒发，出现了繁多的样本，他们或直抒胸臆，或将抒情与叙事相结合，对事件或那些久远的历史传说加以描述，等等，不一而足。因此，诗的重要性毋庸置疑。"气之动物，物之感人，故摇荡性情，形诸舞咏。照烛三才，晖丽万有；灵祇待之以致飨，幽微藉之以昭告；动天地，感鬼神，

① 章培恒、骆玉明主编：《中国文学史》上卷，复旦大学出版社 1996 年版，第 72 页。

② 郭绍虞主编：《中国历代文论选》第 1 册，上海古籍出版社 1979 年版，第 1 页。

莫近于诗。"① 事实上，各个区域在早期都有大量的，未获得命名的吟咏歌唱形式，犹如亚里士多德多所归纳的："有一种艺术，仅以语言摹仿，所用的是无音乐伴奏的话语或格律文（或混用诗格，或单用一种诗格），此种艺术至今没有名称。"② 虽然各文化区域早期的音乐标注方式已经不可考，例如中国"羲、农以来，虽已有乐，而其详不可考。古书之言乐者，殆莫详于《周礼》。……《书》亦有六律、五声、八音之文，而未详举其目。至《周官》始备言六律、六同"。③ 但由吟咏、歌舞等自然形态在逐渐形成的文学类型之一的诗歌时，就总是与声音之间有着内在的关联。"诗（poetry）是依据重复类型以唱、诵、说及书写的语言形式，它强调基于声音的语词与感觉之间的联系。"④

诗歌在书写文化的快速蔓延中，这一原始的艺术形式亦成为一种"言语的艺术"（a verbal art）。⑤ 其实 verbal 一词也有口语（spoken）、非书写（not written）之意⑥。而其书写文本在后期的发展中也成为学术研究的主要对象。如欧洲古典学中对古诗文献就有大量的研究，"希腊最古之诗歌，提供给希腊人最古老的主题，以此进行研究、笺注与文学批评"⑦。但无论是出于自然情愫的涌动还是外在世界的激发，诗都是个体或群体通过语言表征抒发情感以及精神状态的艺术

① （南朝梁）钟嵘：《诗品序》，夏传才《中国古代文学理论名篇今译》，南开大学出版社 1985 年版，第 231 页。

② ［古希腊］亚里士多德：《诗学》，陈中梅译，商务印书馆 1996 年版，第 27 页。

③ 柳诒徵编著：《中国文化史》上册，中国大百科全书出版社 1988 年版，第 173 页。

④ Chris Baldick, *The Concise Oxford Dictionary of Literary Terms*, Oxford：Oxford University Press, 1990, p. 172.

⑤ Alex Preminger, et al. eds., *The New Princeton Encyclopedia of Poetry and Poetics*, Princeton：Princeton University Press, 1993, p. 938.

⑥ Diana Lea, et al. eds., *Oxford Learner's Dictionary of Academic English*, Oxford：Oxford University Press, 2014, p. 881.

⑦ ［英］约翰·埃德温·桑兹：《西方古典学术史：公元前 6 世纪至中古末期》第 1 卷，张治译，上海人民出版社 2010 年版，第 75 页。

样式，即所谓："遵四时以叹逝，瞻万物而思纷；悲落叶于劲秋，喜柔条于芳春。"① 这门古老的艺术随着书写文化的成熟以及社会文化的发展，也不断获得了更新，其间逐渐演进出了繁复的诗体和隐喻形式。例如，欧洲大陆自民谣时期就奠定了一些形式要素，包括诗节（stanza）、韵律（rhyme and rhythm）、诗句（verse）、音步（poetic meter），其中以拉丁、希腊和英诗中的五音步（pentameter）最为著名，而这些形式要素在后来都获得了很大的发展。此外，诗性表述也成为意义陈述的有效补充，并由此抽象为哲学的重要命题。可以说，诗歌这个古老的文类所内含的文化色彩、美学效果和认知功能与人类文明史是一个并置的历史进程。

由于这一过程相当漫长，学界对诗歌发展多采用了线性方式加以分期，以便勾勒出各个时期的总体特点。例如学界对英诗史的分期就有一个认定的时间节点，即从公元 650—1066 年、1066—1500 年、文艺复兴、近代（或早期现代）各个阶段直至现代主义诗歌。② 在具体的年代划分上也有大致认定的时间节点：450—1066 年，1066—1500 年，1500—1660 年，1660—1798 年，1798—1832 年，1832—1901 年，1901—1914 年，1914 年至当代③。就目前的材料来看，在英国诗歌发展的早期阶段中，英格兰和苏格兰的抒情叙事民谣是其中主要的形态，但对其收集、整理、出版并进行学术研究则是 18 世纪的事情了。④ 这些民谣的发展也特别具有一致性。

---

① （晋）陆机：《文赋》，郭绍虞主编《中国历代文论选》第 1 册，上海古籍出版社 1979 年版，第 170 页。

② See Alex Preminger, et al. eds., *The New Princeton Encyclopedia of Poetry and Poetics*, Princeton：Princeton University Press, 1993, p. 333.

③ M. H. Abrams, *A glossary of Literary Terms*, 5th edition, New York：Holt, Rinehart and Winston, INC., 1988, pp. 134 – 135.

④ 中国大百科全书总编辑委员会《外国文学》编辑委员会、中国大百科全书出版社编辑部编：《中国大百科全书·外国文学》，中国大百科全书出版社 1982 年版，第 1207 页。

当时，就在苏格兰南部，即所谓的"低地"（Lowlands）以及英格兰北部和苏格兰接壤的地区，即所谓的"边区"（Border）流行着无数的民谣。……民谣的题材十分广泛，史实、传闻以及街头巷尾发生的事件，都可以入民谣。人们在节日或其他集体活动的场合就会运用他们所熟习的方式如问答、唱和等来演唱故事情节，起初可能简单粗糙，后来在传播的过程中得到改进，最后达到比较完善的内容和形式。①

需要特别指出的是，其早期的口语词格（oral formulaism）所奠定的基础却是十分重要的。因此，诗歌原始的吟咏形式在书写文化中并没有完全被文字所取代，而是一直处于变化、更新和发展之中。对于文学研究而言，诗歌语音的美学特质也是这一文类批评史中不可忽略的，因为诗歌诵读的多重作用从一开始就受到了欧洲古典学的重视。

我们有证据表明，自约西元前 600 年时，希腊世界之各邦多有吟咏荷马之诵人……继而西元前 594 年梭伦执政雅典时，尝立法规嘱命诵人们连续逐章吟唱荷马诗章，不再只是摘选独立的片段。此项法规不只令诵读竞赛更严格，更提高了听众水平，使得他们对于诗歌内容的整体连续的认识不逊色于诵人们。更甚者，诵人间的竞赛类如先古诗人间的对抗，这在观者中激发出鉴识力，不仅是评定竞逐的诵人，更是品第所竞逐之诵读，故形成推动力，催生出一种流布广远的文学批评形式。②

诗的文字编码不仅与措辞中重视语音效果有关，诗的呈现除了

① 王佐良等主编：《英国文学名篇选注》，商务印书馆 1983 年版，第 16 页。
② ［英］约翰·埃德温·桑兹：《西方古典学术史：公元前 6 世纪至中古末期》第 1 卷，张治译，上海人民出版社 2010 年版，第 75—76 页。

印刷，也与人们围绕诗歌展示的活动有关。诗与声的内在关联其实从未间断过。

而美国因历史缘由，其诗歌的特质与发展与英国乃至欧洲大陆都不一样，其发展过程是从原住民印第安人的原创作品、殖民地时期、19世纪浪漫主义到"二战"前以及战后的诗歌这一线索逐次展开。① 由于美国诗歌是其文学的重要组成部分，在线性历史的分期上也有更为具体的划分，即 1607—1775 年，1775—1865 年，1865—1914 年，1914—1939 年，1939 年—当代。② 美国诗歌的内容也自然反映了原住民的文化特质以及不断涌入的移民在新大陆的经验和精神探寻的方式，诗歌文类的所谓的美国性（Americanness）与此密切相关。值得一提的是，在 20 世纪 60 年代，美国因越战、政治人物接连被谋杀以及深层次的种族问题等结构性矛盾，不断引发了各类运动，出现了政治抗议与文化抗议并行不悖的现象，而其主要形态就是特定的校园文化和广场政治，参与者十分广泛，借以表达变革的强烈诉求。其特点延续了美国早期的反抗文化与文学的特质，但形式与主旨均发生了巨大的变化，因为早期的反抗主要是针对经济问题，"从八十年代中期到第二次世界大战，文学界抗议是和政治抗议并行的，二者都是针对经济上的弊端提出抗议的"③。而 20 世纪中期这场大规模的抗议活动则是针对美国整体的政治、经济和社会文化状况。其形式除了频繁的大型公共演讲，还产生了某种抗议体流行音乐和诗歌朗诵等有声的活动，这也与文化人的广泛参与不无关系。其中，最具历史事件特征的当属 1963 年 8 月 28 日的那一天：

---

① Alex Preminger, et al. eds., *The New Princeton Encyclopedia of Poetry and Poetics*, Princeton: Princeton University Press, 1993, p. 47. See also Roy Harvey Pearce, *The Continuity of American Poetry*, Middletown: Wesleyan University Press, 1987.

② M. H. Abrams, *A glossary of Literary Terms*, 5th edition, New York: Holt, Rinehart and Winston, INC., 1988, pp. 130 – 133.

③ ［美］H. S. 康马杰：《美国精神》，南木等译，光明日报出版社 1988 年版，第 365 页。

　　大约有 25 万人突然聚集在华盛顿广场，其中 1/4 到 1/3 的人是白人。示威者们是相对友善的，由一些自愿成为调度的纽约黑人警察引导排成一列列队伍。娱乐明星是其中当仁不让的主角：J. 贝兹、B. 迪伦、彼得、保罗夫妇和 M. 杰克逊；还有一些其他名人出面支持：M. 白兰度、H. 贝拉方特、J. 贝克、J. 鲍德温、L. 霍尼以及小 S. 戴维斯。不过，这一天最家喻户晓的事情乃是金发表的演讲。①

　　然而，那个风起云涌年代的终点却呈现出了历史的悖谬之处，即"中产阶级的孩子本想以一场大规模的反文化运动来继续这一以贬低资产阶级为乐事的传统事业，不料反倒为资产阶级夺回了旁落已久的文化领导权，全面巩固了资产阶级的统治"②。20 世纪 60 年代至此成为美国史的重要节点，其社会文化亦由此改变。"六十年代究竟发生了什么事情？这一时期无疑是我们文化史上的分水岭，其影响将长期存在。"③ 正如柯克帕特里克（Rob Kirkpatrick）的那本名著的标题所展示的：《1969：一切为之改变》（*1969：The Year Everything Changed*）④。实际上，在那个特定的历史时期，好些国家和地区都出现了不同形式、但主旨相近的文化冲突现象，这些现象在文学中也自然得到了反映。例如，英国战后的诗歌散文也出现过大量类似的主题和表述。⑤ 当表层的光影退去之后，那个年代在文艺的

---

　　① ［英］彼得·沃森：《20 世纪思想史》，朱进东等译，上海译文出版社 2006 年版，第 609—610 页。

　　② 程巍：《中产阶级的孩子们：60 年代与文化领导权》，生活·读书·新知三联书店 2006 年版，第 10 页。

　　③ ［美］Morris Dickstein：《伊甸园之门——六十年代美国文化》，方晓光译，上海外语教育出版社 1985 年版，第 8 页。

　　④ 中译本为 ［美］罗布·柯克帕特里克《1969：革命、动乱与现代美国的诞生》，朱鸿飞译，光明日报出版社 2013 年版。

　　⑤ See Bruce King, *The Oxford English Literary History：1948 - 2000 The Internationalization of English Literature*, Oxford：Oxford University Press, 2004, Chapter One：The End of Imperial England and the Seeds of the New：1948 - 1969.

观念形态和表现形式所留存的遗产却形成了持久的影响。这之后出现了繁多的诗歌朗读和视觉—听觉并置等跨艺术门类的立体表现形式，这些活动逐渐汇集成为美国诗歌从静态的纸质文本与鲜活的行为艺术，亦即各类"活动"性在场的形态，产生了有机的融合。而这一点在国内英美文学和诗歌研究中多少还是一个令人遗憾的盲点。

蒋岩的博士学位论文力图突破以书写文本为中心的诗歌研究范式，将书写特质与诗歌的活动性在场结合起来进行综合考察。她以其中的前沿活动家——纽约派诗人的诗歌为研究中心，通过对这一流派的活动、事件与文化产品的梳理，全面分析其中的现象、史实之间的联系以及作为文化表征的新的可能性，因此，她的论文涵盖了纽约派诗歌活动对于当代美国诗歌的生成、传播以及接受的相关环节及其过程衔接点的意义。在此基础上，作者对活动诗歌所必然涉及的艺术形态、美学主旨、文化体制、文化政治予以阐释。她将该选题分为几个主要部分进行论述。首先，作者对其中的关键性概念进行了必要的梳理和辨析，突出了其中一些词语的思想性内涵，明确地呈现了这一流派所产生的社会文化背景、新的表现形态及其新的美学指向。作者在第二部分基于活动、操演、在场等相关理论和纽约派诗歌的活动现象，集中对其诗歌朗读与"诗歌—剧场"等形态进行研究。作者特别指出了诗歌文本在朗读过程中隐退为"脚本"的必然过程，与此同时，诗歌朗读过程的声音与身体语言的表演，则凸显为诗歌文本本身。作者据此认为，这一"诗歌—剧场"既是"外百老汇"运动的先驱与后戏剧剧场的早期表现，又构成活动诗歌本身的展演。这一点是纽约派诗歌典型的外在形态。作者在其后两个部分中突出了当代诗歌的生成是一种"语境实践"，而非单一的基于文字的文本创作，即将语言文字符号与其他艺术媒介相融合，以空间为中心的"活动"带入受众的方式，由此颠覆了艺术门类间各自静态的生产方式以及固有的隔阂，将日常生活、诗性语言、诗歌声景（poetic soundscape）、文化感知以及文艺门类进行跨界式呈现，在形成对原有文类陌生化效果的同时，也构成了对固有传统的冲击力。

　　笔者强调的是，蒋岩在此论述中并非一味依据对材料的编译去转述现有的研究成果，或为了所谓的"新"并出于论述的方便，就将复杂的历史简化，或对这一复杂的诗歌派别的活动及其文化功能进行主观臆断，而是在做好材料的基础上，通过论证逐次呈现自己的观点，这一点是研究中必不可少的环节，也是奠定研究基础的必然过程。蒋岩作为一名学术领域年轻的后来者，在论述中也自然有一些生涩之处，诸如在立论、材料处理、语言表达等方面还有一些瑕疵，这一点也是学术成长中所必然要经历的。蒋岩博士就读期间，曾获得去美国宾夕法尼亚大学联合培养的机会，在参与那边的学术"活动"中，不仅有机会亲身体验"活动"的在场感，而且在材料上有更为丰厚的收获，在锻炼跨文化沟通能力的同时，也获得了新的认知。其实，学术生涯中任何一次不起眼的进步，任何一次得以激发的火花，实际上都与内心的坚守以及人格的提升有关。我相信她在宾大那个冰天雪地往返图书馆的路上，对生活的意义也多有别样的体悟。博士学习总是一个异常艰辛的过程，它不仅仅是学业，同时也是学会与自己以及他人相处的一个重要阶段，因为几乎所有的学生都需要在处理家庭、职业、学业的轻重缓急的日常中，获得不可或缺的坦然和从容。因而，读博亦是对自身的全面大考。所幸蒋岩是一个内心敞亮的学生，对自己的所选总是充满了动力和激情。回想起来，她在几年的学习中从未有过任何抱怨或焦虑，至少在我的面前没有提起过，而总是想办法解决面临的问题。正是这一点使其不仅完成了学校对于博士生在读期间需要发表三篇检索期刊论文的要求，而且也在预答辩、外审和答辩等环节中获得了一致好评。蒋岩毕业后去了西南交大外国语学院任教，之后各方面常有好消息传来。近期，当我听说她获得了国家社科优秀博士论文出版基金项目，也并不感到特别意外。虽然今天的学术环境有不少变化，但持正不移、不骛新奇、谨言笃实，当是新一代学人应当置办的精神存款。现在蒋岩博士的学位论文经过修改即将出版，嘱我做序。但因时隔有年，笔者也只能依据其论文框架做一个简要的概述，对于其中的闪光之处，细心的读者自会有所体察。希望蒋岩博士能以此书作为自己再出发的起点。

到目前为止，2020 年以来蔓延全球的新冠肺炎疫情似乎还没有彻底减缓的迹象，其间总有一些反复。而成都冬季所特有的阴冷今年也似乎来得尤为急切。然而在此寒冬时节，宅家看稿，细读学生的著述，重温文字背后的时光，内心深处总能掠过些许暖意，令人欣慰。

是为序。

二零二一年冬

摘　　要

　　诗歌是一门古老又常新的艺术,在制度与技术变迁的历史长河中不断生发新的诗意形态。诗歌在发源之初融合了音乐与舞蹈,在仪式、劳作或娱乐中以口头与表演形态呈现;在印刷术居文化传播主导地位的时代,诗歌栖身于文字并形成以印刷文本为核心的诗歌体制;自19世纪末录制技术的发明到20世纪互联网与多媒体技术的兴起,诗歌又以声音、文字、图像、影像相结合的综合艺术形式抵达"读者"。然而,当下诗歌研究仍主要以书面文本为中心,并未重视非文本的诗歌形态。包括弗兰克·奥哈拉、约翰·阿什贝利、肯尼斯·科克、詹姆斯·斯凯勒、芭芭拉·格斯特在内的纽约派诗人,不仅创作大量文本诗歌,也广泛进行跨越书面文本的诗歌实验与跨界实践。20世纪中期,他们的诗歌朗读和"诗—画""诗歌—剧场""诗歌—音乐""诗歌—电影"等跨艺术门类的合作,构成这一时期美国诗歌从文本向活动形态转向的重要推动力量,深刻影响了当代美国文学与艺术史。

　　本书突破以书面文本为核心的诗歌研究范式,将纽约派诗歌的声音呈现、舞台表演、图文合作、诗乐合作、影像表现等纳入研究视域,在此基础上提出与"文本诗歌"相对的"活动诗歌"概念。通过对活动诗歌的生成方式、传播形态、审美维度、接受方式等进行分析,对活动诗歌的当代合法化路径及其体制予以阐释。

　　绪论部分论述了"活动诗歌"概念提出的必要性,阐述活动诗歌与社会、技术、文类的关系,并介绍纽约派诗歌与活动诗歌、美国诗歌史的关系。同时，梳理国内外纽约派诗歌研究现状并指出该论题的学理意义与现实观照。

第一章对"活动诗歌"概念作出辨析，对东西方活动诗歌溯源，并论述活动诗歌对印刷术时代"文本诗歌"生成的影响；其次，探寻表演研究谱系及其与活动诗歌的关联；最后简要概述纽约派活动诗歌的历史性出场及其对现代主义诗歌与新批评主义的超越。

第二章展开对纽约派诗人诗歌朗读与"诗歌—剧场"的研究。文本在诗歌朗读过程中隐退为"脚本"，朗读过程的声音与表演成为诗歌本身，纽约派诗人以其"非表演化"的朗读风格在战后新一代诗人中独树一帜；同时，他们的"诗歌—剧场"既是"外百老汇"运动的先驱与后戏剧剧场的早期表现，又构成活动诗歌本身的展演。

第三章是对纽约派诗人与画家、电影导演、音乐家合作的研究。诗歌的生成是一种"语境实践"而非文本创作，以语言为质料与其他艺术媒介融合，打破了艺术门类间的隔阂，取消了艺术现实与社会现实的界限。先锋派在把艺术重新整合进生活的同时，也构成了互相确证的既具先锋性也充满矛盾性的艺术家共同体。

第四章是活动诗歌时间、空间与观众的研究。活动诗歌时间由文本中的"象征时间"转为"事件时间"或"设置时间"；在空间维度，活动诗歌存在两重空间：一是活动诗歌发生的实地场所，二是活动诗歌的再生空间—录制档案；而文本诗歌视域下的"诗人—读者—文本"模式也转变为"诗人—观众或参与者—空间"模式。此上三种转变共同促成新的活动诗歌体制：诗歌录制档案的建立为活动诗歌的合法性建立依据，诗歌教学与评价突破"细读"的中心地位，加入了"细听"与"细察"，诗人进入诗坛的路径也从文本转向空间。

第五章是对活动诗学的总结。活动诗学主要表现为从文本到行动的过程诗学、从"互文"到"互引"的交往属性以及从符号到持存的"物性凸显"。

最后，结语指出："活动诗歌"概念的提出有助于转变"诗歌等同于纸上诗文"的文学观念,这既是对当代诗歌变革的回应,又连接了潜藏在诗歌"基因"中的原初形态,使被遮蔽的文学形态重返敞亮之地。同时,也是对技术变革时代的文学进行理论升华的尝试。

关键词: 活动诗歌;纽约派诗人;诗歌声音;诗歌表演;跨媒介合作;"诗歌体制论"

Abstract

Poetry is the oldest literary form and has long flourished in multimedia through the long history of human civilization. Poems were originally carried by the voice integrated with music and dance, which were sung, chanted and performed in rituals, fields, or entertaining events. As the printing technology dominated the dissemination of culture, poetry was shifted into the textual form and the institution of poetry was centered around writing text. However, with the advent of acoustical technologies, the oral and performative dimension of poetry was reclaimed in the late nineteenth century and has been rejuvenated since the 1950s. However, the critical attention to the poetry-in-performance has been neglected and the poetry-in-text is still the focus. The New York School of Poets, including Frank O'Hara, John Ashbery, Kenneth Koch, James Schuyler, and Barbara Guest, were avant-gardists in poetry experiments and trans-media collaborations. In the middle of twentieth century, their poetry readings, poetry-painting, poetry-theatre, poetry-film, and poetry-music collaborations served as a new trend in contemporary American poetry, which has had an enormous impact on the American history of literature and art.

Distinct from the traditional way of poetry study, this book positions the sound and performative dimensions of poetry into the spotlight. And the two concepts of "textualized poetry" and "performed poetry" are presented and differentiated. The generation, dissemination, aesthetic modes, and acceptance of performed poetry are analyzed, which also ushers in the clarification of its legitimacy and existing institution in contemporary times.

The Introduction discusses the necessity of advancing the concept of "performed poetry" and probes into its interaction with the society, technology, and literary genre. The relation between the New York school poetry in performance and the American history of poetry is introduced. This part also reaches out to a literature review and the realistic implication of this study.

The first chapter approaches the notion of "performed poetry" and traces its origins in the East and the West. The conventional features of the performed poetry helped shaping the poetic forms on page with the rise of the printing culture. The newly emerging Performance Studies and the expansion of poetry-in-performance in the middle of the twentieth century served as witnesses to each other. What the New York school of poets performed and collaborated define themselves against the mainstream of modernists' poetry and New Criticism.

Chapter 2 focuses on the public poetry readings and poetry-theatre experiments of the New York school of poets. The text of poetry recedes as "script" in poetry performance, while the presence of sound and performance in the process serves as poetry itself. The unique "nonperformance" reading style of the poets reveal their poetic thoughts and ideological inclination. Meanwhile, their poetry-theatre experiments served as an early stage of Broadway movement as well as Postdramatic theatre as defined by Hans-Thies Lehman.

Chapter 3 emphasizes on the collaborations between the New York School of Poets and the painters, film directors and musicians. "Contextual practice" rather than text composition constituted the process of poetry creation. Language as a kind of material was integrated with other mediums, which broke down the barriers among different art forms and dissolved the boundaries between art and life. Through these poetic experiments and practices, the avant-garde poets established a poetic and artistic community which was full of creativity as well as contradiction.

Chapter 4 discusses time, space, and audience of performed poetry. In poetry performance, the time is diverted from "symbol time" to "event time" and "set time", while the former imagined space becomes actual places and the recording archives the virtual space. There is also a shift from "poet-reader-text" mode to "poet/performer-audience or participant-public space" one. All the above changes facilitate a kind of "performed poetry institution" in which the recording archives set the legitimacy for it and provide chances for "close reading" and "close scrutinizing" to share the aesthetic and teaching function of "close reading", which in turn molds a new spatial arena for the poets as well as new scenario for the history of poetry.

The fifth chapter is a summary of the poetics of performed poetry, which is manifested in the process presented by action rather than text, the "communication" reflected in the shift from "intertextuality" to "inter-referentiality", and the "materiality" unfolds from symbol to substance.

The Conclusion points out that the concept of "performed poetry" would help shatter the prevalent notion that poetry is parallel to the poetry-in-text and shed light on the authenticity of poetry-in-performance. It is an echo to the poetry sung, chanted and performed in the distant part as well as to the contemporary time with turbulent changes.

Key words: Performed poetry; The New York School of Poets; The sound of poetry; Poetry performance; Trans – media Collaboration; "The Institutional Theory of Poetry"

目　　录

Contents

绪　　论

一　问题的提出

在《图像的生与死：西方观图史》一书中，雷吉斯·德布雷（Régis Debray）提出"图像始于墓葬"的观点：为对抗有限的生命时间，雕像、塑像与画像制作被用于纪念和记录。艺术史中的记述与考察对象最初实则担当着记录历史的媒介角色。人类文明史亦如是，在对历史事件、技术革新、制度更替、思想演变、生活变迁予以记录的同时，其印刻、记录与留存的方式又外显着自身的技术与媒介属性。这一承载历史的技术与媒介在各个时期不尽相同。文明史早期，除却以手抄书为主的少量书写，口头记述是最主要的文化传承方式。

《荷马史诗》被称为"史诗"，便暗含其述史的功用所在。20 世纪二三十年代，哈佛大学学者米尔曼·帕里（Milman Parry）与阿尔伯特·洛德（Albert Lord）在南斯拉夫作田野调查时，发现了隐藏于《荷马史诗》的"口头程式"（oral formula），这实际上是一种基于现场口头表演的记忆术。篇幅甚长的《伊利亚特》与《奥德赛》得以通过口头世代流传，在于对特定意义单元予以特定的词语或词组的程式化表达。在程式之外，行吟诗人的分寸、节奏、韵律、唱段等吟唱技艺奠定了西方诗歌的根基，被誉为"早期行吟诗人（troubadours）献给西方历史的一份厚礼"①。因此，早期诗歌天然地

① ［法］让·贝西埃、伊·库什纳、罗·莫尔捷、让·韦斯格尔伯主编：《诗学史》（上），史忠义译，河南大学出版社 2010 年版，第 38 页。

与作为技术的口头方式密切相关。

印刷术的发明与广泛运用开启了人类文明记载的新征程。马歇尔·麦克卢汉在《谷登堡星汉璀璨——印刷文明的诞生》中详述了口承与书写的分野。印刷术促成听觉文化到视觉文化的过渡，以及线性思维模式、个人主义与民族主义的兴起与凸显。而印刷文明之下的诗歌，也渐渐从鲜活的口头及现场表演模式走向静态的书页，并逐渐塑造出"诗歌等同于纸上诗文"的观念。这一观念遮蔽了诗歌的原初形态，口头形式的诗歌渐渐走向边缘，以至于对"文学"的命名也打上了印刷术的烙印。"literature"（文学）与"literacy"（识字能力）同源。若非特别说明，人们谈论文学时便默认谈论的是某种基于文字书写或印刷出版的"文字之学"，而论及"口头文学"则需在"文学"前加上"口头"这一修饰语，即使所谓的"口头文学"是人类历史上最早的文学事实。这一具有偏差性的术语生成源于技术发展对人类认知的塑造。学科划分也反映出文字的优先地位以及口头的边缘化，口头形态的文学常被归于人类学、民俗学等学科名下，并不在传统的文学学科中拥有显要位置。

然而，从19世纪末录音、录像技术的发明到20世纪广播、电视、互联网、数字媒体等新技术与媒体的诞生，印刷术在文化传播中的主导地位面临终结，文化传播的其他媒介从中打开缺口，形成包含声音、图像、文字、影像等多种媒介并存的现代文化传播状况。反观当下，实地空间的诗歌发生与线上的录制传播相结合不再是一种新鲜的诗歌现象与文化现象，它既真实发生于现场，又是一种虚拟现实的数字化传播，兼具如本雅明所言的"即时即地性"与机械复制性。此种悖论式的文学存在为传统文艺理论带来了诸多挑战。

因此，当人们哀叹诗歌在当代社会日渐衰落或荣光不再时，他们实际上只是在慨叹某种观念与技术媒介下的诗歌的式微。确切地说，这是"文本书写—印刷出版—纸面阅读"生产、流通方式下的诗歌形态，印刷品是其传播媒介。这只是诗歌的一半，我们可称为"文本诗歌"。而诗歌的另一半在具体地理空间或互联网空间中展开。

美国诗歌史上，20世纪中期是诗歌从"文本"转向"非文本"形态的起点。录制技术在20世纪上半叶的发展为口头文学形态再现活力提供了技术前提，而同一时期，文本中心主义的高度凝集助推了现代主义诗歌高峰的到来，文本间性使诗歌背负整个文本传统从而步履维艰。战后日渐成熟的声音与影像录制技术打开了诗歌朗读、表演及跨界合作通往可记录与再现的路径，既拓宽了诗歌的表现域，又为非文本形态的诗歌及其体制建构提供了合法化基础。当诗歌的声音表现与表演过程变得可记录、可回播时，它们便有了可入"史"的意义。

与技术促成诗歌走向非文本形态相对应的，是社会动荡与历史变革带来的影响。"一战"后美国经济迅速崛起并向外扩张，为文化发展提供了良好土壤。进入50年代，经济的繁荣带来生活方式的更多可能，但政治上麦卡锡主义对于精神与言论的压制却是巨大的，年轻诗人、艺术家以不同策略应对这一局势。欧洲的影响是美国诗歌及艺术前行的另一条影响线索。且不论自美国独立之日起便形成了一种与欧洲抗衡、寻求"美国性"的集体意识或无意识，从"一战"起到美国避难的欧洲艺术家在美国艺术界亦引起了不小的轰动，对美国艺术造成了极大的冲击，年轻一代诗人渴求诗歌与艺术的实践性创新。60年代，民权运动、嬉皮士运动、反越战运动等社会运动大量涌现，社会思潮、文学思潮也寻求更激进的表达。然而，除却思想与言辞表达上的激进，社会运动与广场政治的兴起也使公共演讲成为一种重要且日渐流行的表达民意的途径。教育中对公共演讲的提倡强化了这种直接的现场表达方式。虽然诗歌朗读与表演始终存在于私人领域，但并未大规模流行，并长期被看作对"诗歌本身"的演绎，不具备独立的主体性地位。19世纪末20世纪初，公共空间的诗歌朗读主要包括：一是加强爱国主义教育的学生朗读；二是作为娱乐的诗歌朗读；三是半公开、半私人化的诗歌朗读，如在《诗歌》（*Poetry*）杂志社所进行的诗人朗读。战前乃至战后初期，公共领域的诗歌朗读非常严肃，"高校诗歌朗读几十年都是'以讲坛为中心'的"，太正式而且与讲座形式联系太紧密，因此无法提供任何激进地触发诗歌广阔可能性的机会，且这些朗读仅是零星出现。

另一方面，文化产业的兴起以及市场对文化产品的发掘也促使诗歌具有成为融多种技术于一体的文化产品的一面。1952 年，凯德蒙（Caedmon）公司将诗人录音制作成文化产品销售，开启了有声书的历史。20 世纪中期之后，录制诗人朗读或现场表演并制成磁带或 CD 变得非常流行。进入互联网时代，以多媒体技术为手段的诗歌创作拥有了更广阔的生成和传播途径。

因此，诗歌脱离了可束之高阁的文本姿态，成为可听可感的审美对象，成为日常生活的组成部分。20 世纪中期美国涌现出的黑山派、垮掉派、纽约派等诗人团体实际上担当着反叛者与先锋者的角色。他们通过诗歌朗读中的呼吸与声音实验，通过诗歌与音乐、绘画、戏剧、电影等多种艺术门类的结合，来反抗现代主义诗歌与新批评主义将诗歌紧紧束于文本之上的做法。战后美国诗歌在其生成与传播上打破了传统的从书斋到书店或图书馆的路径，新的诗歌形态较之有天壤之别：诗歌可能在诗人朗读的声音流溢里——旧金山6号画廊艾伦·金斯堡声嘶力竭的《嚎叫》是诗歌史上里程碑式的事件；诗歌可能在诗人与艺术家合作的石刻版画、拼贴油画或者漫画中，它们在博物馆里展出、在漫画杂志上出现，文字与图画以新的融合的方式进入读者体验；诗歌还可能在音乐厅与剧场舞台上，它在观众感官的直接触动里。总之，这一阶段的诗歌冲破了文本的辖域，升腾起新的力量，从以往静态的、已完结的书面文本形态，渐渐站立成一种动态的、嵌于社会生活的立体事件。

在观照 20 世纪中期及之后的美国诗歌时，人们更容易注意到文本诗歌所反映的激进思想、犀利言辞与隐私书写，诗歌研究者也常常依据文本从以上方面去阐释新一代诗人或派别的诗歌。将目光聚焦于文本，仅从文本上去洞悉情感、挖掘思想，所获得的认知易受文本本身的特点与文本积淀而成的传统路径的牵连，并不能涵盖这一时期诗歌表现的最突出的特质。相应的诗歌史编撰也继续以年代与人物为线，缀以作品与主题思想。在这样的研究中，文学仿佛是空悬于现实之上的一种映射，犹如柏拉图洞穴里的那道影子。面对诗歌史上的新变化，单纯赋以"诗歌"这一指称、未对其作更细致的形态划分，容易使人回到传统认知中去。虽然战后美国诗歌涌现众多的术语，如表演诗（performance poetry）、抨击诗（slam poetry）、视频诗（video poetry）、视觉诗（visual poetry）、数字诗（digital poetry）、声音诗（sound poetry）、诗歌合作（poetry collaboration）等，在一定程度上弥补了术语缺失，却不足以概括当代美国诗歌的整体性变革。因此，有必要对这些新的诗歌现象进行历史性还原，并透过现象窥见古老的诗歌生生不息的现代律动。

"文本"（text）一词在词源学上具有"编织"之意，从技术角度可分为"书写文本"与"印刷文本"，它们共同指向"纸张"这类载体。从古埃及、古希腊广泛使用的纸莎草到中世纪的羊皮纸、牛皮纸，书写工具只为少数人所掌握。缮写室里制作精美的羊皮书实际上是抄写员对口述者的讲述进行记录的手抄本。在印刷术改变书写文本生产传播途径之后，文学史上的"文本"概念也从传统文学批评中对"作品"的指涉过渡到结构主义者眼里具有形式性、结构性的话语载体，但其根本上始终是一种静态的、业已完结的形态。而对于非文本形态的诗歌，它们共同的特点是超越了文本形态，聚焦于诗歌动态生成过程中的声音、表演或文字与图像、影像的融合，诗歌本身等同于其动态生成过程中如其所示的东西，本书选取"活动"这一侧重"行动""行为""过程"等含义的词汇对其概括，提出"活动诗歌"这一与"文本诗歌"相对的概念。活动诗歌并非一种具体的诗歌类型（genre），而是一种以动态过程为存在形态的诗歌，是对所有具体的非文本形态诗歌类型的概括。值得注意的是，本书一直使用"活动诗歌"这一术语而非"诗歌活动"，原因在于二者的本质区别："诗歌活动"这一概念强调一种先在的、既成的

"诗歌"进入"活动"领域，如同一种独立事物对另一事物的造访，落脚点在这两种事物以活动形式建立的连接，而不是诗歌；而"活动诗歌"概念的落脚点在于"诗歌"这一主体，活动是对这一主体形态的修饰。因此，活动诗歌是一种独立的诗歌形态并指涉诗歌本体，这一术语是对 20 世纪中期美国诗歌所呈现的显著特点的概括，亦是对古已有之的诗歌形态的提炼。"文本诗歌"与"活动诗歌"分属两种不同的诗歌形态，共同构成了人类现有诗歌的应有之义。

当我们回溯久远的古代文明，在作为一种学科或艺术门类的"文学"尚未形成时，诗歌在那里亦处于一种活动形态：或在祭祀、庆典仪式中，或在劳作间隙，或在游吟诗人的唱诵里。诗歌皆以动态行为与过程呈现，其生成与传播具有同一性，诗歌的听众或观众也与诗歌创作者、表演者身处同一时空。我们豁然发现，后现代宛若一场伟大的复古，"艺术发展至顶峰期（峰值期）时竟然开始与诞生期趋同"[①]。尽管这种趋同看上去只是表象，但这一表象联通着诗歌可能的本质与精神观照。

诗歌如何连接这座以"活动性"沟通古今的桥梁；活动诗歌的具体类型有哪些，其审美特征、流通路径如何；活动诗歌如何影响了文本诗歌的面貌，又怎样重塑以"活动诗歌"为核心的活动诗歌体制，等等，这一系列问题盘亘在"活动诗歌"这一命题的上空，亟待厘清与解决。

二　纽约派诗人及其活动诗歌实践

"纽约派诗人"（The New York School of Poets）这一称号，是紧随术语"纽约派画家"（The New York School of Painters）诞生的。而"纽约派画家"，又是对"巴黎画派"的模仿与替代。巴黎画派之先，又存在"佛罗伦萨画派"。表面为名词的类比顺承，实则是西

---

① 晏榕：《诗的复活：诗意现实的现代构成与新诗学——美国现当代诗歌论衡及引申》，浙江大学出版社 2013 年版，第 2 页。

方世界艺术中心转移的标志，背后又暗含经济、政治、技术乃至军事力量的角逐。"纽约派诗人"这一名词的诞生，本身也影射着那个时代的艺术流通机制。约翰·伯纳德·迈尔斯（John Bernard Myers）是 20 世纪中期纽约文艺界的活跃分子，既是画家、艺术评论者又是蒂博·德·纳吉画廊（Tibor De Nagy）的负责人，常邀请诗人、画家去他的画廊和剧院聚会。1961 年，他在加利福尼亚一家名为《流浪者》（Nomad）的杂志上发表文章，第一次使用了"纽约派诗人"这一术语。他最初的目的是想以此推动自己画廊绘画作品的销售，后来"纽约派诗人"逐渐成为大众指称某一特定诗人群体的名号。关于这一概念的争议颇多，即使是纽约派诗人成员本身，最初也并不认同。

　　然而，这一名词概念背后的诗人群体是真实存在的。纽约派诗人主要是指自 20 世纪 50 年代起活跃在纽约文学艺术界的几位诗人，包括弗兰克·奥哈拉（Frank O'hara）、约翰·阿什贝利（John Ashbery）、肯尼斯·科克（Kenneth Koch）、芭芭拉·格斯特（Barbara Guest）和詹姆斯·斯凯勒（James Schuyler）。前三位在哈佛大学念书时因《哈佛呼声》（The Harvard Advocate）文学杂志结缘，对彼此的诗歌持欣赏态度。后两位分别毕业于加州大学伯克利分校与贝瑟尼学院。他们都在 40 年代末或 50 年代初来到纽约定居，彼此相识并成为挚友。他们在高校、杂志社或艺术博物馆任职，诗歌及其他艺术是他们彼此之间建立连接的通道。纽约派诗人开始活跃的年代，正是冷战背景下美朝战争进行、麦卡锡主义盛行的年代。"在一个极度顺从的时代，纽约派诗人将信念寄托在相信艺术先锋可以允许他们偏离规范的这一想法上。"[1]

　　作为一个诗人流派，他们并未发表任何流派宣言或纲领。从传统的诗歌分析角度看，他们在诗歌创作主题、思想、风格、技巧等

---

[1]　David Lehman, *The Last Avant-Garde*: *The Making of the New York School of Poets*, New York: Anchor Books, 1999, p. 1. 注：本书若非明确标注，皆为作者自译。

方面都不尽相同。如那个时代大多数诗人一样，纽约派诗人也反对艾略特的"非个人化"理论、反对引经据典和繁复的文本演绎。奥哈拉提出了"单人主义"（Personism）的诗学观念，认为诗歌是有限范围内人与人之间的事。他认为一切语言、一切日常事物皆可入诗，他的诗歌具有幽默、机智的特征，追求一种快乐的诗学，开创了描摹城市的诗学新风。赏读其诗歌文本，会体验到鲜明的爵士乐与现代主义绘画特征，甚至有种电影观感。而阿什贝利的诗歌则比较难懂，但又不同于现代主义诗人引经据典式的难懂，他的难懂在于所书写的并非具象，而是意识的偶然相遇与复杂拼贴，如同水流之下的另一股暗流。斯凯勒的诗则时而恬淡，时而流露淡淡的温情。科克的诗歌非常具有戏剧性，也兼具机智、幽默的特点。而格斯特的诗歌具有非常鲜明的绘画性。

　　但是换一种角度，观者会发现他们在诗歌理念上有惊人的一致性。诗歌在纽约派诗人这里，并不完全按一种书写文本的理路进行。他们并不遵从诸如"艺术摹仿现实""艺术反映思想""艺术抒发情感""艺术描摹人类状况"之类的规律。他们并未将"艺术"与"现实"对立、分割，然后在其中间置入描述二者关系的动词。以弗兰克·奥哈拉的"午餐诗"为例，他在午后的纽约大街上漫步，诗歌便伴随着他脚步的行进源源不断而来。以至于有学者评价奥哈拉不是"用即兴法去记录日常"，而是"通过捕捉日常来完成即兴的艺术"。"即兴性""自动化写作""行动诗歌""过程诗学""瞬间性"等词汇，可以看作概括纽约派诗歌特点的关键词。如同那一时代涌现的偶发艺术（Happening）、行为艺术（Performance Art）一样，纽约派诗人寻求的路径不再是以诗歌去观照另一个世界，诗歌在他们这里成为直接投掷到世界的一个事件，他们以此打破艺术与现实之间的樊篱。而这一诗学观念的背后，所依赖的不是文字实践，而是"语境实践"：一种并不以文字为最终目的的艺术实践，它是各种"材料"的彼此交往，文字或语言只是其中的一个参与元素，除此之外，还可以有声音、图像、形体等各种要素。纽约派诗人进行过大量的诗歌朗读、"诗—画""诗歌—剧场""诗歌—电影""诗歌—音乐"等活动诗歌实践，一改传统的诗歌书写、编辑、出版、发行、读者阅读的路径。许多对纽约派诗人艺术合作与实践的研究，容易将其看作对电影、戏剧等其他艺术形式的依附。实际上，这些活动诗歌实践与合作本身即具备诗歌主体的意义。将之放入整个诗歌发展史来看，其外在形式亦是对早期诗歌形态的呼应。

纽约派诗人的活动诗歌实践贯穿了他们整个的艺术生涯。这些被研究者忽略的实践，不仅支撑起纽约派诗人诗学观念的灵魂，也为美国 20 世纪中后期乃至当下诗歌的发展奠定了基石。纽约派诗人以其巨大的影响力，吸引了许多年轻诗人，以致产生了第二代、第三代纽约派诗人。但纽约派诗人更大的影响在于他们构成了 20 世纪中期以来美国诗歌转型的推动力量之一。这一力量不仅使诗歌生成与传播媒介发生转移，也使诗歌读者、诗歌体制发生变革，并更新了文学思想。

活动诗歌的发生依赖于具体的地理空间，咖啡馆、酒吧、博物馆、画廊、文化中心、广场等地理空间，既决定了诗歌的"事件性""活动性"出场方式，也推动了公共领域的形成。一些稳固下来的诗歌公共空间，成为诗歌评价体系的一部分。以往主要依赖诗歌杂志或诗集出版的诗歌评价体系，逐渐加入"空间"这一环。对活动诗歌的"空间占领"成为新生诗人进入诗坛的"入场券"。除具体地理空间之外，活动诗歌存在于另一重空间，即录制档案。得益于现代科学技术条件，发生于具体地点的活动诗歌，可通过声音录制与影像录制进行存档；许多保存有诗人朗读或表演的磁带或光盘已转化为互联网空间可供下载与播放的数字化格式。声音与影像记录进一步辐射至诗歌教育领域，传统诗歌课堂中占主要地位的"文本细读"，为"细听"与"细察"腾出空间，形成三者兼有的格局。伴随年岁的更迭，在 20 世纪中期处于边缘化地位的年轻诗人及学者逐渐成长为主要的诗歌教育主体，他们的活动诗歌创作、实践、教学与评价，促使活动诗歌从边缘走向"正统"。

　　与之相应的是读者身份的转变，以往的诗歌"读者"过渡到"听者"或"观者"的角色。因此，诗歌跳出了"诗人—文本—读者"的线性历时模式，演变为"诗歌朗读、表演者—公共空间—听者与观者"的共时空模式。因此，整个诗歌体制发生了置换，以往以文本为核心的文本诗歌体制，变成了以公共空间或录制档案为基础的活动诗歌体制。至此，一种新的诗歌与诗学观念也呼之欲出。这大概也是进入晚年的阿什贝利在谈到"纽约派诗人"这一名词时承认了他们作为一个诗歌流派的合理性的缘由所在。

　　活动诗学是对活动诗歌特性与规律的提炼与认知。鉴于活动诗歌是事件性、过程性、动态性的诗歌实践，活动诗学则是一种从文本到行动的过程诗学；同时，活动诗歌实践与合作的背后，蕴藏着"多作者"这一特征，产生了具有交往属性的艺术家共同体，因此，活动诗学也是一种交往诗学；另外，活动诗歌突破了印刷术统一化的模式，诗歌不再呈现为一种文字符号指涉，而是声音、绘画材料、录制画面等媒介"质料"交融并开敞于世界的实存，因此活动诗学也是一种"物性诗学"。

　　以上所述，是理解纽约派诗歌乃至活动诗歌的关键所在。纽约派诗人所进行的活动诗歌实践贯穿其整个诗歌与艺术生涯。因此，严格说来，其时间跨度基本上是从 20 世纪 50 年代初直到诗人逝世的日子。对于奥哈拉来说，是从 50 年代到 1966 年；对于斯凯勒来说，是从 50 年代到 90 年代；对于格斯特和科克来说，是从 50 年代到 21 世纪初；对于阿什贝利来说，是从 50 年代到 2017 年。雷曼写道："20 世纪五六十年代是纽约派诗人的盛宴年代。"① 这一时期不仅对于诗人的诗歌创作与实践具有特殊意义，也是美国历史上的特殊阶段。从诗歌史来说，五六十年代亦是美国诗歌的转型与过渡时期，而 70 年代继续承接了这种转变。因此，本书选取 50 年代至 70 年代

① David Lehman, *The Last Avant-Garde*：*The Making of New York School of Poets*, New York：Anchor, 1999, p. 2.

作为主要研究范围，以"20 世纪中期"这一说法概称之，但个别论述也会涉及 20 世纪后期与 21 世纪。

三　国内外研究现状

国内对纽约派诗歌的研究起步较晚，1997 年才有了第一篇相关的期刊文章。之后，国内研究初步从对诗人的简要介绍、艺术手法分析上升到将之置于后现代视域下，或从文化、政治的角度进行解析。总体说来，研究较少，研究视角也较单一。

发表在期刊上的文章，主要偏向对单个诗人进行介绍的文章有：张耳的《凸面镜中的自画像——浅论约翰·阿什伯里的诗》（《当代外国文学》1997 年第 1 期），刘立平的《本真的呈现：詹姆斯·斯凯勒的诗歌艺术》（《外国文学》2012 年第 2 期），方成的《存在性·理解视野·认知空白——试论约翰·阿什伯里的诗歌》（《当代外国文学》1997 年第 1 期）。

以下这些文章，则是从纽约派诗歌艺术手法与影响渊源入手：罗朗的《个性消失与平淡之美——约翰·阿什贝利诗歌〈使用说明书〉的旅游视角分析》（《当代外国文学》2007 年第 1 期），分析了诗人创作的书写视角；他的《约翰·阿什贝利早期诗歌的先锋艺术特点——评他的试验诗集〈网球场的誓言〉与纽约行动画派的影响》（《当代外国文学》2005 年第 3 期），则分析了纽约派诗人阿什贝利诗歌与纽约现代主义艺术的关系。王璇的《超现实主义的"同路人"——法国超现实主义和弗兰克·奥哈拉的诗艺探索》（《文艺争鸣》2014 年第 9 期），汪小玲的《论奥哈拉早期诗歌中的超现实主义诗学》（《当代外国文学》2014 年第 2 期），都分析了奥哈拉诗歌艺术与法国超现实主义的关系。汪小玲的《论奥哈拉城市诗歌对自白派诗歌的继承与发展》（《英美文学研究论丛》2015 年第 1 期）从诗歌流派之间的影响分析了纽约派诗歌的形成渊源。汪玉枝的《论奥哈拉城市诗歌中的"意识流"》（《英美文学研究论丛》2014 年第 2 期）认为奥哈拉诗歌具有"意识流"的写作特征。

　　另一些文章则将之置于后现代视域下。汪小玲的三篇论文，第一篇分析了诗歌中的后现代道德，另两篇分别分析了奥哈拉与阿什贝里的诗学风格与后现代之关系：《弗兰克·奥哈拉城市诗歌中的后现代道德》，《上海师范大学学报》（哲学社会科学版）2005 年第 1 期；《论弗兰克·奥哈拉诗歌的后现代诗学风格》，《外语与外语教学》2013 年第 4 期；《论约翰·阿什贝里诗歌创作中的后现代诗学风格》，同济大学学报（社会科学版）2014 年第 2 期。俞毅成也着眼于后现代主义考察：《约翰·阿什贝利的诗歌：美国后现代主义文学的先锋》，《内蒙古农业大学学报》（社会科学版）2011 年第 5 期。

　　也有一些文章从文化、政治维度进行解读。汪小玲的《论弗兰克·奥哈拉城市诗歌中的纽约大众文化》，《国外文学》2013 年第 1 期；汪小玲的《弗兰克·奥哈拉城市诗学的多维空间探索》，《文艺理论研究》2014 年第 4 期；包德乐的《批判性坎普：约翰·阿什伯里的〈世俗的国度〉政治维度》（英文），《外国文学研究》2011 年第 1 期。

　　研究纽约派诗人的专著较少，一本是刘立平所著的《纽约派诗歌研究》（2014），另一本是汪小玲写作的《弗兰克·奥哈拉城市诗学研究》（2016）。前者倾向于对诗人生平、诗歌艺术手法、诗歌内容、诗歌风格特征等方面的介绍，后者探索了"弗兰克·奥哈拉城市诗学"的理论基础、文化格局、美学原则、哲学内涵、伦理体系、空间视域及其现代性与后现代性，围绕"城市诗学"这一核心，阐释了"城市诗学"所包含的维度。

　　暂时尚未有博士学位论文对纽约派诗歌进行考察、研究。

　　国外研究纽约派诗歌的著述数目繁多，研究视角也具有多样化的特点。概括起来，有以下关键词：视觉艺术，城市建构，纽约，先锋派，圈子，过程书写，政治，拼贴。

　　玛乔瑞·帕洛夫（Marjorie Perloff）的《弗兰克·奥哈拉：画家中的诗人》（*Frank O'hara：Poet among Painters*，1977）是第一部研究纽约派诗人的重要著作，具有开创性意义。作者立足于奥哈拉作为美国"二战"后具有中心地位的诗人和重要视觉艺术批评家的角色，评述了其艺术成就，认为他开创了反唯美主义矫揉造作的崭新诗风，并且达到了诗、画、音乐的完美融合。不仅达达主义、超现实主义、抽象表现主义构成了诗人创作的重要影响因素，音乐也是他写作的重要驱动力。而特伦斯·迪戈里（Terence Diggory）则是纽约派诗人研究的集大成者，他所著的《纽约派诗人百科全书》（*Encyclopedia of the New York School Poets*，2009）全方位地罗列了与纽约派诗人相关的诗人、艺术家、作品、流派、地点场所、杂志、期刊等资料，以条目式检索的方式呈现，为研究纽约派诗人提供了全面、详尽的资料。

将研究重心放在纽约派诗人诗艺、主题、写作策略及其与时代关联上的有以下著作：迈卡·马蒂克斯（Micah Mattix）的《弗兰克·奥哈拉："我"的诗学》（*Frank O'Hara and the Poetics of Saying "I"*，2011）一书，点出了奥哈拉诗歌中"我做这，我做那"（"I do this I do that"）这一口语化特点。作者认为这一特点是诗人对于自我探寻的专注，也是对其诗歌作为艺术品的时间效应的专注。在他的"我做这，我做那"诗歌中，奥哈拉努力为午餐时间的事件命名，他将时间看作充实的时刻，而非一种流逝。威廉·沃特金（William Watkin）《在诗歌的进程中：纽约派与先锋派》（*In the Process of Poetry：The New York School and the Avant-Garde*，2001）指出了纽约派诗人作为先锋派的实验写作过程，提供了另一种阅读后现代诗歌的方法，认为需要从"过程"这一角度去看待诗歌，而非将之看作一个已完成的作品。黑泽尔·史密斯（Hazel Smith）的《弗兰克·奥哈拉诗歌中的超风景：差异、同性恋与地理》（*Hyperscapes in the Poetry of Frank O'Hara：Difference，Homosexuality，Topography*，2000）揭示了纽约派诗人形成的特殊时代和地理位置：使用打字机的前电脑化时代，压制同性恋的年代，消费主义与种族骚乱尘嚣而上的时期，以及纽约城市空间的定位与错位。超风景是一个后现代场域，以差异和文本、城市、主体、艺术的整体概念被打破为特征，并构筑了新的文本、主体和政治空间。杰夫·沃德（Geoff Ward）的《自由的法规：纽约派诗人》（*Statutes of Liberty*：*The New York School of Poets*，Palgrave Macmillan，1993）全面介绍了纽约派诗人，运用解构视角分析该流派诗人对后来诗歌持续却又不断变化的影响。蒂莫西·格雷（Timothy Gray）的《城市牧歌：纽约派诗歌中的自然之泉》（*Urban Pastoral*：*Natural Currents in the New York School*，2010）考察了纽约派诗人的自然书写。虽然人们通常将纽约派诗人划入城市书写的行列，事实上，他们诗歌中除了表现城市中万花筒般的境遇，也有丰富的乡村与自然想象。

以下学者则关注纽约派诗人作为先锋派的形成过程及其特质：大卫·莱曼（David Lehman）的《最后的先锋派：纽约派诗人的形成》（*The Last Avant-Garde*：*The Making of the New York School of Poets*，1999）是文化史上一部重要著作，考察了纽约派诗人与纽约成为世界艺术首都的双向关联。马克·西尔弗伯格（Mark Silverberg）写作《纽约派诗人与新先锋派：激进艺术与激进时尚之间》（*The New York School Poets and the Neo-Avant-Garde*：*Between Radical Art and Radical Chic*）一书，作者采用"新先锋派"（Neo-Avant-Garde）这一词汇来描述纽约派诗歌、波普艺术（Pop Art）、观念艺术（Conceptual Art）、偶发艺术以及其他运动，重新梳理了历史语境中的先锋派，同时对后资本主义时代先锋派面临的新问题具有敏锐的意识。通过对纽约诗人的书写策略、品味的政治学、性别的政治学等进行分析，提供了理解后几代诗人、艺术家的新方法。

同时，另一些学者则关注纽约派诗人所处的艺术圈，将诗人放入20世纪美国艺术发展的大背景之下，探讨诗人与纽约艺术圈的交往以及诗歌与戏剧、视觉艺术之间的互动：利特尔·肖（Lytle Shaw）的《弗兰克·奥哈拉：圈子的诗学》（*Frank O'Hara*：*The Poetics of Coterie*，2006）运用阅读"圈子"时呈现的社会学、哲学层面的问题，提出一种理解诗人、艺术评论家、博物馆副馆长弗兰克·奥哈拉的新角度，认为他的诗歌创作与艺术评论写作都是一种孤立的圈子写作。菲利普·奥斯兰德（Philip Auslander）的《纽约派诗人的剧作家生涯：奥哈拉、阿什伯里、科克、斯凯勒与视觉艺术》（*The New York School Poets as Playwrights：O'Hara，Ashbery，Koch，Schuyler and the Visual Arts*，1989）介绍了纽约派诗人少为人知的剧作经历，结合艺术史、剧院史以及文学批评，认为纽约派诗人的剧作反映了美国抽象表现主义逐渐被波普艺术替代的过程，预示着美国艺术基调的转变，也预示着美国后来几十年戏剧的发展，包括60年代的"外外百老汇"（Off-Off-Broadway）运动、后现代主义等。保罗·R.卡普奇（Paul R. Cappucci）的《威廉·卡洛斯·威廉姆斯、弗兰克·奥哈拉与纽约艺术场景》（*William Carlos Williams，Frank O'Hara，and the New York Art Scene*，2010），探索弗兰克·奥哈拉诗歌的影响渊源，找寻其与威廉姆斯共同的美国诗学源头，同时对此二者进行比较，认为他们共同塑造了美国20世纪中叶的诗歌景象。马克·西尔弗伯格（Mark Silverberg）编写的《纽约派的合作：元音的颜色》（*New York School Collaborations：The Color of Vowels*，2013）探讨了纽约派的合作现象。跟其他美国诗歌流派不一样，从概念剧院（conceptual theater）到视觉诗，纽约派诗人都在探寻合作的可能性。该书收录了众多学者对于纽约派诗人与画家、音乐家和电影领域人士联盟与艺术合作的思考。珍妮·奎尔特（Jenni Quilter）的《纽约派画家和诗人：白昼的霓虹》（*New York School Painters & Poets：Neon in Daylight*，2014），通过收集诗人与艺术家的绘画、诗歌、信件、艺术评论、影像资料、对话录、宣言、回忆录等，用图表的方式列出了纽约派诗人与艺术家在20世纪中期的合作圈子。按时间顺序，该书囊括了以下艺术家：威廉·德·库宁（Willem de Kooning）、罗伯特·马瑟韦尔（Robert Motherwell）、亚历克斯·卡茨（Alex Katz）、贾斯培·琼斯（Jasper Johns）、费尔菲尔德·波特（Fairfield Porter）、拉利·里维斯（Larry Rivers）、乔治·施内曼（George Schneeman）和鲁迪·伯克哈特（Rudy Burckhardt），以及作家：约翰·阿什贝利，比尔·柏克森（Bill Berkson）、特德·贝里根（Ted Berrigan）、乔·

布雷纳德（Joe Brainard）、埃德温·登比（Edwin Denby）、拉里·费金（Larry Fagin）、弗兰克·奥哈拉、查尔斯·诺斯（Charles North）、罗恩·帕吉特（Ron Padgett）、詹姆士·斯凯勒、安妮·沃尔德曼（Anne Waldman），等等。克兰·罗纳（Cran Rona）的《20世纪艺术、文学与文化中的拼贴：约瑟夫·康奈尔，威廉·巴勒斯，弗兰克·奥哈拉以及鲍勃·迪兰》（*Collage in Twentieth-Century Art，Literature，and Culture*：*Joseph Cornell，William Burroughs，Frank O'Hara，and Bob Dylan*，2014）一书，则将艺术家、导演、小说家、诗人、歌手等放在一起研究，认为拼贴是他们乃至20世纪文学、艺术与文化的重要特征。作者认为拼贴具有催化作用（catalytic effect），让每一种艺术形式能克服再现所潜在的不稳定危机。

四　研究策略及意义

长久以来，人们习惯性地认为研究文学就是要钻进文本去洞悉文字推敲的艺术手法、挖掘蕴含在文字中的思想与情感。然而，对"文学"概念本身稍加梳理就会发现：文学不过是伴随印刷出版的兴盛而兴起的一种艺术门类划分或学科划归。在日益增多的印刷品、出版物中，"文学"概念窄化为专指某一类文字作品，诗歌、戏剧、小说、散文被划入这一领地之中。但是，若以长时段的目光打量诗歌的历史，便会知晓这二者并非同步：诗歌作为一种口头形式并居于活动形态的艺术，远远早于现代文学概念。当历史境况发生改变，当意欲辨析具体历史下诗歌或文学状况的念头升起，我们不能因为久已有之的积习或规定就固守之，抑或望而却步。

无论是艾布拉姆斯的"镜与灯"，还是韦勒克提出的"内部研究"与"外部研究"之别，其最基本的特点都是以书面文本为中心，并倾向于建立起文学作品与社会之间的严格分界。虽然此种理论力图连接各个被分化开来的要素，但先入为主的"割裂"已然树立起一种规范。这一规范之下的文学研究轻易就滑入既定轨道，剥去了许多新的可能性。

　　理解纽约派诗歌的关键在于其活动形态。面对这一发生于实地空间的富于行动性、过程性与事件性的文学形态，声音研究、表演研究、空间研究等研究范式是更相符的研究策略。于纽约派诗人而言，其广泛的诗歌实践、诗歌与其他艺术门类的合作就是基于行动的事件。如果仅从书面文本角度去理解或阐释纽约派诗歌，就砍去了一大半纽约派诗歌的精髓。立足于活动诗歌的视野选择以及表演研究等研究策略能最大限度还原纽约派活动诗歌的原貌、特征与价值。表演研究的方法打破了把诗歌研究与文学研究完全辖制在书面文本上的做法，使之与文学发生的现场及原生地建立联系，具有广延性与灵活性，并且建立起一座联系文学与社会文化、技术制度、其他艺术门类的桥梁。这种联系摆脱了机械的"内部"与"外部"分化，使人能够更全面地了解一种文学样式或诗歌流派的真实境况。

　　国内目前对纽约派诗歌的研究与其在美国诗歌史上的地位是不相匹配的，纽约派诗人并未得到应有的关注和重视。纽约派诗人及其同时代诗人所开创的活动诗歌实践与合作，事实上预言了新的技术时代下诗歌所具有的表现形式与生长方向，即使是半个多世纪之后的美国年轻诗人，依然在他们所开创的道路上前行并力求获得创新。另外，以"活动诗歌"视野考察纽约派诗歌，不仅能清晰呈现当代美国诗歌变革的肌质与面貌，并且能打破将诗歌研究、文学研究紧紧捆绑在文本上的做法，从而建立起新的文学审美范式、发掘出更丰富的文学样态。这对于考察当今数字化时代的诗歌及文学具有重要的启示意义。

　　此外，纽约派诗歌以其与视觉艺术、音乐、舞蹈等艺术形式的紧密关联和交流贯通呈现出一种交叉的艺术形式，如此，便提供了一种跨学科研究的视域。将诗歌、文学与旁近的视觉艺术、音乐、舞蹈等联系在一起研究，打破了历史演进中形成的艺术间的隔离与学科区分。在这个多媒体技术盛行、人工智能和虚拟技术日渐升温的时代，视觉、听觉甚至嗅觉、触觉都逐渐融合并成为艺术感知的一部分，衍生出一种新的审美综合体。这种新的审美综合体需求一种新的艺术阐释。对纽约派诗歌所进行的跨艺术门类的研究能为这种新的研究需求提供一种参照和启示。

再者，将纽约派诗歌放入诗歌发展的整个历史脉络，从诗歌源头去理解诗歌生成的具体缘由所在，将诗歌置于技术分野重塑人类文明的视野下，并将古老的活动诗歌形态与当下复兴的活动诗歌形态进行比较，有助于人们重新理解诗歌，重新了解与之相关的文学事实。

在这个经济发展、物欲追求十分喧嚣的年代，在其繁盛表面的掩盖之下，人类因异化加剧带来的迷惘失落是清晰可辨的。诗歌是一种古老的活动，是人类无意识中的美好之所，是现代人冥冥之中追寻的美好家园。与此同时，现代人在长期享受科技带来的便利后亦难以与其一刀两断，这种矛盾性无法以舍弃其一进行调和。而诗歌却日益与现代技术相结合，展现出新的适应性以及蓬勃的生命力，这十分令人惊喜。因此，研究活动形态之下的诗歌，或能使人们意识到："诗意地栖居"与科技发展并非矛与盾，而是并行不悖的。从这个层面上讲，本书的研究亦具有十分重要的现实意义。

第 一 章

纽约派诗人与活动诗歌流变

第一节 活动诗歌概念及源流

一 从"文本诗歌"到"活动诗歌"

"活动诗歌"并非既定术语。《说文解字》中有注:"'活',水流声。从水。……古活切(kuo)。"[①] "'动',作也。从力重声。古文勄从辵。"[②] "活"与"动"分别意指水的流动与人的起身行动。本书借"活动"修饰处于流动与行动状态中的诗歌形态,"活动"与"静态"相对,侧重事物的呈现过程而非其完结的状态。"活动诗歌"则是一种在时空中呈现为行为动作与流动之态的诗歌,有别于静态的诗歌文本呈现。"活动诗歌"不是一个具体的诗歌类型(genre),而是居于类型之上的诗歌形态,如吟唱之诗、表演之诗,诗歌与戏剧、音乐、电影的融合等都属于活动诗歌的范畴。

保罗·利科(Paul Ricoer)将"通过文字固定下来的话语叫作

---

① (汉)许慎:《说文解字》(四),谦德书院注译,团结出版社 2020 年版,第 1342 页。

② (汉)许慎:《说文解字》(四),谦德书院注译,团结出版社 2020 年版,第 1750 页。

文本"，"文字固定对于文本是构成性的"。① 因此，"文本诗歌"（textualized poetry）总是以一种线性的、连续性的叙事模式指向逻各斯中心，而"活动诗歌"则外化于具体时空，具有分散性。文本诗歌是索绪尔所言的具有统一规律的"语言"（langue）体系的载体，而活动诗歌则指向更具个性化的"言语"（parole）系统。

战后美国广为实践的一系列诗歌类别，如声音诗、表演诗、谈话诗、抨击诗、数字诗、视频诗等，皆走出了文本诗歌的统一性，诗歌的创作方式、思想、主题、内容、技巧、风格以及传播形式相较于美国诗坛的上一个高峰—现代主义都有巨大的不同。这些诗歌类型的共同特点是：从诗歌生成的书面形态中打开缺口，使诗歌或通过口头朗读、表演、竞赛生成，或以声音、音像录制的方式通过广播、电视传播，或与多媒体网络技术相结合，或与绘画、雕塑、音乐、戏剧、电影、舞蹈等其他艺术门类合作而存在。总之，战后美国诗歌不再限于静态书面文本之上，而是采取了一条去文本化、去单一化的路径，从而使诗歌呈现着眼于行动与事件的延展中。"活动诗歌"便是对这一诗歌路径与特征的集中概括。

发生于具体空间中的诗歌，不再是文字符号对另一世界的指涉，而是语言与多种媒介的融合、流动和延伸。在此语境中，在场的声音与表演滋生出超越文本系统的审美维度。这一维度，可用"表演"（perform）这一兼具"行动""进行""表演""表现"等含义的词汇代指。其辖域下的诗歌形态，不再是一种静态的、业已完结的文本作品，而是声音与表演交相辉映的动态生成与延续过程。

在英语语言中，"活动"一词对应着"act""perform"等动词以及"activity""performance"等名词。"perform"并非只局限于汉语翻译中最常见的"表演"之义，更兼有"行动""进行""表

---

① ［法］保罗·利科：《从文本到行动》，夏小燕译，华东师范大学出版社2014年版，第148页。

演""表现"等含义。例如，"行为艺术"这一术语表达的英文原文是"performance art"，《韦氏新世界大学词典》对该词汇的解释是："一种结合其他艺术形式如绘画、电影、舞蹈和戏剧的艺术形式，艺术家在呈现中根据不同主题将形象并置并提供一种通常为非叙事性的注解。"[①]《牛津高阶英汉双解词典》对其的解释为："行为艺术（通过行为表现而非事物创作所展示的艺术形式）。"[②] 这两种解释分别强调了"performance"的"非叙事"与"行为"之义，而这一含义是隐藏在动词"perform"之中的。再如，查尔斯·伯恩斯坦（Charles Bernstein）在其关于诗歌声音的《细听：诗歌与表演的语言》（*Close Listening*：*Poetry and the Performed Word*）一书中，提出了与新批评的"细读"方法平行的"细听"方法，该书的副标题就是"*Performed Word*"——"表演的语言"，便是对语言独立于文本系统的呈现形式的表述。鉴于"performance poetry"——"表演诗"已经成为专指某一具体诗歌类型的术语，本书选择"performed poetry"这一词组作为"活动诗歌"的英文表述。活动诗歌并非一种具体的诗歌类型，而是对以活动形态生成、呈现与传播的所有诗歌类型的统称。"文本"与"活动"是诗歌迄今为止的两种形态，前者诉以文字编绘，后者诉以声音、行动、图文动态呈现等过程形式。印刷术盘亘文化传播主导地位的几百年，诗歌被塑造为一种纸上诗文。然而，这并非诗歌源头所现，也非当代多媒介传播下的诗歌呈现方式。

　　活动形态中的诗歌大多呈现为一个面向观众的动态过程，且具有表演性——这一广义的表演性包含两个层面：一是声音、图像、影像等诗歌媒介自身丰富的、富于变化的表现性；二是依托这些媒介来进行诗歌"表演"的诗人，他们的行为与活动同样蕴含着意向

　　[①]　Michael Agnes ed. , *Webster's New World College Dictionary*（*Fourth Edition*）, Hungry Minds, Inc. & 辽宁教育出版社 2001 年版，p. 1070.

　　[②]　A. S. Hornby, *Oxford Advanced Learner's English Chinese Dictionary*, trans. Zou Xiaoling et al. , Beijing & London：商务印书馆；Oxford University Press, 2014, p. 1521.

性。另外，需对"诗歌活动"与"活动诗歌"这两个概念加以区分。"诗歌活动"侧重于展览、讲座、表演等活动的策划与进行，而"活动诗歌"则侧重于对展演中的诗歌本体的考量，类似于"艺术行为"与"行为艺术"的区别。

活动诗歌具有多种具体的样式，表演诗与视频诗是其中的代表。以下选取这两类活动诗歌代表类型来进一步阐释活动诗歌的具体样态。表演诗本身作为一种诗歌类型已经相当古老，诗歌的源头就是这种口头表现形式，但此前没有确切的术语界定。术语、概念的缺失也会导致文类的失语和被遮蔽。"口传文学"是一个相当笼统的概念，只代表了活动诗歌的一方面。口传文学作为文学源头这一观点在当今学界已无多少争议。不过沃尔特·翁认为"口传文学"这一说法剥夺了诗歌本来形态的地位，其实质是一种文本中心主义。① 在"文学"一词前添加"口传"二字容易产生一种"口传文学"属于前文学或文学范畴之外的事物的观感。纵观文学学科史与研究史，口传文学并未居于"正统"文学的学科门类之下，而是常在人类学、民俗学或民间文学等视域下受到关注，虽然这一活动形态的文学或诗歌远远早于文学概念的产生。并且，"诗歌"的英文单词"poetry"来自希腊语"poiesis"的变体，有"制作、制造"之意。② 因此，从词源学上来讲诗歌早先便已蕴含"活动""行动"之义。这一含义在印刷术时代大多处于隐藏与蛰伏之中，而在印刷术主导地位式微与新媒体技术兴起的背景下再次凸显。蕴藏在诗歌名字中古老的"制作"之义，于 20 世纪五六十年代再次焕发出蓬勃的生命力。

"表演诗"——这一活动形态诗歌下的诗歌类别，虽被战后新一代诗人广泛实践，但术语和命名晚于实践产生。作为术语的"表演诗"概念诞生于 1979 年，出自表演诗诗人和前卫艺术家海德薇格·

---

① See Walter J. Ong, *Orality and Literacy: The Technologizing of the Word*, New York: Routledge, 2002.

② T. F. Hoad, *Oxford Concise Dictionary of English Etymology*, Shanghai: Shanghai Foreign Language Education Press, 2001, p. 359.

戈尔斯基（Hedwig Gorski）。她曾与伊甸园之东乐队（East of Eden Band）进行诗歌与音乐的合作，而她的大量诗歌作品也以录音制品或其他实验形式出品。1979 年，在一次新闻发布会的采访中，当问到她与伊甸园之东如何合作时，她称自己为"表演诗人"（performance poet）。根据戈尔斯基自述，它最初用来形容《傻瓜，妈妈!》（1977）这部新诗剧。但是，1981 年它才第一次以出版形式面世，在《奥斯汀纪事报》（*Austin Chronicle*）的文学专栏被提及，指诗歌创作是为表演而非印刷出版的目的。戈尔斯基称她"停止了为印刷出版写作。……我为电台、我的作曲合作者、我的多种族乐队、录制、舞台而写作"①。80 年代中期，这一术语被广泛采用，它的含义也有所扩大，被用来描述口头诗歌、诗歌竞赛、诗歌朗读、表演的诗歌以及行为艺术等实践行动。② 事实上，"表演诗"已经非常接近活动诗歌所涵盖的内在特点，然而，这一概念对于与之相邻的"声音诗""视频诗"以及诗歌跨媒介艺术合作等不具备完全的概括性。并且，约定俗成中的"表演诗歌"单指在舞台上以表演呈现的诗歌类型，对于其他更具实验性的动态诗歌或与电脑技术、数字化技术相结合的诗歌实践，它则显得鞭长莫及了。

克里斯托夫·比奇曾写道："20 世纪最后几十年，美国诗歌出现了两种倾向：一是口语化、表演化诗歌转向；二是生产诗歌文本时日益增加的电脑辅助技术。"③ 事实上，包括纽约派诗人在内的战后新一代美国诗人，他们在五六十年代就已经使诗歌转向口头形式和公共表演，并且在诗歌与媒介相结合的方向上做出诸多尝试。因此，他们是美国 20 世纪后期诗歌转向的先驱。

---

① See Hedwig Gorscki Official Website, Retrieved December 12th 2017, https：// sites. google. com/site/hedwiggorskisite/.

② See Lesley Wheeler, *Voicing American Poetry*：*Sound and Performance from the 1920s to the Present*, Ithaca：Cornell University Press, 2008, p. 172.

③ Christopher Beach, *The Cambridge Introduction to Twentieth-Century American Poetry*, London：Cambridge University Press, 2003, p. 3.

概言之，包括表演诗、竞赛诗、视频诗、诗歌与其他艺术门类的合作在内的活动诗歌，共同具有以下特点：

（一）诗歌在具体的行动、活动中呈现；
（二）诗歌书写文本充当整个行为或活动的"脚本"；
（三）存在观众（"即使观众是一台摄像机"①）；
（四）发生于一定的公共空间；
（五）活动诗歌发生的时间与现实时间重叠。

因此，在"活动诗歌"的范畴中，诗歌从创作到传播不再以书写文本的印刷出版为标志，而是在蕴藏着观众之眼的"舞台"进行。这一舞台可能是咖啡馆、酒吧、剧院、广场，也可能是画廊、博物馆等地。观众是这一形式不可分割的一部分，诗人的身份也不再仅仅是"写作者"，而是朗读者、表演者，或者操作各种机器的"剪辑"者等综合身份。活动诗歌是一种独立的诗歌形态，它在发生、传播、审美、研究范式等方面皆独立于文本诗歌并具有完备的系统。

二　活动诗歌溯源

世界上每一个文明繁盛的民族都愿意以"诗的国度"为自己加冕。这一做法并非经不起推敲，因为追根溯源，几乎所有古老文明最早最具文学样式的艺术都是诗歌。尽管学界对于诗歌的起源尚无定论，常闻于耳的有"劳动号子说""祭祀说""游戏说"等，但它们拥有一个共同的特征：诗歌最初并非纸上的文字，而是生产生活中的具体行动。例如，古印度的《摩诃婆罗多》和《罗摩衍那》都是以口头形式创作的史诗，并在长期的唱诵过程中不断扩充与累积新的内容；在埃及、叙利亚、南斯拉夫、土耳其、南美诸国、大洋

---

① Diana Taylor, *Performance*, Durham：Duke University Press，2016，p. 19.

岛屿等世界各个区域，不同民族都有诗人在古老的年代里吟唱，而非一开始便谋求纸上的文字艺术。

在西方，文学概念作为一种普遍性范畴，是伴随印刷出版的盛行而兴起的。雷蒙·威廉斯的关键词研究追溯了文学概念的历史生成过程。"文学"一词的英语词根——"literacy"，指识字的能力，与书写的文字密切相关。伴随印刷出版物越来越多地进入人们的生活，"文学"一词逐渐从指代一般印刷出版物演变为专指某一类文字作品。诗歌也在这一过程中被划归为文学的一个分支。因此，要从纵向历史去理解诗歌，需对"文学概念"与"文学事实"加以区分。作为文学事实的诗歌与居于"文学"概念下的诗歌之间，有一道社会历史演变施以的鸿沟。作为文学事实的诗歌，最初并未生成于一种识字之书可轻易获得的语境中，并未一以贯之为书写符号的呈现与传播，而总是灵动地存乎口头吟诵或表演，在具体的政治文化生活与日常生活中流动蔓延。

中国诗歌史与西方诗歌史皆可说明活动诗歌的始源性存在。中国古代诗歌史是一部诗歌与民众生活交融的历史，诗歌的"活动形态"一直贯穿始终。中国第一部诗歌总集《诗经》，是去民间所搜集诗歌的合集。先秦诗歌是"诗、乐、舞"三位一体的综合艺术。《毛诗序》有言："诗者，志之所之也，在心为志，发言为诗。情动于中而形于言，言之不足故嗟叹之，嗟叹之不足故永歌之，永歌之不足，不知手之舞之，足之蹈之也。"① 可见，古代诗歌具有一种缘情志而动的集言语、歌舞于一体并以身体为媒介的艺术体式。从先秦《吕氏春秋》中的《古乐》《音初》，到南北朝时期《文心雕龙·乐府》篇、清代沈德潜编著的《古诗源》，再到民国时期章太炎、刘师培、王国维等学者对诗歌声音维度的考证，历代学人对于中国诗歌的原始歌谣起源都有所论述。

---

① 郭绍虞主编：《中国历代文论选（1卷本）》，上海古籍出版社 2001 年版，第30 页。

对于《诗经》中的重章叠句，顾颉刚所编的《古史辨》中收录了众多学者的论述。例如，魏建功认为《诗经》"改换一二字而复奏的……自是'声音的不同'"①，而"重叠复沓"就是人声对歌谣的反复咏叹；张天庐则从舞蹈与歌谣的关系进行论述："古代的歌与舞有密切关系，歌声因协合舞的转动踏起，徒歌很有回环复沓的可能。"② 钟敬文甚至认为章段复叠源于民间的集体歌舞，或是"多人兴高采烈时所唱和而成的"③。

清代的方玉润就曾以生动的语言将《诗经》还原至初生语境：

> 恍听田家妇女，三三五五，于平原绣野、风和日丽中群歌互答，余音袅袅，若远若近，忽断忽续，不知其情之何以移而神之以何旷，则此诗可不必细绎而自得其妙焉。④

汉代诗经解释学的道德谱系，皆无法掩盖《诗经》活跃于大众视野的口头本源，并且，其中的妙趣无法以文字考辨的方式一一解析。而彼时的采诗制度又巩固了这一诗歌形态并将之以文字形式收录和保存。

王国维以出土文物对先秦诗歌进行考证，"从礼仪层面对于先秦诗歌与音乐相关联的文献加以梳理"⑤。他对《大舞》乐章的篇目和编次进行了考证，认为其中的六篇歌诗都收录在《周颂》中；在《释乐次》"各种礼仪所演唱的歌诗及表演程序"基本囊括在其所列的《天子诸侯士大夫用乐表》中。他的研究再次还原了古代歌诗的存在方式以及所赖以依存的礼仪制度。另外，王国维也分别从断代和音乐风格对商、周两族的宗庙歌诗作出认定，提出对于《风》

---

① 顾颉刚编：《古史辨》第3册，上海古籍出版社1982年版，第594页。
② 顾颉刚编：《古史辨》第3册，上海古籍出版社1982年版，第667页。
③ 顾颉刚编：《古史辨》第3册，上海古籍出版社1982年版，第671页。
④ （清）方玉润撰，李先耕点校：《诗经原始》，中华书局1986年版，第85页。
⑤ 李炳海：《中国诗歌研究史·先秦卷》，人民文学出版社2020年版，第56页。

《雅》《颂》的区别，"当于声求之"①，即是从口头演述中的节奏等声音效果加以分别。

中国古代的诗乐分离不同于西方以印刷术的兴起为其诗乐分离的分水岭，王国维在《汉以后所传周乐考》中写道：

> 此《诗》、乐二家，春秋之季，已自分途。《诗》家习其义，出于古诗儒。……其流为齐、鲁、韩、毛四家。乐家传其身，出于古太师氏，子贡所问于师乙者，专以其声言之，其流为制氏诸家。②

可见，春秋之际，诗歌之"义"与"声"彼此分离。然而，在中国古诗并不缺乏"活动诗歌"的千姿百态，例如，漫长历史中的诗歌吟咏传统以及宋词的合曲而歌，都是诗歌立体、动态的表达。在魏晋南北朝时期，一种具有交往属性与活动形态的诗歌是彼时文化生活的重要组成部分，"不仅帝王爱好诗歌，招揽文人流觞赋诗，而且诗歌成为社会的风尚"，"公宴、饯别、游览、行旅、军戎等生活，无不可入诗，也不可无诗"③。河南金谷涧与会稽山的兰亭是当时文人雅士聚集的胜地，石崇的《金谷诗集》与王羲之的《兰亭集序》描绘了彼时的盛况。"文学贵游"，一方面直接触发山水诗的兴起；另一方面，"探索与尝试诗歌技巧、追求辞采华美，为后来的诗歌提供了实践经验与艺术滋养"④。

所有这些以歌谣、乐舞、交游等活动形态顷刻呈现的诗歌，虽然已消失在历史的原野中，却作为一种文化传统潜藏在中国文人的

---

① 王国维：《观堂林集》，河北教育出版社2003年版，第52页。
② 王国维：《观堂林集》，河北教育出版社2003年版，第57页。
③ 周兴陆：《中国分体文学学史诗学卷》（上），山西教育出版社2013年版，第121—122页。
④ 周兴陆：《中国分体文学学史诗学卷》（上），山西教育出版社2013年版，第122页。

情怀里，并作为一种诗歌传统与精神隐现，对后来的诗歌发展产生深远的影响。李怡在《中国现代新诗与古典诗歌传统》中借近代"歌谣化运动"对中国新诗进行评述："从中国新诗发展的历史来看，《国风》、乐府所体现的歌谣精神依旧默默地流淌着，并以各种新的方式显示着自身的价值。"①

这些吟唱、念诵，创作者、观众、文学的发生与作品的诞生都在同一空间共时并存。这种共时空的并存构成以口头语言流动为纽带的文学活动。欧美文学的源头也孕育在这些活动之中。西方诗歌史上，荷马史诗《奥德赛》与《伊利亚特》最初也是吟游诗人的集体口述，直到公元 10 世纪才有最终确定的文字版本。如今人们知晓荷马史诗是口头传统的产物，但在 20 世纪之前的几百年历史中，人们并未意识到这一点。20 世纪以前，贯穿几个世纪的"荷马问题"（The Homeric question）论争，主要针对创作年代、创作者、内容、形式与结构特点等问题加以研究和讨论，并未将之置于口头传统下进行考察与阐释。进入 18 世纪末 19 世纪初，格林兄弟大量搜集民间诗歌，促使人们重新发现口头史诗。但这股欧洲民族主义浪潮并未使研究荷马史诗的学者将之与口头传统相提并论。20 世纪二三十年代，美国学者米尔曼·帕里与艾伯特·洛德到南斯拉夫地区进行田野考察后，认为史诗《伊利亚特》《奥德赛》秉承了口头传统。至此，人们对荷马史诗的认识才发生革命性的转折。帕里与洛德的研究是荷马史诗研究的里程碑事件，它不仅促使荷马史诗研究跨入口头传统的领域，而且对整个人文领域的研究都有广泛而深远的影响。翁如此评价道："帕里的发现可以这样表述：荷马史诗的每一突出特征都源于其口头创作方式的有机安排。……这一发现对于文学界是革命性的，并在文化史和精神史的研究上也有重大反响。"②

---

① 李怡：《中国现代新诗与古典诗歌传统》，中国人民大学出版社 2015 年版，第 95 页。

② Walter J. Ong, *Orality and Literacy*：*The Technologizing of the Word*，New York：Routledge，2002，p. 21.

谈论史诗与口头传统的渊源，面临一个很重要的问题：内容庞杂、长度惊人的史诗，诗人或歌手是如何创作与记忆的？帕里与洛德提出"口头程式理论"（oral formulaic theory），"口头程式"是一种记忆策略的概括。根据帕里的定义，"程式是一种在相同的格律条件下，为表述某一特定意义而经常使用的一组词语"①。他还提出了程式类型和程式系统等概念。在口头文化中，程式意义重大，"程式（formulas）帮助实施有节奏有韵律的讲话，是帮助记忆的措施，使既定表达在所有的口耳间流传"，并且，"它们自己就构成思想本身"②。

因史诗中会反复出现一些事件，如英雄盟誓、宴会、神的集会、长途跋涉等，歌手会从这些反复出现的事件中提炼出对不同主题的感受。这些主题通过一组意义固定下来，而非经由确定的词语和特定表达固定下来。在对这些意义组进行感受、吸收与反复练习的过程中，歌手就形成特定的程式。如此经年累月，歌手便能自如传唱。但史诗并非固定不变，每一位歌手在其口头表演中都有不同的版本。"歌手还创制了一系列故事类型：回归，婚礼，营救，占领城市等，它们是创作口头史诗的灵活的模型，也是阅读它们的可辨识的地图（创作和阅读就如同硬币的两面）。每一故事类型可帮助创作其他不同的个人化的故事，也构成了新故事的基础。"③

事实上，这种活动诗歌的程式范式在当今世界也并未消失殆尽。在偏远的部落与山区，诗歌与仪式活动仍然是人们生活的一部分。例如，中国西南地区的传统葬礼，其中一个重要的环节是祭悼仪式，主持仪式的司仪会根据死者的生平快速地写成祭文—或直接脱稿，在仪式上以特定的音色、音调念诵，亲属跪于灵前，在司仪的祭文

① Milman Parry, *Studies in the Epic Technique of Oral Verse-Making*：*Homer and Homeric Style*，Volume 1，Cambridge：University d'Harvard，1930，p. 80.

② Walter J. Ong, *Orality and Literacy*：*The Technologizing of the Word*，New York：Routledge，2002，p. 35.

③ John Miles Foley, *How to Read an Oral Poetry*，Urbana and Chicago：University of Illinois Press，2002，pp. 209 – 210.

念诵声中回顾、哀悼死者的一生。民间的祭文实际上亦可称作"哀悼诗"，通常如诗一样分节、分行，并有工整的表述体例，如死亡给亲属带来的悲痛，亡灵行至山前、水前的留恋，等等。这些表述体例涵盖了特定的意象与观念，结合念诵时有规律的声调节奏等特定表述方式，就形成一个完整的口头程式单元。

1935 年帕里去世后，其学生洛德继续推进他的比较研究计划。在洛德的带领下，口头理论迅速成长为一门学科。因此，20 世纪三四十年代之后，古老的"荷马问题"就转向对口头传统的研究。而对古希腊乃至整个西方古代、中世纪文学经典的研究，也开始有了新的流向。随着口头理论的日益成熟，洛德还提出口头史诗中"表演中的创作"的问题。

单从传播媒介上讲，口传文学与文字文学最主要的区别在于声音符号与文字符号的区别。口头传统中的声音媒介，是诗歌活动中非常特别的组成部分。爱尔兰诗人博兰·伊文（Boland Eavan）在《口头传统》（"*The Oral Tradition*"）一诗中写过这样的句子：

> 我站在那里/在朗读，工作坊，或别的什么/结束之时/看着人头攒动/走向外面的天气。
>
> 只有一半的人思索/什么成为话语/这语言的清脆香草/我们思考与歌唱的芬芳。……
>
> 口头的诗歌/迷信般贪婪/像堆积成层的琥珀/躺在语言的残骸/和民族的遗迹里。……/我也往外走，……/车轮唱着讥讽，暗示/在表面之下画出轮廓/一种突如其来的真实感/在它的回响里。①

在诗人的观照里，口头传统仿佛是一种被遗忘在语言残骸里的琥珀。虽被遗忘，却是民族的美丽与精髓所在——如沉积的琥珀一

---

① Eavan Boland, "*The Oral Tradition*", *An Origin Like Water: Collected Poems, 1967 - 1987*, New York and London: W. W. Norton & Co., 1997, p. 160.

般晶莹剔透。末一诗节，在火车行进的场景里，诗人对真实的瞬间领悟恰恰来自车轮碾过铁轨所发出的声音。

口头传统维系着一个民族最早的精神活动，而声音的技艺就是这项精神活动中的明珠。《贝奥武夫》（*Beowulf*）是盎格鲁—撒克逊民族最古老的英雄史诗，亦是英美诗歌史的起点。它的形成与传播同样得益于口头传统。"斯可卜"（scop）是盎格鲁—撒克逊民族最早的游吟诗人，他们通过一种吟诵体裁来歌唱故事，流传下来就是诗。在录音设备尚未发明的年代，史诗如何念诵、如何传播，这一具体情形仅可通过想象构筑。但流传下来的手抄本，依然可以从中窥见发声的奥秘。在流传下来的《贝奥武夫》僧侣手抄版与印刷版的对照中，"行间音顿"在不同版本中的时隐时现引起了学者的关注。①

声音是转瞬即逝的，但在既无书写记录又无录音设备的前文本时代，声音就意味着力量和行动。"声音不可不依靠使用力量而发出。"② 翁说，并举了一个猎人与水牛的例子。当水牛完全无行动力，甚至死亡的时候，猎人可以看，可以闻，可以品尝和触碰水牛，但是如果他听到水牛的声音，他就要当心了：有什么正在行进。"从这个意义上讲，所有的声音，特别是口头话语，来自生命有机体的内部，是动态的、有活力的。……马林诺夫斯基（Malinowski）认为，对于早期（口头文化中的）人类来说，语言是一种行动模式，而不仅仅是思想的会签。"③

诗歌是一种先于文字存在的艺术形式，文字只是诗歌存在的媒介之一。在许多区域的古代文化中，诗歌扮演着记忆与传承的功能，以口头形式将历史输送到更远的地方。约翰·弗里（John Miles Fo-

---

① 参见史敬轩《消失的呼吸：盎格鲁—撒克逊英雄史诗行间音顿的缺失与再现》，《外国文学评论》2015 年第 2 期。

② Walter J. Ong, *Orality and Literacy: The Technologizing of the Word*, New York: Routledge, 2002, p. 32.

③ Walter J. Ong, *Orality and Literacy: The Technologizing of the Word*, New York: Routledge, 2002, p. 32.

ley）在《如何读一首口头诗》中讲述过一位西藏歌手（Paper-singer）的故事，这位歌手手持一页白纸，看似在照着纸念诵格萨尔王的故事，纸上却没有任何文字，而他本人也是不识字的。文本对他来说是"一个护身符，一种象征性的歌唱设备"①。他所传唱的故事，关乎藏民族的早期历史与传说。

除了保存与传承历史，口头诗歌还具备其他功能。弗里曾在南斯拉夫塞尔维亚舒马迪亚地区的村庄里做过田野调查，他总结了口头诗歌在此地生活中所扮演的多重角色：例如，在一个名为"Orasac,VelikaIvanca"的村庄，为治愈身体疾病时会念诵一种名叫"Bajanje"的"魔力咒语（magic charm），实施魔咒的人通常是绝经后的妇女，而被实施咒语的"病人"是月经开始前的少女，跪着的病人身前还需放置燃烧的灰烬、刀、银片等；口头诗歌中还有为安抚心灵的葬礼哀悼（"Tuzbalice"），为追踪身份的家谱（"Pricanje"），并且，家谱与史诗有相同的十音节格律（"decasyllabic meter"），且是念出而非唱出的；同时，还存在为留存遗产的史诗（"Epskepjesme"），等等。弗里写道："对于口头诗歌来说，环境和背景是诗歌意义无可辩驳的一部分。"② 因此，口头诗歌的意义不仅仅依存于"语言"，它的全部意义需要在一定的仪式、情境与地理环境中展现出来，也需依托此种因素才能实现其价值。这亦是早期诗歌作为一种"活动诗歌"的缘由所在。

无论是《奥德赛》《伊利亚特》《贝奥武夫》，抑或其他民族史诗、村落口头诗歌，它们在前印刷术时代所扮演的角色并不是一种封闭式个人创作，也不是个人阅读的资源。它们深入广阔的民众生活，与人的生产生活紧密地联系在一起。诗歌不是一种束之高阁的具有展示价值的艺术形式，而是更倚重其社会属性，在文化传承与

---

① John Miles Foley, *How to Read an Oral Poetry*, Urbana and Chicago：University of Illinois Press，2002，p. 3.

② John Miles Foley, *How to Read an Oral Poetry*, Urbana and Chicago：University of Illinois Press，2002，p. 188.

日常生活中发挥着实在的、细微的功能。当有人对着观众讲话，观众就与演讲者以及其他观众形成一个共在的整体，其中流动着聆听、交流、互动，而"书写与印刷是孤立的"，因此，沃尔特·翁说："口头语言永远是一个事件，一个时间里的运动，这在书写或印刷文字休眠般的静止中是完全缺失的。"①

如果将诗歌比作生命体，那么在诗歌基因库里建立起某种原始基因序列的就是早期诗歌。无论诗歌行至多远，这种基因序列会一直如影随形，在某些时期隐没，又在另一些时期大放异彩。这样的说法并不是一种比喻式的联想，我们可以从早期活动诗歌对文本的塑造里窥见其端倪。

三 "文本诗歌"的生成

（一）诗歌转向与印刷术

在现代语境下谈论诗，常常意指一种特殊的书写符号组成。这即是为什么当 2016 年诺贝尔文学奖颁给鲍勃·迪伦（Bob Dylan）时，大多数人会感到惊愕。在大多数人眼里，他是一位民谣歌手。然而，鲍勃·迪伦的创作与表演实际上与古老的文学传统遥相呼应。

洛德在《故事歌手》一书中写道："我们的口头诗人是创作者。我们故事的歌者也是故事的创作者。歌手，表演者，创作者，诗人，是从不同方面描述的同一个人，并且这些角色是同时进行。"② 这是洛德与帕里从南斯拉夫田野调查中所获得的结果。它不仅是现代南斯拉夫某些部落的诗歌现状，也是荷马史诗的创作与传播形态。而鲍勃·迪伦与莱昂纳德·科恩（Leonard Cohen）等歌者也适用于洛德的表述。或因此原因，延至 2017 年 6 月才领奖的鲍勃·迪伦，在获奖演说中首先提及自己的追问："当我第一次听说我获得了诺贝尔

---

① Walter J. Ong, *Orality and Literacy: The Technologizing of the Word*, New York: Routledge, 2002, pp. 74 – 75.

② Albert B. Lord, *The Singer of Tales*, New York: Antheneum, 1960, p. 13.

文学奖，我一直在思考，我的歌到底如何与文学有关?"① 在获奖演说的最后，他谈起了《奥德赛》:

> 《奥德赛》是一本伟大的书，其主题已经融入许多词曲作者的歌谣:"归乡之路""家乡的绿草""牧场上的家"，以及我的歌曲。
>
> ……
>
> 我们的歌曲在人世间充满活力。但歌曲不同于文学。它们是用来唱歌的，而不是用来阅读的。莎士比亚戏剧中的台词是要在舞台上表演的。就像歌曲中的歌词是用来唱的，而不是在一页纸上读的。我希望你们中的一些人有机会以他们想要被听到的方式来听这些歌词:在音乐会或录音中，或者如今人们无论何种听歌的方式。我再次回到荷马身边，他说:"在我心中歌唱，哦，缪斯，通过我讲述这个故事。"②

荷马时代是诗歌口头传统兴盛的时期，彼时的诗歌合乐而歌。这亦是一些评论家把迪伦与科恩称作"游吟诗人"的原因。瑞典文学院授予迪伦的颁奖词是:"为美国伟大的歌唱传统带来了新的诗意表达。"③ 事实上，在数字化传播盛行的当下时代，迪伦获奖的意义远不止"美国的歌唱传统"这一层面，它预示着诗歌在后印刷术时代所萌生的新的转向。

在西方，诗乐分离要追溯到印刷术的大量运用。但需加注意的是，是印刷术而非书写技术，改变了诗歌及其口头传统的状况。沃

---

① Bob Dylan, "Nobel Lecture", June 5th 2017, The official website of Nobel Prize, Retrieved January 5, 2018, https://www.nobelprize.org/nobel_prizes/literature/laureates/2016/dylan-lecture_en.html.

② Bob Dylan, "Nobel Lecture", June 5th 2017, The official website of Nobel Prize, Retrieved January 5, 2018, https://www.nobelprize.org/nobel_prizes/literature/laureates/2016/dylan-lecture_en.html.

③ See "Bob Dylan Facts-Prize Motivation", The official website of Nobel Prize, https://www.nobelprize.org/nobel_prizes/literature/laureates/2016/dylan-facts.html.

尔特·翁说："最早的文本可以追溯到6000年前。对口头与书写在不同阶段的共时分析形成参照框架，最好不要理解成先是有口头文化再有书写文化，只不过是印刷文化将写作带至新的高点，电子文化又基于书写与印刷文化之上。"① 翁认为书写是一种技术。"柏拉图将书写看作一种外在的、格格不入的技术，就像今天许多人看待电脑技术那样。"② 迈克尔·克兰奇（Michael Clanchy）也详细讨论过这个问题。在他的《从记忆到书写记录：1066—1307年的英国》一书中，他指出书写是最重大的三种技术之一。③ 翁也讲道："（书写技术）开启了后来印刷术和电脑技术继续进行的旅程，将动态的声音降至寂静的空间，将话语与在场的生活相分离——那本是话语唯一能存在的地方。"④ 从《谷登堡星汉璀璨》到《理解媒介》，麦克卢汉也在著述中表达如下观点：书写早已存在，但印刷术的出现和大量运用加速了口头到文本的转向。

技术的变革对社会的影响是深刻的，这种深刻的影响同样扩散至诗歌领域。印刷术的发明与大量运用从技术层面为诗歌形态的改变打开了缺口。在中国的活字印刷术传入欧洲之后，谷登堡于15世纪将之改良为金属活字印刷术。随后，印刷术逐步演变为一种有组织的产业。"1480年标志着印刷术从印刷商各自为政变得专门化。……阿道夫·鲁施是这一趋势的领头人，他发展了给其他印刷商供应纸张的业务，而且拿到了一个打印部分《圣经》的合同。这就导致了印刷文字的统一化，这是印刷业朝向自治和标准化迈出

---

① Walter J. Ong, *Orality and Literacy：The Technologizing of the Word*, New York：Routledge，2002，p. 2.

② Walter J. Ong, *Orality and Literacy：The Technologizing of the Word*, New York：Routledge，2002，p. 2.

③ Michael Clanchy, *From Memory to Written Record：England 1066 – 1307*, Second Edition, Hoboken：Wiley Blackwell，1979，pp. 88 – 115.

④ Walter J. Ong, *Orality and Literacy：The Technologizing of the Word*, New York：Routledge，2002，p. 82.

的一大步。"① 可见，印刷术在中世纪末期完成了从一项技术创新到一种新兴产业的转化。

麦克卢汉将人类文明看作三种形态——"部落化""非部落化"以及"重新部落化"。在部落文化中，听觉生活占主导地位，部落经验经由声音传达。第一次部落化的终结，是由于印刷术的发明和传播，而非文字的发明。究其缘由，文字发明后，手抄书或雕版印刷品都未广泛进入平民手中。中世纪的手抄书实际上是口头演说的蓝本，其"对造型的讲究几乎到了雕刻的程度"。② 在这一时期，口头文化传统仍然占据主导地位。而印刷术的出现才导致人们离开封闭的"部落"走向开放的社会，促成眼睛与耳朵的角色转换，同时也导致艺术门类的分化。麦克卢汉这样写道：

> 印刷物更为引人瞩目的影响，是造成诗与歌、散文与演讲术、大众言语和有教养的言语的分离，以诗为例，这种分离产生如下的结果：与歌曲分离之后，诗可以吟哦而不必让人听见。同样，乐器可用来弹奏而不必伴以诗歌。③

因此，书写文字和印刷术将口头文化传统转变为书面文化传统。印刷文本的大量出现，人们读写能力的增强，使长期占据主导地位的口头传统逐渐消隐。

中世纪晚期是口头文化向印刷文化转型的重要时期。约翰·汤普森（John J. Thompson）认为，"中世纪晚期的图书史，是以口头文学生产与传播的两个显著发展为特征：一，从记忆到书写记录的

① George Parker Winship, *Gutenberg to Plantin*: *An Outline of The Early History of Printing*, New York: Burt Franklin New York, 1968, p. 19.

② ［加］马歇尔·麦克卢汉：《理解媒介——论人的延伸》，何道宽译，商务印书馆 2000 年版，第 203 页。

③ ［加］马歇尔·麦克卢汉：《理解媒介——论人的延伸》，何道宽译，商务印书馆 2000 年版，第 223 页。

可见转移；二，伴随前者的转移，西方中世纪晚期见证了从手稿到印刷文本的过渡。"①

欧洲各国诗乐分离的具体时间略有不同，但大都发生于这一时期。"意大利诗歌在 13 世纪开始与音乐相分离，法国是在 14 世纪；但是在 1500 年，英国流行的歌谣（ballad）和歌曲仍然维系着几个世纪的词与调的联姻。"② 虽然英国稍晚一些，却也在 1600 年之前完成了这一转变。H. T. 柯比 - 史密斯（H. T. Kirby-Simith）说道："诗歌从音乐中永久地分离出来，它发展出自身的韵律与结构规则，与音乐并没有太大的直接联系……一旦这种分离稳定下来，就像黄金时代及之后的拉丁诗歌一样，或者 1580 年起的英国诗歌，实在的音乐越来越变成遥远的记忆了。"③ 至此，与曲调分离后的诗歌以印刷文本为载体，逐渐被划归"文学"旗下，成为书写文化的一部分。

（二）口头诗歌对文本诗歌的塑造

当诗歌完全匍匐在文字之上并成为"文学"的一脉分支，其形式、类型、音韵乃至内容，都仿佛从早先的口头传统模子里剥落出来，处处有口头传统的影子。

诗歌形式中，诗节（stanza）与诗行（lines）是异常醒目的存在，而它们的形式生成源于诗歌最初与音乐及口头传统的紧密关联。史蒂芬·亚当斯（Stephen Adams）写道："诗节的存在源于抒情诗是为合音乐而作。在真正的抒情诗中，诗节的每一行诗对应着一乐句曲调。为音乐而作的诗倾向于行末终止（end-stopping），跨行连续（enjambment）很弱或者没有，押韵词在耳边回荡，在诗行末停

---

① John J. Thompson, "*The Memory and Impact of Oral Performance*：*Shaping the Under-standing of Late Medieval Readers*", *Readings on Audience and Textual Materiality*, eds., Graham Allen, Carrie Griffin and Mary O'Connell, London：Pickering & Chatto, 2011, p. 9.

② H. T Kirby-Simith, *The Celestial Twins*：*Poetry and Music Through the Ages*, Amherst：University of Massachusetts Press, 1999, p. 101.

③ H. T Kirby-Simith, *The Celestial Twins*：*Poetry and Music Through the Ages*, Amherst：University of Massachusetts Press, 1999, p. 2.

止，同时也是一个乐句的完结。而脱离音乐功能的诗节，跨行连续就自由得多了。"① 在音乐之外的诗歌口头讲述中，诗句的分行则来自"一口话"。口头讲述者到不同的地方旅行，述诵新的传说和故事。在其念诵过程中，诗节开始成为一系列有意识的暂停，而暂停是为了屏住呼吸并唤出下一部分故事。

从诗歌类型（genre）来讲，存在史诗（epic）、圣歌（hymn）、颂（ode）、挽歌（elegy）、歌谣（ballad）等各种分类。诗歌最初作为一种仪式或活动的功能性不言自明。

以圣歌在西方的发展史为例，"Hymnos 最初是古希腊宗教礼拜的颂神歌，一般由三部分组成：呼唤神、神话叙事、结束时的祈祷"②。后来，圣歌发展至中世纪乃至近现代，虽然发生了很大的变化，但是现代圣歌依然"保留了两大传统的如下特征：对神灵、君王、英雄等的呼唤、庄严的语调以及三段式的倾向（开始的呼唤、中间的叙述、结束时的祈求）。……其三段式的结构基本上若隐若现地存在，制约着颂歌的内在结构"③。

再以颂（ode）为例，最初的希腊颂歌是用音乐伴奏表演的，主要乐器是阿夫洛斯管（aulos）和里拉琴（lyre）。而进入以书写文字为主要文化传播手段的时期，颂歌的体例依然保存了下来，三种典型的颂歌形式为：品达体颂歌（Pindaric），贺拉斯体颂歌（Horatian）和不规则形式（irregular）。诸如挽歌等其他诗歌类型，它们与活动仪式的联姻更是十分明显，从命名便可窥见端倪。

诗歌最初从口头活动、仪式中诞生的体例，继续影响着印刷术

---

① Stephen Adams, *Poetic Designs*：*An Introduction to Meters Verse Forms and Figures of Speech*, Peterborough：Broadview Press, 1997, pp. 71 – 72.

② 杨宏芹：《〈颂歌〉的内在结构及其仪式化》，《同济大学学报》（社会科学版）2009 年第 20 卷第 6 期。

③ 杨宏芹：《〈颂歌〉的内在结构及其仪式化》，《同济大学学报》（社会科学版）2009 年第 20 卷第 6 期。另：此处的"颂歌"即为"圣歌"，杨将之译为"颂歌"。与下文的颂/颂歌有区别。

时代文本诗歌的创作。美国学者保罗·福塞尔（Paul Fussell Jr.）说："诗歌格律是诗歌意义首要的实体和情感组成部分。"① 即使进入印刷文本时代，诗歌格律、韵律、节奏等依然是诗人十分重视的方面。难道这一现象的存在仅仅因为音韵的和谐会带来美感？

前文曾提及，记忆是口头诗歌最为紧要的环节，因此记忆单元在口头传统的诗歌中极为重要。为方便记忆所形成的一个个口头程式，包含着意义分组、用语习惯、唱调、音色等，格律是其中的一个方面。因此，诗歌格律的形成，对音韵美的考量并不是首要的，方便记忆这一实用性功能才是最初的考量。

从最简单的"点数童谣"（Counting-out rhymes）中，我们能够看到押韵与方便记忆的关联：

> Eeny, meeny, miny, moe
> Yan Tan Tethera
> Tinker, Tailor（traditionally played in England）
> Ip dip
> Inky Pinky Ponky②

这是从一组中"随机"选择一个人的简单游戏，这种点数的习俗源于通过抽签占卜的迷信做法。这一游戏不需要材料，通过口语或手势实现。参与者排成一行或一个圆圈，一人在背诵韵律的同时指向一位参与者，每位参与者都用一个押韵的词来表示，最后一个字或音节停下时所指向的人便被选中或淘汰出局；随后再重复以上过程，直到所有参与者通过点数被选出来。

从中可以看到，韵律的规整非常便于记忆。《口头传统里的记

---

① Paul Fussell, Jr., *Poetic Meter and Poetic Form*, New York：Rutgers University Press, 1965, p.1.

② Ronald Macaulay, *The Social Art*：*Language and Its Uses*, London：Oxford University Press, 2006, p.189.

忆：史诗、歌谣与点数童谣的认知心理学》(*Memory in Oral Traditions：The Cognitive Psychology of Epic，Ballads，and Counting-out Rhymes*)这本书便集中论述了口头传统中为方便记忆而出现于史诗、歌谣与童谣的各种韵律，而这种韵律的存在直接影响了诗歌的书面形式。①中国民间童谣也是一样，前后两句并无意义上的紧密关联，但音韵的衔接也使它们浑然一体。例如，民间童谣"月亮走，我也走/我给月亮打烧酒/烧酒辣，买黄蜡/黄蜡苦，买豆腐……"中，其音韵衔接是跳跃式的层层相扣，意义的连接具有偶然性，但它非常便于记忆。这种便于记忆的音韵模式，直接影响了书面文本的生成。口头诗歌的出口是口头表演，因此每一个表演的版本会有细微差别。

作为帕里与洛德最重要的发现——"口头程式理论"，帕里对其中的"程式"有如下定义："程式是一种在相同的格律条件下，为表述某一特定意义而经常使用的一组词语"，其侧重在于"为表述某一特定意义"。洛德则认同节奏与思想的一致性，他写道：

> 即使在前唱歌年代，节奏与思想也是一体的，歌手的程式概念逐渐形成，但并不明确。他意识到连续的节拍和重复思想的不同长度，这些都可以说是他的程式。基本的格律模式、词汇疆界、节奏已经尽在掌握，在他那里，传统开始自我复制。②

格雷戈里·纳吉（Gregory Nagy）也探讨过程式与格律、词汇的关系。他认为来"格律是程式在历时过程中产生的，而不是相反"，程式也"并非是传统词组（traditional phraseology）"，他写道："可预测的节奏模式来自最受喜爱的传统短语与最受喜爱的节奏；这些模式最终确定下来，加上传统短语中的音节数的规定，就组成了我

---

① David C. Rubin, *Memory in Oral Traditions：The Cognitive Psychology of Epic，Ballads，and Counting-out Rhymes*, London：Oxford University Press, 1997.

② Albert B. Lord, *The Singer of Tales*, New York：Atheneum, p. 32.

们所知的格律的核心。"① 因此，诗歌的格律是基于口头表演过程中的多种因素而生成的。

文本诗歌中的节奏区分，同样也得益于一种口头表达倾向。"伊丽莎白时期的作家在'平缓的'（smooth song）与'强烈的'（strong lined）诗歌之间划分了严格的界限，今天依然适用。在强烈的诗歌中，无论哪个时期，诗歌节奏通过自身与格律框架互动创造意义。通常说来，密集的重读音节表明缓慢、强调和困难。非重读音节的聚集则暗示迅速、轻快和容易。突然的节奏反转通常伴随着惊讶，思想转变，新的语调和某种加强。"② 因此，早期口头传统对于诗歌文本的形成产生了广泛而深远的影响。从诗节到诗行再到词组排列，从格律形成到节奏划分，诗歌无一不从其源头获得某种规范与养料。

弗里谈道："在英美文学里，大多数诗歌可以通过谱系或其他路径，从古希腊罗马诗歌中找到终极的遗产。这一家族联系可能相距甚远，且有许多其他影响因素，但占很高比例的英语诗歌遗存了最初的起源特点——保留按音节计数的格律作为诗行的基础。"他进一步举例说明："如果诗人选择五步抑扬格，甚或是无韵诗，无论有意或无意，他们实际上为其艺术选择了一种熟悉的、历史悠久的手段。"③ 而希腊罗马的这种历史遗存由英美诗人实践了数世纪。

在《贝奥武夫》（*Beowulf*）中寻找音节规则最初是一个失败的案例，每行诗句的音节从 8 至 13 不等，这说明不了什么问题。后来，对头韵（alliteration）的发现和对重音（stress）的关注才解开

---

① See Gregory Nagy, "Formula and Meter", Benjamin A. Stolz and Richard S. Shannon, Ⅲ, eds., *Oral Literature and The Formula*, Ann Arbor: Center for the Coordination of Ancient and Modern Studies The University of Michigan, 1976, p. 251.

② Stephen Adams, *Poetic Designs*: *An Introduction to Meters Verse Forms and Figures of Speech*, Peterborough: Broadview Press, 1997, p. 10.

③ John Miles Foley, *How to Read an Oral Poem?*, Champaign: University of Illinois Press, 2002, p. 30.

了《贝奥武夫》韵律问题的关键所在——这也是日耳曼民族诗歌格律的重要特点。①

由此，我们可以看到，活动诗歌并非一种新的诗歌形态，诗歌发生的源头就已宣示一种诗歌的"活动"存在。限于技术原因，未有对其状态的真实记录。但一代代学者通过自己的艰苦考察，大致还原了诗歌的本来面貌。整个诗歌史，进入"文本诗歌"时代的诗歌，依然留存着"活动诗歌"的印迹。

（三）教育体制与学术话语对文本诗歌的倚重

当印刷文本成为文化传播的主要途径之后，口头诗歌是否消失殆尽？答案是否定的。它们依然大量存在于现代文明尚不发达的地方，如少数民族、偏远山区等。这也是为什么考察口头传统的田野调查能顺利进行并有所收获。即使是在现代文明的发达的地域，口头诗歌也一直存续。诸如童谣的口口相传，诗歌朗读传统的继续，等等。然而，口头传统确乎已经式微，相较于印刷文本传播的主流化，它处于十分边缘的地位。除印刷技术本身的作用之外，教育体制与学术话语对文本的倚重，也是一个重要的原因。从基础教育开始，对诗歌的教育大都基于一种文本的分析。

无论在西方还是中国，诗歌都历经诗乐分离，诗歌的"声音"都从主导变得边缘。作为诗歌价值评判与理论言说的阵地，诗学的趋向与诗歌本身的发展也存在关联。乔治·斯坦纳在《语言与沉默》中谈论批评的三种功能，其中第三种就是对同时代文学的判断功能。

回顾 20 世纪以语言学为引领的文学批评传统，对声音的观照是十分微弱的。与此相对照，一些谈论诗歌声音的诗学，也偏向于剥夺声音的本体地位。例如，宇文所安在《中国传统诗歌与诗学：世界的征象》一书中考察声音，最初确立了声音作为媒介的地位，却

---

① John Miles Foley, *How to Read an Oral Poem?*, Champaign：University of Illinois Press，2002，p. 31.

在谈论的展开中滑入对诗人风格的讨论。声音成为一种隐喻，而非媒介。

开篇处，宇文所安认为声音是有价值的、是联系说话人与听者的纽带。随后，作者认为写作和文本剥夺了发声过程的音调变化、独特语音和措辞习惯。他写道："词只是消失的声音，这一奇迹留住了声音也夺去了它们的生命……写作的优势在于延伸——能被带到远处，并维持长久——但同时，文字贴上了匮乏的标记：它与声音没有直接的联系，在声音中，词是活的。"① 到这里，作者认可声音的重要性，也指出在文字中声音已死去。但作者话锋一转："在其所有意义上，风格都可以令人从模糊的统一中辨别和揭示出身份。"② 他为死去的声音找到替身——风格，因他认为风格与声音皆为身份的标识。既然声音死去，但风格犹存，从而建立起身份与风格的联系。宇文所安放弃声音来谈风格，并认为风格等效于身份，这是不可靠的。他进一步称"如同形式，声音本身没有意义"③。可见作者不仅放弃对声音的探讨，还否定声音的意义与重要性，陷入自我设定的悖论，也陷入"意义中心"主义。

声音与意义这一对概念，语言学是对其着墨较多的学科。20 世纪是语言学大行其道的世纪。索绪尔将我们惯常理解的语言分为"语言"（langue）和"言语"（parole）两大系统。他认为语言是在个体进行言语之前就已存在的一整套社会规约，是"确定的部分"。与此相对，"言语活动是多方面的、性质复杂的，同时跨着物理、生理和心理几个领域"④。一言概之，索绪尔认为语言是主要的、社会

---

① ［美］宇文所安：《中国传统诗歌与诗学：世界的征象》，陈小亮译，中国社会科学出版社 2013 年版，第 68 页。

② ［美］宇文所安：《中国传统诗歌与诗学：世界的征象》，陈小亮译，中国社会科学出版社 2013 年版，第 68 页。

③ ［美］宇文所安：《中国传统诗歌与诗学：世界的征象》，陈小亮译，中国社会科学出版社 2013 年版，第 72 页。

④ ［瑞士］费尔迪南·德·索绪尔：《普通语言学教程》，高名凯译，商务印书馆 1980 年版，第 30 页。

的，而言语是次要的，属于个人。我们知道声音的表现与后者直接相关，但索绪尔放弃了对言语活动的研究。在他看来，言语行为的一切细节不能像照片那样被拍摄下来，且言语中没有集体，只有个人和短暂。虽然《普通语言学教程》的大量篇幅在谈论语音，但正如他自己明确指出的那样，其语音研究是在"语言"的轨道下探寻普遍规律，而非言语及其个性化。

"语言论转向"是当代西方文论的重要转向。朱立元如此评价："从俄国形式主义、布拉格学派、语义学和新批评派，到结构主义、符号学，直至解构主义，虽然具体理论、观点大相径庭，但都从不同方面突出了语言论的中心地位。"① 这些贯穿20世纪的人文批评方法的兴起，从某种意义上讲，都使本来存在于诗歌的"声音"日渐边缘化。

此后，20世纪三四十年代，英美新批评的迅猛发展，使现代主义诗歌与学术话语、学院权威紧密挂钩。在题为《新批评的体制化》的书籍章节中，威廉·凯恩（William E. Cain）分析了新批评的"体制化"道路。兰色姆在给泰特的信中写道："建立'美国文学院'（American Academy of Letters），它将肩负'文学自律与传统的体制'的权利，并将聚焦于风格、形式和技巧等问题。"② 从中可看出这位新批评主义者的雄心抱负。而利维斯更是将新批评的方法推广至其他学科："利维斯看到文学的'细读批评'引领着在其他学科的严肃工作，引领用其他语言的文学研究，以及对文化、社会和当代文明的批评。利维斯在好几本书里和文章中重申了他的提议，其中出版于1943年的《教育与大学：一个'英语派'蓝图》是最简洁和引人注目的一本。"③ 利维斯强调定义"英语"之必要，并将之与其

---

① 朱立元：《当代西方文艺理论》，华东师范大学出版社2005年版，第7页。

② William E. Cain, *The Crisis in Criticism：Theory，Literature，and Reform in English Studies*, The Johns Hopkins University Press, 1984, p. 115.

③ William E. Cain, *The Crisis in Criticism：Theory，Literature，and Reform in English Studies*, The Johns Hopkins University Press, 1984, pp. 115 – 116.

他学科区别开来。在新批评主义者的倡导下，"文本细读"成为教育中的重要环节。

至此，对文本倚重的意识不仅从基础教育的识字与书写中开始建立，大学文学教育中字斟句酌的对文字技巧、修辞、风格等的分析，也都使文本成为至高无上的权威中心。突出文本的同时，亦遮蔽了口头传统及与之相联系的整个活动诗歌的传统。

四　技术变革与活动诗歌复兴

一如诗歌从口头到文本的转向源于印刷术应用的扩散，诗歌再次转向口头与活动亦与技术密切关联。录音、录像技术的发明，使口头诗歌变得可记录、可回播。自 1877 年爱迪生发明留声机以来，录音技术不断发展。肖恩·斯特里特（Sean Street）在《广播之诗：声音的色彩》中讲述了广播在美国立足的历史，他写道：

> 1920 年，沃伦·哈定与詹姆斯·考克斯进行总统竞选，竞选结果通过广播公布，宣告广播在美国诞生。之后，提供讯息或娱乐服务也能成为一项产业并能无限地推动设备生产和销售——这一观点迅速成为大西洋两岸的共识。①

诗歌进入广播的历史，可追溯到 20 世纪 30 年代。"1932—1933年冬天每个星期天的晚上，全美国的听众围绕在收音机旁，听埃德娜·米莱（Edna St. Vincent Millay）在 NBC 广播电台朗读她的作品。"② 那也是收音机在文化生活中占据重要地位的年代，"二战"前夕，美国国家广播协会（NAB）抽样调查显示："男性平均每天听

---

① Seán Street, *Sound Poetics：Interaction and Personal Identity*, New York：Palgrave Macmillan, 2017, p. 1.

② Derek Furr, *Recorded Poetry and Poetic Reception from Edna Millay to the Circle of Robert Lowell*, New York：Palgrave Macmillan, 2010, p. 2.

广播的时间是 3 小时，而女性是 4 小时。"①

　　录音技术对于诗歌朗读录制活动的展开起了巨大的推动作用。而录音技术的进步与"二战"及冷战密不可分。例如，在大西洋战场上，为捕捉到潜水艇的声音，不仅需要训练声呐操作员，也需要提高录音的清晰度。安德烈·米勒德（Andre Millard）对 20 世纪录音技术的演变有详尽介绍：

　　　　20 世纪三四十年代电气时代的代表是 78 – rpm（每分钟 78 转）的黑胶碟，真空管留声机或广播留声机合体。五六十年代的技术顶峰是密纹黑胶碟（45 – rpm 单面唱片和 33 – rpm 长时间唱片），而唱机技术则从真空管过渡到晶体管。到了七十年代，磁带逐渐替代旋转唱片成为声音录制的主要形式。1977 年，盒式磁带的市场份额快速增长，标志这一录音形式开始占据主导地位。1982 年，压缩光盘（compact disc，CD）的商业介入开启了数码时代。②

　　广播以其广泛的影响力，促进了诗歌的传播，亦带来文学方式的改变。20 世纪中期是美国诗歌史上的一道分水岭。这道分水岭，可以 1960 年唐纳德·艾伦（Donald Allen）所编诗集《美国新诗：1945—1960》的出版为标志。艾伦在《序言》中写道：

　　　　这些新一代诗人写了大体量的诗歌……大量作品通过诗歌诵读的形式为人所知，且有越来越多的听者。它们在伯克利，旧金山，波士顿，黑山学院，纽约等地出现，表现出一个共同

---

　　① Paul F Lazarsfeld and Harry Field, *The People Look at Radio：Report on a Survey Conducted by the National Opinion Reasearch Center*, Chapel Hill：University of North Carolina Press, 1946, p. vii.

　　② Andre Millard, *America on Record：A History of Recorded Sound*, Cambridge：Cambridge University Press, 2005.

的特点：对典型学院派诗歌特征的彻底反版。①

他指出这些诗人作品与前两代诗人作品的不同出场方式——"通过诗歌诵读的形式为人所知"。而录音技术的进步也推动了这一形式的继续扩大。"第一次，诗人能重听自己的声音，并且可以用它来改进记录与表演策略。"② 随着 50 年代后期诗歌朗读在爵士乐酒吧、咖啡馆、大学礼堂的日渐兴起，录音机似乎又将诗歌的口头氛围返回给它。……磁带录音能记录那一时刻的真实——周围的噪音、现场评论、咳嗽声、嘘声——通过这些事件的独特性得以保留。③

20 世纪中期的美国诗坛，各种实验诗歌、诗歌合作层出不穷，诗歌跳出了在文字上大做文章的文本中心主义。纽约派、黑山派、自白派、垮掉派，各种诗歌流派与诗人团体涌现，诗歌作为一种口头与活动传统蓬勃兴起。例如，在《投射诗》一文中，查尔斯·奥尔森在一开篇就写道："现在——1950 年——的诗歌，如果要继续发展，如果要有所作为，我认为需迎头赶上，将诗歌放入诗人的呼吸与听觉等特定准则和可能性中去。"④ 重视呼吸的准则，是着眼于对诗歌朗读的领悟。这种从呼吸中获取诗歌节奏的观念，与当时兴起的诗歌朗读活动、诗歌录制等是互相关联的。诗歌直接诉诸个体听觉，不仅从形式上改变了诗歌样态，而且在诗歌的精神内蕴与内容上也与新批评相去甚远。

---

① Donald Allen, *The New American Poetry 1945 - 1960*, New edition, Oakland：University of California Press, 1999.

② Davidson, Michael, "Technologies of Presence：Orality and the Tape voice of Contemporary Poetics" in Adalaide Morris ed. , *Sound States：Innovative Poetics and Acoustical Technologies*, Chapel Hill：University of North Carolina Press, 1997, p. 99.

③ Davidson, Michael, "Technologies of Presence：Orality and the Tape voice of Contemporary Poetics" in Adalaide Morris ed. , *Sound States：Innovative Poetics and Acoustical Technologies*, Chapel Hill：University of North Carolina Press, 1997, p. 99.

④ Donald Allen and Warren Tallman, eds. , *Poetics of the New American Poetry*, New York：Grove Press, 1973, p. 147.

　　1956 年，艾伦·金斯堡（Allen Ginsberg）在旧金山 6 号画廊朗诵《嚎叫》（*Howl*），这是美国诗歌史上的重要事件。克里斯托弗·比奇（Christopher Beach）在《20 世纪美国诗歌史》中谈到，要了解"6 号画廊六位诗人"事件的标志性意义，需要意识到他们与当时（即使现在也是）大学校园那种正式的、学院派式的朗读有多大的不同，他们非常激进。6 号画廊本身是汽车修理店改造过来的，被布置成一种非正式的剧院，不算传统的诗歌朗读场所。弗雷德·莫拉马可和威廉·沙利文也评论到，《嚎叫》代表了"美国口头说唱的第一次诗歌运用"。① 在这里，语言的原创性——口头说唱，比诗作内容更具划时代意义。"'垮掉的一代'的代表诗人，吸取了爵士和布鲁斯的音乐形式，帮助他们发展出一种实验性的技巧，包括即兴和不可预见性。"② 这种"音乐形式"和"即兴"，是直接关涉声音的存在。

　　纽约派也进行了拓展诗歌内涵的多种尝试，除了在咖啡馆、教堂等地进行诗歌朗读，参与诗歌录制，也与绘画、电影、戏剧等其他艺术门类合作，使诗歌的生成不再只聚焦于文字的书写，极大地扩充了诗歌的可能性。

　　20 世纪中期的美国诗坛，诗歌作为一种口头传统，作为一种活动诗歌而非文本诗歌，重又大量进入人们的视线。并且，这种活力持续至今仍未衰减。而纽约派诗人，就是这一活动诗歌重又复兴的先锋派。技术的改变，使诗歌声音从纸页上的隐喻，变成犹在耳畔的真实回响，变成眼前正在发生的事件。这一改变，不仅是技术所带来的诗歌承载媒介或传播方式的改变，它实际也是诗歌在遭遇技术后的深刻变革。这种变革深植于美国诗歌史的内部脉络。学界对于技术变革及其所带来的影响，也有深刻的剖析。米歇尔·戴维森（Michael Davidson）写道：

---

　　①　Fred Moramarco and William Sullivan, *Containing Multitudes：Poetry in the United States since 1950*, New York：Twayne Publishers, 1998, p. 77.

　　②　Christopher Beach, *The Cambridge Introduction to Twentieth-Century American Poetry*, London：Cambridge University Press, 2003, p. 190.

对于 20 世纪五六十年代的诗人来说，新的口头冲动纠正了高度现代主义（high modernism）以修辞繁复、基于印刷文本为正统的诗歌。对 T. S. 艾略特和庞德来说，"声音"是一种通过角色和反讽达成的修辞构建，对于战后诗人来说，它是生理有机体的延伸。①

这种生理有机体的延伸，是指声音发自身体，直接作用于听者。这种生理有机体延伸的观点，在麦克卢汉的《理解媒介——论人的延伸》、埃里克·哈夫洛克（Eric A. Havelock）的《希腊文学革命及其文化影响》（*The Literate Revolution in Greece and its Cultural Consequences*）、沃尔特·翁（Walter J. Ong）的《口语文化与书面文化：语词的技术化》（*Orality and Literacy：The Technologizing of the Word*）等书作中都可找到相关理论影子。

以麦克卢汉为代表的媒介研究使学术话语从书面向口头倾斜，并不是书写文本并不重要，而是媒介研究还原了技术演变与"口头—书写"更迭的历史语境，并且在书写文本一统天下的局面下打开缺口，给其他传播媒介的理论言说开辟通道。对于"活动诗歌"概念的生成，另外一条理论谱系也占据举足轻重的地位，那就是表演研究。

第二节　活动诗歌与表演研究谱系

一　表演研究与多元文化实践

谈及诗歌研究，克林斯·布鲁克斯（Cleanth Brooks）与罗伯特·沃伦（Robert Penn Warren）出版于 1938 年的《理解诗歌》（*Understand-*

---

① Michael Davidson，"Technologies of Presence：Orality and the Tape voice of Contemporary Poetics"，in Adalaide Morris ed.，*Sound States：Innovative Poetics and Acoustical Technologies*，Chapel Hill：University of North Carolina Press，1997，p. 97.

ing Poetry)一书常被奉为圭臬。书中所涉"节律""意象""主题""象征""隐喻"等概念成为诗歌教学与研究的关键词。这一新批评主义视角下的文本细读模式将诗歌与印刷文本紧密地结合在一起。然而,如前所述,"诗歌的书面文本"并不完全等同于"诗歌"概念,后者远远大于前者的意涵。从古至今,从训诂学到文本细读,从四科八体的文体与风格分类到形式主义,文本诗歌的研究方法遍布整个东西方文论史。就活动诗歌的研究方法与范式而言,一方面需拥有人类学的田野考察的方法意识,另一方面则需与录制技术相结合,并融合声音研究(sound studies)、表演研究(performance studies)与数字人文研究(digital humanities)的视野。

考量活动诗歌动态的诗歌生成与呈现,表演研究是恰如其分的研究范式。事实上,尽管表演研究脱胎于社会学研究、人类学仪式研究、语言哲学、文化研究等理论体系,但该理论的兴起也受到20世纪中期诗人与艺术家的实验与实践的影响。表演研究理论奠基人之一的理查德·谢克纳(Richard Schechner),就曾参与到纽约下东区60年代的先锋运动之中。因此,当代诗歌转向与表演研究的兴起是一种同构关系:诗歌实验与实践催生了表演研究,表演研究反过来成为当代诗歌的观照方式,并随着技术的发展、诗歌实践的演进与理论阐发的深入而向更多可能性的意蕴敞开。

在2016年出版的《文化转向:文化研究的新方向》一书中,多丽丝·巴赫曼-梅迪克(Doris Bachmann-Medick)归纳了当代文化转向的七个方面:阐释转向(The interpretive turn)、表演转向(The performative turn)、反思转向/文学转向(The reflexive turn/literary Turn)、后殖民转向(The postcolonial turn)、翻译转向(The translational turn)、空间转向(The spatial turn)与图像转向(The iconic turn/pictorial Turn)。① 其中,表演转向是一个引起广泛关注的领域,

---

① See Doris Bachmann-Medick, *Cultural Turns: New Orientations in the Study of Culture*, Trans, Adam Blauhur, Berlin: De Gruyter, 2016.

欧美学界在该领域的论著已颇有建树，并已形成新的学科——表演研究（Performance Studies）。国内对于表演转向的关注主要集中在戏剧学、人类学、民俗学等领域，而表演研究是一个异常复杂、广阔的研究领域。巴赫曼－梅迪克写道：

> 表演转向引起对行动和基于行动的事件富于表现力的维度的关注，包括上演的（staged）社会文化。它并非聚焦意义的文化背景或者"文化作为文本"的观点，而是关注产生文化意义与文化经验的实践维度。在事件、实践、物质体现和媒介形式的基础上，它寻求对文化生成与改造的理解。①

既往的文化研究、人类学研究关注既定的、静态事实，此情形如同维克多·特纳援引 D. H. 劳伦斯的话："基于死尸前提的分析。"② 而表演研究的不同之处在于，它集中于对行动、行为、过程等动态过程的考察。理查德·谢克纳说："表演即是行动。"③ 他归纳了表演研究作为一个学科所关注的"行动"主要有四个方面：档案中的行为、艺术实践、田野调查中的行为、社会实践与倡导中的行为。④ 兴起于 20 世纪六七十年代的表演研究，既是一种新的研究视角与研究方法，也在研究内容上摄入了以往未进入学术研究领域的社会方面，是透视当代社会文化与文学艺术的一面视野宽广、角度独特的镜子。然而，当代表演研究也有其古老的学术源头——前现代时期学术机构对古老戏剧、口头诗歌、戏剧表演等的研究。

---

① Doris Bachmann-Medick, *Cultural Turns*: *New Orientations in the Study of Culture*, Trans, Adam Blauhur, Berlin: De Gruyter, 2016, p. 73.

② Victor Turner, *From Ritual to Theatre*: *The Human Seriousness of Play*, New York: PAJ Pulbications, 1982, p. 89.

③ Richard Schechner, *Performance Studies*: *An Introduction*, London and New York: Routledge, 2002, p. 1.

④ Richard Schechner, *Performance Studies*: *An Introduction*, London and New York: Routledge, 2002, pp. 1 - 2.

香农·杰克逊（Shannon Jackson）在题为《表演研究系谱》一文中追溯了早先时期关乎表演研究的教学大纲与课程设置。他认为存在三大谱系：

第一，表演教学法在古典雄辩术教育方面的运用，比如对辩论演说和口头诗论的技巧训练。而到了 20 世纪，口头辩论在欧美则以"公共演讲"（public speech）课目的面貌出现，口头诗论的传统在一些高校则继续作为文学的口头演绎。第二，19 世纪中期的古典主义学术和 19 世纪晚期研究莎士比亚的学生，他们需寻求机会实地表演他们阅读的剧本，最终促使大学教授将这项课外实践划入标准课程体系之下。到了当代，"表演课"则成为许多高校戏剧系的主要组成部分。第三，是视觉艺术练习的教学语境下的表演研究。在 20 世纪六七十年代之后，当先锋画家和雕塑家开始注入多种表演技巧进行实验后，艺术学院认为有必要将"行为艺术"划入"美术"课程。①

这些古老的表演研究谱系，进入现代语境中，转化成新的变体。它们成为当代表演研究的组成部分。但表演研究有较之广阔得多的辖域，或者说，它并没有完全确定的辖域。理查德·谢克纳尝试划分了八种表演类别：1. 日常生活——做厨，社交，"只是活着"；2. 艺术领域；3. 体育与其他流行娱乐；4. 商业领域；5. 技术领域；6. 性别上；7. 仪式—宗教的或世俗的；8. 戏剧领域。② 但他也谈道："事实上，对于什么是或不是'表演'，并不存在固定的历史、文化界限。"③ 黛安娜·泰勒也说："行为艺术，挑战定义和惯例。它跨

---

① Shannon Jackson, "Genealogies of Performance Studies", *The Sage Handbook of Performance Studies*, D. Soyini Madison and Judith Hamera, eds., Thousand Oaks：Sage Publications, 2006, p. 75.

② Richard Schechner, *Performance Studies：An Introduction*, London and New York：Routledge, 2002, p. 31.

③ Richard Schechner, *Performance Studies：An Introduction*, London and New York：Routledge, 2002, p. 2.

越障碍，打破框架，蔑视限制和规则。因此我们能采取的唯一规则就是：打破规则就是表演的规则。"①

对于表演转向发生的触发源头，说法不尽一致。巴赫曼－梅迪克从表演研究所采取术语的来源来进行理解，认为"它的术语来源有多种源头：戏剧表演模式，艺术文化表演，政治与日常生活，文化人类学与社会人类学众的仪式分析方法，实用主义语言哲学的语言使用场景，言语行为理论。这种表演的概念性的发展还延伸到最近的后结构主义、性别研究方法学与媒介理论等"。② 因此，表演研究并非某项既定学科的延伸，而是从多种学科来，并建立在多学科交汇的基础之上。

尽管基于行动的表演研究早已是学术体系的一部分，但"表演研究"这个术语的出现，以及研究范围的扩大，却是发生在 20 世纪六七十年代。这一时期也正好与美国社会反文化运动实践发生的时期相重合。除了前面提及的活动诗歌的重新兴起，其他艺术门类也发生了表现形式的转向，并出现了许多新的艺术实验与实践。表演研究的奠基人之一谢克纳，曾回顾自己在六七十年代的经历对他本人学术研究所产生的影响："我作为一个支持民权和反越战的活跃分子的经历，以及有时参与或创作偶发艺术，为我指出了一个完全崭新的研究领域。"③

战后西欧与美国一系列社会政治问题也为表演研究的发展提供了契机。在麦卡锡主义与冷战盛行的时期，艺术家以新的方式去表达质疑与反抗；在反越战及民权运动中，人们走上街头，自由演讲、集会以及用艺术行为来表达意见。而纽约派诗人在那一时期所进行的各种诗歌、艺术实验，亦是表演研究理论发展的源泉之一。黛安

---

① Diana Taylor, *Performance*, Durham: Duke University Press, 2016, p. 71.

② See Doris Bachmann-Medick, *Cultural Turns: New Orientations in the Study of Culture*, trans, Adam Blauhur, Berlin: De Gruyter, 2016, p. 74.

③ Richard Schechner, *Performance Theory*, London and New York: Routledge, 2003, p. ix.

娜·泰勒写道:"自 20 世纪 60 年代起,艺术家开始用他们的身体去挑战权力体制和社会规范,在艺术实践中将身体置于前线与中心:它不再是绘画、雕塑、电影或摄影中描绘的客体,而是活生生的肉身和行动自身的呼吸。"① 因此,身体开始具有本体论意义。

20 世纪中期,各艺术门类都兴起了聚焦于创造性过程本身的艺术形式,过程本身即是作品,如偶发艺术、行为艺术,等等。而诗歌的活动形态,也在这一时期重新获得生机。学界通常认为未来主义、达达主义、超现实主义等思想潮流是促使这些艺术形式萌生的影响因素。而 20 世纪 60 年代兴起的对表演及活动的学术研究,与文学艺术的活动实践基本上处于同一时期。黛安娜也谈道:"学术挑战分科界限发生在 60 年代末期,而行为艺术也在这一时期打破体制和文化障碍,这并非偶然。"②

二 表演研究脉络及关键思想

"表演研究"这一术语的来源有多种源头:戏剧表演模式,艺术文化表演,政治与日常生活,文化人类学与社会人类学众的仪式分析方法,实用主义语言哲学的语言使用场景,言语行为理论。这些都是文化研究表演转向的推动力量之一,因此,表演研究有着复杂的谱系。单就"performance"这个单词来说,它本身及其相关的"performative""performativity"等词汇也具有多重所指,其在汉语中的翻译版本也不尽相同,如"展演""表演""操演"等。并且,作为一种新的学科与理论,它依然处于尚未完结的动态发展过程之中。

不同学者的表演研究基于不同的理论源头,并非处于同一个体系。然而,许多学者在追溯表演研究的理论著述时,都从社会学家欧文·戈夫曼(Erving Goffman)谈起。1956 年,戈夫曼发表《日常生活中的自我表现》(*The Presentation of Self in Everyday Life*)一书。

---

① Diana Taylor, *Performance*, Durham: Duke University Press, 2016, p. 1.

② Diana Taylor, *Performance*, Durham: Duke University Press, 2016, p. 199.

这本书通常被认为是表演研究的开篇之作。

戈夫曼从社会学角度将人类社会交际纳入戏剧框架，认为人在构建自身的过程中即是一种表演的实施。他在题记中援引乔治·桑塔亚纳（George Santayana）对面具的叙述："面具是抑制的表情，是感受的绝妙回声。……自然界中没有什么是因其他事物而生；所有这些阶段和结果都平等地存在。"在整本书的论述中，戈夫曼始终秉持因个体与他者相区别而产生的"表演—观看"逻辑。他说："当个体直接呈现于其他个体前面，他的活动就会有一种承诺性质。"① 因此，当他者在场时，人们会对自己的行为进行考量，以期获得某种反馈。从个体上升到群体也是一样。"社会组织的原则是，任何具有某些社会特征的个体都有道德权利期望他人以相应的适当方式重视与对待他。"② 戈夫曼借用戏剧舞台的框架，认为人们会在日常生活中拥有前台（front region/stage）与后台（back region/stage）的区分。"一个人在前台的表现可以看作一种努力，以给人一种他的行为活动在该区域保持和体现了某些标准的印象。"③ 而后台则是精心编造与构建这种超越自身能力印象的地方。戈夫曼在全书的结尾写道："作为表演者，我们是道德的商人。……此种始终处于稳定的道德之光、始终保持一种社会化人格的义务和利益，迫使我们成为如同在舞台上表演的那种人。"④

这也是为什么理查德·谢克纳的《表演研究导论》一书中追溯表演研究历史时，在谈论戈夫曼之前还提到了雅克·拉康（Jacques Lacan）与格雷戈里·贝特森（Gregory Bateson）。他认为这两位学者

① Erving Goffman, *The Presentation of Self in Everyday Life*, Edinburgh：University of Edinburgh Social Sciences Research Centre, Monograph, No. 2, 1956, p. 2.

② Erving Goffman, *The Presentation of Self in Everyday Life*, Edinburgh：University of Edinburgh Social Sciences Research Centre, Monograph, No. 2, 1956, p. 6.

③ Erving Goffman, *The Presentation of Self in Everyday Life*, Edinburgh：University of Edinburgh Social Sciences Research Centre, Monograph, No. 2, 1956, p. 67.

④ Erving Goffman, *The Presentation of Self in Everyday Life*, Edinburgh：University of Edinburgh Social Sciences Research Centre, Monograph, No. 2, 1956, p. 162.

的论述为戈夫曼表演研究的出场奠定了理论基础。1949 年，拉康发表论文《镜像阶段》（"The Mirror Stage"），他认为小孩在六个月大的时候就能从镜子里将他们自己认作"他者"，而在成长过程中，在从匮乏到期待的内推作用下，逐渐建立起主体。而这个主体的建立过程源于他者的眼光与自我反映之间的不断修补。个体最终发现这一主体不是其他，而是他在想象中的建构，这一构建使他所有的确定性破灭，因为他始终在构建"他者"。1955 年，贝特森写作《游戏和幻想的理论》（"A Theory of Play and Fantasy"）。贝特森强调了他称为"元交际"的重要性，该信息告诉接收方，某种类型的信息正在被发出——社会交际存在于一系列复杂的框架中。《表演理论剑桥导论》一书则花了大量篇幅谈论英国伯明翰大学文化研究中心对表演理论的奠基作用。

奥斯汀（J. L. Austin）则是从语言哲学的视野论述"表演性/述行性"。1955 年，奥斯汀在哈佛大学演讲，他逝世后，学生厄姆森（J. O. Urmson）根据听讲笔记整理编辑成书《如何以言行事》（*How to Do Things with Words*），于 1962 年发表。奥斯汀认为存在"记述话语"与"施行话语"。奥斯汀基于行动的言语行为理论在表演转向中扮演着重要角色。

理查德·谢克纳是从人类学角度来阐释一种表演研究理论。1966 年，他发表论文《理论/批评方法》（"Approaches to Theory/Criticism"），这篇文章是他后来表演思想的框架。论文《实施》（"Actuals"）发表于 1970 年，文章聚焦非西方文化的仪式以及先锋派表演。① 1973 年，担任《戏剧评论》（*The Drama Review*）杂志的客座编辑，编辑特辑"表演与社会科学"。1977 年，论著《表演理论》第一版出版，并分别于 1988 年和 2000 年修订、扩展。

谢克纳对理解表演起根本作用的部分作了区分：某种"是"（IS）表演的东西（舞蹈，音乐会，剧场产出等），以及某种可被研

---

① 这些论文都收入其 2003 年的著作《表演理论》中。

究或被理解成"作为"（AS）表演的东西。① 然而，是/作为之间的斜线是滑动的，且随时间和语境改变。它取决于我们如何给事件设定框架（frame）。②

维克多·特纳（Victor Turner）也是表演研究理论史上一位重要的学者。1985 年，特纳提出对过程的批评分析。③ 1987 年，理查德·谢克纳也讲道："表演是一种过程范式。"④ 在过程范式下，对意义的界定也发生了改变："意义不是由说话者、观众，甚或环境决定。意义——所有一切意义是偶然的、暂时的——是在过程中通过所有演讲者、参与者与他们特定的个人——文化环境的复杂互动创造的。"⑤

1988 年，朱迪斯·巴特勒（Judith Butler）发表《表演行为与性别建构：一篇关于现象学与女权主义理论的文章》（"Performative Acts and Gender Constitution：An Essay in Phenomenology and Feminist Theory"）。她认为，性别不是我们所拥有的，而是我们做出的一系列隐形又规范化的行为，是一个严格的社会化体制的产物。1990 年，巴特勒出版《性别麻烦》一书，着重论述了"表演性/操演性"（Performativity）这一概念。⑥

人类学家、表演研究学者德怀特·康克古德（Dwight Conquergood）认为："表演范式是对文本实证主义非时间、去语境、扁平化

---

① Richard Schechner, *Performance Studies：An Introduction*, 2nd ed, London：Routledge, 2006, p. 38.

② Diana Taylor, *Performance*, Durham：Duke University Press, 2016, p. 29.

③ Victor W. Turner, "Process, System, and Symbol：Anthropological Synthesis", *On the Edge of the Bush：Anthropology as Experience*, ed. Edith L. B. Turner, Tucson：University of Arizona Press, 1985, pp. 151 – 173.

④ Richard Schechner, "Victor Turner's Last Adventure", *The Anthropology of Performance*, Victor W. Turner, New York：Performing Arts Journal Publications, 1987, p. 8.

⑤ Richard Schechner, *Performance Studies：An Introduction*, 2nd ed, London：Routledge, 2006, p. 125.

⑥ See Judith Butler, *Gender Trouble*, New York：Routledge, 1990.

方法的替代。"① 他的论述是对文本中心主义的反拨。

随着表演研究学科的进一步发展，许多高校建立了专门的表演研究系科和研究中心。在人文社科的研究中，出现了文本中心向行动中心的转向。

三 表演研究视域下诗歌研究的两个向度

（一）基于文本的诗歌表演研究

对诗歌活动形态的表演研究，是 20 世纪 70 年代"表演转向"浪潮中的一个支流。不过，在文学研究领域，存在两种不同的"表演研究"。一种是发端于现象学、基于读者反应批评的"表演研究"，另一种倾向于对在具体地理空间发生的活动诗歌的社会学考察与审美考察。

前者是文学研究者假定作者在进行书写创作时，存在着假想的观众。这沿袭了自现象学、阐释学到接受美学、读者反应理论的理路。杜夫海纳在《审美经验与审美对象》中分析到，要考察审美知觉，理想的状态是综合作者与读者的审美经验，但是在界定审美对象时，容易陷入审美经验与审美对象互相界定的循环圈。因此，"那就要把经验从属于对象，而不是把对象从属于经验，就要通过艺术作品来界定对象自身"②；"艺术作品就是这样已经存在于那里，引起审美对象的经验，它就是这样为我们的思考奠定了一个出发点"③。因此，去作品中分析显示出来的"作者"与"读者"，就成为后来阐释学与读者反应批评的一个基点。

20 世纪六七十年代，读者反应理论兴起，在文学批评历经了以

① Dwight Conquergood, "Poetics, Play, Process, and Power: The Performative Turn in Anthropology", *Text and Performance Quarterly*, 1989, Volume 9, Issue 1, pp. 82 – 88.

② 高建平、丁国旗主编：《西方文论经典（第五卷）：从文艺心理研究到读者反应理论》，安徽文艺出版社 2014 年版，第 158 页。

③ 高建平、丁国旗主编：《西方文论经典（第五卷）：从文艺心理研究到读者反应理论》，安徽文艺出版社 2014 年版，第 160 页。

社会背景、作者、作品为重心之后，终于向读者一方偏移。但值得注意的是，这里的"读者"并非实在存在的读者，而是自文本中发掘出来的假定的"读者"。德国学者伊瑟尔、姚斯，美国学者费什等，都对读者反应作了深入的分析与阐释，产生了"期待视野""隐含读者"等概念，以及将文学看作表演艺术（performing art）等观念。不过，这里的"表演艺术"是一种基于文本分析的假定拥有表演者、表演场所与观众的艺术。

　　例如，格里·布伦纳（Gerry Brenner）曾著《表演批评：读者反应实验》（*Performative Criticism*：*Experiments in Reader Response*）一书，该书采用了"表演批评"这一语汇，但实际上有别于一种跨界的、多元视角的表演批评。再如，史蒂芬·雷尔顿（Stephen Railton）所著的《作者与观众：美国文艺复兴的文学表演》一书，就将文学看作一种"表演艺术"。作者笔下的文学表演，并非真正的舞台表演，而是假想文学家在创作时面对着隐含的观众。雷尔顿选取美国文学史上的经典作品，以新的角度切入，将文学作品视作表演来分析，例如，爱默生在写作时扮演讲演者的角色，并以一种假想的对话形式进行书写；伊恩·杰克（Ian Jack）的《诗人及其观众》也是这样一部作品。他选取了六位诗人，德莱顿、蒲柏、拜伦、雪莱、丁尼生和叶芝，分析他们的职业、所处时代与文化背景，以及这些综合背景下的读者期待，从而印证读者如何塑造了诗歌的品质。如此的研究方法，存在一定的局限性。

　　巴赫曼-梅迪克所指的"表演转向"与上述的"表演艺术"截然不同。她讲道："因为文本模型的单一性，以及阐释转向过余强调意义，20 世纪 70 年代以来的社会科学逐渐占领了文化表演的词汇表。"①

　　（二）基于活动形态的诗歌研究

　　表演转向是转向对一种基于行为与事件的研究。在进入 20、21

---

① See Doris Bachmann-Medick，*Cultural Turns*：*New Orientations in the Study of Culture*，Trans，Adam Blauhur，Berlin：De Gruyter，2016，p. 74.

世纪之交以前，对诗歌声音、表演方面的研究甚少，只有两部著述。一部是 1978 年的《舞台上的诗人：诗歌朗读的某次研讨会》（*Poets on Stage: The Some Symposium on Poetry Readings*），由艾兰·齐格勒（Alan Ziegler）等人编著；1981 年，《诗歌朗读：语言与表演当代概况》（*The Poetry Reading: A Contemporary Compendium on Language and Performance*），由史蒂芬·文森特（Stephen Vincent）等所编。并且，此两本书籍主要是对相关事件的介绍。

到了 1998 年，阿德莱德·莫里斯（Adalaide Morris）编辑出版《声音状态：诗学创新与声学技术》（*Sound States: Innovative Poetics and Acoustical Technologies*，1998）一书，并附有随书光盘。书中所选文章考察了 20 世纪实验诗学与声音技术的关系。在电话、留声机、收音机、麦克风等已经成为日常生活一部分的时代，重新思考阅读方式是必要的。虽然该书侧重于诗歌的录音技术，但它以声音媒介为切入点，考察了诗歌创作、传播与现代声学技术的结合，是对正进行的活动诗歌的研究。活动诗歌的动态过程即包含着诗歌的朗读、表演等。诗人、批评家雷切尔·迪普莱西（Rachel BlauDuplessis）评价道："这些聚焦弦声与听诗的充满活力的文章，是对现代主义、当代性与诗歌的文化研究所做的微调。"① 这是一部研究活动诗歌的重要著作，建立了诗歌与技术的连接，也将现当代诗歌研究从文本转移到录制品中。

同年，诗人、学者查尔斯·伯恩斯坦（Charles Bernstein）所编书籍《细听：诗歌与表演的语言》（*Close Listening: Poetry and the Performed Word*，1998）也于 4 月出版。他在导言中谈道："自 20 世纪 50 年代起，诗歌朗读已经成为北美诗歌作品传播最重要的现场，但对表演中的诗歌（poetry-in-performance）突出特征的研究还比较鲜见（甚至对诗人诗歌的全面研究也忽视了声音文本），诗歌朗读

---

① See Adalaide Morris, ed., *Sound States: Innovative Poetics and Acoustical Technologies*, Chapel Hill: The University of North Carolina Press, 1998, back cover.

的——无论参与状况多良好——报纸与杂志对其报道与评论也寥寥。"① 伯恩斯坦还在导言部比较分析了阅读诗歌文本与听诗的不同之处，并道出听诗与阅读文本具有同等的重要性。他认为，对诗人声音表演的意义而言，"相较于列表式地分析诗歌的格律（meter）、半押韵（assonance）、头韵（alliteration）、韵脚（rhyme）之类（尽管这些仍然是语义密度的隐藏元素），诗歌声音文本是语言活动中语义密度更大的领域"②。

《细听》一书选取了玛乔瑞·帕洛夫（Marjorie Perloff）、苏珊·斯图亚特（Susan Stewart）、苏珊·豪（Susan Howe）等16位诗人、学者的文章，他们是20世纪诗歌表演实践与研究的重要参与者。书籍封底，评论称"这是第一部全面介绍20世纪诗歌被实践为一种表演艺术的著作"。伯恩斯坦提出的"细听"概念，与新批评的"细读"（close reading）有异曲同工之义，为21世纪诗歌批评开启了一条新的路径。

莱斯莉·惠勒的《用声音呈现美国诗歌》（*Voicing American Poetry：Sound and Performance from 1920s to the Present*，2008）一书，以时间为轴线，梳理了20世纪20年代之后美国历史上的诗歌声音与表演实践，并集中论述了诗歌声音与表演的问题。

玛乔瑞·帕洛夫（Marjorie Perloff）与克雷格·德沃金（Craig Dworkin）编著的《诗歌的声音/声音的诗歌》（*The Sound of Poetry/The Poetry of Sound*，2009）一书，也是对诗歌表演中声音问题的集中讨论。近年，对于诗歌声音与表演形态的研究越来越多，具代表性的有以下几部：科妮莉亚·格拉布纳（Cornelia Grabner）与阿图罗·卡萨斯（Arturo Casas）编著的《表演诗歌：诗歌表演中的身体、场所和节奏》（*Performing Poetry：Body，Place and Rhythm in the*

① Charles Bernstein, ed. , *Close Listening：Poetry and the Performed Word*, New York：Oxford University Press, 1998, p. 5.

② Charles Bernstein, ed. , *Close Listening：Poetry and the Performed Word*, New York：Oxford University Press, 1998, p. 13.

Poetry Performance，2011）；拉斐尔·埃里森（Raphael Allison）的《诗行中的身体：表演与 60 年代诗歌朗读》（*Bodies on the Line：Performance and the Sixties Poetry Reading*，2014）；珍妮特·尼尔（Janet Neigh）的《回顾美洲诵读：无国界课程、表演诗与朗读》（*Recalling Recitation in the Americas：Borderless Curriculum，Performance Poetry，and Reading*，2017）。他们拓宽了诗歌表演研究的维度，将诗歌声音、表演与身体、空间、教育、政治等相结合，使诗歌声音与表演研究置于更广阔的视野。

因此，对于转向后的诗歌形态，新批评主义原则已经失去阐释效力。查尔斯·伯恩斯坦写道："过去四十年，越来越多的诗人使用创新的声音模式（sound patterns），即是说，他们的诗歌不遵从已被广泛接受或预先建造好的结构。"[1] 因此，活动诗歌研究也更多地与表演研究等多种诉之于动态过程的研究范式相融合。

第三节　纽约派活动诗歌的历史性出场

17 世纪初，抵达美洲大陆的英国殖民者，给这片土地带去了新的物种、武器、制度，也带去了英国诗歌。美国早期诗歌具有浓郁的 17 世纪英国玄学诗和冥想诗的影子，如安·布拉德斯特里特（Anne Bradstreet）和爱德华·泰勒（Edward Taylor）等人的诗歌。蔓延了两三百年的美国诗歌史的前半部，在许多学者看来，饱含着那片土地上的人们为获得国家身份所做的努力。这种国家身份，"美国性"，是通过与英国、与欧洲的分离和抗争而获得的。一直到爱默生和惠特曼那里，这种抗争与努力才初见成效。爱默生曾在《美国学者》（"The American Scholar"）中讲道，"学者的职责是去鼓舞、

---

[1] Charles Bernstein, ed. , *Close Listening：Poetry and the Performed Word*, New York：Oxford University Press，1998，p. 6.

提高和指引众人，使他们看到表象之下的事实"，有了这样的职责，美国学者"应当完全地拥有自信心，绝不迁就公众的喧嚣"，应当清楚地看世界，不受传统和历史观点的严重影响，需以新的目光去看待、理解世界。① 奥利弗·霍姆斯（Oliver Holmes）称《美国学者》是美国"知识界的独立宣言"②。而"美国宗教"（American Religion）就是自立。布鲁姆也写道："自立……就是对存在于创世纪之前的自我的庆祝和崇敬。"③

美国诗歌经历了从英国诗到美国本土诗，到新批评，再到当代诗歌的过渡。站在局外看美国诗歌史，无不充满对抗。初期的诗歌，既是一种共时的抗衡，也是历时上对欧洲强大影响力的挣脱。获得自立后，每一时期的诗歌既充满对前一时期的反叛与超越，同一时期还存在不同诗歌传统之间的"竞争"。

20 世纪前半叶形成的新批评传统，到了五六十年代也受到年轻一代诗人的猛烈"攻击"。保罗·卡罗尔（Paul Carrol）在《皮肤上的诗》中写道：

> 对一个年轻诗人来说，读美国 40 年代末 50 年代初的诗就像第一次走入纽约的 59 大街。优雅、严正的酒店和公寓楼矗立在信纸般的黄昏中，透着神秘的力量，成熟，富有，无可超越。④

这是对现代主义诗歌、新批评及其余温的描摹。庞德是一位推崇引经据典的"艰深"诗人。从许多方面来讲，他和《荒原》的作

---

① 参见［美］拉尔夫·爱默生《爱默生集：论文与讲演录》（上），吉欧·波尔泰编，赵一凡、蒲隆等译，生活·读书·新知三联书店 1993 年版，第 75、76 页。

② Oliver Wendell Holmes, *Ralph Waldo Emerson*, *John Lothrop Motley: Two Memoirs*, Boston and New York: Houghton, Mifflin and Company, 1904, p. 88.

③ Jay Parini, ed., *The Columbia History of American Poetry*, New York: Columbia University Press, 1993, p. xv.

④ Paul Carrol, *The Poem in Its Skin*, Chicago: Big Table, 1968, p. 204.

者艾略特一样，依赖世界范围内的文学，如同历险的业余读者，写作充满引用的诗作。① 他的诗作充满来自希腊诗歌的引用，并模仿中国古诗。威廉·卡洛斯·威廉斯（William Carlos Williams）则代表现代诗歌的另一方向。他不喜欢老朋友庞德放弃美国场景而跳至欧洲。他无情地批判了庞德和艾略特傲慢自大的引经据典以及自我沉醉的艰深。他宁愿写作一种他称为"美国食粮"（American Grain）的诗歌。②

　　如果说这种"争斗"还难分伯仲，彼此如同一条河流上分开的两支，那么诗歌史后来发生的一切将这种争斗远远地抛之脑后。帕里尼在《哥伦比亚美国诗歌史》序言中写道："战后美国一个特别显眼的作家群体就是'垮掉一代'诗人，他们有大量的观众读者群。"作者用了一个耐人寻味的词，"观众读者群"。

　　在某一时间框架和地理范围下，这些诗人秉承一种爵士乐风格的反叛，跟他们的诗歌之父惠特曼如此相似。"《嚎叫》有效地重新开启了游吟诗歌的脉络。"③ 对于自白派诗人，黛安娜·米德布鲁克（Diane Wood Middlebrook）认为：

> 　　自白派诗歌并非带有明显的政治性，而是参与到反对"无个人化"（Impersonality）作为一种诗学价值，通过重申自传似的第一人称叙述，达到反对战后社会规范与必须服从的压力。……与奥登一样，这些诗人将焦虑看作战后时代的最主要状况。但与奥登不同的是，他们拒绝回到宗教信仰和"传统"中去。④

---

① Jay Parini, ed. , *The Columbia History of American Poetry*, New York：Columbia University Press, 1993, p. xx.

② Jay Parini, ed. , *The Columbia History of American Poetry*, New York：Columbia University Press, 1993, p. xxii.

③ Jay Parini, ed. , *The Columbia History of American Poetry*, New York：Columbia University Press, 1993, p. xxvi.

④ Diane Middlebrook, "What Was Confessional Poetry?" *The Columbia History of American Poetry*, Parini, Jay, ed. , New York：Columbia University Press, 1993, p. 635.

相较于"二战"前现代主义诗歌对非个人性（impersonality）、客观性（objectivity）的强调，以及"对遥远时空的文化元素的借用"① 战后美国诗歌更强调个性、直接性与当下性。"对现代主义者来说，远离个人情感、朝向智性表达是诗歌表达世界的本质。"② 而战后新一代诗人却试图取消这种对于客观性与非个人性的努力。

以罗伯特·洛威尔（Robert Lowell）、西尔维娅·普拉斯（Sylvia Plath）为代表的"自白派"诗人，重视对自我的个性化表达；艾伦·金斯堡（Allen Ginsberg）、格雷戈里·科索（Gregory Corso）等"垮掉派"诗人，拒绝标准价值观念，其诗歌实践与文化实践、生活实践紧密联系在一起，对迷幻药物的试验、寻求性解放、嬉皮士运动等，既是他们的生活状况，也是其诗歌内容的组成元素；查尔斯·奥尔森（Charles Olson）、罗伯特·邓肯（Robert Duncan）、罗伯特·克里利（Robert Creeley）等黑山派诗人，强调诗歌是"能量"的投射，自发性与口语化是其诗歌的重要特点，其诗歌创作、教学、试验的所在地—黑山学院是美国 20 世纪中期文学与艺术先锋试验的大本营。而纽约派诗人，亦是美国 20 世纪中叶轰轰烈烈的先锋派运动的重要组成部分。

在庞德史诗般的作品《诗章》（*The Cantos*）中，"混合了讽刺诗、赞美诗、挽歌、散文、回忆录等多种体裁"③。在《荒原》《四个四重奏》等作品中，艾略特将"文明的多样性与复杂性"纳入其中，如其在批评文章《玄学派诗人》（"The Metaphysical Poets"）中所申明的那样："诗人与目前的文明状况一样，应当是'艰深'（difficult）的"，"诗人应当愈加全面、（重视）引经据典、更为间接，以迫使语言——如果有必要可以打乱——适应

---

① Michael Schmidt, *The Great Modern Poets*, London：Quercus Poetry, 2006, p. 3.

② Michael Schmidt, *The Great Modern Poets*, London：Quercus Poetry, 2006, p. 3.

③ Ira B. Nadel, *The Cambridge Companion to Ezra Pound*, London：Cambridge University Press, 1999, p. 6.

自己的意思"①。

相较于现代主义诗人对传统诗歌形式的综合借鉴，对象征、意象、隐喻的深度挖掘，以及其引经据典的艰深，纽约派诗歌看上去更像是"浮于表面"的抽象表现主义绘画或后戏剧剧场，拒绝走向深处，拒绝走入模仿或象征的模子里。

以奥哈拉的诗歌《无题》为例：

Poem

O sole mio, hot diggety, nix "I wather think I can"

come to see Go into Your Dance on TV – HELEN MORGAN!?

GLENDA FARRELL!?

1935!?

it reminds me of my first haircut, or an elm tree or something!

or did I fall off my bicycle when my grandmother came back from

Florida?

you see I have always wanted things to be beautiful

and now, for a change, they are!②

诗

哦，我的太阳，热气腾腾，没有什么"我认为我可以"

来看跳舞电视节目吧——海伦·摩根!? 格伦达·法雷尔!?

1935 年!?

让我想起我第一次理发，或者一棵榆树之类的东西！

还是当我祖母从佛罗里达回来时我从自行车上掉下来了？

---

① T. S. Eliot, "The Metaphysical Poets", *Selected Essays: 1917 - 1932*, New York: Harcourt, Brace and Company, 1932, p. 492.

② Frank O'Hara, *The Collected Poems of Frank O'Hara*, new ed., edited by Donald Allen, Berkeley: University of California Press, 1995, p. 367.

你看我一直想让事物变得美丽
现在，为了改变，他们也如此！

与精准而威严的现代主义诗歌相对照，奥哈拉的诗歌仿佛玩世不恭的年轻人：他在首句融合了意大利语、挪威语与德语，其中"O sole mio"是指意大利歌曲《我的太阳》，由此可看出这首诗的定调便让人产生歌唱的冲动，或诗人自己本来就是哼唱着全首诗，最后再将之诉诸文字形式；他的诗歌充满口语化的表达，并无艰涩的引用，寻常物如"电视""自行车"等也进入诗歌，大小写的使用亦无规则。然而诗歌对"此刻"的极力保留，感叹号、问号等标点符号的使用加深了诗歌首先是诗人的口头哼唱或言语表达这一印象。再看芭芭拉·格斯特的诗《极简的声音》与《变更》：

极简的声音

当我们变成回忆，手会打开一个秘密的锁。
诗歌蹑手蹑脚进来，爬上地形，
筋疲力尽了，它偷听极简的声音，
缓慢的树枝，刻意画上去的，
是同个项目的一部分。①

这首诗用了最简单的拼贴手法，诗人力图将一种声音流向与移动的图像并置在一起。

变更

天空面临窘境。喷泉奔突而过。

---

① Barbara Guest，*The Red Gaze*，Middleton：Wesleyan University Press，2005，p. 29.

比赛归家的兽寻求安宁。

写作覆盖了整个书桌。

你对无限的殖民
是一场浪漫的告别。

我请求你准许图像
以及时间的变更。①

　　诗歌的大量留白的视觉呈现，是芭芭拉诗歌的特点之一。这实际上是在对绘画的考察以及与画家合作之后所产生的文本改变。这些精巧、灵敏，看上去轻松、随意的诗歌，与现代主义的鸿篇巨制有巨大区别。因此，在这一系列朝向个性表达的诗歌背后，是诗歌创作与传播方式的历史性变革。并且，这种与技术紧密相连的变革，对于刺激诗歌的转变是根本性的。广播，声音录制技术，对公共演讲的提倡，超现实主义，绘画领域的抽象表现主义，它们也得益于技术的变革。

　　诗人的诗歌书写文本仅仅是活动诗歌的一个投影，如奥哈拉的口头化与当时日益增长的诗歌朗读，如格斯特充满视觉性的诗歌与当时诗人与画家开展的广阔的诗—画合作，都是一种活动演变的文本投射。"活动诗歌"一词，既是对以书写文本为核心的诗歌的反拨，也是对战后各种诗歌新现象的概括。因战后诗歌是历史发展大背景下，一方面技术对诗歌介入，另一方面多种媒介彼此交往、合作。纽约城市街头、艺术家工作室、咖啡馆、酒吧、博物馆，这些都是纽约派诗人活动诗歌的"实验场所"。

―――――――――――

　　①　Barbara Guest, *The Red Gaze*, Middleton: Wesleyan University Press, 2005, p. 14.

在《骚动的诗歌：美国战后诗歌的不适感》（*The Poetry of Disturbance：The Discomforts of Postwar American Poetry*）一书中，大卫·伯格曼指出美国战后诗歌重心的细微转变：从"现代主义对诗歌作为一种视觉文本的考量"转向"本质上是口头"的诗歌形式，转向一种"传达语言的自由、扩张和创新的直接性的风格"。① 奥哈拉诗歌中的即时性、自发性、口语化就是这一本质转变的体现。

将纽约派诗歌置于"活动诗歌"这一范畴之下、要谈论其活动性，首先有两方面的问题需要厘清，这也是诗歌成其为"活动诗歌"的基础：一是纽约派诗歌如何为一种活动形态，它的历史演变事实如何；二是诗歌历经历史演变至当下，如何在当下的语境里界定"活动诗歌"，其理论与观念支撑是什么。因此，一种当代意义的"活动诗歌"是在两种谱系的交叉点上生成的：其一是活动诗歌本身的形态流变，其二是论及诗歌为一种活动形态的理论谱系。唯有梳理清这两大谱系，人们对于活动诗歌的认识才有更宽广的视野与更准确的定位。

福勒在《文的类别：文学和模态理论导论》中表露出忧思："真实的文类处于变化之中，陈旧叙述正与新兴的文学实践渐行渐远。"② 因此，要以不断更新的视野看待文学，诗歌研究亦如此。玛乔瑞·帕洛夫（Marjorie Perloff）在《激进的艺术》中将"激进"一词纳入描摹美国后现代诗歌的核心词汇。从诗歌思想、内容上去窥见战后美国诗歌的激进并非难事。战后一大批诗作中充斥着大量对社会不满的表述。但是，另一隐秘的诗歌变革路线在于形式。查尔斯·伯恩斯坦在《回音诗学》中写道："我所关注的现代主义是一个正在进行的工程，参与者使用诗歌媒介从形式上而不是从主题上探索身份、意义、阅读、文化和听众等问题，实际上这是个人和社

---

① See David Bergman, *The Poetry of Disturbance：The Discomforts of Postwar American Poetry*, London：Cambridge University Press, 2015.

② ［英］阿拉斯泰尔·福勒：《文学的类别：文类和模态理论导论》，杨建国译，南京大学出版社 2018 年版，第 29 页。

会的关系或科技（包括读写教育、印刷和网络等方面的技术）对知识的影响。"①

对于纽约派诗人而言，除却其文本诗歌中所映射出的具有活动性的诗歌原生情境，他们更引人注目的诗歌实践分散在声音与影像的录制档案中，或是录音磁带、录影光盘以及博物馆的馆藏中，他们的诗歌朗读、诗—画、诗歌—剧场、诗歌—音乐、诗歌—电影等多种诗歌实验与实践，构成了美国20世纪中期诗歌与艺术发展的盛景。

---

① ［美］查尔斯·伯恩斯坦：《回音诗学》，刘朝晖译，暨南大学出版社2018年版，第15页。

第 二 章

活动诗歌展演:诗歌朗读与剧场实践

1940 年,在《走向更新的拉奥孔》("Towards a Newer Laocoon")一文中,格林伯格谈论艺术的纯粹主义,并批判莱辛在《拉奥孔》(*Laocoon:An Essay on the Limits of Painting and Poetry*)中只根据文学来看待艺术的混乱。他写道:"绘画和雕塑在二流天才手中——这是讲故事的方法——一般变成了文学的幽灵和'傀儡'。所有的重点都脱离了媒介而转向题材。"① 在格林伯格眼里,"题材"这一文学范畴是艺术发展的绊脚石,而将事物推进的途径是回到暗含本质的起点。在前卫艺术家那里,担当起点重任的是颜料、线条等媒介。然而在谈及诗歌时,格林伯格认为诗歌亦力求挣脱"文学"与"题材"的限制,并指出:"现在大多数诗歌是用来阅读,不是用来诵读的……要使诗歌不依赖于题材,并使其真正有效的表现力得到全面发挥,就必须使词语摆脱逻辑。"② 格林伯格所言道出了彼时先锋派的共同趋势:不仅是绘画与雕塑,音乐、戏剧也都跳出"题材"的辖域,从对现实的故事性模拟或再现中撤离。抽象表现主义艺术、勋伯格的十二音音乐以及"后戏剧剧场"(Postdramatic theatre)都是

① [美]克莱门特·格林伯格:《走向更新的拉奥孔》,易英译,《世界美术》1991年第 4 期。文章 "Towards a Newer Laocoon" 原载于《党派批评》(*Partisan Review*)1940年第 7 卷第 4 号。

② [美]克莱门特·格林伯格:《走向更新的拉奥孔》,易英译,《世界美术》1991年第 4 期。

鲜活的实例。

　　然而，格林伯格对诗歌的评论存在两种误区：一是认为诗歌不是用来诵读的；二是认为诗歌摆脱摹仿或再现的"题材"的路径在于"使词语摆脱逻辑"。在1940年，格林伯格写作《走向更新的拉奥孔》的年份，记录声音并非易事，但声音录制技术在战争中取得极大的进展，为战后诗歌的声音表现与舞台呈现建立了技术前提。而诗歌"暗含本质的起点"恰好在于声音，并非摆脱逻辑的词语排列。后者相较于有逻辑的词语排列，又有何实质性的区别呢？这实际上是一种视觉逻辑的机械移植。如他批判莱辛一样，他自己也落入同样的窠臼：以绘画视角审视诗歌。

　　到了20世纪50年代，美国诗歌的突出特点便是诗歌朗读潮的兴起。从东海岸到西海岸的城市广场、咖啡馆、酒吧、美术馆、博物馆等地，诗歌朗读会层出不穷。纽约派诗人也身处诗歌朗读的潮流之中：他们自发在咖啡馆、酒吧等地朗读诗歌，参与国会图书馆的诗歌朗读录制，在诗歌项目组织机构、文化活动中心、大学、城市广场等地进行诗歌朗读，参与电视台的诗人节目录制，走上剧院舞台进行诗歌表演，等等。诗人读诗改变了诗歌生成与传播的形态，先前经由印刷出版而抵达读者的文本诗歌将诗人与其作品、读者分隔在不同时空，而在现场朗读中，声音是尤为突出的诗歌媒介，声音与诗人身份的同一性塑造了诗歌发生的最初情境，使之具有独一无二的即时即地性。文学的发生跳出了"文本创作—出版流通—读者购买阅读"的历时模式，转变为"朗读表演—诗歌呈现—观众接受"的共时模式。

　　相较于现代主义诗人以及同时代其他诗人，纽约派诗人的诗歌朗读并未表现出充沛的情感、激烈的情绪或多变的声调，而是呈现出一种"中性的""未加强调的""以言语为基础"的"非表演化"（nonperformance）展演风格。战后美国诗歌出现从文本媒介到声音媒介的明显转向，有其复杂的政治、技术、文化背景，每位诗人的展演风格均隐含着各自不同的朗读策略、诗学观念、艺术理想与社会诉求。纽约派"非表演化"风格的诗歌朗读亦具有重要的诗学与文化意义。

纽约派诗人的身影同样活跃在剧院舞台：在小规模制作的生活剧院、诗人剧院乃至地下剧团如西诺咖啡馆，诗与戏再次融合。他们的"诗歌—剧场"并不是以诗歌文本创作为剧本进行舞台表演，而是诗人与戏剧家、画家平等地合作，语言与绘画、舞台背景等皆为一种平等的符号性表现，不具有等次级关系。因此，纽约派诗人为推动外百老汇以及外外百老汇运动贡献了力量，他们的"诗歌—剧场"也成为"后戏剧剧场"早期表现的组成部分。

第一节 诗歌朗读与"非表演化"风格

一 战后诗歌及其风格之辨

2011 年 4 月 5 日，哈佛大学伍德贝利诗歌室（Woodberry Poetry Room）成立 80 周年之际，诗歌室举办了一场题为《口头历史领路人：弗兰克·奥哈拉》（"Oral History Initiative：Frank O'hara"）① 的对谈，邀请约翰·阿什贝利和罗恩·帕吉特（Ron Padgett）担任对谈嘉宾。"口头历史领路人"是一系列讲座与对谈，除了奥哈拉，其他讨论主题还包括查尔斯·奥尔森、伊丽莎白·毕晓普、乔治·奥本（George Oppen）、约翰·维纳（John Wieners）、丹尼丝·莱维托夫（Denise Levertov）、格雷·高里（Grey Gowrie）等诗人，哈佛大学声音图书馆的创始人弗里德里克·帕克德（Frederic C. Packard）以及诗人剧院（Poets' Theatre）也名列其中。帕克德创办了一个如同图书馆收藏书籍的保存声音的地方，剑桥市诗人剧院为 20 世纪中

---

① "Oral history" 既可以译为"口述史"，也可译为"口头历史"。前者是一种历史叙述与记录的方法，但是根据该系列讲座的主题可看出，该活动不单纯是以口述史的方法记述诗人、学者或具体机构的历史，更主要是追溯一种口头诗歌与文化复兴的现代轨迹。

期诗歌走向口头与展演提供了舞台，而上述诗人也从不同层面推动了口头文化的历史进程。

　　此前，虽然诗歌朗读与表演始终存在于私人领域，但并未大规模流行，长期被视作对文本诗歌这一"诗歌本身"的演绎，并不具备独立的主体性地位。19、20 世纪之交，公共领域的诗歌朗读常常是为加强爱国主义教育的学生朗读或作为娱乐的朗读，且诗歌朗读者通常不是诗的作者。诗人朗读发生在诸如《诗歌》杂志半公开、半私人化的诗歌朗读等场合。第二次世界大战以前乃至战后初期，公共领域的诗歌朗读"非常严肃"，"高校诗歌朗读几十年都是'以讲坛为中心'的，太正式而且与讲座形式联系太紧密，因此无法提供任何激进地触发诗歌广阔可能性的机会"①。并且，这些诗歌朗读会仅零星出现。如前一章所述，录音技术在生活中的应用日益增多，教育对公共演讲的提倡，民权运动、反越战等社会政治运动，这一系列事件都促使诗人走出书斋，参与到轰轰烈烈的文化运动中来。20 世纪 50 年代，诗人朗读诗歌的热潮开始席卷美国东西海岸的主要城市，以往零星的诗人读诗彼时成为诗坛最突出的现象。拉尔夫·埃里森（Raphael Allison）将之与婴儿潮相提并论："随着国家发展，诗歌朗读也一样。战后年代，几乎大多数领域都出现了激增与繁荣，但尤为突出的是婴儿潮与诗歌朗读潮。"② 诗人现场朗读将"口头氛围"返还给诗歌，使其成为一种融声音、表演于一体的现场艺术。

　　因此，战后新一代诗人不仅在创作思想上超越了现代主义诗人"繁复的文本演绎"和"引经据典"的新批评视域，又在诗歌朗读

---

　　①　"Oral history" 既可以译为"口述史"，也可译为"口头历史"。前者是一种历史叙述与记录的方法，但是根据该系列讲座的主题可看出，该活动不单纯是以口述史的方法记述诗人、学者或具体机构的历史，更主要是追溯一种口头诗歌与文化复兴的现代轨迹。

　　②　Raphael Allison, *Bodies on the Line*：*Performance and the Sixties Poetry Reading*, Iowa City：University of Iowa Press，2014，p. xvi.

与表演中跃出以往严肃的、"以讲台为中心"的诗歌朗读模式。这是诗歌攀向文本中心主义的极致之后对自身媒介的寻求,并与彼时的偶发艺术(happening)、行为艺术一道追索发生于现场空间的具有"即时即地性"的诗歌呈现模式。

奥哈拉对于口头文化复兴的贡献,除了在诗歌文本创作方面使日常事物入诗、诗歌语言口头化,他在公共空间所进行的诗歌朗读与表演也是极为重要的组成部分。利特尔·肖在《弗兰克·奥哈拉:圈子的诗学》一书中介绍了 60 年代早期奥哈拉参与诗歌朗读的情形:"60 年代早期,随着公共朗读成为越来越重要的表达社会关切的论坛,奥哈拉也参与了一系列朗读(有时与巴拉卡一起),既为支持小杂志,也为那些需要钱或支持的人们。这些做法与民权运动中更富于想象力的投入交织在一起。"①

1959 年 11 月 2 日,奥哈拉在纽约生活剧场为幽玄出版社(Yugen Press)朗读,一起出场的还有雷·布雷泽(Ray Bremser)、阿米里·巴拉卡(Amiri Baraka)和金斯堡等诗人。1964 年 4 月 7 日,奥哈拉在纽约大学,朗读《印加神话》("The Inca Mystery")、《鳟鱼五重奏》("The Trout Quintet");1964 年 9 月 25 日,奥哈拉在纽约大学水牛城分校朗读《玄学派诗歌》("Metaphysical Poem")、《诗歌——拉娜·特纳崩溃了》("Poem-Lana Turner has collapsed!")、《诗歌——帕斯特纳克最后一行政治诗》("Poem-Political Poem on a Last Line of Pasternak's")、《诗歌——喧闹!唷唷唷》(Poem-Hoopla! yah yahyah)。②

实际上,奥哈拉的诗歌朗读自 50 年代早期就开始了,他常与诗人、艺术家朋友在雪松酒馆(Cedar Tavern)聚会,有时高谈阔论,有时写诗,并把写好的诗念给大家。奥哈拉在《拉里·里弗斯:一

---

① Lytle Shaw, *Frank O'Hara: The Poetics of Coterie*, University of Iowa Press, 2006, p. 100.

② See "Audio", Website for Frank O'Hara, Retrieved April 5th 2018, http://www.frankohara.org/audio/.

个回忆录》里回忆了他跟画家里弗斯的相识过程，以及诗人与画家
们在圣雷莫咖啡馆（San Remo）、雪松酒馆相聚的经历。在圣雷莫，
他们经常辩论，交谈八卦；在雪松酒馆，他们一边写诗一边听画家
辩论与谈论八卦。他的诗作常常先在画廊和酒吧里朗读，而德·库
宁、拉里·里弗斯等抽象表现主义画家就是"最慷慨的听众"。诗歌
于奥哈拉而言并非书斋里的绞尽脑汁或灵感乍现，而是常常与偶然
事件联系在一起，并在第一时间就为朋友们朗读并做修改。其他纽
约派诗人也广泛参与诗歌在公共空间的展演呈现。例如，约翰·阿
什贝利就曾回忆道：

> 1963 年，当我从旅居五年的巴黎回来，我并未意识到有人
> 在读我的诗。当我离开时，诗歌朗读非常严肃，通常是老一代
> 诗歌代言人所进行的官方活动，如奥登、艾略特、玛丽安·摩
> 尔等人。我不在时，发生了"垮掉一代革命"，当我回来时，尽
> 管我先前没有意识到，每个人都在各处朗读诗歌。当有人也叫
> 我去朗读一首时，我感到非常惊讶，直到发现自己也是在纽约
> 的夜晚能听到的一百位诗人之一。①

事实上，阿什贝利在公共空间的诗歌朗读远比他去往巴黎的
1958 年更早，他也是所有纽约派诗人中公开朗读诗歌最多的诗人。
1952 年 4 月 3 日，阿什贝利在纽约 92Y 文化中心朗读诗歌，那时他
还未满二十五岁。如果 1951 年哈佛大学诗人剧院的表演不包括在
内，这是到目前为止他在诗歌录制档案收录最早的诗歌朗读录音，
不过这份录音 2013 年春天才面向公众发表，收录在 92Y 文化中心的
官方网站上，"宾大之声"在线诗歌档案也建立了链接。这是戴夫·
诺兰诗歌系列（Dave Nolan series）的一部分，朗读时有观众在场，

---

① Daniel Kane, *All Poets Welcome*: *The Lower East Side Poetry Scene in the 1960s*,
Berkeley: U of California Press, 2003, p. xvii.

录音时长 30 分 21 秒。阿什贝利朗读了《田园诗》《一只鹦鹉的沉思》《画家》《一些树》《以鲜花为景的小约翰·阿什贝利的照片》等诗歌,这些诗四年后才首次出版,选入他的第一本诗集《一些树》(*Some Trees*)。①

不过,即使同为诗歌的口头呈现,不同诗人仍存在不同的风格分野。例如,艾伦·金斯堡朗读《向日葵经》(*Sunflower Sutra*)时,会通过音调模式的重复而产生诵读经文时的回旋感,读至中段又会运用短促、激烈的声音技巧使朗读变得激进起来②;查尔斯·奥尔森(Charles Olson)朗读《马克西姆斯之歌》(*The Songs of Maximus*)时,嗓音浑厚圆润、铿锵有力,充满浓郁的男性气概,听来有"声如洪钟"之感③。然而,纽约派诗人的朗读完全是另一种气象。例如,1963 年,阿什贝利在纽约生活剧院(Living Theatre)朗读《山山水水》("Rivers and Mountains")时,其语调平缓,语速适中,无起伏变化,也无过多情感注入,其声音营造出一种疏离感④;1960 年,芭芭拉·格斯特在国会图书馆朗读《起风的下午》("Windy Afternoon")等诗歌,其嗓音清冽,朗读透出冷静与自省,无丝毫夸张的情绪添加⑤。奥哈拉、科克、斯凯勒等人的朗读也都呈现出较为平缓的特点。

---

① See "Discovering John Ashbery/92 Y Reading", Sound Cloud, Retrieved April 4th 2018, https://soundcloud.com/92y/discovering-john-ashbery.

② Allen Ginsberg, "Reading at the Vancouver Conference, July 31, 1963", *Allen Ginsberg Author Page* on Penn Sound, https://writing.upenn.edu/pennsound/x/Ginsberg.php >, Retrieved June 21th 2020.

③ Charles Olson, "At San Francisco State University, 1957", *Charles Olson Author Page* on PennSound, https://writing.upenn.edu/pennsound/x/Olson.php, Retrieved June 29th 2020.

④ John Ashbery, "Reading at The Living Theatre, New York City, September 16, 1963", *John Ashbery Author Page* on PennSound, https://writing.upenn.edu/pennsound/x/Ashbery.php >, Retrieved August 8th 2020.

⑤ Barbara Guest, and Archive of Recorded Poetry and Literature, *Barbara Guest Reading Her Poems in the Recording Laboratory*, June 6, 1960 Audio, Retrieved from the Library of Congress, www.loc.gov/item/94838630/, Retrieved September 13th 2020.

　　在桂冠诗人及学者唐纳德·霍尔（Donald Hall）眼里，前一种属于"表演化"风格。他曾定义道："诗人表演用一种演员的质地（actorly texture）（音调，音量，手势；尖叫，跳跃，歌唱）代替词语的真实声音。"①"演员的质地"是"表演化"诗歌的核心，例如，20 世纪早期表演诗人韦切尔·林赛（Vachel Lindsay）在朗读过程中会突然双膝跪地，弗罗斯特会"咕咕"学鸡叫，战后诗人杰克逊·麦克劳（Jackson MacLow）将诗歌与舞蹈结合，金斯堡朗诵时会嘶声竭力，杰罗姆·罗森伯格时常用灯或绳做道具进行诗歌表演，通过运用特别的发声技巧或身体动作，在所营造的戏剧化氛围中达成诗歌朗读的"表演化"风格，让听诗之人进入一种如同剧场场景的感官体验。而纽约派诗人属于一种"非表演化"的表演，"非表演化"一词本身来自学者拉尔夫·埃里森对纽约派诗人朗读的考察。对于阿什贝利 1963 年《致一只水鸟》（"To a Waterfowl"）的朗读，埃里森如此写道：他"缺乏曲折感和动态声域"，"他声音的平整度和不受情感音调的影响非常明显——几乎是一种非表演化（nonperformance）的表演"②。其他纽约派诗人的朗读也呈现出相似的特点：保持声音的纯度与平缓，不作情绪与姿态的添加，不挤占诗歌言语本来的地位。总体说来，人们在谈及诗歌声音与表演，更易关注一种戏剧化风格的声音与表演呈现，并将其等同于诗歌表演的全部。因此，学界对金斯堡、奥尔森等人的诗歌朗读已多有论述，而诸如纽约派诗人朗读的平缓风格则少有提及。这实际上是对"表演"概念的窄化，从而导致文学批评在观照文学事实时的缺位。

　　不过，随着诗歌朗读与表演的扩张及表演研究的日益壮大，之前被忽略的"非表演化"风格也开始受到关注。在《诗行中的身体》（*Bodies on the Line*）一书中，埃里森在开篇章节《60 年代朗读

---

　　①　Donald Hall, "The Poetry Reading: Public Performance/Private Art", *American Scholar* (54), No. 1. 1985, p. 76.

　　②　Raphael Allison, *Bodies on the Line: Performance and the Sixties Poetry Reading*, Iowa City: U of Iowa P, 2014, p. 7.

的二律背反》（"The Antinomies of Sixties Reading"）中便将阿什贝利与金斯堡置于同等地位，以概括 60 年代诗歌朗读的全貌。与金斯堡"身体的即时性"，"口语表达及背后身体的叛乱政治力量""狂喜的"风格不同，阿什贝利"单调"的"元朗读"（Metareading），一种"在声音与诗歌之间保持距离，并与读者或听者对诗歌的感受保持距离"① 的模式，开启了当代美国诗歌朗读的另一半风格。

　　在一些数字人文研究学者的眼里，纽约派诗人也无疑身扛"非表演化"风格的大旗。在《超越诗人声音：100 位美国诗人表演/非表演风格样本分析》〔"Beyond Poet Voice：Sampling the（Non-）Performance Styles of 100 American Poets"〕一文中，作者通过语料库与数字化方法分析了当代 100 位美国诗人的声音与表演风格，以认识当代诗人中或更"中性"（neutral）或更具"表现性"（expressive）的特质，细化为 12 种韵律指标（Twelve Prosodic Measures）：

　　　　（1）以每分钟单词数所计算的语速（Speaking rate）；（2）平均暂停长度（Average Pause Length）；（3）每秒平均暂停率（Average Pause Rate per second）；（4）暂停的节奏复杂度（Rhythmic Complexity of Pauses）；（5）音节的节奏复杂度（Rhythmic Complexity of Syllables）；（6）短语的节奏复杂度（Rhythmic Complexity of Phrases）；（7）以赫兹为单位的每个声音的平均音高（Average Pitch）；（8）以八度为单位的音域（Pitch Range in octaves）；（9）音调速度（Pitch Speed）；（10）音调加速度（Pitch Acceleration）；（11）音高熵（Pitch Entropy），表明音高模式的可预测性；（12）动态性（Dynamism）。②

---

① Raphael Allison, *Bodies on the Line：Performance and the Sixties Poetry Reading*, Iowa City：U of Iowa P, 2014, p. 7.

② Marit J. MacArthur, Georgia Zello and Lee M. Miller, "Beyond Poet Voice：Sampling the（Non-）Performance Styles of 100 American Poets", *Journal of Cultural Analytics*, April 18, 2018. DOI：10. 22148/16. 022.

通过对上述各项指标数据的提取和分析，纽约派诗人阿什贝利与奥哈拉成为学者分析"非表演化"风格的代表。上文作者之一玛莉特·麦克阿瑟（Marit MacArthur）认为阿什贝利"是世上最后一位值得研究其表演风格的诗人"，"他通常会以克制（restrained）、谦逊（unassuming）的声音朗读，而且一种非正式的共识是：其诗歌表演能量不是在声音表达中发挥出来，而是在滑动的句法（slippery syntax），歪斜成语的狡猾喜剧，词汇与令人吃惊的转义的丰富混合，以及转瞬即逝的思想动力"①。因此，"非表演化"风格不等于平实无物，其内里实际上独具匠心，值得作进一步探究。

二　"非表演化"风格的建构

"风格"并非文学艺术研究的新术语，其概念谱系贯穿了整个诗学史与艺术理论史。它"通常指个体或团体艺术中的恒常形式——有时指恒常的元素、品质和表现。这个术语也被用于艺术家或社会的全部活动，就像人们会谈及'生活风格'或'文明风格'那样"。②在诗歌的声音与表演研究中，"风格"还是一片初垦之地，虽然风格往往不是从严格的逻辑意义上来加以界定，对于以声音与表演呈现的诗歌的风格界定尚处于一个滑动的区域，但诗人不同风格的实践仍然是一种具有标识性的行为。并且，"风格这个概念兼有事件和意义这两种特征"。③因此，对不同的声音或表演标识进行讨论，具有学理上的合法性。就纽约派诗人的声音与表演而言，其"恒常的元素、品质和表现"可从以下维度分辨。

---

① Marit MacArthur, "John Ashbery's Reading Voice", https：//www. theparisreview. org/blog/2019/10/29/john-ashberys-reading-voice/, *The Paris Review*, October 29th 2019, Retrieved May 10th 2021.

② ［美］迈耶·夏皮罗：《艺术的理论与哲学：风格、艺术家和社会》，沈语冰、王玉冬译，江苏美术出版社 2016 年版，第 50 页。

③ ［法］保罗·利科：《从文本到行动》，王小燕译，华东师范大学出版社 2014 年版，第 114 页。

(一) 平缓的音调和语速

无论是阿什贝利半个多世纪一以贯之的"非表演化"诗歌朗读，还是奥哈拉、科克云淡风轻的朗读，抑或是格斯特与斯凯勒沉静自省式的诗歌朗读，他们在音调和语速方面均呈现出总体平缓的特点。虽有细微差别，但朗读皆倾向于"以言语为基础"，无太多情感增添的"戏份"。他们不在朗读中"极力表现他们对人生与人类社会的自我感受，通常是忧心忡忡、满怀激愤的人生感受"①，而是呈现如查尔斯·伯恩斯坦所言的"反表现主义"特质。

例如，将阿什贝利朗读《田园诗》（"Eclogue"）的声音可视化之后，图像呈现出一定区间内匀速上升与下降的曲线，如图 2-1 所示：

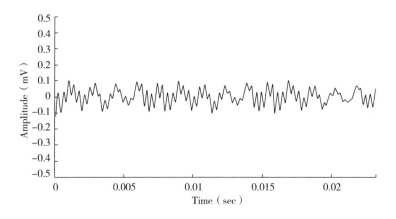

图 2-1 阿什贝利朗读《田园诗》时的声波图②

在物理学中，声音是一种波状物，它源自单个或多个物体的振动，振动产生的声波向外扩散传播，传至人耳形成听觉。因此在物理学上谈论声音，实则谈论声音介质振动。声音包括响度（loudness）、音调（pitch）、音色（timbre）三大特性。在声源与测试器距

---

① ［美］M. H. 艾布拉姆斯、杰弗里·哈珀姆:《文学术语词典》，吴松江、路雁等编译，北京大学出版社 2014 年版，第 117 页。

② 本书的诗歌朗读声音分析图来自 Bosch 公司名为 iNVH 的应用程序。该应用程序可对即时呈现的声音进行图像呈现。

离一定的条件下，振幅（amplitude）越大，则响度越大，以分贝（dB）计；音调高低由振动频率决定，以赫兹（Hz）计；而音色由波形决定。因此，由图 1 可看出诗人朗读时声音响度跨度均匀，在 0.1 与 –0.1 之间。

相比之下，"表演化"风格迥然不同。以杰罗姆·罗森伯格（Jerome Rothenberg）为例，他朗读时的声音非常戏剧化，且有咬音的存在，即揪住一个音不放，使其在发声器官中产生长久的震颤。图 2 – 2 为罗森伯格朗读《达达血统》（"That Dada Strain"）时的声波图：

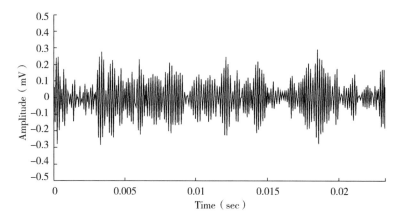

图 2 – 2　杰罗姆·罗森伯格朗读《达达血统》的声波图[1]

两幅图的差异相当明显：阿什贝利声音响度变化平缓，而罗森伯格则非常剧烈，且跨度在 0.3 与 –0.3 之间；从波形可看出阿什贝利发声柔和而罗森伯格的声音运用非常尖锐。

图 2 – 3 与图 2 – 4 显示，在以八度为单位的音域中，阿什贝利在中高音区的声音响度较低，而罗森伯格的中高音区表现非常突出，

---

① Jerome Rothenberg, "Reading at the SUNY Buffalo, March 3, 1993", *Jerome Rothenberg Author Page on PennSound*, https：//writing. upenn. edu/pennsound/x/Rothenberg. php, retrieved September 5th 2019.

可见其声效更高亢、尖锐，而阿什贝利则更低沉、圆润。

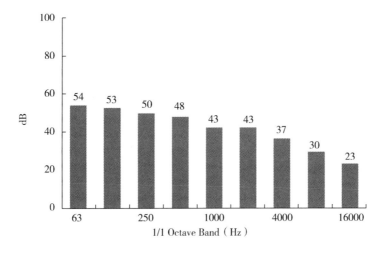

图 2 - 3　阿什贝利朗读《田园诗》响度图

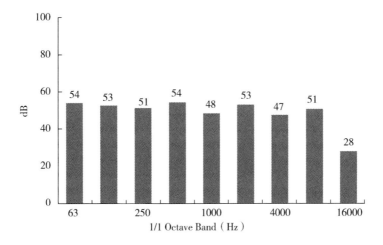

图 2 - 4　罗森伯格朗读《达达血统》响度图

　　图 2 - 5 与图 2 - 6，横轴代表时间，纵轴代表声音响度。可见阿什贝利的声音响度随时间发展呈循环状，出现波峰与波谷的时间间隔较均匀，其峰值与低值也分别维持在同一水平，因而其朗读平稳，音调、响度均保持一致，与罗森伯格激烈的声音变化形

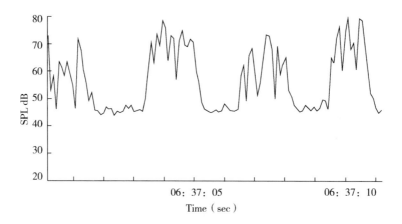

图2-5 阿什贝利朗读声音波形图

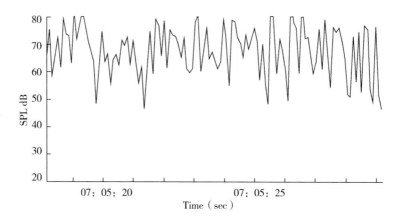

图2-6 罗森伯格朗读声音波形图

成鲜明对照。

　　不过，"非表演化"风格并非全然平淡。不同于阿什贝利的"克制"，奥哈拉、科克等其他纽约派诗人在朗读时会呈现一种优雅、流畅的声线弧度。奥哈拉最有名的一系列朗读，《美国：诗歌》（*USA：Poetry*）系列，是在1966年他逝世前几个月。这是由诗人理查德·莫尔（Richard O. Moore）指导的融采访、朗读、视频电视为一体的视频录制，共有十集，每一集为两位诗人录制。阿什贝利与科克也参与过这一系列的录制。奥哈拉朗读了《莫扎特衬衫》（"Mozart Chemisier"）、《幻想曲：为艾伦·金斯堡的健康献辞》（"Fantasy：Dedicated to the Health of Allen Ginsberg"）、《黛西女士死的那天》（"The Day Lady Died"）、《歌》（"Song"）、《与你一起喝可乐》（"Having a Coke with You"）等诗。

例如，在朗读《幻想曲：为艾伦金斯堡的健康献词》时，奥哈拉的声音优雅而平缓，拥有如舞者举手投足间的流畅感。朗读诗句 "How do you like the music of Adolph/Deutsch？I like/it，I like it better than Max Steiner's" 时，"like" 一词的停留时间较长，因而从 "like" 到 "it" 过渡时会产生婉转的效果；读到 "Max Steiner's" 时，读法也很婉转，如同音乐指挥扬手在空中划出一道弧线。对于诗句 "Flynn was skiing by. Down/down down went the grim/grey submarine under the 'cold' ice" 的朗读，"down/down down" 几个单词比其他读音拖得更长，且都以重音表现，如同三个重音节拍，又如以手掌击鼓三下。到了 "'cold' ice" 这里，诗人朗读 "cold" 时，先拉长读音，再轻轻地顿一下，最后再转而朗读 "ice"。[①] 这样的例子不胜枚举。《奥哈拉诗选》中，该诗的文本排版如下：

> How do you like the music of Adolph
> Deutsch？I like
> it，I like it better than Max Steiner's. Take his
> score for Northern Pursuit，the Helmut Dantine theme
> was. .
> and then the window fell on my hand. Errol
> Flynn was skiing by. Down
> down down went the grim
> grey submarine under the "cold" ice.

---

① Watch *USA：Poetry-Frank O'Hara*，Youtube. https：//www. youtube. com/watch？v = 344TyqLlSFA，retrieved June 5th 2018.

Helmut was

safely ashore, on the ice. ①
……

译文如下:

你喜欢阿道夫·多伊奇的
音乐吗? 我喜欢,
更甚于马克斯·斯泰纳。拿他的
《北方追击》乐谱, 赫尔穆特·丹汀的主题曲
曾是……
然后窗户落在了我的手上。埃罗尔·
弗林正滑雪经过。下
下来是严峻的
"冷" 冰下的灰色潜艇。
赫尔穆特
安全靠岸, 在冰上。
……

　　从该诗的文本排版可看出, 诗句分行并非出于意群考虑, 而是出于朗读时的音乐感考虑。诗句的分行服从于朗读的起与止。如果单从文本角度而非朗读声效考察该诗, 诗行之间便会生出断裂感。事实上, 正如该诗的标题所显示的那样,《幻想曲》以谈论音乐开始, 又以谈论音乐结束, 整首诗歌的朗读犹如一首舒缓的乐曲, 婉转、悠扬但并不激烈、夸张。纽约派诗人的朗读总是有一种不过分表现的特质, 他们更倾向于让诗歌本身流淌出自己的节

---

　　① Frank O'Hara, *The Collected Poems of Frank O'Hara*, new ed. , edited by Donald Allen, Berkeley: University of California Press, 1995, pp. 488 – 489.

奏，而非强加厚重的感情。丹尼尔·凯恩（Daniel Kane）在《欢迎所有诗人：20 世纪 60 年代下东区诗歌现场》中写道："贝里根（Ted Berrigan）、伯克森（Bill Berkson）、帕吉特（Ron Padgett）、麦克亚当斯（Lewis MacAdams）等诗人都从奥哈拉那里学到了许多，并用包括用'离奇的不真实'这样的词句来赞扬他们，以及'酷而柔顺''优雅''清澈而轻语'等。"① 这种朗读与表演绝不是戏剧化的，而是通过对语速的控制达到一种缓和流畅的效果。

奥哈拉的朗读总是产生一种音乐般的流畅感，这与他自身的音乐素养积淀是分不开的。他自小对音乐有浓厚的兴趣，大学就读的专业即是音乐。奥哈拉的传记作家布拉德·古奇（Brad Gooch）曾写道："奥哈拉与其他诗人很不一样的，他最先经历的专业训练是音乐——哈佛大学音乐系。在军队服役时，他也一有空就作曲。"② 因此，这种对音乐的感知也同样注入诗歌朗读中，甚至影响了文本的展现方式。在奥哈拉这里，文字与声音之间是互相加强的关系。苏珊·朗格认为心灵和声音之间具有天然的联系，她将"听"分为"内在的听"和"外在的听"，分别对应着听诗过程的文字获取与声音感知。她认为："内在的听是心灵的活动，其开始是形式的概念，其最终是这概念在想象性的感觉经验中的彻底呈现。……内在的听通常无法获得性质和绵延的确定性——那正是现实感觉的特性。"③ 可见，内在的听更像是在文字符号所指基础上，借由声音进一步确证和强化。内在的听赋予听者以想象世界，而外在的听则让人获得真实可感的现实，这一现实源于通过听觉器官所传递的声音的物质性。因此，一种与文本内容相协调的朗读，会成就

---

① Daniel Kane, *All Poets Welcome：The Lower East Side Poetry Scene in 1960s*, Los Angeles：U of California P, 2003, p. 175.

② Brad Gooch, *City Poet：The Life and Times of Frank O'Hara*, New York：Knopf, 1993, p. 109.

③ 参见 [美] 苏珊·朗格《感受与形式：自哲学新解发展出来的一种艺术理论》，高艳萍译，江苏人民出版社 2013 年版，第 143 页。

对"内在的听"的补充，诗歌文本也会经由声音传播变得更加立体可触。

当然，并非每一位诗人在每一次朗读或表演中都采取相同的策略。纽约派诗人大多数时间都呈现出平缓的"非表演化"风格，但也有一些例外，例如，在朗读《黛女士死的那天》时，奥哈拉的声音变得硬朗一些，不似《幻想曲》的朗读柔软舒缓。许多句子仿佛"突、突、突"迸发出来，而不是像水流一般舒缓流出。朗读《与你一起喝可乐》这首诗时，速度较快，词与词之间的"读音间距"也较小，听来有一种紧凑感。奥哈拉的朗读与文本有一种对应关系，声音表现会强化此前的诗歌文本，使诗变得活起来，真正地"跃然纸上"。同时，他在书写诗歌文本时，也尽最大努力服务于活动诗歌的声音维度。他的诗歌与诗学风格，通过这种声音表演的形式，给人留下了更加深刻的印象。

（二）较长的等距重音间隔

"非表演化"风格的另一标识维度是：朗读时保持"重音—轻音"的等距与相对较长，即在整首诗的朗读中，一处重音到下一处重音的音节数距离与其他相邻两处重音的音节数距离基本一致，且间隔相对较长。奥哈拉在 1966 年《美国：诗歌》中朗读《黛西女士死的那天》《歌》《与你一起喝可乐》等诗时，其语调轻松，节奏舒缓，轻音、重音分布呈现出一定的规律。例如，在开始朗读《莫扎特衬衫》（"Mozart Chemisier"）前，奥哈拉首先对改诗作简要介绍："《莫扎特衬衫》是我在拜访大卫·史密斯之后写的一首诗，他是一位很棒的雕塑家。他家在博尔顿蓝丁，那个地方真的叫作'衬衫'，然后莫扎特是他最喜欢的作曲家。"奥哈拉的朗读是轻松的，有明显的重音、轻音分辨。这种重轻音并非传统诗歌抑扬格等音步上的区分，而是诗人有意识地赋予某一单词更重的读音。下文以下画线形式标出了奥哈拉朗读时的重读单词：

Mozart Chemisier

For instance you walk in and <u>faint</u>

you are being one with Africa

I saw the <u>soda</u> standing next to the bay stallion

it was still <u>foaming</u> it had what is called a <u>head</u> on it

then I went and had a double carbonated bourbon on the <u>porch</u>

in the moonlight the poplars looked like aspidistra

over the unexperienced <u>lake</u>

wait, wait a while it all kept murmuring

but I know that always makes me so <u>sad</u>

there was a lot of tinselly <u>sky out</u> which irritated me <u>too</u>

and my <u>anger</u> is strictly European plan

now why would I get up and dance around

you see it is all very <u>beautiful</u>

the emphasis being on <u>suds</u>, suds in the lake, suds in my heart

<u>luckily</u> when the lake the tree was tempting me

I didn't have any white toreador pants

back at the ranch they were serving <u>bubbly</u> gin so I ran down the trail

so short a trail

so sweet a smell <u>hay</u> in your ears it's <u>hot</u>

<u>oh world</u> why are you so easy to figure out

beneath the ground there is something beautiful

I've had enough of sky

it's so obvious

everyone thinks they're going up

in these here America

<u>put on</u> your earrings we're going to the <u>railroad</u> station

I don't care how small the house they live in is

you don't have any earrings

I don't have a ticket①

译诗如下：

莫扎特衬衫

比如你走进去，晕了

你正与非洲合一

我看见苏打水站在红棕马的旁边

它仍然在起泡，它有一个叫作头的东西在上面

于是我走了，带走了门廊上一瓶二氧化碳波旁威士忌

月光下，杨树看起来像叶兰

在涉世未深的湖畔

等等，等一会儿，一切都在不停地喃喃自语

但我知道这总让我悲伤

那些闪闪发光的天空也让我恼火

我的愤怒严格说来是欧洲的计划

我为什么要起来跳舞

你会发现它非常美丽

重点是泡沫，湖中的泡沫，我心里的泡沫

幸运的是，那棵树正在诱惑我

我没有白色的斗牛士裤子

回到农场时，他们正供应气泡酒，所以我沿着小径跑了

如此短的一条小径

你的耳朵有一股清甜的干草气味，如此迷人

哦世界，为什么你很容易弄清楚

地下有一些美丽的东西

---

① Frank O'Hara, *The Collected Poems of Frank O'Hara*, new ed., edited by Donald Allen, Berkeley: University of California Press, 1995, p. 428. 重音根据视频听音标出。以下网址是视频来源：USA：Poetry-Frank O'Hara, *Youtube*, https：//www.youtube.com/watch？v=344TyqLlSFA.

　　　　我有足够的天空

　　　　如此明显

　　　　每个人都认为他们正在上升

　　　　在这里，美国

　　　　戴上你的耳环我们要去火车站

　　　　我不在乎他们住的房子有多小

　　　　你没有耳环

　　　　我没有票

　　奥哈拉朗读所呈现出的柔和、流畅效果，与诗人保持较长的重音间隔有关。上述段落，诗人的重音间隔大多保持在6—11个音节之间。如果重音间隔较短，为四个左右或更低，则会产生急促、激烈的声效。事实上，文本诗歌也有平缓与强烈之分，不过是以整首诗的韵律为记：

　　　　伊丽莎白时期的作家在"平缓的"（smooth song）与"强烈的"（strong lined）诗歌之间划分了严格的界限，今天依然适用。在强烈的诗歌中，无论哪个时期，诗歌节奏通过自身与格律框架互动创造意义。通常说来，密集的重读音节表明缓慢、强调和困难。非重读音节的聚集则暗示迅速、轻快和容易。突然的节奏反转通常伴随着惊讶，思想转变，新的语调和某种加强。①

　　而表演中的"平缓"与"强烈"效果则是由诗人自身控制，通过决定重读单词的密集度达成。纽约派诗人朗读中，较长的重音间隔保障了轻音的聚集，并且没有"突然的节奏反转"，因此呈现出平缓、柔和的声音风格。此外，重读单词之间较平均的间隔分布也是朗

---

　　①　Stephen Adams, *Poetic Designs：An Introduction to Meters Verse Forms and Figures of Speech*, Peterborough：Broadview Press, 1997, p.10.

读呈现均衡感的缘由所在。道格拉斯·奥利弗（Douglas Oliver）曾将"中性"（neutral）"未加强调"（unmarked）的音调定义为"平均的声音"（average voice）①，即以一种几乎同等的间隔控制声音的强弱音，奥哈拉的朗读无疑属于这一类。除此之外，奥哈拉的朗读也有稍微拖长的尾音，比如"make me so sad"中的"sad"一词便是"saaad"的发音，在读到"Oh world why are you so easy to figure?"语气里也有一种疑问的姿态。奥哈拉的声音很有层次感，嗓音中略微带点沙哑感。

（三）诗歌表演者与文本角色身份的"间离"

诗人对于自身与诗歌文本内部角色不同身份的有意间离，也构成了"非表演化"风格的标识之一。诗人不将自我身份赋予诗作中的人物，而是保持两者的距离，产生类似于布莱希特在戏剧表演中所倡导的"间离"效果，亦同于小说叙事中的叙事者与小说角色之间的身份差别。

例如，1952年，阿什贝利在92Y文化中心朗读《田园诗》前报出诗歌题目并作介绍："这是两位牧羊人的对话，我会在他们说话结束时停顿一下。两位讲话人是库迪（Cuddie）和柯林（Colin）。"② 诗歌文本如下：

Eclogue

Cuddie：Slowly all your secret is had

In the empty day. People and sticks go down to the water.

How can we be so silent? Only shivers

Are bred in this land of whistling goats.

Colin：Father, I have long dreamed your whitened

Face and sides to accost me in dull play.

---

① Douglas Oliver, *Poetry and Narrative in Performance*, New York：Palgrave Macmillan, 1989, p. 69.

② See "Discovering John Ashbery/92 Y Reading", *Sound Cloud*, https：//soundcloud. com/92y/discovering-john-ashbery, retrieved April 4th 2019.

If you in your bush indeed know her

Where shall my heart's vagrant tides place her?

Cuddie：A wish is induced by a sudden change

In the wind's decay. Shall we to the water's edge，

O prince? The peons rant in a light fume.

Madness will gaze at its reflection.

Colin：What is this pain come near me?

Now I thought my heart would burst，

And there，spiked like some cadenza's head，

A tiny crippled heart was born.

……①

译文节选如下:

田园诗

卡迪　慢慢地你全部的秘密保存在

空虚的日子里。人们和棍子走向水边。

我们怎么能这么安静? 只有颤抖

孕育在这片山羊鸣叫的土地。

科林　父亲，我很久以来就梦见你发白的

脸和侧影，在沉闷的游戏中和我搭话。

在你的荆棘中你是否真的知道她

我的心那漂泊的潮汐将在哪里把他安放?

卡迪　突如其来的变化引起了一个希望

在风的衰落中。我们将奔向水边，

哦王子? 雇农在轻烟中咆哮。

---

①　John Ashbery，*Collected Poems 1956 – 1987*，edited by Mark Ford，New York：Library of America，2008，pp. 4 – 5.

疯狂将凝视着它的影像

科林　这靠近我的痛苦是什么？

现在我以为我的心会爆裂，

在那里，像华彩乐段的开头一样突出，

一颗残疾的小心脏诞生了。

……①

　　诗人朗读前汇报诗中人物角色，以使诗人与角色之间建立起各自的标识。然而，诗人并未采取朗读对话诗时通常采取的方案：一人分饰两种角色，以相异的语音、语调让角色有所分别。诗人未将自我身份与科林或卡迪融合，而是通过声音保持间离，无论哪一位角色的话语，阿什贝利朗读时都保持平缓的语速和中等语调，音色中透着冷静，几乎不掺杂任何起伏的情绪。除了在一方角色讲完时稍作停顿，其余朗读中，单词之间的停顿间隔几乎等长。即使在文本中以感叹号或问号结尾的句子，他的语气变化也不大。因此，诗歌朗读者的身份间离也构成了"非表演化"风格的特质之一。

　　如果说奥哈拉的诗歌更多是日常事物在语言中的偶然性降临，阿什贝利的诗歌则更多是意识的偶然性降临与碰撞。阿什贝利的诗歌被称作"困难诗"的代表。因此，他们的朗读策略与书写策略是一致的：前者有清晰的物与物之间的界限标的，而后者更加遁入意识的模糊与均值中。

　　除了朗读诗歌的嗓音与诗人的呼吸声，录音中还不时传来翻书的声音、纸页触碰话筒的声音，中途也有观众的笑声，整场诗歌朗读结束时有掌声。话筒扩音器还在活动空间里形成一定的加强声。所有这些声音，包括诗人的嗓音、呼吸以及其他"杂音"，共同构成了一种现场效果。读者通过听音也宛如在场。米歇尔·戴维森认为"20 世纪

---

① ［美］约翰·阿什贝利：《约翰·阿什贝利诗选》（上），马永波译，河北教育出版社 2003 年版，第 7—9 页。

五六十年代，一种新的口头冲动是对受制于修辞、基于印刷的高度现代主义诗歌的矫正"，而口头形态"意味着无中介进入激情状态，给只有这位诗人知道的东西一个证据"。[1] 除了身体的直接见证，其余的"杂音"通过录制技术参与构成在场场景也是一个重要的方面。

如"92Y"之类的文化中心，不仅为读者提供亲身经历的机会，也提供了通过技术所达到的第二重在场的前提。在 92Y 的官方网站上，《使命与历史》一文中也明确指出："140 年以来，92Y 文化中心将人们聚在一起，为它所在的社区及更大的世界提供独特、创新的表演和视觉艺术项目。"[2] 这样的项目在 20 世纪五六十年代的美国日渐增多。到了 60 年代，诗人朗读已变得非常频繁，逐渐从诗人的自发行为演变成一些机构组织的例行活动。例如，国会图书馆诗人顾问（Poet Consultant）邀请诗人进行朗读并录制存档，大学也经常邀请诗人去朗读。这时，诗人的朗读通常为完整的一场，持续朗读四五十分钟或一个多小时，颇有歌手开演唱会的意味。

以另一位纽约派诗人肯尼斯·科克 1964 年在哈佛大学的朗读为例，他持续朗读了约 56 分钟。伍德贝利诗歌室收藏了本次诗歌朗读。如今，录音记录经过数字化转换，在诗歌室的官方网站上亦可听取。录音位于"听读亭"（The Listening Booth）板块下："听读亭代表了伍德贝利诗歌室所有录制收藏的一小部分。在线特色专题包括我们正进行的对易损唱片和磁带的数字化转换，也包括当下在诗歌室的新录制。"[3] 西奥多·莫里森（Theodore Morrison）作了开场发言，凯·波义耳（Kay Boyle）对科克在学术与诗歌方面的成就作了介绍和评论。从录音中可

---

[1]　Michael Davidson，"Technologies of Presence：Orality and the Tape voice of Contemporary Poetics" in Adalaide Morris ed. ，*Sound States：Innovative Poetics and Acoustical Technologies*，Chapel Hill：University of North Carolina Press，1997，p. 97.

[2]　See "Mission and History"，92 Y，retrieved April 20th 2018，https：//www.92y. org/about-us/mission-history. aspx.

[3]　See "The Listening Booth：Highlights from the WPR Audio Archive"，Harvard University，retrieved April 20th 2018.

以听到，科克在一片掌声中走上讲台。他总共朗读了 17 首诗。

朗读《与你一道散步》（"Taking a Walk with You"）时，诗人持一种深情的语态。在诗歌重复了许多次"I misunderstand……"这一句式时，他的语气有所加强。科克的朗读总是带着感情，持一种叙述的、讲故事的语调。他通常喜欢在句末制造一点回旋的效果，在倒数第二个音节拖长读音，然后在最后一个音快速收住。科克擅长通过控制语速来控制朗读的节奏感。许多时候，朗读速度呈抛物线形：中途的读音缓慢一些，而前后稍快。在他这里，朗读一样与文本内容相映照，比如，朗读《夜娄眉王的回归》（"The Return of Yellowmay"）时节奏感很明显，这是他同名戏剧的诗歌选段。朗读《我的普罗旺斯》（"Ma Provence"）时，一半用法语，一半用英语。

科克在朗读中比较重视观众的感受，有许多解释的部分。他在朗读《童年一瞥》（"AusEinerKindheit"）一诗前介绍道："诗歌标题来自里尔克。"朗读《事件》（"Event"）之前先介绍标题："下一首诗歌叫作《事件》。"读《塞纳》（"Seine"）时解释说太长，只读一部分。读到《野娄眉王的回归》亦解释说该诗"跟动物相关"。观众与诗人朗读之间存在互动。他读到某些句子比如"它可能是野娄眉假扮的"时，观众席传来一阵笑声。朗读完毕，科克说了一句"谢谢"，继而问道："你们有什么问题吗？"然后整场诗歌朗读录制在这里停止。诗人在朗读时会较重视观众的感受，至少能从其言语中辨别出。如奥哈拉与阿什贝利一样，科克的朗读策略与其诗歌文本书写的策略也是一致的。

芭芭拉·格斯特在国会图书馆的诗歌朗读也是一整场。1960 年 6 月 6 日，国会图书馆诗歌录制室，时任诗歌顾问理查德·埃伯哈特（Richard Eberhart）作介绍。格斯特共朗读了 32 首诗，整场录制时长 1 小时 4 秒。《事物的地点》，《四月》，《比萨》，《画架的中央》，《起风的下午》，《姐妹都变得头发灰白》，《海滩上的俄罗斯人》，《英雄离开他的船》，《生日去哈德利》，《去邓巴顿橡树园的路上》，《现实》，《马奈游荡的音乐家》，《星期日傍晚》，《危机》，《悲伤》，《上下倒置》，《历史》，等等，她一首一首地读下来。与科克不同，格斯特的朗读几乎不存在与观众互动。她的朗读是一种自省式的朗读,声音也显得孤独。

相较于其他几位纽约派诗人,斯凯勒的诗歌朗读次数非常少。1955 年 10 月,他在旧金山六号画廊朗读,同场朗读的诗人还有肯尼斯·雷克斯罗斯(Kenneth Rexroth)、加里·斯奈德(Gary Snyder)、菲利普·沃伦(Philip Whalen)、迈克尔·麦克卢尔(Michael Mc-Clure)。除此之外,他在六七十年代的诗歌朗读资料很难找到。不过,到了 80 年代,他又参与到诗歌朗读中来了。从 1982 年至 1989 年,宾大之声共有六场斯凯勒的朗读存档。斯凯勒的嗓音有一种含糊感,这或许是他较少朗读的原因之一。朗读《二月》("February")时,他每一个音节的读音都较重,呈现出沉静的朗读风格。

纽约派诗人成员之间的朗读风格虽有一定差别,但总体说来,都呈现出比较平稳的语调,音调高低也在一定的区间内,朗读中无太多情感添加的"戏份"。而同一时期其他诗人的朗读,相比较而言,可以用"风格迥异"来形容了。投射派诗人的代表奥尔森,他的朗读总是充满浓郁的男性气概。金斯堡的朗读风格也异常鲜明。例如,朗诵《嚎叫》时,他的嗓音演绎出一种如金属乐器铜镲般的效果,呈现出循环往复的打镲的声音。他的诗歌朗读有时号叫,有时唱诵,有时如念经一般。①

(四)道具、表情、服饰与技术

自从欧文·戈夫曼在《日常生活的自我表现》中将社会生活视作表演的舞台,现代传媒语境下的诗人,其现场诗歌表演乃至日常生活中的举手投足,皆可从"表演"范畴加以管窥,并成为风格讨论的重要方面。纽约派诗人朗读时无太多感情流露与刻意表现这一风格也体现在其日常的服饰与外形中。无论他们有意或无意,对于到达现场而言的观众或隔着屏幕观看采访录制视频的观众而言,他们的表情、神

---

① Listen to "Allen Ginsberg Author Page", Penn Sound, retrieved April 27th 2018, https://media. sas. upenn. edu/pennsound/authors/Ginsberg/SFSU-1956/Ginsberg-Allen_06_Howl-II_SFSU_10-25-56. mp3.

态、肢体语言乃至着装风格，都与他们的朗读风格具有一致性。

　　在《美国：诗歌》系列录制片中，奥哈拉穿着白色衬衫，袖子挽到肘部以上，手上夹着一支烟，背后是书架。他首先介绍了《莫扎特衬衫》（"Mozart Chemisier"）这首诗。他并不常注视镜头，读很多行诗才朝镜头方向看一眼。《莫扎特衬衫》朗读完毕，一段旁白介绍了奥哈拉的职业与诗歌创作情况，接着是一段在画家工作室的采访。奥哈拉发表了对先锋派、纽约派画家的看法，紧接着镜头切换至纽约的大街上，他与画家同行。奥哈拉在整个过程中显得比较随性而自然。

　　活动诗歌的呈现与诗人身体密切关联。这一连接在印刷术占文化传播主体地位的时期常常是隐匿的。而在诗歌的在场再现中，可听的嗓音、可视的身体与外在形象，都使诗歌与诗人本身的关联更加密切。

　　一个题为《诗歌稀薄空气》（"poetry thin air"）的视频是阿什贝利与格斯特朗读诗歌的剪辑合辑。阿什贝利坐在书店的圆扶手椅里，周围围了很多人，他朗读之前大家热烈地鼓掌。他坐在书架前。书架后偶尔还有一两个走过，瞧一瞧。偶有电话铃声响起。他专注于文本，偶尔抬头看一眼人群。他朗读时偶尔会交代一下诗歌创作背景。朗读中亦会摘掉眼镜、擦眼镜，后又戴上。观众有的坐着，有的倚在书架旁，姿态比较随意、放松。阿什贝利也是放松的姿态，但他始终保留着一种淡淡的疏离感——这种疏离感来自寡言、冷静的神情以及变化较少的淡然的表情。①

　　戈夫曼写道："社会生活的表情组成被当作给他人留下印象或他人获取印象的来源。反过来，印象也被看作是关于不明显事实的一种信息来源，或被看作一种手段，接受者可以在不等对方说出行动感受的全部结果之前便做出反应。表情，在社交过程中被赋予交际角色。"② 纽约派诗人在诗歌朗读与录制中表现出来的随意、淡泊、

―――――――――――

① Watch "Poetry Thin Air", Youtube, retrieved April 27th 2018, https：//www. you-tube. com/watch? v=15h36USsnuQ.

② Erving Goffman, *The Presentation of Self in Everyday Life*, Edinburgh：University of Edinburgh Social Sciences Research Centre, Monograph, No. 2, 1956, p. 160.

轻松、疏离，也为他们的诗歌蒙上了一层类似的色彩，这些都与宏
大叙事、神秘、宗教等关键词相去甚远。

　　服饰与造型对于表演者来说是一种道具，即使这表演者只是诗歌
朗读者。诗歌朗读实际上具有表演性质，以哪种语速、语调乃至音色
来呈现，都是朗读者需要自行选择与控制的，并不是完全的自然流露。
60年代的反文化运动，风格各异的服饰是一道醒目的风景线。诗人朗
读时，服饰有时会扮演着道具的角色。例如，在宾夕法尼亚大学的凯
利作家屋（Kelly Writers House），一个手持非洲乐器的诗人进行现场
表演时，他便身着白色长衫，头戴民族特色的帽子。这一风格凸显的
着装也无声地宣示着诗歌表演的秘密，并在与观众面对面的现场传递
着与诗歌有关的讯息：或拓展对于部落生活的想象，或充当诗歌产生
的背景，或暗示着表演者在源语境中的身份。金斯堡在表演《嚎叫》
等诗歌时，绝不会西装革履。他的典型形象就是留着大胡子、身着少
数族裔特色的服饰，仿佛刚从某个神秘部落中走出。

图2-7　艾伦·金斯堡

　　兼有诗人、译者与人类学家身份的杰罗姆·罗森伯格也常以留
有长发与胡须的形象示人。他发掘了世界各少数民族区域口头传统

的诗歌并将之转换为英文译本，表演中有时还会手持鞭子或神灯，这与他的诗学主张也都是契合的。

图2-8 杰罗姆·罗森伯格

图2-9 杰罗姆·罗森伯格

　　纽约派诗人中,无论是奥哈拉、阿什贝利,还是科克,他们常身着西装、衬衣、大衣或其他偏现代学院风格的装束,与同时代信奉神秘宗教的诗人形成鲜明对比。纽约派诗人与金斯堡、罗森伯格等诗人在朗读风格上的差异,实际上从服饰风格里也可见一斑。

图2-10　弗兰克·奥哈拉

　　服饰是一种表演道具,它走向道具的过程实际上开始行使印象管理的功能。服饰与表情一样也构成印象的组成部分。纽约派诗人展示出的形象是介于艺术家与知识分子的中间状态。戈夫曼写道:"在他们作为表演者的能力中,个人会关心如何保持印象——这些印象就是他们要实现的众多评判他们自身及其产品的标准。"[1] 尽管戈夫曼是在谈论寻常人们的社会交际,但对于参与到朗读及其他活动诗歌的诗人来说,这样的论述是同样适用的。

────────────────

[1]　Erving Goffman, *The Presentation of Self in Everyday Life*, Edinburgh：University of Edinburgh Social Sciences Research Centre, Monograph, No. 2, 1956, p. 162.

图 2 – 11　约翰·阿什贝利

图 2 – 12　肯尼斯·科克

图 2 – 13 芭芭拉·格斯特

图 2 – 14 詹姆斯·斯凯勒

　　另外,技术对于诗歌朗读的风格也会产生影响。对当下的读者、听众或观众来讲,技术对诗歌朗读风格的影响包含了横向与纵向两个向度。从横向来讲,话筒的音质、音量,是否存在录制环境周围的声响,是否添加混音、立体声,等等,这些都直接影响诗歌朗读的声效。例如,立体声技术能让声音呈现更加生动。麦克卢汉论述道："立体声又进了一步，它是一种'环绕'或'包围'人的声响。过去的声响只从一个点发出，这与视觉文化固定视点的偏好是一致的。音响往高保真度的转换对音乐而言，犹如立体主义之于绘画，犹如象征主义之于文学。"① 而运动影像录制中的技术手段则更加丰富。镜头的广度、焦距，蒙太奇、拼贴、并置等后期处理手法，都会使活动诗歌的视觉画面呈现拥有更多的可能性。

　　从纵向来讲，时间跨度下不同年代的技术表现也给朗读风格带去区分度。虽然本雅明说，复制技术时代的艺术品意味着灵韵的消失。但录音与录像技术带来的年代感，也是听诗与观诗过程中不可回避的一部分。在人类发展史上，使声音得以保存的机器有唱机、收音机、录音机等，声音在这些技术设备中的呈现不尽相同。而影像记录也曾从黑白片过渡到彩色片，技术的差别直接带来画面质地的差别。例如，在科克与阿什贝利的《美国：诗歌》录制中，画面上出现雨点状、雪花状的光斑闪烁，声音从录音设备中发出，产生微弱的"滋滋"声。所有这些技术带来的效果都赋予诗歌朗读与表演一种年代感。技术的痕迹在任何一个年代都不能被抹掉，就如同鹅毛笔在中世纪手稿中留下的印迹，或者不同书写字体在诗歌手抄本中与文字的互相映衬，技术内化进诗歌生成的通渠，与之比肩站立，成为诗歌风格的映照物。

　　每位诗人有不同的声音表现。如同写作的不同风格一样，朗读风格也在听者心中留下了深刻印象，形成对这位诗人诗歌的认知。声音策略是形成朗读风格最重要的因素。纽约派诗人在朗读时，呈现出不同的音色，并以不同的朗读速度、音调、语气等控制诗歌的声音呈现风貌。诗歌朗读也是一种表演，但除却声音这一最主要的因素，诗人的表情、肢体语言、服饰等也都是活动诗歌声音与表演风格形成的重要影响因素。并且在现代技术条件下，它们对于读者

---

　　① ［加］马歇尔·麦克卢汉：《理解媒介——论人的延伸》，何道宽译，商务印书馆 2000 年版，第 347 页。

来说也是可见的。在这些可见因素背后，诗人的诗学主张与文化观念是使风格成型的支撑力量。

三 作为诗学策略的"非表演化"风格

然而，诗歌的声音与表演呈现并非同质化的整体。且不论声音诗、表演诗、视频诗、诗歌擂台赛等名词所凸显的各有侧重的诗歌类型，更不论诗歌与电影、音乐、戏剧、绘画等艺术门类的合作，单就最普遍、最广泛的诗歌表演形式——诗歌朗读而言，其热闹纷繁的表面掩映下，内里仍盘根错节，风格各异的背后延续着不同的传统，体现着不同的诗学思想与政治观念。

（一）诗歌主体观

虽然新一代诗人通过将口头性与活动性返还给诗歌而达到对新批评等旧有诗歌观念的反抗，但纽约派诗人又以其"非表演化"风格而独树一帜。"表演化"风格浓郁的诗歌朗读会因为添加外在于诗的表演而削弱诗歌的本真性。查尔斯·伯恩斯坦认为，"当表演优先于让语词自己说话（或更糟的是，言辞在粗糙的诗歌音乐面前妥协，更别提完全丧失。）"，诗歌就不再拥有纯粹性，因此，"诗人对演员读诗普遍感到厌恶"①。1965年，阿什贝利与科克的对谈也印证了这一点：

> **阿什贝利** 我不会把自己的主张放入诗里。我觉得诗歌应该反映已有的主张。
> **科克** 为什么？
> **阿什贝利** 诗歌没有主体问题（subject matter），因为它自身就是主体。我们是诗歌的主体问题，而不是相反。
> **科克** 你能区分一下"主张"（statement）的普通含义吗，

---

① Charles Bernstein, ed., *Close Listening*: *Poetry and the Performed Word*, New York: Oxford UP, 1998, p. 10.

诗歌是关于人的吗？

阿什贝利　是的，诗歌关于人和物。

科克　那么当你说"我们"，你也包含了房间里的其他客体。

阿什贝利　当然。

科克　这跟将立场放入一首诗有什么关系呢？

阿什贝利　当立场在诗歌出现时，它们仅仅是其他一切折射联合起来的一部分。

科克　我的意思是，诗歌是关于我们的，跟在诗歌里使用立场有什么关联呢？

阿什贝利　没有关联。①

可见，在纽约派诗人眼里，诗歌自身便是主体，而非诗人或其他事物。因此，他们不会将各种"主张"强加给诗歌，这一"诗歌主体观"也在诗歌表演中延续。伯恩斯坦写道："约翰·阿什贝利相对单一的、无曲折变化的朗读风格，是由他文本中的等时性缺席、流畅性关联、显著的并列缺失标识出来。他定是反表现主义模式的大师之一。切段这种节奏动态是有重要象征意义的。"② 这一风格呈现与诗歌文本彼此印证。

以《春天的双重幻想》（"The Double Dream of Spring"）为例，他"关心的不是经验本身，而是经验渗透我们意识到方式"，"他往往将来自不同语境的材料混合起来，去掉其中时间的线性结构，而达至事物的共在"。③ 因此，诗歌并非为了表现某种别的事物，而是自动生成一种非线性进程，朗读中"切断这种节奏动态"便是为文

---

① Jenni Quilter, *New York School Painters & Poets*：*Neon in Daylight*, New York：Rizzoli Publications, 2014, p. 190.

② Charles Bernstein, ed., *Close Listening*：*Poetry and the Performed Word*, New York：Oxford UP, 1998, p. 18.

③ 马永波：《向阿什贝利致敬》，［美］约翰·阿什贝利《约翰·阿什贝利诗选》，马永波译，河北教育出版社 2003 年版，第 4 页。

本中所体现的非线性意识延展开道，并与文本中的非线性意识互为印证。他"近乎单调的朗读有时比文本更能呈现一个更梦幻的维度"①。因此，在纽约派诗人这里，"单调"或"元朗读"的声音与表演风格是诗歌主体观的外在体现。

在《美国：诗歌》的视频录制中，有一个画面是奥哈拉与画家阿尔弗雷德·莱斯利在工作室谈话，一只猫走来走去，奥哈拉坐到打字机前，画家在一旁，他们表现得似乎不知道镜头的存在。奥哈拉正在打字机旁创作，这时电话响起，他接电话，与来电人交谈。"Flashing bolt"（闪亮的门闩），有人在电话中提到这个词组，奥哈拉重复了一遍，立即兴奋地在打字机上敲出这两个词，使之成为他的诗歌的一部分。他总是保持一种开放的姿态，随时接受生活中的偶然性，并让诗歌自主地接受这些偶然闯入的事件。

纽约派诗人共同拥有的去雕饰、不刻意夸张、冷静、轻松自然的朗读风格，实际上也是他们的诗学和文化主张。他们的影响是巨大的，20世纪八九十年代直至当下，有众多追随者模仿他们的风格。

（二）"反对崇高"的审美原则

马克·西尔弗伯格（Mark Silverberg）写道："不同于从马里内蒂、布勒东到艾略特、庞德，乃至同时代的奥尔森、洛威尔，纽约派诗人从未想'眼里透露着崇高'，更确切地说，他们的艺术鉴别持续朝向反对崇高的方向。"②

"反对崇高"的审美原则渗透在纽约派诗人的诗歌朗读与表演之中，其平缓、平均、反表现主义的风格正是崇高的反面。在与纽约派同时代诗人中，"崇高"风格的代表是奥尔森。例如，在朗读《翠鸟》（"The Kingfishers"）时，其浓郁的男性气概表露无遗，嗓

---

① Charles Bernstein, ed. , *Close Listening*：*Poetry and the Performed Word*, New York：Oxford UP, 1998, p. 6.

② Mark Silverberg, *The New York School Poets and the Neo-Avant-Garde*：*Between Radical Art and Radical Chic*, Farnham：Ashgate Publishing Limited, 2010, p. 5.

音浑厚且铿锵有力。他的朗读由慢至快，有很强的节奏感，还有颤音。① 在"大声朗读是一种社交形式"② 的年代，在下东区这一"反文化"诗歌社区，奥尔森追求宏大、男子气概，而纽约派诗人是自信而温和的。丹尼尔·凯恩写道："纽约派是对黑山派圈子诗人男子气概的矫正（corrective to machismo）。"③

很多人将"城市诗学"归功于奥哈拉。许多评论家认为诸如贝里根（Berrigan）、伯克森（Berkson）、帕吉特（Ron Padgett）、麦克亚当斯（MacAdams）这些诗人都从奥哈拉那里学到了许多，"并用包括'离奇的不真实'这样的词句来赞扬他们，以及'酷而柔顺''优雅''清澈而轻语'等，还有一些暗示着同性恋美学和城市美学"④。他们的确是温文尔雅的，为此奥尔森与奥哈拉还有过冲突。因纽约派诗人中许多是同性恋者，这引发了"性别歧视"。

凯恩认为一种"奥哈拉风格的代码"包括"不拘礼节""爽直""随意的博学"等。⑤"随意的博学"这一概括太恰当不过。这也是所有纽约派诗人共同的特点。他们的受教育以及自我教育，都涵盖艺术、哲学等诸多方面。他们自己的诗歌实践，也充满大量的跨界实验，与作曲家、电影制作人、画家、戏剧家等有许多合作。布拉德·古奇在《城市诗人：弗兰克奥哈拉的生活与时代》中写道，奥哈拉的风格，代表了"上层英语同性恋社会"（upper-class English

---

① Charles Olson, "Studio Recording at Black Mountain College, made by Robert Cree-ley c. 1954, first issued as a record", Charles Olson Author Page on Penn Sound. https：// media. sas. upenn. edu/pennsound/authors/Olson/BMC-1954/Olson-and-Creeley _ Black-Moun-tain_1954_Kingfisher%20I. mp3, retrieved April 27th 2019.

② Peter Middleton, "The Contemporary Poetry Reading", *Close Listening*：*Poetry and the Performed Word*, Charles Bernstein, ed. , New York：Oxford UP, 1998, p. 273.

③ Daniel Kane, *All Poets Welcome*：*The Lower East Side Poetry Scene in 1960s*, Los Angeles：U of California P, 2003, p. 24.

④ See Daniel Kane, *All Poets Welcome*：*The Lower East Side Poetry Scene in 1960s*, Los Angeles：University of California Press, 2003, p. 175.

⑤ Daniel Kane, *All Poets Welcome*：*The Lower East Side Poetry Scene in 1960s*, Los Angeles：University of California Press, 2003, p. 106.

homosexual society），有点像王尔德以及"一战"后在牛津的那一代年轻人。① 他还谈到了奥哈拉广泛的兴趣：哲学，音乐，艺术，文学，等等。他在哈佛求学时，经常去旁听别的课，英语系、哲学系、德语系、历史系的课堂，都留下过他的足迹。②

关于"崇高"，奥哈拉还曾与奥尔森有过争论。奥尔森在《投射诗》中表达了呼吸作为"能量的投射"的重要性，而奥哈拉则在其《单人主义》中强调诗歌与个性的关联。特伦斯·迪格里（Terence Diggory）写道：

> 尽管纽约派诗人不像黑山派诗人那样纲领化——例如，奥哈拉写了一篇题为《单人主义》的文章，反对奥尔森的《投射诗》，他认为奥尔森"太宏大、夸张"，太执着于提出"重要话语"——但他们一道努力，通过锻造表达当代生活的本地语言而拓展了自觉意识。③

因此，截然相反的两种诗学主张造就不同的诗歌声音与表演风格。奥尔森以宏大、崇高走向表演化，而纽约派诗人以反对崇高走向非表演化。奥哈拉甚至幽默地写道："崇高观念的唯一好处是，当我变得足够崇高时，我就停止思考，于是也就有了精神重新焕发的机会。"④ 正是这一"反对崇高"的审美原则，使奥哈拉以及其他纽约派诗人在诗歌朗读与表演中表现出"非表演化"的平缓风格。

---

① See Brad Gooch, *City Poet：The Life and Times of Frank O'Hara*, New York：Knopf, 1993, p. 117.

② See Brad Gooch, *City Poet：The Life and Times of Frank O'Hara*, New York：Knopf, 1993, p. 118.

③ Terence Diggory, *Encyclopedia of the New York School Poets*, New York：Facts On File Inc., 2009, p. 65.

④ Frank O'Hara, "Personism：A Manifesto", *Poetics of the New American Poetry*, Donald Allenand Warren Tallman, eds., New York：Grove Press, 1973, p. 353.

四　作为政治策略的"非表演化"风格

纽约派诗人的"非表演化"风格，既是一种诗学追求，亦是诗人在特定政治环境下的策略选择。20 世纪五六十年代，他们活动的大本营是纽约下东区。在这一区域，"诗人通过复兴诗歌朗读的传统，引导人们注意艺术在社会中的作用"，"朗读并不只是文本的公共展示，而是当他们重新定义诗歌在当代美国文化中的用途时，诗歌朗读就成为重新定义当代先锋的事件"。[1] 因此，诗歌朗读不仅是文化建构的对象和途径，同时还因诗人与读者共同在场而包含政治立场，民权运动时期的诗人朗读尤其如此。拉尔夫·埃里森认为："诗歌朗读中在场的重要性可以与静坐相关联。例如，南部黑人开创的非暴力抵抗白人权力的模式。……仅仅用身体占据公共空间就可以构成一种社会意识和政治承诺的行为。"[2]

因此，在诗歌朗读中，不同的声音与表演风格暗含不同的策略取向。以垮掉派诗人为例，"如金斯堡等人的风格基本上都是直抒胸臆，或大声呐喊或语言平实"，在麦卡锡主义盛行的时期，"金斯堡等'垮掉的一代'也可以看作以诗歌和艺术为武器对麦卡锡主义的激进反抗"，这是"在高压社会环境下以自我发泄和自我放纵为主要形式的对浪漫主义诗风的一种欢呼和重温"[3]，也是他们自认为"可以影响政治事件的进程"[4] 的希望所在。再如，"奥尔森特别倾向于暗示某件事的政治意识，仿佛文化的政治诠释是底线：'有些原因，

---

① Daniel Kane, *All Poets Welcome*：*The Lower East Side Poetry Scene in 1960s*, Los Angeles：U of California P, 2003, p. 27.

② Raphael Allison, *Bodies on the Line*：*Performance and the Sixties Poetry Reading*, Iowa City：U of Iowa P, 2014, preface xv – xvi.

③ 晏榕:《诗的复活：诗意现实的现代构成与新诗学——美国现当代诗歌论衡及引申》，浙江大学出版社 2013 年版，第 225 页。

④ ［美］萨克文·伯克维奇主编:《剑桥美国文学史（第八卷）：诗歌和文学批评 1940 年—1995 年》，杨仁敬、詹树魁、蔡春露、甘文平主译，中央编译出版社 2008 年版，第 6 页。

政治原因……'"①

　　然而，虽处同一时期，纽约派诗人的诗歌声音与表演却并未充满激烈、戏剧化的表现，其诗歌文本中的内容、主题也鲜见对政治的指涉。关于这一点，纽约派诗人事实上具有自觉的策略意识：

　　　　弗兰克·奥哈拉的诗歌没有纲领，因此无法加入。它不主张性和兴奋剂是现代社会弊病的灵丹妙药，并未声称反对越南战争或支持民权运动，也不会描绘后原子时代（post-atomic age）的哥特式小插曲：总之，它不会攻击当局，而只是无视后者的存在，因此是每个党派的烦恼之源。②

　　通过"无视"而达成抵制，实际上是纽约派诗人的共性，他们被冠以"淡漠"（indifference）、"自恋"等标签。对于这一点，海伦·文德勒（Helen Vendler）却表示反对，并以阿什贝利为例举："跟艾伦·金斯堡、艾德里安·里奇、威斯·墨温的方式不同，阿什伯利没有致力于明确的政治行动或评论，因此有时人们会认为他在社会问题上表现得很冷漠、唯我、自恋，我认为这种看法是不正确的。"文德勒继而写道："阿什伯利在形式上最大的贡献就是把一套巨大的社会语汇带进了抒情诗。……词语经常跃出它们通常的语境。"③ 因此，阿什贝利只是采取不同的策略与社会问题通联，并且是通过诗歌语言本身来消解既定的社会陈规。

　　在《写作的零度》一书中，罗兰·巴特援引坎贝尔在编写《迪谢纳神父》时总要用一些粗俗字眼是由于当时整个革命情势的需要

---

　　①　［美］萨克文·伯克维奇主编：《剑桥美国文学史（第八卷）：诗歌和文学批评 1940 年—1995 年》，杨仁敬、詹树魁、蔡春露、甘文平主译，中央编译出版社 2008 年版，第 86 页。

　　②　John Ashbery, "Frank O'Hara's Questions", *Bookweek* (25) September 1966, p. 6.

　　③　［美］海伦·文德勒：《约翰·阿什贝利与过去的艺术家》，哈罗德·布鲁姆等《读诗的艺术》，王敖译，南京大学出版社 2010 年版，第 245—246 页。

的例证，继而认为："写作……其作用不再只是去传达或表达，而是将一种语言外之物强加于读者，这种语言外之物既是历史又是人们在历史中所起的作用。"① 虽然巴特是在谈论写作，但表演进程中的诗歌也形同此理。一种"表演化"倾向浓郁的诗歌，亦是诗人或表演者对某种"情势"的适应而平添主观意识与态度，从而削弱了诗歌的自主性。

纽约派诗人坚持写作"缺乏时事性"的作品，并在诗歌朗读与表演中保持其一贯的平缓风格。西尔弗伯格以"淡漠"为关键词描摹纽约派诗人的政治立场，然而淡漠并非不关心，而是以"无视"来表达不同的意见。"对意识形态被滥用的反应如此之强烈，在整个50和60年代一个又一个诗人提到知识性词汇被剥夺的问题"②，因此纽约派诗人既在诗歌语言选择上保持与意识形态的距离，也在实地表演中拒绝陷入政治的泥淖。

这实际上是纽约派诗人对彼时社会境况的一种反思与应对。雅克·朗西埃在《文学的政治》中写道："在为艺术而艺术的宣言本身中，应当解读出一种激进平均主义的程式。"③ 而纽约派诗人"平均的""非表演化"的声音与表演风格正是取消词语之间等级秩序与差别的"激进平均主义的程式"的反映。无论是奥哈拉以口语入诗，还是阿什贝利对于意识路径的挖掘，抑或科克、格斯特、斯凯勒无关时事的诗意表达，皆塑造出纽约派诗人无关社会主流诉求的表面印象。然而，这正构成热闹与激烈背后的冷静面。

正因为如此，60年代的纽约派诗人成为哈罗德·罗森伯格（Har-

---

① ［法］罗兰·巴尔特：《写作的零度》，李幼蒸译，中国人民大学出版社2008年版，第3页。

② ［美］萨克文·伯克维奇主编：《剑桥美国文学史（第八卷）：诗歌和文学批评1940年—1995年》，杨仁敬、詹树魁、蔡春露、甘文平主译，中央编译出版社2008年版，第87页。

③ ［法］雅克·朗西埃：《文学的政治》，张新木译，南京大学出版社2014年版，第14页。

old Rosenberg）所言的"社会调和的先锋"①。在社会矛盾激化的时期，站出来发出充满激情的呼吁是一种方式与策略，而保持冷静、平和，避免加入热闹的争执，避免将政治话语纳入诗歌艺术并在诗歌艺术中展示出与主流无关的平等性，亦是一种策略。纽约派诗人开始活跃的年代，正是冷战背景下美朝战争进行、麦卡锡主义盛行的年代，"在一个极度顺从的时代，纽约派诗人将信念寄托在相信艺术先锋可以允许他们偏离规范的这一想法上"②。反观当下美国社会，民众对于全民卷入政治斗争的厌倦，此情境或能更好地帮助人们理解平缓、非表演化的诗歌声音与表演背后的深意。于 20 世纪中期重新兴起的诗歌朗读与表演，"表演化"风格与外放的广场政治诉求相对应，而"非表演化"风格意在建立一种类似于"文化沙龙"的公共文化空间，通过对充斥意识形态的社会话语的消融和抵抗，以期建立起独立的文化空间而充当个性的庇护所。

　　在文艺运动、思想运动异常热闹的 20 世纪五六十年代，纽约派诗人在"诗歌主体"与"反对崇高"诗学观念与"淡漠"政治策略的指引下持冷静态度，在诗歌展演中保持一种平缓的非表演化风格，是保存诗歌本身纯净度的体现。同时，这一态度背后也有其作为先锋派的革命性一面，即反对传统诗学中的"摹仿论""表现论"等，因自柏拉图、亚里士多德以降的西方诗学史，若非将诗歌视为对外在他物的模仿，便是将其看作"表现""体现"，此二元对立的论调将诗歌塑造成对他物的所指，影响了整个西方文艺思想与理论。"表演化"风格的诗歌朗读通过变幻的声音模仿或烘托出某个故事场景且强调戏剧性（theatricality），实则是摹仿论或表现论的延续。纽约派诗人关注同时作为诗歌主体的诗歌生成过程:"诗人表现出他们不

---

① Harold Rosenberg, *The De-Definition of Art*, Chicago: U of Chicago P, 1983, p. 219.

② David Lehman, *The Last Avant-Garde: The Making of the New York School of Poets*, New York: Anchor Books, 1999, p. 1.

是表演者的事实，……（不）展现情绪……而是趋向于……表现出智性超然（intellectual detachment），如果不是以诗中言辞，便是通过谨慎的中立态度传送。"① 因此，他们拒绝使诗歌走向戏剧化并坚持"非表演化"风格，其本质既是对传统诗学的彻底革新，又是以"无视""淡漠"而达成"抵制"的政治态度的外显。

第二节　"诗歌—剧场"与后戏剧剧场的萌芽

一　纽约派诗人与"外外百老汇"运动

早在 1951 年奥哈拉从哈佛大学毕业前夕，他与阿什贝利就已经把诗歌搬上了剧院舞台。2 月 26 日，剑桥市诗人剧院（Poets' Theatre），阿什贝利创作的《每个人》（Everyman）上演，音乐由奥哈拉创作；奥哈拉创作的《试！试！》（Try! Try!）也同堂上演，阿什贝利是演出角色之一。诗歌朗读本身即为表演的一种，不过纽约派诗人开展了形式多样且数目繁多的艺术实践，跨越诗歌、绘画、音乐、电影、戏剧等多个领域，他们在剑桥市诗人剧院、纽约西诺咖啡馆、生活剧院、诗人剧院、艺术家剧院等上演了众多剧目，并与抽象表现主义画家、剧场导演、音乐家等展开合作，共同推出剧场艺术的创新性呈现。他们所实验的"诗歌—剧场"既是上演的（staged）诗歌，又是一种剧场艺术。菲利浦·奥斯兰德（Philip Auslander）曾评价："纽约派的剧场实验可被视为 20 世纪 60 年代外百老汇运动的先驱，也是美国戏剧中后现代主义的早期表现。"② 然而在文学史的书写上，他们的"诗歌—剧场"实践却因学科分化而处于狭缝地带。诗歌史对之少有提及，而戏剧史的书写

---

① Lesley Wheeler, *Voicing American Poetry：Sound and Performance from the 1920s to the Present*, Ithaca：Cornell UP, 2008, p.140.

② Philip Auslander, *The New York School Poets as Playwrights：O'Hara, Ashbery, Koch, Schuyler and the Visual Art*, New York：Peter Lang Publishing, 1989, p.3.

也因仍主要以专业戏剧家的实验创作为基础而对其着墨甚少。然而，他们所进行的应景诗歌—剧场等实验，是当代文学艺术跨媒介实验的早期案例，是文学史书写上不可或缺的部分。从戏剧领域的眼光视之，这些有远见的诗人、艺术家也推动了"戏剧剧场"到"后戏剧剧场"的历史转型。

纽约派诗人所有成员中，科克的"戏剧生涯"开始得比较早，他十一岁就曾以家庭成员为原型创作过剧本，这一过程带给他许多乐趣。① 阿什贝利也曾谈道："我不记得我为什么开始写剧本，但我记得为什么停止写，因为我觉得可能没有人会表演它们。"阿什贝利在哥伦比亚大学读研究生期间选修过"希腊戏剧"课。② 诗和戏剧在体式上有所区别，不过，奥哈拉曾戏谑地谈道："你称一个东西是什么，比如戏剧，那么每个人都会这样去接受它。"③ 在充斥着"先锋""实验"的五六十年代，艺术门类之间几乎没有严格的界限。对于戏剧与诗歌来说，它们在语言这一维度上彼此通达。大卫·雷曼在《最后一个先锋派：纽约派诗人》中写道："现代艺术对语言的兴趣是如此突出，但它并不是语义学本身：它是持续将语言作为（媒介）与我们真正的情感相衬的一种兴趣。"④

纽约派诗人是"20 世纪 60 年代外百老汇运动的先驱"，而"外百老汇运动"首先源自"百老汇"的存在。百老汇（Broadway）是纽约市曼哈顿区的一条大街，众多演出剧团在这里立足。从 1750 年弗吉尼亚州的威廉斯堡剧院成立，到迁至纽约后的娱乐综合体，美国剧院始

---

① See Kenneth Koch, *The Banquet*：*The Complete Plays*，*Films*，*and Librettos*，Minneapolis：Coffee House Press，2013，p. xvii.

② John Ashbery and Mark Ford，*John Ashbery in Conversation with Mark Ford*，London：Between the Lines，2003，p. 36.

③ Frank O'Hara，*Amorous Nightmares of Delay*：*Selected Plays*，Baltimore and London：The Johns Hopkins University Press，1978，p. xv.

④ Robert Motherwell，Letter to Frank O'hara，August 18，1965，from David Lehman，*The Last Avant-Garde*：*The Making of the New York School of Poets*，New York：Anchor Books，1999，Preface Words.

终在寻求最优商业组合中发展，到 20 世纪 30 年代才最终迁址时代广
场附近。1930 年成立的百老汇联盟（The Broadway League）①，最初是
为抵制演出票投机和倒卖，后来逐渐发展成一种类似行会的组织。
该联盟规定了百老汇以及外百老汇（Off-Broadway）的座席数和区
域。百老汇的座席数为 500 个以上，位于百老汇大街上 44 街至 53
街之间；外百老汇的座席在 100 个至 499 个，外外百老汇的座席数
通常少于 100 个，地理位置皆位于 44—53 街之外。

　　不过，座席与区域的差别只是外在特征，其内里却是商业化与
艺术追求之间的抗衡。外百老汇在历史上是以反抗百老汇剧院的商
业化而出现，最后却被商业性演出模式吸收。因此，为了抵御外百
老汇的"堕落"，外外百老汇（Off-Off-Broadway）应运而生。

　　纽约派诗人的戏剧实验，是外外百老汇运动的一部分。他们创
作的戏剧主要在以下四个剧院演出：生活剧院（Living Theatre），艺
术家剧院（Artists' Theatre），哈佛大学诗人剧院（Poets' Theatre）
以及纽约诗人剧院（Poets' Theatre）——后来更名为"美国诗人剧
院"（American Poets' Theatre）。这些剧院是 60 年代"外外百老汇
运动"的先行者。这些"非商业性演出"由同样支持诗歌朗读的市
中心咖啡馆和工业废弃厂房支持。由乔·西诺（Joe Cino）于 1958
年创办的西诺咖啡馆（Caffe Cino），常被认为是这场运动的先锋，
出品了许多诗人剧作家的作品，包括格斯特的《办公室》（The Of-
fice，1963）等。

　　特伦斯·迪格里曾写道："跟绘画领域一样，'二战'中与欧洲
的紧密联系，促进了纽约剧院的发展。"② 而此时的欧洲戏剧，已经
从传统戏剧走向现代实验戏剧。"崛起的外百老汇剧院，主要演出从
易卜生到契诃夫的欧洲经典剧目，以及尤金·艾恩斯科（Eugene Io-

---

　　①　曾用名"美国剧院与出品商联盟"（League of American Theatres and Producers）
和"纽约剧院与出品商联盟"（League of New York Theatres and Producers）。

　　②　Terence Diggory, *Encyclopedia of the New York School Poets*, New York：Facts On
File Inc.，2009，p. 465.

nesco）和塞缪尔·贝克特（Samuel Beckett）的《荒诞派戏剧》（Theatre of the Absurd）。"[1] 不过，外外百老汇的演出更具有先锋意味。欧洲对美国先锋实验戏剧的发展产生了重要影响，戏剧家埃尔温·皮斯卡托（Erwin Piscator）则是其中的重要纽带。他是到纽约避难的战争移民，也是贝托尔特·布莱希特（Bertolt Brecht）的前同事。1940 年，皮斯卡托在新学院（The New School）创立了戏剧研讨班，培养了许多有影响力的学生，其中包括朱迪思·马利纳（Judith Malina），朱利安·贝克的妻子，他们在 1948 年共同创办了生活剧院。[2]

1952 年 8 月 5 日，阿什贝利的剧作《英雄》（*The Heroes*），就是由马利纳与贝克导演，在樱桃巷的生活剧院上演。阿尔弗雷德·雅里（Alfred Jarry）的《愚比王》（*Ubu Roi*）也于同一天在该剧院演出，演出信息发布在同一张海报上。1959 年 12 月 28 日，奥哈拉的《爱的劳动：一首田园诗》（*Love's Labor, an eclogue*）与科克的《贝尔莎》（*Bertha*）也在生活剧院上演，彼时，生活剧院已经从樱桃巷搬迁至第六大道 14 街。

布莱希特在《论实验戏剧》中评论了皮斯卡托的戏剧理念，他所言的"实验"是指普通意义上的戏剧创作、指导、表演等一系列行动，不是专指后现代视域下的"实验戏剧"。布莱希特认为，"至少近两百年的欧洲戏剧历经了一个实验阶段，但如此数目众多的实验并未带来任何显著的成果"[3]，原因就在于这两百多年的戏剧实验依然惯行戏剧的两大功能：一是娱乐（entertainment），二是教化（instruction）。而皮斯卡托的戏剧则脱离了这两项功能的既定轨道，

---

① Terence Diggory, *Encyclopedia of the New York School Poets*, New York：Facts On File Inc., 2009, p. 465.

② Terence Diggory, *Encyclopedia of the New York School Poets*, New York：Facts On File Inc., 2009, p. 465.

③ Bertolt Brecht, *Brecht on Theatre：The Development of an Aesthetic*, ed. and trans., John Willett, New York：Hill and Wang, 1964, p. 130.

布莱希特评价道："皮斯卡托的实验几乎打破了所有惯例"，"皮斯卡托的舞台并非对喝彩无动于衷，而是更倾向于讨论。它不期望仅仅给观众提供一次经历，而是从他身上获取实际决定去主动介入生活"。① 布莱希特认为教化损害了戏剧的艺术层面，他也反对迫使观众进入"移情"（empathy）状态。亚里士多德关于戏剧的观点是："你必须附魔并征服读者的胸腔。一个人跟着那些笑的人笑，看见别人悲伤也会流泪。因此如果你想让我哭泣，首先让我看到你眼中充满泪水"，而布莱希特对此表示质疑，认为这是"野蛮的"。犹如"践踏一个人的灵魂迫使他哭泣"，但并不能使他"解放"，"花一切代价强迫我臣服于他的悲伤"，本身并非自由。在他看来，"陌生化方法"或"间离（Alienation）方法"是使戏剧脱离娱乐与教化轨道的途径。要做到这一点，"演员不让自己在台上完全变成他所扮演的角色。他不是李尔王、阿巴贡或帅克，他仅表现出他们。他尽力再现他们的言论……但他绝不尝试说服自己全然转化成角色"。② 布莱希特提出了阻止"完全转化"的三点措施：调换到第三人称，调换至过去时态，以及大声念出舞台指导说明。间离效果就在这三种"完全转化"的措施下诞生。

皮斯卡托携着这样的戏剧理念到了纽约，并传授给他研讨班的学生。他们后来成为新生外外百老汇剧院的创立者与导演。因此，在与导演的交流过程中，纽约派诗人对这些戏剧理念也有所借鉴、吸收。但是，并不能认为纽约派诗人的剧场创作与实践完全基于以上的戏剧理念。事实上，布莱希特、皮斯卡托的戏剧理念与纽约派诗人关于诗歌、艺术的观念在深层逻辑上不谋而合。他们皆秉持一种"行动戏剧"或"行动诗歌"的理念，即诗歌与戏剧都不是对某

---

① Bertolt Brecht, *Brecht on Theatre: The Development of an Aesthetic*, ed. and trans., John Willett, New York: Hill and Wang, 1964, pp. 130 – 131.

② See "Short Description of a New Technique of Acting which Produces an Alienation Effect", *Brecht on Theatre: The Development of an Aesthetic*, ed. and trans., John Willett, New York: Hill and Wang, 1964, pp. 137 – 138.

个既定主题或情境的模仿与再现，它自身具有一种行动逻辑，由艺术延伸至日常生活并构成现实本身。这一理念又都受到超现实主义思潮的影响，在纽约派诗人诸多诗歌创作、展演与剧场实践中都有体现。因此，纽约派诗人与纽约戏剧界外外百老汇的戏剧家的艺术思想与观念上是相通的。

同样在 1948 年，皮斯卡托的妻子玛丽亚·皮斯卡托（Maria Ley Piscator）在"92Y"推出了"诗人剧院"项目，首次演出包括两个日本能剧（Noh plays），保罗·古德曼的《黑暗与禁行红灯》（*Dark and Stoplight*），以及让·热内（Jean Genet）的《两个女仆》（*Two Maids*）。这个项目由约翰·迈尔斯主持。① 迈尔斯后来担任蒂博·德·纳吉画廊的负责人，正是他开启了"纽约派诗人"这一称号。纽约派诗人在艺术家剧院许多剧作也由他担任出品人。因此，纽约派诗人与外外百老汇剧院之间的联系具有双重性，一是趋向一致的文学艺术观念；二是事实上的联系与合作。他们同属纽约文学艺术圈，工作上有许多往来，同时又在这些往来与合作中促成 20 世纪中期艺术家共同体的形成。

50 年代，麦卡锡主义的盛行以及严苛的政治环境在一定程度上破坏了剧场的发展。生活剧院原址在樱桃巷，经常上演一些不符合"伦理规范"的戏剧，其中包括阿什贝利的《英雄》（*The Heroes*），最终被官方以存在安全隐患为由关闭。1952 年，《英雄》上演三场之后就被勒令停演，真正的原因并非消防隐患，而是因为该剧有一幕是两个男人一起跳舞，而同一天上演的阿尔弗雷德·雅里的《愚比王》，第一场开头便是一句"他妈的！"② 受当时政治环境对言行严格控制的影响，阿什贝利一度停止剧本创作。

大卫·雷曼写道："在一个有着不同程度的因循守旧的年代，纽

---

① Judith Malina, *The Diaries*, *1947 – 1957*, New York：Grove, 1984, p. 37.

② Terence Diggory, *Encyclopedia of the New York School Poets*, New York：Facts On File Inc. , 2009, p. 297.

约派诗人将理想寄托在先锋艺术的观念上，相信它是对他们背离规
范的支持。"① 对于先锋派戏剧的导演来说，纽约派诗人的地位同样
重要："像许多其他先锋派戏剧导演一样，他（贝克）向纽约派诗
人寻求语言，通常不是以诗歌的形式写的，是那种可以'使我们超
越这无知的现状'，进入'自我理解'和'对万物本质的理解'的
无意识领域。"② 社会现实的压抑与对艺术创新的渴求交织在一起，
使这些思想前卫的诗人、戏剧家、艺术家并肩联合。

　　生活剧院官方网站的主页上有一首诗，由创始人之一朱利安·
贝克所作。该诗位于《使命》这一标题之下：

> 在剧院的群体，我们是彼此的谁人？
> 召集问题，
> 解开通向痛苦的结，
> 将我们展开在公众的餐桌之上，
> 像宴会上的盘子，
> 我们旋转，
> 像漩涡，
> 让观众也行动起来。
> 点燃身体的秘密引擎
> 透过棱镜
> 看见彩虹，
> 声称发生在监狱的事同样重要，
> 呼喊出"别以我的名义！"
> 在执行处决之时，
> 从剧院到大街，从大街到剧院。

---

① David Lehman, *The Last Avant-Garde*：*The Making of the New York School of Poets*,
New York：Anchor Books, 1999, p. 1.

② Terence Diggory, *Encyclopedia of the New York School Poets*, New York：Facts On
File Inc. , 2009, p. 465.

　　这就是生活剧院今天的使命,

　　也是永远的使命。①

　　"从剧院到大街,从大街到剧院",外外百老汇戏剧意欲突破艺术与生活之间的界限。谢克纳认为 20 世纪末期的激进表演就源自先锋派对娱乐剧院的抵抗,他写道:"先锋派一直反对这些娱乐剧院,到 20 世纪的最后三十几年,他们甚至扩大到直接成为政治行动的一部分,进入日常生活的表演(打破了艺术—生活的二分法)、心理治疗或其他明显有效的表演种类。"② 因此,表演不再仅限于专门的舞台和剧院,大街、广场或者其他任何一个地方,都可进行融行为艺术、街头艺术、人体艺术等于一体的表演。艺术与生活的界限逐渐打破,这种破除的意图,一方面是为艺术,另一方面根植于社会理想。而这一切,就源于 20 世纪五六十年代这些先锋派诗人、剧作家所点燃的火苗。

二　纽约派诗人的"诗歌—剧场"

　　诗歌作为剧场表演,并不是一项新创的艺术实践,它实际上已有深幽的渊源:在诗歌与戏剧的古老的悲剧、喜剧源头,在伊丽莎白时期,在"三一律"盛行的新古典主义时期,诗歌与戏剧都曾同台。"伊丽莎白时期的舞台模式,人们有兴趣将诗歌作为戏剧语言的媒介。"③ 浪漫主义诗人写剧本,后来衰落。现代主义诗人又开始为剧院写诗,艾略特,e.e. 肯明斯,奥登等人都曾写过剧本。

　　戏剧中的诗歌是一种语言实践。诗人不只创作"脚本"——剧

---

　　① See "Mission", *Living Theatre*, retrieved May 12th 2018, http://www. livingtheatre. org/about/.

　　② Richard Schechner, *Performance Theory*, London and New York:Routledge, 2003, p. 135.

　　③ Terence Diggory, *Encyclopedia of the New York School Poets*, New York:Facts On File Inc. , 2009, p. 465.

本，他们也参与舞台设计、布景，与导演、演员交流。纽约派诗人的诗歌剧场实践有很强的合作性质，诗人与音乐家、艺术家经常一起合作，让语言与绘画、布景、灯光等其他剧场之中的方方面面平等地融入剧场构作。奥哈拉曾回忆他们在剧场的合作与争论。1962年5月，科克与妮基·圣法勒（Niki de Saint-Phalle）、让·丁格利（Jean Tinguely）、罗伯特·劳森伯格（Robert Rauschenberg）等人合作《波士顿的建造》，在纽约少女剧场（Maiden Playhouse）上演。"他们一直在为采取哪个方位而争吵，直到幕布升起的那一刻才停下来"，奥哈拉评价道，"我并不是贬义的，但是他们，是真正地在合作，没有人在其中担任绝对主导的角色"。①

以科克为例，诗歌进入戏剧有三种途径：一是剧中专门的诗歌部分，科克许多戏剧末尾都有"收场诗"（epilogue），如剧目《伯里克利》（Pericles）、《非亲非故》（Without Kinship）等；二是充满诗性的对白，许多剧目里有大段的诗句独白，如《贝尔莎》（Bertha）、《夜娄眉王的回归》（The Returns of the Yellowmay）、《袋鼠之死》（The Death of the Kangaroo）等，诗人在一些诗歌朗读场合甚至都会将之抽取出来，作为诗歌朗读的内容；三是剧中诗人角色的台词，这一点在《新黛安娜》（The New Dianna）中表现得尤为明显，剧中的俄罗斯诗人、儿童诗人、哥洛斯沃德·火柴先生（Mr. Grossword Firewood），几乎是在赛诗与进行诗学讨论了。

阿什贝利曾说过："写作剧本，是为了表演它们。如果不能表演，那就不写了。"② 因此，剧本的最终出口并非印刷、出版、流通，而是为了表演活动的呈现。剧中的诗歌也同样如此，它们的存在并非以文字符号的印刷出版为出口，而是着眼于舞台呈现。从这个角度讲，纽约派诗人的剧场实验也包含诗歌实践的部分，这些诗

---

① David Lehman, *The Last Avant-Garde*：*The Making of the New York School of Poets*, New York：Anchor Books, 1999, pp. 78 – 79.

② Ashbery John and Mark Ford, *John Ashbery in Conversation with Mark Ford*, London：Between the Lines, 2003, p. 40.

歌是以一种活动形态面世、传播。

《伯里克利》是科克 1953 年创作的一部六幕剧,每一幕的对话从一句到几句不等,都很短。剧中共有伯里克利、朋友、另一个男人、一个女人四个角色。伯里克利是古希腊的政治家、演说家,在他的强力领导下,雅典城邦的经济、政治、文化取得了繁荣发展。他去世后,雅典城邦渐趋衰落。全剧并未呈现清晰的事件发生逻辑,第一幕是伯里克利与朋友的对话。朋友说:"我停下来,又走,伯里克利。"伯里克利:"因为我们找到这片土地。"这一幕共八句对话,不过已经是整部剧对话最多的。他们的对话仿佛各说各的,并不接着对方的话题推进。然而,语言在突如其来中营造出强烈的事件感。上一句,朋友在说"在真理、气候与吉他中间",下一句伯里克利又说"微风比我的嘴小"。伯里克利说完"亲爱的人们,我们是如何长大的,既然我们来自希腊!"朋友下一句说道:"音乐真夸张。"伯里克利说:"谎言在岸边等待。"虽然他们的对话内容彼此不相关,也再无更多交代,但可以看出他们身处某地,有微风来,有音乐来,他们的话语是对突然到访的音乐与微风的回应。这是一种事件引导而非叙述时间序列引导的戏剧模式,并且依赖于现场。该剧最后的收场诗由管弦乐队指挥念出:

> 不会已太迟吗
> 尘嚣升起,尘嚣落下
> 我们曾站在纯洁的根上
> 在静默中,在暴虐中
> 一二人来,一二人往
> 你愿再历经那一切吗
> 器官的快感与阿司匹林无声的痉挛。①

---

① See Kenneth Koch, *The Banquet: The Complete Plays, Films, and Librettos*, Minneapolis: Coffee House Press, 2013, p. 5.

　　收场诗与后记不同，后记是发生在故事之外的总结，而收场诗是故事的内在部分、是故事最后的收束。但科克对这首收场诗的处理方式与此前的对话处理一样，是一种突然降临的语言，与此前内容并无逻辑性衔接，正应和了布莱希特所言的离间效果。乐队的指挥本来是后台的一位工作人员，但是当他走到前台念诵，就让现实切进历史。并且，诗句"器官的快感与阿司匹林无声的痉挛"，显示出现代社会语汇对古代历史背景的介入，于是将现代时刻从历史中剥离开来，展示出一种当下感与事件感。

　　科克在接受夏皮罗的访谈时谈到他在创作叙事诗《马戏团》和《地理》时，试图在故事中避免一切象征主义与所有显然的意义，不想它们像康拉德的《秘密分享者》《黑暗的心》或乔伊斯等人的现代主义小说那样。科克说："我想它们有非常简单的故事，就像词语仅仅是词语，如在《当太阳试着继续》里那样。我想我叙事诗中的事件就仅仅是事件，有同样的明晰与简洁。"他继而谈道："我早期的剧作，像《伯里克利》《快乐的石头》《格尼维尔》，这些剧作比较难懂。我是想达到一种语言如诗歌一般明亮和坚硬的状态，以及舞台上动作的明亮感。"① 他也指出，《伯里克利》等剧目就是在创作诗歌《当太阳试着继续》时写的。由此可看出科克走出了传统诗学观念与现代主义的束缚，通过还语言以语言、还事件以事件，以期从一种非线性逻辑中捕捉当代艺术之光。如此，剧目《伯里克利》及其收场诗所凸显的事件感便不难理解。

　　戏剧《贝尔莎》与《伯里克利》有所区别，它的叙事情节亦很简单，但更清晰。第三场的对白如下：

贝尔莎　挪威的空气真甜
　　　　　吸进我的肺，再呼出

---

① See David Shapiro, "A Conversation with Kenneth Koch", Jacket Magazine Website, retrieved May 29th 2018, http://jacketmagazine.com/15/koch-shapiro.html.

>　它混合着白云与挪威的蓝天
>　这样，我自己，也成了挪威人，当贝尔莎呼吸时
>　这个国度也呼吸，它呼进它自己
>　因此天空依然完纯净，挪威。

信使　贝尔莎，这片土地很和平。

贝尔莎　攻打苏格兰![1]

在这一部分中，从赞美挪威的空气到下令攻打苏格兰，科克将两个语气和情境截然相反的语段对应在一起，前者祥和，后者暴虐且突如其来，无更多的铺垫和解释。科克说:"我对戏剧的感受与诗歌一样:我不想淹没在意义与句法中，仅想展示纯粹的经历。"[2] 在他看来，《贝尔莎》与《乔治·华盛顿跨过特拉华河》是叙事非常清楚的戏剧，它们"从某种程度上是对英雄剧的戏仿;但并不是说它们主要是戏仿"[3]。

科克喜欢戏剧的缘由之一是可以赞美任何事情:"你可以推开窗然后说道:'窗开了。阳光闪烁。我的手在窗边，我爱你。'"[4] 因此，他的剧中有许多这种前后并无起承转合的叙事连接，这不仅是一种叙事时间序列的打破，也是对日常生活的偶然性的展示。

科克的剧目《乔治·华盛顿跨过特拉华河》本来是为拉里·里弗斯之子的学校表演而创作，不过学校演出最后取消了。1962 年，该剧由亚瑟·斯托奇（Arthur Storch）指导，亚历克·卡茨（Alex Katz）任舞台设计，理查德·利伯蒂尼（Richard Libertini）与麦金

---

① See Kenneth Koch, *The Banquet*: *The Complete Plays*, *Films*, *and Librettos*, Minneapolis: Coffee House Press, 2013, p. 23.

② See David Shapiro, "A Conversation with Kenneth Koch", *Jacket* Magazine Website, retrieved May 29th 2018, http://jacketmagazine.com/15/koch-shapiro.html.

③ See David Shapiro, "A Conversation with Kenneth Koch", *Jacket* Magazine Website, retrieved May 29th 2018, http://jacketmagazine.com/15/koch-shapiro.html.

④ See David Shapiro, "A Conversation with Kenneth Koch", Jacket Magazine Website, retrieved May 29th 2018, http://jacketmagazine.com/15/koch-shapiro.html.

太尔·迪克逊（Macintyre Dixon）参演，在纽约迈德曼剧场（Maidman Playhouse）上演。该剧的故事线索是华盛顿带领革命军征战，处境艰难，面临抉择。某一天晚上，华盛顿梦见童年的樱桃树事件，为逃避父亲的追打，他必须跨过眼前的河流。因此，梦醒后他便做出率领军队跨过特拉华河的决定。该剧有一种对英雄剧戏仿的意味，诙谐、幽默，但并未对历史人物不敬。剧作借用心理分析的方式，使主要人物的童年小事介入历史大事，解构了这一历史事件的宏大与威严。

诗人创作戏剧，很难说哪一句是诗，哪一句不是。以下段落是第三幕中华盛顿的台词。当士兵问道：我们如何打败英军？我们既无枪炮，也无粮草。

华盛顿 （镇静地）

我们必须发动袭击——袭击，袭击，

袭击英军物资。我们必须发动袭击！

袭击军装，袭击食物

为了革命军；

在早晨袭击，在夜晚袭击，

用烛火袭击我们的胃，

袭击茶叶库，袭击磨坊，

袭击山后的粮仓；

袭击帐篷，漂亮的袭击，

袭击康沃利斯，袭击他的参谋。

如果为良愿，盗窃也颁发了许可证书，

男孩们，你们可知，爱情与战争没有律法。

打包起羞怯，耻辱和恐惧，

把它们扔得远远的，来见我，都来，

午夜 12 点，我们就出发

去英军躺下的营地！

> 我们会盛装返程，
>
> 每个在场的人都将如愿。
>
> 那么，来吧，准备好——涂黑每张脸，
>
> 午夜与我会合，就在这个地方！[①]

　　这是华盛顿在该剧中讲话最多的部分。"袭击"一词出现了 16 次，词汇的反复出现，在舞台表现中营造出一种音乐性与激进感。但同时，这一词汇是在华盛顿镇定的语气而不是激昂的语气下道出，因此在宏大与平素间取得了某种平衡。

　　语言参与一种跨界的、广义的艺术实验，其诗性意味在舞台布置、戏剧、语言、音乐等多重艺术的合作中展现。《乔治·华盛顿跨过特拉华河》这出剧对历史的解构，是在语言与绘画等艺术形式的联合中实现的。在传统戏剧中，英雄历史人物常以一种雄伟、悲壮的正面形象出现，在绘画中亦是如此。"华盛顿跨过特拉华河"在美国画家、剧作家那里已成为一个主题式的存在。最初画家描绘"华盛顿跨过特拉华河"这一历史事件，都给予华盛顿英雄的面貌：华盛顿在画面中居于中心位置，且比周围的人高大，以雄壮、威严、有决断力的气魄示人。不过，1953 年，里弗斯创作同名画作，华盛顿的形象在画中并不突出，与所有其他士兵一样站立在船上，在灰蒙蒙的河面上前行。画家并未给予他特殊的形象处理，意图还原一种真实的历史场景。该剧在后来的剧场演出中，画家卡茨为其进行舞台设计，华盛顿跨过特拉华河场景的木版画作为舞台背景。因此，科克的这一剧场实验，除了语言本身以及情节设计带来的与传统戏剧相悖的效果，另一突出亮点则是与绘画的融合。并且，奥哈拉也有一首诗《在现代艺术博物馆看拉里·里弗斯的〈华盛顿跨过特拉华河〉》。因此，舞台表现中，绘画的横向牵连与戏剧、诗歌互为语境，

---

① See Kenneth Koch, *The Banquet*：*The Complete Plays*, *Films*, *and Librettos*, Minneapolis：Coffee House Press, 2013, pp. 59 – 60.

现实艺术事件的涉入实际上打破了艺术与生活的界限。因此，诗歌、戏剧从传统的到历史时间轴上寻找语境，转变成与现实事件建立连接，这亦是 20 世纪中期诗歌实践活动性、事件性的突出特征。

　　科克的戏剧中，诗歌的成分占比很重，例如，《非亲非故》一剧的收场诗如下：

非亲非故（收场诗）

女孩　如果你不能理解

　　　　我已被铸造成这般，代表

　　　　加拿大开始理解

　　　　她自己作为一个国家，车资就是

　　　　自由的红邮戳。当橘子进来

　　　　代表自助餐厅，我那时会再来以吻问安。①

再如《袋鼠之死》中的诗歌片段：

老鼠　上帝弹吉他

　　　　宗教聆听

　　　　疲倦的南瓜

　　　　潜藏在荷叶下

　　　　看！玻璃大楼

　　　　决定不了任何事情

　　　　我们是哭泣的世界

　　　　就如他们赤身裸体般。②

---

　　① See Kenneth Koch, *The Banquet*: *The Complete Plays*, *Films*, *and Librettos*, Minneapolis: Coffee House Press, 2013, p. 43.

　　② See Kenneth Koch, *The Banquet*: *The Complete Plays*, *Films*, *and Librettos*, Minneapolis: Coffee House Press, 2013, p. 51.

科克的《一千个前卫剧》（*One Thousand Avant-Garde Plays*）涵盖了 116 个短剧，其中有 72 个上演。这些剧本虽初版于 1988 年，却代表了他在 20 世纪中期"诗歌—剧场"实践中的积淀与延伸。大多数剧作是时长不超过十分钟的快闪剧（flash drama），其背景设置跨越了墨西哥、法国、俄罗斯、中国、西班牙等世界各个国家的历史，充满对异域的想象，简短的对话也富于诗性语言与戏剧张力。在剧作《时间和他的小号》（*Time and His Trumpet*）中，时间被拟人化，并拥有"汤米·时间"这样一个名字，但该剧并非建立在一个具体的角色故事的架构上，因为时间同时又运行着其时间属性，剧中充满了时间停滞、流逝以及不同流向的悖论。

　　［汤米·时间（TOMMY TIME）入场，带着一把小号。他演奏了一个音符，然后停下来。］

汤米·时间　每当我吹响号角，事情就会改变，
　　　　　　　它们无时无刻不在改变
　　　　　　　这一次我抽出与你交谈的时间
　　　　　　　不是时间，不存在于时间之涯，你并未
　　　　　　　改变，也未变老，
　　　　　　　你的爱依然如旧。这是
　　　　　　　一个特许时刻。但是当我开始吹奏
　　　　　　　时间便回来，你会再次改变！

男子　但我的爱一如昨日。

汤米·时间　那是因为它随时间改变。

男子　它刚刚停下了。

汤米·时间　因为我停止了吹奏。

女子　啊，再次演奏吧！

男子　演奏吧，时间！没有时间，我感到虚无。

女子　所以，那就是我们一直听到的噪音！

男子　改变之噪音！

汤米·时间　抑或诚实之噪音，它也活在时间里。①

　　该剧并未讲述一个关于时间的完整故事，而是托出某个片段。"时间"被赋予哲思，在与小号吹奏的"拉锯战"中呈现出自身的流逝属性，但又在小号声暂停时被抛出"时间之涯"，改变与变化的对比也在时间的动与静之间切换。这一过程中，观众并不是沉浸在对某个完结的故事的体验中，而是被邀请一同加入关于时间的思考。这也是后戏剧剧场打破线性叙事并致力于让观众参与到剧场表演的体现。

　　2002 年 6 月，科克去世前一个月，《一千个前卫剧》在会馆老伙计剧院上演，科克亲自到场观看并接受演员致意。他的剧目不仅在外百老汇、外外百老汇演出，1998 年，《盛宴》在德国上演，2004—2005 年，《西西里的加里波第》（*Garibaldi en Sicile*）在意大利那不勒斯演出。② 所有这些戏剧，不仅仅是美国实验戏剧的早期典范，也是当代活动诗歌的早期呈现。它们深刻影响了新一代诗人的诗歌实践，例如，20 世纪后半期的圣马可教堂诗歌项目中，就常有许多诗歌与戏剧相结合的表演。

　　奥哈拉创作的戏剧不及科克丰产，但也具有一定的影响力。《拖延的多情梦魇：弗兰克·奥哈拉戏剧选》（*Amorous Nightmares of Delay*：*Selected Plays*）一书选编了奥哈拉的二十四部戏剧，包括分别于剑桥诗人剧院（1951 年）与纽约艺术家剧院（1953 年）上演过的《试！试！》（*Try! Try!*）、1964 年在第 4 街美国诗人剧院（American Theatre for Poets）上演的《在西班牙醒来》（*Awake in Spain*）、同年在作家舞台剧院（Writers' Stage Theatre）上演的《将军从一地

---

　　①　Kenneth Koch, "Time and Its Trumpet", *One Thousand Avant-Garde Plays*, New York：Alfred A. Knopf, 1988, p. 3.

　　②　See Kenneth Koch, *The Banquet*：*The Complete Plays*, *Films*, *and Librettos*, Minneapolis：Coffee House Press, 2013, p. xviii.

回到另一地》（*The General Returns from One Place to Another*）等，以及其他独幕剧和纯粹的田园诗。

1959 年 12 月 28 日，奥哈拉：《爱的劳动：一首田园诗》（*Love's Labor, an eclogue*），由詹姆士·华林（James Waring）导演，助理导演黛安娜-迪·普里马（Diane Di Prima），诺曼·布拉姆（Norman Bluhm）设计布景，音乐由约翰·麦克道威尔（John Herbert McDowell）创作，在第六大道 14 街的生活剧院上演。①

阿什贝利也有许多诗歌与戏剧结合的艺术实践。例如，1952 年 8 月 5 日，阿什贝利的《英雄》（*The Heroes*）在樱桃巷的生活剧场上演，由朱迪斯·马里纳（Judith Malina）和朱利安·贝克（Julian Beck）指导。并且与阿尔弗雷德·雅里（Alfred Jarry）的《愚比王》（*Ubu Roi*）在同一天同一地点演出，演出信息印于同一张海报上。1956 年，他的《妥协》（*The Compromise*）在哈佛大学诗人剧院上演，由爱德华·汤姆曼（Edward Thommen）指导，由 V. R. 郎（V. R. Lang）扮演黛西·法雷尔（Daisy Farrell），奥哈拉和休·阿莫里（Hugh Amory）轮流扮演作者的角色。

科克的戏剧都比较短，阿什贝利的剧作则比较长。《英雄》第一次于 1952 年在生活剧院上演，第二次上演于 1953 年的艺术家剧院。《公益》（*The Commonweal*）杂志的评论家理查德·哈耶斯（Richard Hayes）称《英雄》为当年"本季最佳美国戏剧"。②

《妥协》是三幕剧。所有的场景设置都是在加拿大北部的树林里，黛西唱道：

从育空到北极圈
每个人都在旋转。

①　Frank O'Hara, *Amorous Nightmares of Delay: Selected Plays*, Baltimore and London: The Johns Hopkins University Press, 1978, p. 155.

②　John Ashbery, *Three Plays*, Calais: Z Press, 1982.

整个北部森林都在谈论着

关于一个女孩。

没人知道她来自哪里

没人知道她会去哪里，

但他们说她点燃了北部森林

就像在雪地上的月光一样。

她没有穿大衣

当她进城时，

不，她没有穿皮大衣，

但穿着一件美丽的白色缎子礼服。

所有的登山者都知道她——

她一一挑选出来。

寂寞的捕猎者知道她，

但她没有向任何人付诸心意。

她的心如冰柱一样寒冷

以那种形式，在冬天的夜晚；

她永远不会对你说"我愿意"，我的男孩，

因为她的名字是北极光小姐。

穿过那些古旧寒冷的北部森林

心灵在旋转；

没人能在北部森林入睡，

梦见一个单身女孩。①

　　该剧中，有一名角色是"该剧作者"。这一设置冲出了戏剧与现实的屏障。"该剧作者"与剧中人的对话发生在第三幕：

　　玛格丽特　……如果我能死去就好了——这样所有的问题

---

① John Ashbery, *Three Plays*, Calais: Z Press, 1982, pp. 68-69.

都解决了，这部剧也能够结束。

（作者出场）你是谁？

作者　我是这出戏的作者——你们得以存在的创造者。

玛格丽特　你是来帮助我们摆脱困境的吗？

这时，阿什贝利扮演的作者说："我也希望我能够。"随即，在这一长段独白中，阿什贝利说他每次竭力想象，这部戏都只能到这里为止。至于玛格丽特和谁结婚，他也自问过。他说道："但是，即使我考虑这个问题，也没有什么不同，因为你们这些人都是我脑中的幻影——没有实存的影子！"

他又讲道："至少语言是完美的，我会研究人类的言语模式并尝试重新制造它们。"但数月无果的尝试后，他不得不放弃这一想法。……"如果我不能让任何有趣的事情发生，至少能展示人们聚在一起是如何行动的。"但这一努力也失败了。

最后一部分，角色要离开作者了，作者呼喊："别！你们要去哪里？我还没完成呢。"角色们离开之后，作者道过晚安后独自一人睡了，企望有个好梦。最后，一个穿着巨大乌鸦服装的演员上台，将作者拎下了舞台。全剧结束。①

因此，现在时态——同步于观众观看时的此时此刻，这样的戏剧策略打破了传统戏剧中对时间跨度的象征模拟。戏剧成为一种现时事件。因此，诗歌在这部剧中的表现，便具备了双重的事件性，它既是通过口头的一种声音表演，也在与戏剧的自然结合中赋予戏剧本身现时意义与事件意义。另外，剧中的印第安人、奔跑的鹿等形象，跟60年代的去殖民化趋向有关。

因此，纽约派诗人借由戏剧所进行的诗歌实践，与戏剧一道创造出一种间离与陌生化效果。传统戏剧中的台词通常是角色抒发思想情感、谈论人生思考的途径，但布莱希特的戏剧体系不再与之相

---

① John Ashbery, *Three Plays*, Calais：Z Press, 1982, pp. 117 – 119.

似。受超现实主义的影响，包括布莱希特戏剧在内的现代戏剧体系之下，舞台与表演会产生一种陌生化效果，演员也不再从属于角色，不必完全进入角色去表现角色的思想感情和人生。演员有时候会跳出来，直接与观众、现实世界相连。

进入 70 年代后，纽约派诗人的诗歌—剧场实践凸显出更明显的"后戏剧剧场"特质：文本不再是剧场表演的核心，打破了传统戏剧以剧本为核心的文学性幻象叙事。"后戏剧剧场"是德国戏剧理论家汉斯 - 蒂斯·雷曼（Hans-Thies Lehmann）所提出的概念，将"戏剧"（drama）与"剧场"（theatre）分而论之，廓清了 20 世纪至今戏剧领域所发生的变革脉络，具有里程碑式的意义。雷曼认为，剧场在诸多方面不同于戏剧：文本不再具有"戏剧时期"的绝对核心地位，而是与音乐、舞蹈、动作、舞台布景等处于平等关系，皆为"剧场创作的一个元素、一个层面、一种材料"；舞台不是一个摹写的地方，其本身便是"符号性的表现"；剧场不再追求整体性幻象的表现戏剧，而是"所有行为参与者的视角都可能重合"的地方。[①]在历史分期上，雷曼认为后戏剧剧场脱胎于 19 世纪末戏剧的危机，在 20 世纪前半期的先锋派的实践中若隐若现，而真正蓬勃发展则是 70 年代及其之后的故事。

以科克的《一千个前卫剧》为例，线性叙事、台词对话式的语言结构被打破，语言与其他舞台要素处于平等的关系，语言成为一种独立的"剧场体"或呈现出"语言平面"的特点。"面向观众讲话"的模式变成了戏剧的基本结构，取代了交谈式的对话。作为"话语空间"而发生作用的不再单单是舞台，而是整个剧场。纽约派诗人的"诗歌—剧场"实践，既是后戏剧剧场兴起阶段的组成部分，又印刻着 20 世纪中后期诗歌变革的发生场景与轨迹。

---

① 参见［德］汉斯 - 蒂斯·雷曼《后戏剧剧场》，李亦男译，北京大学出版社 2016 年版，第 1—2 页。

　　诗歌在与戏剧的结合中，不再以摹仿、反映或表现外在的现实世界而编织语言。它成为具有自我指涉性的主体，不再与现实生活隔绝，它以一种嵌入开放的社会而非封闭的文本的方式，打破了艺术与生活的界限，也走出了自亚里士多德以来所建立起的艺术与现实二元对立的诗学体系。

第三节　活动诗歌的脚本、转录本和语言

　　人们在谈论活动诗歌时，时常会抱持这样的观点：诗歌书写文本才是真正的诗歌，而诗歌朗读或表演范型只是对"诗歌本身"的演绎，是一种依附于"诗歌"的外在的东西。在学术研究中，诗人朗读诗歌的状况极少作为诗歌主体被提及，更多是以佐证诗人生平境遇的材料而出现；长期的诗歌教学中，诗人录音或录像资料也仅作为课堂教学的辅助支撑材料，而非诗学或美学考察的对象。在此背景下，始终只有诗歌文本值得"细读"，诗人朗读诗歌的音频与视频资料极少成为"细听"或"细察"的直接对象。

　　这种观念得以立足的前提是认同书写技术与文字的绝对核心地位。伯恩斯坦在《细听》一书的简介中也曾谈及这一倾向，认为这是对"语言声音维度"的忽视。沃尔特·翁、麦克卢汉、哈夫洛克等人在他们的研究中不遗余力地推崇口头文化的本体地位。事实上，当诗歌进入口头呈现与表演之域，诗歌本体忽地返回其诞生源头，与彼时诗歌在仪式、劳作、娱乐中存在的活动形态建立了同一性。这一形态跨越了以书写文本为载体的文本诗歌体系，将诗歌生灵活现的流动之态推上主体地位，而文字反倒成为一种辅佐。因此，有必要重新定义诗歌文本，在活动诗歌体系下予以确当的说明和定位。

　　"脚本"（script）这一概念原属于戏剧话语。而在活动诗歌体系下，当诗歌的声音与表演呈现成为主体，诗歌文本便化作与戏剧

"脚本"等同的功能性存在。从文本到脚本的转移，这是诗歌在后印刷术时代变革中赋予文本诗歌的归属。在活动诗歌的视域下，文本诗歌发挥着"脚本"的功能。谢克纳在《表演理论》中对"脚本"作了界定："我不说'文本'，它是指书写文档。我所说的'脚本'，是指演出前既已存在的东西，它从一个表演到另一个表演都是持续存在的。"① 当进入表演层面，文本便脱离了之前的语境而进入舞台视域："他们也将剧场置于它的归属之地：在表演类型中间，而非文学中间。文本，它所存在的地方，被理解成行动的关键，而不是行动的替代品。在没有文本的地方，行动被直接对待。"②

在欧美国家一些当代诗歌课堂上，教师会让学生根据诗人的诗歌朗读进行"听音转录"（transcript），每位学生的转录本（transcription）不尽相同，主要体现在单词之间的空间间隔以及诗句的分行位置。转录本的多样化，反映不同诗歌听众对于诗歌朗读的不同理解，这一过程与历史上诗歌口头与书写分野的时期暗合。彼时，从口头到书面的转化，"一口话"的结束，诗行如何在文本上划分，不同的口头程式单元如何在文本之上予以体现，都是抄写员所要考量之事。而当代诗歌的声音与表演提供了重现这一进程的机会，有助于人们重现认识诗歌及其演变历史。

诗歌的脚本与转录本本应一致。但翻越过印刷术这座大山，诗歌脚本在印刷品中变得统一，字体、字号、词语间距、句子行距、段落间隔等都经过一系列统一化、规范化的处理。在诗歌朗读与剧场表演等活动诗歌实践的影响之下，人们开始重新反思诗歌的印刷格式。诗歌书写与印刷也存在类似"脚本—转录本"的问题。从手稿到印刷本，诗歌已脱离原生语境进入新的语境，一些关键因素在印刷文本中无法得以反映，词句的排列也与原生状态有诸

---

① Richard Schechner, *Performance Theory*, London and New York: Routledge, 2003, p. 68.

② Richard Schechner, *Performance Theory*, London and New York: Routledge, 2003, p. 19.

多不同。

　　例如，艾米莉·狄金森（Emily Dickinson）的诗歌手稿与印刷品就呈现出巨大的不同。对于不同的诗，她的书写风格亦呈迥异之态。另外，许多诗句最初写在信封或零散的纸张边角，"排版"各异、生动别致且极具偶然性。

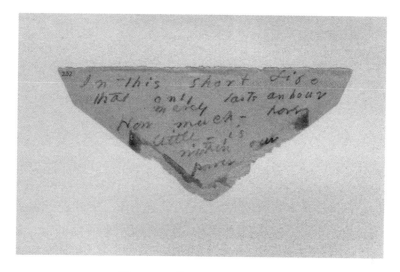

图 2 – 15　狄金森诗作手稿照片

　　珍·伯文（Jen Bervin）与玛尔塔·沃纳（Marta L. Werner）选取狄金森晚年部分散落的诗作，将之转录、重新整理成集并命名为《信封诗》（*Envelope Poems*）。手稿中所呈现的变体词、画线、破折号、指向性字段、空格、列和重叠平面等在诗集中一一再现，这些信封诗"充满活力"，"带有一种特殊的辛酸"。这是在诗歌观念更新之后，在一种表演性、事件性与活动性的诗歌实践也成为诗歌本体的阶段，人们反思过去时对印刷术模式下文本诗歌所作出的纠偏与更改。封面这张图片生动地还原了诗歌的原生语境与进入印刷出版业后的语境丢失。

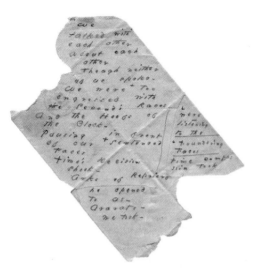
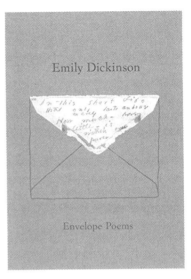

图 2-16　狄金森诗作手稿照片　　　图 2-17　《信封诗》一书封面图

　　以往在印刷行业流通的诗歌文本，大多有一样的面孔。但在一种活动形态的诗歌漫过诗坛之后，字体大小、弯曲度，字、句、段落间留白，均变得不尽相同。纽约派诗人也曾与画家合作出版过诗—画书籍，书中充满图画、大量留白、不规整的分行，一反统一化、规范化的诗集出版格式。

　　诗歌朗读也是一种表演，声音响度、声调、音色等都可以形成无尽的变幻。而表情、神态、肢体语言、服饰等因素也是一种辅佐或加强。在诗歌朗读中，文本也是一种脚本的存在。从诗歌朗读再转向文本，也存在转录本的问题。在此上所有脱离印刷术规范化的统一格式与排版中，诗歌凸显出自身的物性。而这物性，具有与艺术品同等的独一无二性，是诗歌自我本性的解放。

　　因此，20 世纪中期活动诗歌的复兴与延续，实际上意图将诗歌还复至其产生的原生语境，以此获得原真性（authenticity）。这种原真性，关乎诗人本人，也关乎诗歌文本。而将诗歌诉诸活动这一做法，它不仅仅是对于现代主义诗歌及其新批评学院权威的反抗，它还遥远地回应亚里士多德关于诗歌艺术的论述。亚里士多德在《诗学》的开篇就写道："史诗，悲剧（包括喜剧），酒神赞歌，总的说来，都不是创造而是模仿。"① 这为延续千年的西方文学理论奠定了论争的基调。但是当诗歌以活动形态存在时，它并非艺术与现实之间的模仿关系，它本身即是现实并不断创造新的现实。

　　这种反抗同样体现在诗歌语言的"直接进击"之中。印刷术范式之下的诗歌，诗歌语言通常发挥着模仿、反应与表现现实的功能。而活动形态之下的诗歌语言，如汉斯－蒂斯·雷曼谈论后戏剧剧场一般："……不再着重于表现，而更多地重视存现；不着重于传达经验，而更多去分享经验；更强调过程，而不是结果；更强调展示，而不是意指；更重视能量冲击，而不是信息提供。"② 因此，诗歌语言更具有直接性、过程性的特点。

　　如奥哈拉、阿什贝利等诗人自己所认为的那样，"纽约派诗人"这一概念并不是一个严格意义上的流派。跟现代先锋主义各个流派不一样，他们从未对外宣称自己就是"纽约派"，也没有具体的运动纲领和流派宣言。这一点实际上同他们的诗歌理念十分一致。纽约派诗人拒绝宏大的概括与归类，即使如"思想"之类的词汇，他们也对之保持审慎的态度。虽然阿什贝利最初也不太认可用某种统一的称谓将他们几位诗人划归一面旗帜之下，然而，多年之后在接受美国之音（VOA，The Voice of America）电台访谈时，他讲道："我们共同的东西，我认为是实验的倾向，是更实验化地使用语言。尽管，这不能应用于詹姆斯·斯凯勒，他的作品实际上更近于像伊丽莎白·毕肖普甚至罗伯特·洛威尔这样的诗人。纽约派，可能意味着的东西比我们归之于它的更多。"③

---

　　① 　Aristotle, *On the Art of Poetry*, Trans, Ingram Bywater, Reprinted Edition, Oxford at the Clearendon Press, 2002, p. 3.

　　② 　［德］汉斯－蒂斯·雷曼：《后戏剧剧场》，李亦男译，北京大学出版社2016年版，第103—104页。

　　③ 　［美］约翰·阿什贝利：《约翰·阿什贝利诗选》，马永波译，河北教育出版社2003年版，第661页。

确实如此，"纽约派"这一流派称谓及其所内蕴的意涵远大于归属给它的东西。其中之一便是阿什贝利所提到的"实验的倾向"，这种实验的倾向意味着"活动性"——使诗歌从印刷文本跳脱而出并在现实世界开辟一方天地的那些属性。

在现代主义诗人如艾略特与庞德那里，诗歌是一种繁复的文本演绎。"虚幻的城市/冬晨的棕色烟雾下/人群涌过伦敦桥，那么多人/我想不到死神摧毁了那么多人/时而吐出短促的叹息/每个人眼睛看定脚前/涌上山，沿着威廉国王大街/走向圣玛丽乌尔诺斯教堂敲钟的地方/钟敲九点，最后的一声死气沉沉/我见到一个熟人，我拦住他喊道：'斯特曾！'"①诗人或描写，或叙述，以之反映现代城市的悲惨景象。文字符号支撑起一个文本之外的世界，并且这个世界也悬置于现实世界以外。读者阅读时，便沉浸于一个文字构建的世界之中，宛若一名旁观者在天地之外观看这个世界，随着诗人叙述往前推进，读者如同佩戴一副观影的眼镜，继续跟随观看。

而作为反对现代主义诗歌及传统诗学的力量之一，纽约派诗人在诗歌实验中所采取的语言策略是"直接进击"，即是将语言当作一种素材，直接投入诗歌的生成过程之中。科克曾表示，他们想"做一些有关语言的、前人从未做过的事情"②。对他们来而言，诗歌更重要的不是模拟、勾画出另一个世界，而是产生一种类似于"将语言直接朝向这个现实世界扔去"的感觉，并希求世界因此而发生改变。因此，无论诗歌朗读还是诗歌剧场表演，都是语言以非文本形态直接进入这个世界的方式。语言以声音之态入耳，并与光影、表情、姿态等一切相融合，在具体场景中嵌入生活并成为这个世界实际可听可见可感的一维。他们的诗歌文本创作同样也表现出这一倾向。例如，奥哈拉的诗歌多用现在时态，并常伴有一种突如其来的撞见现实的惊奇感觉—这种惊奇感除了以语气表示，另一个标记就

---

① T. S. Eliot, *Waste Land and Other Poems*, London: Broadview Press, 2011, pp. 66 – 67.

② T. S. Eliot, *Waste Land and Other Poems*, London: Broadview Press, 2011, p. 9.

是感叹号的大量使用。其诗作《歌》（"Song"）生动明确地反映了这一点：

SONG

I'm going to New York!

(what a lark! what a song!)

where the tough Rocky's eaves

hit the sea. Where th' Acro-

polis is functional, the trains

that run and shout! the books

that have trousers and sleeves!

I'm going to New York!

(quel voyage! jamais plus!)

far from Ypsilanti and Flint!

where Goodman rules the Empire

and the sunlight's eschato-

logy upon the wizard's bridges

and the galleries of print!

I'm going to New York!

(to my friends! messemblables!)

I suppose I'll walk back West.

But for now I'm gone forever!

the city's hung with flashlights!

the Ferry's unbuttoning its vest![1]

---

[1]　Frank O'Hara and Donald Allen, *Poems Retrieved*, Reprint Edition, San Francisco: City Lights Publishers, 2013.

译诗如下：

歌

我将去纽约！
(云雀呀！多美的一首歌！)
落基山坚硬的屋檐
直冲入海。雅典卫城
在这里运行，火车
奔跑着呼啸！书本也有
裤子和袖子呀！

我要去纽约！
(多棒的旅程！不再有二！)
远离伊普西兰蒂和弗林特！
古德曼在那里统治帝国
阳光的末世论
漫过巫师的桥梁
还有那些版画画廊！

我要去纽约！
(我的朋友们！我的同类！)
我以为我会朝西走。
但现在我永远地离开！
这个城市挂着闪光灯！
渡轮解开它的马甲！

诗人运用了大量的感叹号以及"what a ..."感叹句式，若以此文本为脚本以现场朗读或表演的形式呈现，那么观众所面临的便是一个又一个投掷至眼前与耳畔的句子，语言的"直接进击"带来强

烈的冲击感。奥哈拉的许多文本诗歌都呈现出类似的惊奇与感叹，再以《今天》（"Today"）为例:

TODAY

Oh! kangaroos, sequins, chocolate sodas!
You really are beautiful! Pearls,
harmonicas, jujubes, aspirins! all
the stuff they've always talked about

still makes a poem a surprise!
These things are with us every day
even on beachheads and biers. They
do have meaning. They're strong as rocks. [1]

今天

哦! 袋鼠，金币，巧克力苏打!
你们真美! 珍珠，
口琴，胶糖，阿司匹林! 所有
他们经常谈论的素材
仍然使一首诗成为一个惊奇!
这些事物每天与我们在一起
甚至在滩头阵地和尸架上。它们
确实有意思。它们像岩石一样强壮。（马永波译）

若以朗读形式呈现该诗歌文本，听者会体验到一种日常事物如"大珠小珠落玉盘"的感觉。袋鼠，松鼠，巧克力，苏打，这些混杂

---

[1]　Frank O'Hara, *The Collected Poems of Frank O'Hara*, new ed., edited by Donald Allen, Berkeley: University of California Press, 1995, p. 15.

相配的事物"使一首诗成为一个惊奇",它们仿佛从天而降闯入现场,既带有一种惊奇感,也有瞬间感。它拒绝通过比喻、象征等惯常的诗歌创作手法来重组事物。约翰·洛尼(John Lowney)认为这首诗回应了威廉斯所提议的"没有思想/只有事物",但这些混杂的事物不是威廉斯所指的那些事物,也并非让一首诗成为"由语言组成的小型机器"。因为,这些事物"并非使日常陌生化",而是强调"包括日常语言在内的短暂性":

> 这些对象看起来像是通过铿锵的名字序列连接起来的,就像通过吸引任何显而易见的语义代码一样。这首诗肯定了事物的意义,但拒绝提供可识别的命令。……《今天》并非确认事物本身,而是隐含在解释代码中的对话,这一代码会告知这些令人惊奇的名字、我们对诗歌与"今天"世界关系置身于怎样的令人惊奇的网络之中。①

在洛尼看来,最终使这首诗成为一场惊奇的是最后语气的转变。当奥哈拉的物品落于"滩头阵地"和"尸架",它们与战争和死亡的联系迫使人们去思考其意义,就像诗歌标题所表明的那样,"今天"实际上指的是战后这些年。另外,《今天》未对物品顺序施加任何限制是对权力意志放弃的表现。因此,仅仅作为一种代码的语言所构成的惊奇与短暂,会促使人们重现反思时代境况。

比喻、隐喻、象征、影射等一系列传统的诗歌创作手法,在战后的现实土壤里已日渐失去其依存的养分。物以及栖居于物上的人类精神,倾向于剥夺与掩盖物本身,与此同时也剥夺与失落了精神。另外,匍匐于文本的态度与思维方式,将物与人类精神世界的抽象

---

① John Lowney, *The American Avant-Garde Tradition: William Carlos Williams, Postmodern Poetry, and the Politics of Cultural Memory*, Lewisburg: Bucknell University Press, 1997.

概念进行对照，实则是一种强加的人类中心主义。纽约派诗人的创作倾向于还物以"物性"，还语言以"语言性"，这是对久已存在的"文字摹仿现实"的诗歌理念的一种反叛。战后的活动诗歌，比喻、隐喻、象征等手法也不再是文本内部世界的互相指涉，而是延伸至文本之外，在诗歌表演、文本与现实世界之间搭建起桥梁。因此，比喻、象征等传统修辞的对象不再是文字符码，而是将诗歌与世界囊括在一起。诗歌不再是对世界的映射，它本身即为世界的一部分，它以更直接、立体的方式融入这个世界并与之共存。

第 三 章

合作中的活动诗歌：多作者与语境实践

    20 世纪五六十年代的纽约艺术圈，是包括诗人、画家、音乐家、戏剧家、舞蹈家在内的艺术家群体。他们并非各自为政，而是携一己所长、以合作的方式共同推陈出新。在这个对"创新"推崇备至的年代，"合作"是艺术家突破旧观念与创造新艺术的关键词。他们从一领域跨入另一领域，尝试不同艺术媒介的交汇与碰撞。诸多文学、艺术理论家在千百年来所梳理而成的艺术分类，在先锋艺术家这里又趋向模糊与融合。所谓"先锋派艺术"，并非仅仅意味着思想表达的激进态度，抑或采以新形式、摄入新"主义"，先锋派事实上是一系列寓含观念的行动。如果说早期的未来主义、达达主义等先锋派等还呼喊着各式口号向旧体制宣战、向新时代致意，而 20 世纪中期的纽约艺术圈，口号与主义则退隐幕后。艺术家们活跃在大街、广场、舞台、画室、美术馆、博物馆，一切可提取的艺术材料，皆可用于艺术合作与实验。如同化学家手里不同的化学试剂，纽约派诗人及其合作者都对这些会产生奇特"化学反应"的艺术合作予以极大的热情。约翰·凯奇曾谈道："我无法理解人们为什么对新事物充满惊恐。我倒是害怕那些旧的。"① 这句话便是对彼时艺术合作心态的写照。

---

    ① Richard Kostelanetz, *Conversing with Cage*, New York：Limelight Editions，1988，p. 207.

纽约派诗人与抽象表现主义画家之间的关联，是研究纽约派诗人绕不开的话题。然而，多数研究倾向于从诗人的诗歌文本中发掘视觉艺术因素，忽略了诗人与画家合作时的动态过程，也忽略了纽约派诗歌视觉特质生成的路径与实质。美国绘画历经从写实主义到抽象表现主义的转变，背后掺杂着美国争取独立的"美国性"（Americanness）以及与欧洲抗衡的努力，因此纽约派诗人与画家的合作被打上了国家意志的烙印。大萧条之后国家对包括艺术在内的公共事业的扶持，为波洛克等人的"行动绘画"（Action painting）奠定了实践基础。而纽约派诗人与抽象表现主义画家进行"诗—画"合作，并非为画作配诗或为诗作配画，而是文字与图像在融合中并走向富于表演性的"诗—画事件"。

除却"诗—画事件"，纽约派诗人之间，纽约派诗人与音乐家、电影制作人、戏剧导演等也有过诸多合作。他们所进行的活动不再是单一媒介的创作，而是多媒介并存的"语境实践"。语境实践消解了传统既定的艺术门类边界，也是诗歌向未来延伸的探索。纽约派诗人的行动及合作创设了美国反文化运动的艺术景象，成为美国当代诗歌、艺术变革的先锋派。

第一节 诗—画事件：时间与空间在活动中弥合

一 抽象表现主义：美国与欧洲艺术的交汇

谈论纽约派活动诗歌的视觉性，以及诗歌文本与视觉艺术的关联性，需从纽约派画家谈起。这并非仅仅因为"纽约派诗人"这一命名对"纽约派画家"名号的顺承，更因为他们在艺术行动上的一致性与创作理路的同源性。世界艺术中心从欧洲向美国的转移，亦是纽约派活动诗歌衍生出视觉性维度的背景。

20世纪前三十年的美国绘画，写实主义仍占半壁江山。"美国景象"（American Scene）画颇为流行，这些主要以美国中西部乡村

和小城镇为题材的绘画，记录与再现了这个国家的自然景观与社会
风貌。地方色彩（Regionalism）是此类绘画的一大特色。这类现实
主义绘画逐渐发展成"描绘美国"运动（"Paint America" Move-
ment），也被称作"美国景象运动"（American Scene Movement）。①
然而，到了 40 年代，美国一跃成为现代主义绘画的摇篮，纽约取代巴
黎成为世界艺术中心，抽象表现主义绘画方兴未艾。这其中的起承转
合，一方面缘于欧洲现代主义绘画的直接影响，另一方面也与美国建
国以来对"美国性"孜孜以求这一集体意识或无意识不无关系。

在法国乃至欧洲，现代主义绘画的发展历经了一个漫长的演变
过程。绘画从教堂、庙宇的四壁走向架上画的历史，也是资产阶级
发展壮大并意图占有文化资本的历史。资产阶级力求画师对人物肖
像、自然风景等进行惟妙惟肖的写实描摹，背后暗含对阶级地位予
以确立、巩固的意图。例如，油画《安德鲁斯夫妇》所展现出的静
谧的风景、端庄的人物，在约翰·伯格（John Berger）眼里实际是
对社会地位与财产的展示和炫耀。② 照相技术的发明使绘画面临危
机，惟妙惟肖不再是画师的专利。首先从西方现实主义中打开缺口
的是印象主义画派。19 世纪 60 年代，法国画家莫奈、马奈、德加、
雷诺等，去往户外作画，捕捉自然条件下光影与色彩的变化，与西
方传统的写实绘画技法有所偏离。

本雅明在《机械复制时代的艺术》中写道："每一种艺术形式
的发展史都有一些关键阶段，在这些关键阶段中，艺术形式就追求
着那些只有在技术水准发生变化的，即只有在某个新的艺术形式中
才会随意产生的效应。"③ 他的巴黎拱廊研究计划，尽管是对于一座

---

① See Matthew Baigell, *The American Scene*: *American Painting of the 1930's*, Santa Barbara: Praeger Publishers, 1974.

② John Berger, *Ways of Seeing*, London: British Broadcast Corporation and Penguin Books, 1972, p. 83.

③ ［德］瓦尔特·本雅明：《机械复制时代的艺术作品》，王才勇译，中国城市出版社 2002 年版，第 57—58 页。

城市、一个资本主义时代的研究，人们依然可以从中窥见工业生产、建筑革新为 19 世纪末 20 世纪初巴黎艺术的发展铺垫了怎样的基础。本雅明讲道："正如拿破仑没有认识到国家作为资产阶级统治工具的功能性质，他那个时代的建筑师也没有意识到钢铁的功能性质：构造原则凭借着钢铁开始统治建筑业了。"① 以往充当公共建筑主要材料的是石材与木料，而在 19 世纪，钢铁开始应用于建筑。如何用钢铁这一新型材料进行建筑"构造"，这是一个全新的问题。因此，本雅明称："建筑师和装饰师之间、综合工科学院和美术学院之间的竞争也开始了。"②

　　事实上，艺术与技术之间的竞争也愈演愈烈。19 世纪、20 世纪之交的工业发展，让世人以全新的目光看待这个世界，人类对时间、空间的体验也急剧发生变化。毕加索（Pablo Picasso）与布拉克（Georges Blaque）对立体主义（Cubism）的实践，是画家在二维平面对四维空间的探索，与传统西方绘画的透视技法已相去甚远。而这项艺术实践最初源自塞尚声称要使用圆柱体、圆球体、圆锥体来表现自然的主张。很显然，这是艺术与机器构造及工业文明在画家心中的力量较量。再如，于 20 世纪初兴起于意大利的未来主义绘画，它的突出特点是力求突破画面的静止状态。这一特点正是汽车工业的发展所带来的，迅疾而驰的汽车使人们拥有切身的高速体验。1909 年 2 月，《费加罗报》刊载了诗人马里内蒂（F. T. Marinette）的《未来主义的创立和宣言》。宣言中写道："我们确信，世界之美因一种新形式的美而变得丰富：速度之美。……我们意欲赞美车轮上的人类，车轮的完美轴承与大地相交，在自己的轨道上驶出自己的命运。"③ 随后，画家、雕塑家波丘尼（Umberto Boccioni）、卡拉（Carlo Car-

---

　　① ［德］瓦尔特·本雅明：《巴黎，19 世纪的首都》，刘北成译，商务印书馆 2013 年版，"译者前言"第Ⅳ—Ⅴ页。

　　② ［德］瓦尔特·本雅明：《巴黎，19 世纪的首都》，刘北成译，商务印书馆 2013 年版，第 5 页。

　　③ *Le Figaro*，（Paris），20 February，1909.

ra)、鲁索罗（Luigi Russolo）、巴拉（Giacomo Balla）、塞维里尼（Gino Severini）等人回应了马里内蒂所宣扬的理念，隔年发表《未来主义绘画宣言》，并将这种理念应用到创作实践中。未来主义者通过线条创造出有深度的空间，力图在二维平面上展示出动态的物体，使速度留痕，给画面带来速度感，给人造成视觉冲击。而未来主义的实践中，又孕育着电影的诞生。野兽派、超现实主义、表现主义等流派在欧洲的绘画实践与理论宣言，也都将欧洲推向现代主义艺术的繁荣之境。

欧洲是现代主义艺术发展的大本营，而巴黎是其中心。19 世纪末20 世纪初的巴黎，是富有抱负的文人画家的朝圣之地。诸如凡·高、高更、莫迪里亚尼等，即使不在巴黎久留，也要去巴黎的艺术圈见识一番。20 年代，包括海明威、斯坦因等在内的美国作家也曾在巴黎建立自己的文学大本营，他们被称为"迷惘的一代"（The lost generation）。在 1913 年之前，美国绘画与欧洲交流的主要方式是通过在巴黎举办的沙龙。自法国古典主义诞生与繁荣以来，逐渐形成包括学院、奖制与沙龙的学院派艺术体制。沙龙是法国政府支持的官方美术展，是学院体系中重要的一环。沙龙里的作品与当今的博物馆、美术馆的作品放置方式有所不同，所有的画作、雕塑都未附有标明作品名或画家名的标签，作品密密麻麻地挂在墙上或摆在地上。成立于 1805 年的宾夕法尼亚艺术学院（Pennsylvania Academy of Fine Arts），是美国最早的艺术学院和博物馆，为美国绘画界输送了许多人才。如今宾夕法尼亚艺术学院依然保留着一个依沙龙样式展出的展厅。

美国对于欧洲艺术的态度，一如其国家历史——崛起，自立，学习，与之抗衡。欧洲是众多美国学者眼中的"西方世界"（western world），是艺术殿堂所在的地方。20 世纪初，欧洲人看待美国的态度十分傲慢。"人们一定要去欧洲欣赏美丽的事物，这是非常错误的印象。"① 因此，这句话实际从侧面反映出，欧洲人并不认为美国有

---

① Rudolf E. Kuenzli, *New York Dada*, New York：Willis Locker & Owens, p. 130.

优秀的艺术。而美国自己正进行的"描绘美国"运动，与欧洲抗争的特点也十分明显。马修·贝格（Matthew Baigell）曾写道："描绘美国运动中鲜明的国家主义特点是复兴美国的愿景促成的，这一愿景使他们相信美国艺术的力量，并且排斥欧洲现代艺术和文化。"①美国对待欧洲及欧洲绘画的态度，就是既排斥又意图亲近，既亲近又意图超越。

　　19 世纪末，法国艺术协会接管沙龙，沙龙逐渐失去其影响力，取而代之的是展览。1913 年，美国历史上举行了第一次大型的现代艺术展——"军械库艺术展"（Armory Show），又名"国际现代艺术展"（International Exhibition of Modern Art）。欧洲现代艺术的众多流派，包括野兽派、立体主义、未来主义等到美国展出，给当时尚处在现实主义阶段的美国艺术极大的冲击。在军械库艺术展之前，尽管有一些画廊展出欧洲现代主义作品，但"纽约占据支配地位的仍然是 19 世纪的欣赏趣味"。②但是随着越来越多的大型国际艺术展在美国亮相，美国民众对于现代艺术也逐渐接受。

　　1915 年 12 月 24 日，《纽约论坛报》刊登了一篇题为《法国艺术家引发美国艺术轰动》（*French Artists Spur on an American Art*）的文章。"历史上第一次，欧洲人寻求美国是因为艺术的缘故。第一次，欧洲艺术家旅行到大西洋的另一端，发现美国对于一个有生机的、向前发展的艺术是一股重要的力量。"③在作者眼里，画家杜尚、艾伯特·格莱兹（Albert Gleizes）、弗朗西斯·皮卡比亚（Francis Picabia）等对美国来说是一笔财富，他们会提升美国在世界的艺术地位。文章洋溢着一股对美国即将一试身手的热切期盼，以及美国将在世界艺术舞台上立足的强烈愿望。在文章的描述中，工业

---

　　①　Matthew Baigell, *The American Scene*: *American Painting of the 1930's*, Santa Barbara: Praeger Publishers, 1974, p. 13.

　　②　［美］杰西·祖巴：《纽约文学地图》，薛玉凤、康天峰译，上海交通大学出版社 2011 年版，第 91 页。

　　③　Rudolf E. Kuenzli, *New York Dada*, New York: Willis Locker & Owens, p. 127.

也是人类生命的灵魂，遍地摩天大楼的纽约也给了欧洲艺术家诸多灵感。

　　大量欧洲艺术作品与欧洲艺术家向美国转移，对美国艺术界造成了极大冲击，美国画家开始以新的目光看待艺术并寻求变革。事实上，纽约也为艺术的变革铺垫好了基础。"大萧条"之后，美国画家成立联盟，寻求政府的支持与帮助。1933 年 12 月，公共艺术作品项目（Public Works of Art Project）成立。这个短暂的项目，半年期间共有 3750 位艺术家创作了 15660 幅作品，包括 700 幅壁画。① 1935 年，"罗斯福新政"计划下的公共事业振兴局（Works Progress Administration）兴建了一大批公共工程，其中包括音乐、艺术、文学等项目。博物馆、艺术学院的大量兴建，为艺术人才的培养奠定了基础。联邦艺术工程（Federal Art Project）也呼吁"将美国艺术还给美国"。② 40 年代以抽象表现主义绘画崭露头角的画家，很多曾经在 30 年代的政府项目中画过壁画。这不仅为后期的行动绘画打下技术基础，也为他们与权力机构之间微妙的关系埋下伏笔。

　　而美国在世界艺术舞台上跃跃欲试的历程，正是纽约派诗人成长的历史。这些出生于 20 年代的未来的诗人们，自童年时期起就深受这种国家行动的影响。政府兴建大量博物馆与艺术学院，为他们提供进一步了解艺术的环境与途径。阿什贝利从小对音乐和绘画很感兴趣，自握笔起就喜欢上了画画，早年间也开始学习钢琴，上小学后每周五下午去罗切斯特艺术博物馆上绘画课。1936 年，一场举办于现代艺术博物馆的展览让阿什贝利深受震撼，这场展览就是《神奇的艺术，达达主义，超现实主义》（"Fantastic Art, Dada, and Surrealism"）。③

---

　　① See Matthew Baigell, *The American Scene：American Painting of the 1930's*, Santa Barbara：Praeger Publishers, 1974, p. 46.

　　② See Matthew Baigell, *The American Scene：American Painting of the 1930's*, Santa Barbara：Praeger Publishers, 1974, p. 46.

　　③ Ashbery John and Mark Ford, *JohnAshbery in conversation with Mark Ford*, London：Between the Lines, 2003, p. 25.

从 30 年代末到四五十年代，抽象表现主义逐渐在美国兴盛起来，之前投身于美国景象运动的画家，如杰克逊·波洛克（Jackson Pollock）、马克·罗斯科（Mark Rothko）等，都抛弃了先前实践的具象绘画，转向新的抽象绘画实践。波洛克在 1944 年的一次访问中谈到法国现代主义绘画对他的具体影响:"欧洲现代主义到了纽约，这是极为重要的事实，因为他们带来了对于现代绘画所面临问题的理解。他们认为无意识是艺术之源，我对这一点印象特别深刻。"①波洛克提及的"无意识"，是超现实主义画派的理念，直接源于弗洛伊德的心理学研究。最初对美国抽象表现主义画家影响最深的欧洲现代主义画派就是超现实主义。他们在画布上进行实践，常常让意识不受控制地在画布上落脚。弗朗兹·克莱恩（Franz Kline）、杰克逊·波洛克、罗伯特·马瑟韦尔、马克·罗斯科等画家被认为是第一代纽约派画家，首先成为超现实主义绘画的追随者，而后才在超现实主义的基础上寻得他们自己的绘画阵地。他们的作品展也举办得越来越多，并且送到欧洲参展。

波洛克的绘画给人的总体印象是凌乱的线条与色彩斑驳的色滴和色斑交错在一起，线条粗细不一，色滴、色斑大小也各不相同。但是线条分布与色彩搭配遵循一定的规律，也能从画面看出色与形的层次感。波洛克通常的作画方式是将画布铺在地上，他本人提着颜料桶围着画布行走，以一定的手腕力道用刷子将颜料泼洒或滴落在画布上。他的绘画方式结合了印第安人的沙画、大萧条时期壁画创作经验以及超现实主义理念，被称为"行动绘画"。罗斯科的绘画最突出的特征是巨大的色块，亦被称作"色域绘画"（Color-field painting）。他专注于用大面积渐变的色彩表达人的情绪，并在色块周围形成模糊的边界。

所有抽象表现主义绘画大都是巨幅绘画，罗斯科曾经在采访中

---

① Henry Geldzahler, *New York Painting and Sculpture*: *1940 – 1970*, Boston: E. P. Duttion, 1969, pp. 18 – 19.

讲道："画小幅绘画是把你自己置于体验之外，把体验作为一种投影放大器的景象或戴上缩小镜而加以考察。然而画较大的绘画时，你则是置身其中。它就不再是某种你所能指挥的事物了。"如此，绘画不再是反映出具体的人物、事物形象，也不再是世界的写照。观者实际上被邀请到画中去体验，这种体验是直接的，欣赏抽象表现主义绘画本身更像是无中介地去感受一个真实的世界。

"在三四十年代，这些年轻的美国抽象主义画家对彼此都很熟悉，部分原因是公共事业振兴局这个艺术家联盟的促进作用，另外，互访工作室，非正式交谈，在画廊和博物馆的群体展，都为他们创造了一种新的相似性和新水平上的志向。"① 因此，总体上的抽象表现主义风格就是在这种群体的交往中兴起的，而这种群体交往最初是在国家的统一行动中促成的。

美国抽象表现主义绘画的兴起，也得益于艺术评论家的作用。格林伯格是抽象表现主义绘画的背书者，他撰写的大量艺术批评让这一艺术形式引起更广泛的关注。他认为抽象表现主义沿袭了欧洲现代主义绘画的传统，脱离了对于主题、题材的追求，转而追求绘画本身的媒介。除了格林伯格，哈罗德·罗森伯格（Harold Rosenberg）也是 20 世纪中期影响较大的艺术批评家。1952 年，罗森伯格发表在《艺术新闻》上的文章《美国行动画家》，他用"行动绘画"来表述美国抽象主义绘画，认为画布是"行动的竞技场""发生在画布上的不是一幅画而是一个事件"。② 在罗森伯格看来，美学的核心从再现转向了行动。尽管格林伯格与罗森伯格的观点大相径庭，但他们的言论都进一步确证了抽象表现主义绘画的价值和意义，也促进了抽象表现主义绘画的影响力。

1956 年的《听者》（*Listener*）杂志刊发了迈耶·夏皮罗（Meyer

---

① Henry Geldzahler, *New York Painting and Sculpture*: *1940 – 1970*, Boston: E. P. Duttion, 1969, p. 19.

② Harold Rosenberg, "The American Action Painters", *Art News*, Volume 51, Number 8, December 1952, pp. 22 – 23.

Schapiro）的文章《今天的美国年轻画家》，夏皮罗在文中写道："自'二战'后，美国艺术家明显地感觉到环境的变化：他们感觉更自立，并且常说艺术中心从巴黎转向纽约不仅因为纽约成为现代艺术的主要市场，也因为他们相信美国艺术展示了艺术的最新理念和能量。"① 对于美国艺术的角色如何从边缘成为中心这个问题，柏莉丝·罗斯（Bernice Rose）认为答案"不仅在于艺术本身，也在于美国在艺术中所扮演的角色"，美国不仅"加入'主流'，并且超越它并有所改革"。② 而纽约派诗人与抽象表现主义画家的合作，就是对这场改革浪潮的继续。

二　从单一作者到多作者：文本到活动的转向与语境实践

纽约派诗人拥有大量诗歌与绘画、电影、戏剧、音乐等的合作，这些合作过程与最终呈现无法印刷在任何一本诗歌选集上。大多数诗歌选集的"时代—诗人—诗歌"的文本模式，延续了传统的线性时间叙事、单一作者以及文本占主导地位的特点。但 20 世纪五六十年代以降的美国诗歌突破了以上传统，纽约派诗人因其所涉艺术领域最广阔、最深入而具有代表性。

纽约派诗人的出场本身就与视觉艺术及画廊有着直接关联。在20 世纪 50 年代初，在纽约这座现代艺术异常活跃的大都市，毕业于哈佛大学的奥哈拉、阿什贝利、科克先后在纽约定居，与斯凯勒、格斯特结识。他们时常在寓所、画廊、工作室、酒吧等处探讨诗歌与绘画。他们与抽象表现主义画家建立了深厚的友谊，而奥哈拉本人也在现代艺术博物馆任职。"纽约派诗人"这一名称，就是伴随"纽约派画家"的称谓而诞生的。约翰·迈尔斯将这些年轻诗人称为

---

① Serge Guilbaut, *How New York Stole the Idea of Modern Art*：*Abstract Expressionism*, *Freedom*, *and the Cold War*, trans. Arthur Goldhammer, Chicago：The University of Chicago Press, 1983, introduction.

② Bernice Rose and Jackson Pollock, *Drawing into Painting*, New York：Museum of Modern Art, 1980, p. 23.

"纽约派诗人"。除了在杂志上零散发表的诗歌作品，这些诗人的第一部诗集大都由蒂博·德·纳吉画廊出版。该画廊由约翰·迈尔斯与蒂博·德·纳吉（Tibor De Nagy）于 1950 年共同创办。1953 年，格斯特的《事物的选址》（*The Location of Things*），由迈尔斯编辑，并由罗伯特·古德诺（Robert Goodnough）绘制拼贴插画。同年，该画廊出版了奥哈拉的《橘子》（*Oranges*），同时在画廊展出了题为"橘子"的十二幅画，画家是格蕾丝·哈蒂根（Grace Hartigan）。奥哈拉的另两册诗集《一个城市的冬天》与《热爱之诗》也由该画廊出版。1953 年，阿什贝利的《图兰朵及其他诗歌》（*Turandot and Other Poems*）在蒂博·德·纳吉画廊出版，简·弗莱里奇（Jane Freilicher）为之画了四幅图。封面皆由抽象表现主义画家合作配图。事实上，书籍的出版本身离不开封面制作，以往作家与封面设计者的协商未必缺少合作，但纽约派诗人与画家的合作是在画廊进行，一些诗歌与绘画作品同时也成为画廊展品。以往的封面设计是绘画为书籍服务，在这里，文字与图像有了同等的意义，且互相呼应。

　　如果说 50 年代初的合作还停留在相对传统的阶段——文字与图画是彼此分离的对话，到了 50 年代末期及 60 年代，诗人与画家之间的合作方式则打破了这一界限、变得互相融通。1957—1960 年，奥哈拉与拉里·里弗斯（Larry Rivers）合作了《石头》（*Stones*）系列诗—画（Poem-Painting）。其他纽约派诗人与画家之间也有诸多合作。阿什贝利与阿历克斯·卡茨（Alex Katz）、琼·米切尔（Joan Mitchell）、简·哈蒙德（Jane Hammond）、阿奇·兰德（Archie Rand）、特里沃·温克菲尔德（Trevor Winkfield）等画家展开合作；1961 年，科克与里弗斯合作了地图系列，关于女鞋的系列，以及其他更加抽象的创作。斯凯勒、格斯特与画家的合作也不少。这些合作有的在画廊展出，有的在出版社出版，有些甚至被搬上剧院舞台。

　　1957—1960 年，奥哈拉与里弗斯合作《石头》（*Stones*）系列诗—画，将诗与画刻在石头上，制成石版画（lithograph）。这次合作是塔吉雅娜·格罗斯曼（Tatyana Grosman）的全球限量艺术版出版社（Universal Limited Art Editions）的第一期项目。格罗斯曼找到里弗斯的工作室，告诉里弗斯她想做的是"一本真正融合诗歌与艺术的书，真正的合作，不光是给诗歌绘制插图"①。里弗斯立刻想到奥哈拉。他们非常认真地对待这次合作，但在石头上刻画有一定的难度，刻上去的字母必须是反的，印出来才是正的。

图 3-1　奥哈拉与里弗斯合作《石头》系列"诗—画"

《石头》系列包括《美国》（*US*，1957）、《伯蒂》（*Berdie*，1959）、《忧郁的早餐》（*Melancholy Breakfast*，1958）、《能量》（*Energy*，1959）、《五点钟》（*Five O'clock*，1958）、《他们在哪里》（*Where Are They*，1958）、《我们会到达吗》（*Will We Get*，1958）等 12 幅作品。以下是部分作品图例。

这些作品已无法由单个作者为之领衔。多个作者的协作，才构成合作过程以及过程的完结。文学向来不是作者以一己之力为读者

---

① Russell Ferguson，*In Memory of My Feelings*：*Frank O'hara and American Art*，Berkeley：University of California Press，1999，p. 50.

图3-2   《爱》(*Love*)

图3-3   《他们在哪里》(*Where Are They*)

呈现某种作品的过程。从写作到出版的整个流程，有许多力量的介入。实际上作者的"神话"源于浪漫主义的理念。杰克·斯蒂林格(Jack Stillinger)在《多作者与孤独天才的神话》一书中揭示了浪漫主义对单一作者概念的推崇和加强。"浪漫主义的单作者概念如此广泛传播而几近普世真理。相反，多作者盛行的证据积累能够支持一

图3-4　《五点钟》(*Five O'Clock*)

图3-5　《美国》(*US*)

种更现实的文学创作方式。"① 安德鲁·本尼特（Andrew Bennett）也讲道："浪漫主义对表达、原创性、自律的强调，使单一作者成为

---

① Jack Stillinger, *Multiple Authorship and the Myth of Solitary Genius*, London：Oxford University Press, 1991, p.183.

图 3 - 6　《伯蒂》(*Berdie*)

占支配地位的创作意识形态。"① 斯蒂林格认为，除作者外，编辑、出版社、书商、读者等也一起参与了作品的最终成型。"很明显，单一作者神话对教师、学生、批评家以及其他读者来说都是极为便利的，对出版社、代理人、书商、图书管理员、专利律师来说也是如此，因为每个人与书籍的生产、接受都是由作者开启的。这种神话深植于我们的文化和日常实践中，包括日常的批评与阐释实践。"② 他认为这种神话无可厚非，但问题在于，在文学批评中坚持这样的原则会导致一系列问题。例如，"意图谬误"（The Intentional Fallacy）："对于评判一个文学作品是否成功，作者的设计和意图并不能也不被

① Andrew Bennett, *The Author* (*The New Critical Idiom*), London and New York: Routledge, 2005, p. 94.

② Jack Stillinger, *Multiple Authorship and the Myth of Solitary Genius*, London: Oxford University Press, 1991, p. 187.

图 3 – 7　《忧郁的早餐》（*Melancholy Breakfast*）

希望成为标准。"① 这种从作者本身意图出发又反过来排除作者、让
文本自身说话的批评范式，虽然取消了作者的权威，却终究难逃文
本中心主义的苑囿。新批评主义中的大量论述，关于作者能否决定
文本的意义，是否应扩大文本权威的范围，等等，其立足点在于认
定文本是核心因素与最重要的意义场所。它意图扩大范围，将出版、
流通等社会活动融入其中进行考量，但由于一直立足于文本进行讨论，
因而始终受到文本逻辑的限制。这一从"作者中心"到"意义中心"
的文学批评范式，实际是逻各斯中心主义的映照。

　　对于"多作者"这一概念，有两种不同的划分：一种是斯蒂林
格式的从书写、编辑到出版、流通的全过程，影响作品最终成型的
因素主体都可划归为多作者的范畴；另一种是创作环节由两位及以
上作者共同进行，这其中包括两种情况，其一是传统意义上的领域内
的合作，可称为单一的合作形式，其二是跨领域的合作，如托马斯·

---

① Jack Stillinger, *Multiple Authorship and the Myth of Solitary Genius*, London：Oxford University Press, 1991, p. 189.

图3-8   **《春的温度》**（*Springtemps*）

汉尼斯（Thomas Hinnes）所言的"复合作品"（composite work），如
传统戏剧的合作形式。①

　　纽约派诗人作为一个群体，他们之间存在既相互竞争又相互合
作的关系。在《诗歌的艺术》一文里，科克说："这是一个很棒的
主意，你有一些朋友像你一样写作，他们知道你在干什么，而且知
道你什么时候做错了。他们有你从来没有过的特质，让你保持向上
翻越一座险峰。这些朋友，会让你有竞争感，并且有时感到不舒
服。"② 这种竞争感使他们不断突破自己、不断突破艺术陈规，这种
竞争感实际上也是诗人们合作的动力所在。他们在诗歌领域内有许
多合作，在寓所或酒吧为彼此朗读诗歌，继而修改，或是共同创作
融合了诗歌、戏剧、音乐的作品。例如，阿什贝利与科克从50年代

---

　　① See Thomas Hinnes, *Collaborative Form：Studies in the Relations of the Arts*, Kent：
Kent State University Press, 1991.

　　② Kenneth Koch, *The Art of Poetry*, Ann Arbor：The University of Michigan Press,
1996, p. 2.

起就开始一起写诗,他们合作的诗歌包括《死亡画的画》等;阿什贝利与斯凯勒一起创作小说,一人一行,充满即兴与偶然性,该小说《愚人窝》(*A Nest of Ninnies*)于1969年首次出版。

　　而纽约派诗人与画家之间的合作活动,主要有以下几种:诗人充当画家的模特;画家充当诗人的第一听众与观众;诗人与画家合作"诗—画"(Poetry-Painting),进行展览或出版;诗人作诗,画家为之配画,共同出版图文并茂的书籍;诗人写作并发表关于画家的艺术评论;诗人与画家一起参与戏剧和电影制作,等等。

　　在诗人与画家的诗—画合作中,诗人仿若从"一个人自己的房间"走了出来,在对话与协作的具体行动中与人共同创作。如果说传统的身处"一个人自己的房间"的方式面对的是对文本的雕琢,那么合作的方式则是一种活动过程的延宕。科克曾讲道:"合作是工作,同时也像在参加聚会,我自己是不可能完成的。"① 他在创作时,画家也参与其中。

　　奥哈拉与里弗斯进行诗—画合作后,还与诺曼·布拉姆一起合作,这次合作充满了自发性与即兴性。1960年10月一个下雨的星期天,奥哈拉去布拉姆在公园大道南段的工作室。他们一边聊天,另一边听收音机里普罗科菲耶夫(Prokofiev)的钢琴独奏。布拉姆拿出一叠纸,在上面用毛笔画了一个点,奥哈拉也站起来在那张纸上写了一两个单词。一种别样的合作突然开启。布拉姆用毛笔作画,通常是一些笔画,奥哈拉用钢笔手写句子。他们一口气合作了26幅。布拉姆回忆说:"每一幅都不同。奥哈拉在纸上写东西,我就在工作室的另一端,在纸上画一些姿势。它完全是即刻的,就像友人间的谈话。非常迅速,也很好玩。"②《手》《芝加哥》《榔》《我好累》《我们公园见》《救命!我还活着!》《可能!∕五月?》《我在那

---

　　① Kenneth Koch, *Kenneth Koch Collaboration with Artists: Essays & Poems by Kenneth Koch*, Introduction by Paul Violi, Ipswich Bourough Council, 1993, p. 7.

　　② See Norman Bluhm, "26 Things at Once: Bluhm on Frank O'Hara, the Poem Paintings, the Art & the Scene", *Lingo*, Vol. 7, 1997, p. 11.

里》《无尽头的房子》《这是第一个》等是他们共同创造的作品。

图 3 – 9   《手》（*Hand*）

图 3 – 10   《救命！》（*Help！*）

图 3 – 11　《这是第一个》(*This Is the First*)

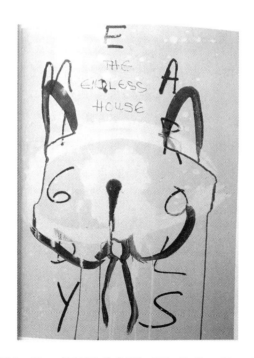

图 3 – 12　《无尽头的房子》(*The Endless House*)

图 3 – 13 《我们公园见》（*Meet Me in the Park*）

拉塞尔·弗格森（Russell Ferguson）将之比喻为"自创舞蹈动作的双人舞"，并评价道："这些创作或许是奥哈拉将自己诗歌的自发性与抽象绘画融合得最紧密的时候。尽管四十年过去了，作品依然保留了真正的自发性让人激动的特质，它是一个充满智趣、全心投入的对话式的合作，完全没考虑展览甚至其他观众的存在。"[1] 奥哈拉与迈克尔·戈德伯格有过多样的合作，包括 1960 年合作的《颂歌》系列。

在大多数读者的印象里，奥哈拉是那个与艺术家合作最多的纽约派诗人，一是因为他长期在现代艺术博物馆工作，二是因为评论家玛乔瑞·帕洛夫那本很有名的书《弗兰克·奥哈拉：画家中的诗人》。然而，其他几位纽约派诗人中也曾与画家进行过大量合作。

----

[1] Russell Ferguson, *In Memory of My Feelings*: *Frank O'hara and American Art*, Berkeley: University of California Press, 1999.

1993 年，一场名为"肯尼斯·科克与画家的合作"的展览在纽约举行。该展览展出了科克与画家们的大量合作。科克与画家第一次合作发生于1961 年，位于拉里·里弗斯的绘画工作室。他们在画布、画纸上一起工作，用油画颜料、粉笔、钢笔、铅笔和炭笔等进行创作。他们合作了地图系列，关于女鞋的系列，还有一些抽象作品，以及一大幅名为《纽约 1950—1960》的作品。①

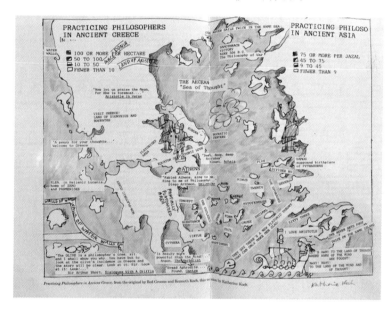

图 3 - 14　科克与里弗斯合作的地图系列作品之一

科克讲道："我们对合作感到很兴奋（对诗人、画家来说都是如此），有两个很明显的原因：一是我们对于超现实主义者的倾慕，超现实主义者也完成过许多合作，诗人和画家在各方面互相影响；另一个原因是我们感到非常兴奋、充满力量，如此专注于自己和作品，我们似乎忘记了自己的存在，除了我们自己，也没有其他观众，有什么比一起工作更好的呢。我们从未考虑过'市场'，它对我们来说

---

① See Kenneth Koch, *Collaborations with Artists：Essays and Poems*, Ipswich：Ipswich Borough Council, 1993.

根本就不存在，因此我们能够一路在文化、经济和批评的真空中创造艺术和文学。"① 因此，合作能够让诗人们感受到创新的力量及其所带来的愉悦。

除了里弗斯，科克合作过的画家还有：雷德·格鲁姆（Red Grooms），亚历克斯·卡茨，让·丁格利，罗伊·里奇特斯坦（Roy Lichtenstein），乔·布雷纳德（Joe Brainard），吉姆·戴恩（Jim Dine），凯瑟琳·科克（Katherine Koch），费尔菲尔德·波特（Fairfield Porter），内尔·布莱恩（Nell Blaine），安吉洛·萨维利（Angelo Savelli），阿尔·莱斯利（Al Leslie），罗瑞·迈克埃文（Rory McEwen），贝特朗·多尼（Bertrand Dorny）。② 展览中对这些早期合作情况都有所回顾。

这场展览之后，一本名为《肯尼斯·科克与画家的合作，以及他的散文和诗歌》的小册子继而出版。它是一本目录册，也包括科克专门为展览所写的文章，还有一些辅佐这次展览的诗。在此之前，这些文章与诗歌皆未出版，因此，诗歌通过实地空间的合作及展览先于诗集出版，实际上暗示着当代诗歌传播路径的改变。

其他纽约派诗人，阿什贝利、格斯特、斯凯勒，他们也在诗与画的边界探索并力求突破。1975 年，阿什贝利与画家乔·布雷纳德合作的《佛蒙特笔记本》（*Vermont Notebook*）出版。全书是绘画与诗歌的并置，左侧是绘画，右侧是文字。以其中一项关于度假的诗—画为例（见图 3 – 15），画面上是一封盖有邮戳的信封，寥寥数笔，收件人与寄件人信息被毛笔笔触的黑色墨水画掉了，邮戳信息也是模糊处理，信封的背景有规律地交织着黑色色块和粗线条，黑色色块的笔法仿佛是毛笔上下移动，粗线条是横向的移动，似乎是握笔人匆匆几笔画就。

---

① Kenneth Koch, *Kenneth Koch Collaboration with Artists*: *Essays & Poems by Kenneth Koch*, Introduction by Paul Violi, Ipswich Bourough Council, 1993, p. 7.

② Kenneth Koch, *Kenneth Koch Collaboration with Artists*: *Essays & Poems by Kenneth Koch*, Introduction by Paul Violi, Ipswich Bourough Council, 1993, p. 7.

图3-15　《信封》

右侧的文字内容如下：

> 这是我们度假的地方。一个很好的休闲景点。
> 真正的露营生活。希望你感觉不错。①

　　这份作品并不是在描绘度假生活，而是一个具体的事件和动作。度假结束，在离开景点前，给家人或友人写一封信，而诗人所说的话就是信里的内容。在这里，诗歌与绘画不是彼此描写或描绘的关系。而是一个直接投掷出来的行动。

　　因此，活动诗歌在这里，一方面是诗人与画家合作这一具体的艺术行为，另一方面是这一行为之下它所具备的行动指涉特质。

　　1960年，纽约派诗人共同创办小杂志《单轨》（Locus Solus），杂志取名来自法国作家雷蒙·卢塞尔（Raymond Roussel）的同名小说。这位小说家是阿什贝利博士学位论文的研究对象。其中，1961

---

① John Ashbery and Joe Brainard, *Vermont Notebook*, Revised ed. , New York：Granary Books，2001，pp. 88 - 89.

年夏季出版的第二期，刊物封面上就明确注明为"合作特刊"（*A Special Issue of Collaboration*）。该合作特刊列出了诗人之间、诗人与画家之间的诸多合作。科克说："合作情形的奇特之处在于，人们会感觉被引入未知之境，或者至少进入某种光彩夺目的顿悟之中，这是独自一人或有意识的状态下无法达到的。"①

在这些合作过程中，诗歌创作已经发生转向——从文本中解脱，继而转向活动。在这种活动中，诗歌创作不再以文本为主导，而是转化成一种"语境实践"（Contextual practice）。"语境实践"这一概念来自斯蒂芬·弗雷德曼（Stephen Fredman）。在《语境实践：战后诗歌与艺术中的装置和色情》一书中，他认为："语境实践开启一种致力于语境的艺术，创造的不是围绕中心思想、主题或象征的作品，而是从周遭环境提取和安排意象、材料、语言，甚或人，'在创作过程形成新的生命方式的语境'。"② 因此，不难理解诗人与画家的合作，已经超越了传统的诗歌创作范式。它不再通过深入文本去虚构一个世界，而是通过实践，抓取周遭的材料，创造出一种新的现实，"挑战了艺术作品是特定个体的特别表达这一观念"③。因为它是一种更具体的行动，取消了文本与外部世界的隔离。朱利安娜·斯帕尔（Julianna Spahr）写道："就像此时的视觉艺术家从调色板转移到工作室（以概念艺术，表演艺术，大地艺术和身体艺术的形式），诗人也在从传统的、以纸质为基础的抒情诗中离开，同时在寻找一种如科克在《日日夜夜》中谈到的'比诗歌更好的诗歌'。"④

这种语境实践在 50 年代的许多新诗流派身上都可找到影子，如

---

① 　*Locus Solus* Ⅱ ，p. 193.

② 　Stephen Fredman，*Contextual Practice*：*Assemblage and the Erotic in Postwar Poetry and Art*，Redwood City：Standford University Press，2010，p. 3.

③ 　Juliana Spahr，*Everybody's Autobiography*：*Connective Reading and Collective Identity*，Tuscaloosa：The University of Alabama Press，2001，p. 3.

④ 　Juliana Spahr，*Everybody's Autobiography*：*Connective Reading and Collective Identity*，Tuscaloosa：The University of Alabama Press，2001，p. 3.

垮掉派，黑山派，等等。在写作《与他们一步之遥：1956 年的诗》一文时，帕洛夫回顾 20 世纪 50 年代美国的社会氛围，认为诗歌在 50 年代不再是一种文本内部的力量较量，而是"诗人作为一个生产者"的活动。①

"纽约派诗人的找寻就是：通过采取其他媒介的策略和直接与其他媒介的实践者合作的方式，来进一步拓展诗歌可能拥有的边界。对视觉艺术和文字艺术家来说，这些后现代行动的动力来自对自我表达的身份、基于客体的艺术等概念的筋疲力尽。"② 然而，这种语境实践并非一蹴而就，它是在 20 世纪五六十年代美国的社会背景下发生的，它也是现代与后现代的交替在全球范围内的迁移。查尔斯·格林（Charles Green）就认为，合作是现代向后现代转变的一个关键部分。"60 年代团体合作的盛行不仅挑战传统视野下的艺术身份，也包括'框架'——艺术作品内部与外部的界限。"③

科克曾讲到，他们对于合作的热衷是源于超现实主义的影响。阿什贝利第一次接触到超现实主义诗歌是 1943 年，堂兄给他带来由约翰·迈尔斯编辑的杂志《北部》（*Upstate*），其中一期是关于拉美诗歌的，特别是墨西哥诗人奥克塔维奥·帕斯（Octavio Paz）。这是他第一次读到超现实主义诗人的诗作。④ 众所周知，20 世纪上半叶现代艺术的风起云涌，伴随着各种流派、各种主义的轮番登场，这些流派通常是"复数形式"。20 世纪的这些文学艺术运动，寻求瓦

---

① Marjorie Perloff, "A Step away from Them: Poetry 1956", *Poetry On and Off the Page: Essays for Emergent Occasions*, Marjorie Perloff ed, Evanston: Northwestern University Press, 1998, p. 87.

② Juliana Spahr, *Everybody's Autobiography: Connective Reading and Collective Identity*, Tuscaloosa: The University of Alabama Press, 2001, p. 3.

③ Charles Green, *The Third Hand: Collaboration in Art from Conceptualism to Postmodernism*, Minneapolis: University of Minnesota Press, 2001, p. x.

④ John Ashbery and Mark Ford, *John Ashbery in Conversation with Mark Ford*, London: Between the Lines, 2003, p. 25.

西里·康定斯基（Wassily Kandinsky）所说的"艺术形式的综合"（a synthesis of art forms）①。比如，印象主义这一术语不仅指绘画，也指音乐与诗歌；达达主义既指阿波利奈尔等人的诗歌创作，也指杜尚等人的艺术实践；未来主义既涉及诗歌、音乐，又涵盖电影和绘画。

这些"复数形式"艺术运动的发生，从欧洲到美国，从再现到行动，从叙述到事件，改变了 20 世纪后半期美国诗歌状况。

三　从行动绘画到行动诗歌：艺术现实与社会现实的临界点

抽象表现主义的"行动绘画"，使作画过程本身极具表演性。波洛克是行动绘画的代表，在画布这一"竞技场"，画家手中的颜料如同鲜活的生命体，以极大的偶然性争相竞发。这种作画过程的表演性、过程性与事件性，通过作品的丰富层次也抵达欣赏者那里。关于波洛克的绘画作品《1 号》，奥哈拉在 1948 年写了一首诗：

Digression on "Number 1"

I am ill today but I am not
too ill. I am not ill at all.
It is a perfect day, warm
for winter, cold for fall.

A fine day for seeing. I see
ceramics, during lunch hour, by
Mir6, and I see the sea by Leger;
light, complicated Metzingers
and a rude awakening by Brauner,
a little table by Picasso, pink.

---

① Thomas Hines, *Collaborative Form: Studies in the Relations of the Arts*, Kent: The Kent State University Press, 1991, p. 14.

I am tired today but I am not

too tired. I am not tired at all.

There is the Pollock，white，harm

will not fall，his perfect hand

and the many short voyages. They'll

never fence the silver range.

Stars are out and there is sea

enough beneath the glistening earth

to bear me toward the future

which is not so dark. I see. ①

译诗如下：

离题——1 号

我今天生病了，但我

病得不严重。我一点儿也没病。

这是完美的一天，温暖

对于冬天而言，对秋天来说就冷了。

一个可以四处看看的一天。

午餐时间，

我在米罗那里看见陶器，

在莱热那里看见大海；

看见使梅钦赫尔变复杂的光，

被布罗纳粗鲁地唤醒，

---

① Frank O'Hara，*The Collected Poems of Frank O'Hara*，new ed.，Edited by Donald Allen，Berkeley：University of California Press，1995，p. 260.

还有毕加索的粉色小桌子。

今天我很疲倦，但我
并不十分疲倦。我一点儿也不疲倦。
波洛克在那里，白色，
伤害不会降临，他完美的手

以及许多短途旅行。它们
永远不会围住银色山脉。
星星在上，闪耀的泥土之下，
是海洋。
它容许我朝向未来
那儿没那么暗。我看见。

在奥哈拉眼里，波洛克的画不像米罗、莱热、梅钦赫尔、布罗纳、毕加索的那样，让诗人从画中看出别的东西来，如陶器、海洋等。他看波洛克的画，就仿佛在"短途旅行"，它并不指向另一个世界，而是让观者参与到画面形成的动态过程中来。波洛克自己也说道："我的画不是从画架上来。在作画之前我几乎不完全展开我的画布。我喜欢将没展开的画布钉在硬墙或地板上。我需要来自坚硬表面的反抗。在地面作画我会轻松一些。我感觉更近，成为画的一部分，因为我可以绕着画布走，从四周作画，真正的'置身'画中。这与西部印第安人的沙画极为相似。"①

这种作画技法深刻地影响了纽约派画家。奥哈拉的《午餐诗》系列就是一种类似于行动绘画的行动诗歌。诗人餐前或餐后行走在纽约的大街上，让大街上的事物即兴地跳入诗歌。许多诗歌运用了

---

① Frank O'Hara, *Art Chronicles*: *1954–1966*, revised ed., New York: George Braziller, 1991, p. 39.

图 3 − 16　波洛克《1 号》作品

现在时态，因此，诗歌成为一种"此刻"的事件。在一首题为《个人的诗》中，诗人如此开头："此刻我在午餐时间漫游/兜里只有两个魔法石/一枚迈克·金光给我的古老罗马钱币/一个从行李箱脱落下来的螺栓头/当我在马德里时，其他一切都不能/带给我好运，尽管/它们在纽约确实帮我抵御压迫/但我现在高兴了一阵子，又有兴趣。"[1] 时间设置为"此刻"，对奥哈拉来说，一首诗就像一场行为艺术，行动止，诗歌的流动即停止。诗歌并非一种文字落点后的结果，诗歌就是一个过程。

　　拉塞尔·弗格森在《突发的一切》（"Everything Suddenly"）这一章讲述了奥哈拉的即刻诗学——跟时间赛跑，并捕捉到当下发生的一切。[2]《再见，诺曼。代我向琼与让·保罗问好》这首诗也是如此，诗歌一开头便是时间的出场。第一诗节如下：

　　　　此刻是纽约时间 12 点 10 分，我在想

　　　　我是否能及时完成这首诗，这样我就有时间去和诺曼共进

---

[1]　Frank O'Hara, *Lunch Poems*, San Francisco：City Lights Books, 1964, p. 32.

[2]　Russell Ferguson, *In Memory of My Feelings：Frank O'hara and American Art*, Berkeley：University of California Press, 1999, p. 27.

午餐

　　啊，午餐！我想我快疯了

　　可怕的宿醉，周末

　　就要到来

　　去热情洋溢的科克那里

　　如果我在城里就好了，可以去琼的工作室

　　作我的诗，为格鲁夫出版社的新书

　　他们可能不会出版

　　不过在几层楼之上徘徊

　　想知道诗歌好不好，总归是好的

　　唯一能做的决定，就是昨天你写了①

因此，诗歌是活动的场域，如同罗森伯格评论抽象表现主义画家的画布是"行动的竞技场"一般。大卫·雷曼写道："跟绘画一样，写作可以被理解为一种活动，一个现在时态的过程，而这个活动的残留能不断地指涉它自己。所有的诗歌都是用语言进行合作的产物。……像抽象绘画一样，纽约派诗歌的概念并非来源于柏拉图式的最终形式，而是一种对表达媒介自身的参与。"②

迈克·戈德伯格的《沙丁鱼》绘画与奥哈拉诗歌《为什么我不是画家》的创作鲜明地体现了何为"诗—画事件"。1952 年的一天，奥哈拉走进画家迈克·戈德伯格的画室，见他正创作一幅布满沙丁鱼的画，便带着疑问又确定的口气问道："你的画里有沙丁鱼。""是的，画里总得有点什么。"戈德伯格答道。些许时日后他再去画室，画面上的沙丁鱼已无迹可寻，只留下"沙丁鱼""Sardines"的字母拼写。而诗人自己某日提笔写下"橘色"，待他写到足以成一本

---

　　① Frank O'Hara, *Lunch Poems*, San Francisco：City Lights Books, 1964, p. 34.

　　② David Lehman, *The Last Avant-Garde*：*The Making of New York School of Poets*, New York：Anchor, 1999, p. 3.

小册子的页数，却仍只字未提"橘色"。① 最后，那本诗集被诗人命名为《橘子》，而他有一天也在画廊展厅里邂逅戈德伯格的画——《沙丁鱼》。原诗与原画（见图 3 – 17）作如下：

Why I am Not a Painter

I am not a painter, I am a poet.
Why? I think I would rather be
a painter, but I am not. Well,

for instance, Mike Goldberg
is starting a painting. I drop in.
"Sit down and have a drink" he
says. I drink; we drink. I look
up. "You have SARDINES in it."
"Yes, it needed something there."
"Oh." I go and the days go by
and I drop in again. The painting
is going on, and I go, and the days
go by. I drop in. The painting is
finished. "Where's SARDINES?"
All that's left is just
letters, "It was too much," Mike says.

But me? One day I am thinking of
a color: orange. I write a line
about orange. Pretty soon it is a

---

① See Frank O'Hara, *The Collected Poems of Frank O'Hara*, new ed., edited by Donald Allen, Berkeley: University of California Press, 1995, p. 261.

whole page of words, not lines.
Then another page. There should be
so much more, not of orange, of
words, of how terrible orange is
and life. Days go by. It is even in
prose, I am a real poet. My poem
is finished and I haven't mentioned
orange yet. It's twelve poems, I call
it ORANGES. And one day in a gallery
I see Mike's painting, called SARDINES. [1]

译诗如下:

我为什么不是画家

我不是个画家，我是诗人。
为什么？我想我宁愿是
画家，但我不是。哦，

比如，迈克·戈德伯格
正开始作画，我走了进来。
"请坐，喝一杯吧"他
说。我喝起来；我们一起喝。我抬
头。"你的画里有沙丁鱼。"
"是的，画里总得有点什么。"
"噢。"我走了，日子一天天过去，
我又来了。那幅画

---

① Frank O'Hara, *The Collected Poems of Frank O'Hara*, new ed. , edited by Donald Allen, Berkeley: University of California Press, 1995, pp. 261 – 262.

还未画完，我走了，日子一天天
过去。我来了。那幅画已经
画完。"沙丁鱼呢？"
画上留下的只有
字母，"之前画太多了，"迈克说。

而我呢？某天我正思考
一种颜色：橘色。我写下一行
关于橘色的诗。很快，一页纸上
布满了词语，不成句。
又写了一页。应当有
更多的，不是橘色，而是
词语，以及橘色与生活多么
糟糕。日子一天天过去。甚至
有散文那么多，我是真正的诗人。我的诗
完成了，我还只字未提
橘色呢。共十二首诗，我把它们叫
《橘子》。有一天在画廊
我看见了迈克的画，题为：《沙丁鱼》。

奥哈拉的诗与戈德伯格的画在现实世界里以某种巧合的方式同时推进、成型，其实质远非纽约派诗人的幽默与逗趣。奥哈拉写作《我为什么不是画家》与戈德伯格绘制《沙丁鱼》，更像是两个打着赌分别进行的诗与画的竞赛。这一过程中，诗与画向彼此敞开自身之门，互相接纳、互为映照，融为一体；诗歌与绘画亦将读者与观众拦截在进一步探究诗、画各自主题的大门之外，进而使人徘徊并停留在整个诗与画生成的事件起合之中。它既是艺术本身的改变，因其从以往对"作品"的定义中抽离出"事件"来，又从观念上挑战了旧时人们对文学、艺术的认知。这样的"诗—画事件"，一方面

图 3 –17   迈克·戈德伯格的《沙丁鱼》

将艺术事件直接投掷于社会生活，而非传统方式中悬于现实生活之上的另一重模仿或象征的世界，打破了文学艺术与现实社会的隔阂；另一方面，如此分头进行的"合作"亦为长期彼此分离的诗、画建立了连接。这实际上是诗歌与绘画超出自身媒介的互相指涉。它们一道构成了一种类似于行为艺术的存在，这也是语境实践的一种。

读者在阅读奥哈拉许多诗歌都有如此感受：外在的世界仿佛在不断地涌向诗人，而诗人以语言"回击"这个朝他涌来的世界。诗歌就是这整个力量相向的过程。而文字，只是运用一种技术将此过程确定下来。因此，人们不能说只有文字是诗，而这一包含着语言流动的过程就不是。1961 年，奥哈拉与里弗斯合作《如何在艺术中前进》（*How to Proceed in the Arts*）。他们写下极富讽刺性的《创意行为研究》。奥哈拉说："诗歌不必从传统方向上寻找意义，它们在前行的过程中就能从自身找到意义。"① 这种以行动为基点的自动写作，在奥哈拉这里是事物的偶然降临，不过，在阿什贝利那里，则是意识。阿什贝利大多数诗歌是意识与意识的相遇或交错。下面以《春天的双重梦幻》为例。

原诗如下：

The Double Dream of Spring

Mixed days, the mindless years, perceived

With half-parted lips

The way the breath of spring creeps up on you and floors you.

I had thought of all this years before

But now it was making no sense. And the song had finished:

This was the story.

Just as you find men with yellow hair and blue eyes

Among certain islands

The design is complete

And one keeps walking down to the shore

Footsteps searching it

Yet they can't have it can't not have the tune that way

And we keep stepping…down…

The rowboat rocked as you stepped into it. How flat its

bottom

The little poles pushed away from the small waves in the

water

---

① Frank O'Hara, *Art Chronicles*: *1954 – 1966*, revised ed., New York: George Braziller, 1991, p. 4.

And so outward. Yet we turn

To examine each other in the dream. Was it sap

Coursing in the tree

That made the buds stand out, each with a peculiar

coherency?

For certainly the sidewalk led

To a point somewhere beyond itself

Caught, lost in millions of tree-analogies

Being the furthest step one might find.

And now amid the churring of locomotives

Moving on the land the grass lies over passive

Beetling its "end of the journey" mentality into your forehead

Like so much blond hair awash

Sick starlight on the night

That is readying its defenses again

As day comes up[1]

译诗如下：

春天的双重梦幻

混乱的日子，无心的岁月，

用半张开的双唇去感知

春的呼吸在你身上爬行并把你难倒的方式。

以前我思考过所有这些岁月

但现在它毫无意义。歌曲已经结束：

这是故事。

---

① John Ashbery, *Collected Poems: 1956－1987*, ed. Mark Ford, New York: Library of America, 2008, pp. 202－203.

正如你在某些岛上
发现黄发碧眼的男人
设计完成了
一个人继续走向岸边
脚步搜索着它
但它们不能得到它不能得到那样的曲调。
而我们继续……走开……

当你走进时，划艇摇晃起来。船底多么平坦
篙杆推开水中小小的波浪
向外。我们转身
在梦中彼此检查。是树液
在树中巡行
使花蕾凸出，奇异而和谐？
人行道肯定通向
自身之外的某处
被捉住，迷失在成百万树种中
成为一个人可以找到的最远的台阶。

而此刻，在火车头的唧唧声中
躺满草叶的土地在顺从地移动
将"旅程的终点"悬在你的前额
像如此浓密的金发
拂动夜晚苍白的星光
再次准备抵抗
当白昼降临①

---

① ［美］约翰·阿什贝利：《约翰·阿什贝利诗选》，马永波译，河北教育出版社
2003 年版，第 273—274 页。

　　该诗中，首先是意识与意识的对垒，诗人探寻至意识的尽头，却又似没有尽头：如同"岛上"与"男人"绘画般的既成景象，但另一个人走向岸边，打破了既定的完整；亦像"篙杆推开水中小小的波浪"，划破了平静、整一的水面。这种统一与对统一的破坏，或许有更深层的连接，这种思维深处的打破让诗人着迷，他不禁继续思索这一矛盾的根源。表面的既成一体与将其打破的"外来的分支"彼此矛盾，它们是否在隐秘的地点拥有亲密的联系与一致性呢？最后，诗人抓取实在之物去比拟这种思维。他找到了树液与花蕾，找到了人行道尽头的消失——在某一刻不再成为人行道的某个分界点，他还找到始终"悬在你的前额"的"旅程的终点"，找到白昼与夜晚的矛盾"抵抗"。因此，表面上不可能并置的，却在这里达成统一，就像树液为遥远的花蕾输送养料一样。因此，全诗形成了双重并置：第一重并置是思维的两端，即统一与突破统一这两端；第二重并置中，一侧是前文提及的这种思维，另一侧是对这种思维的具象比拟——这就是该诗题为《春天的双重梦幻》的缘由所在。马永波写道："他（阿什贝利）关心的不是经验本身，而是经验渗透我们意识的方式，我们如何从繁复的材料中建筑有意义结构的方式。而经验之被人所感受的特点往往是跳跃、断裂、含混和不完整的。阿什贝利的诗中总是存在着诸多彼此牵制和反诘的力量或者语调，他往往将来自不同语境的材料混合起来，去掉其中时间的线性结构，而达至事物的共在。"① 因此，阿什贝利以意识作为行进的主体，让意识如同抽象表现主义画家手中的颜料一般在画布上漫游，并重新生成逻辑确当的结构。

　　1968 年，在国家图书奖资助的一次诗歌研讨会上，阿什贝利谈到了纽约派诗人与画家之间的联系：

---

① ［美］约翰·阿什贝利：《约翰·阿什贝利诗选》，马永波译，河北教育出版社 2003 年版，第 4 页。

并不是我们想被绘画"影响"——这种陈述是不正确的,一方面因为这些画家喜欢我们,邀请我们一起饮酒聊天,另一方面感觉他们(我是指像德库宁、弗朗茨·克莱恩、马瑟韦尔、波洛克这些艺术家)绘画时持一种自由解放的姿态,大多数人认为这种方式对于诗歌是不可能的。所以我认为我们当时从他们那里学到了很多东西,也从约翰·凯奇和莫尔顿·菲尔德曼(Morton Feldman)那些作曲家那里学到了很多,但这些学习仅仅是一个抽象的真理——有点像"做自己"之类的信条——它不是具体的东西,换句话说,没有人认为他会像波洛克泼洒颜料一样在纸上泼洒文字。而是在两种情形下这样做的原因是一致的。①

格斯特自幼亦受绘画影响很深,她的第一任丈夫就是画家。1962 年,格斯特写过一首《英雄舞台》("Heroic Stages")赠给格蕾丝·哈蒂根。格斯特与哈蒂根都反对格林伯格将文学与艺术截然分开的观点。格斯特诗歌的活动性主要体现在诗歌文字强烈的视觉性。为了抵达这种视觉性,她采取了不同的策略。在《起风的下午》这首诗中,她使用并置的方式使抽象与具象交错:

the quality of the day
that has its size in the North
and in the South
a low sighing that of wings②

译诗如下:

---

① David Lehman, *The Last Avant-Garde*: *The Making of New York School of Poets*, New York: Anchor, 1999, p. 305.

② Barbara Guest, *Poems*: *The Location of Things*, *Archaics*, *The Open Skies*, New York: Doubleday & Company, Inc., 1962, p. 18.

这一天的质地
它的尺寸在北方
也在南方
是翅膀低声的叹息

在这首诗中，格斯特从复杂事物中抽象出其最凝练的物质性，并将时间赋给空间，把抽象的事物置于具象之上，通过错位的并置产生出诗性，且有一种拼贴感。在格斯特《来自明尼阿波利斯的伯爵夫人》（*Countess from Minneapolis*）这部诗集中，许多诗歌未加注标点。文字的排列与重复产生出视觉的铺排效果：

June

dust dust dust dust dust dust
only small rain small rain small
thin thin rain starved rain rin[①]

六月

尘土 尘土 尘土 尘土 尘土 尘土
只有 小 雨 小 雨 小
薄 薄 雨 饿 雨 雨

这种对某个单词重复、密集的铺排策略，让人联想到罗斯科的"色域绘画"。词语本身的大面积延伸在一段时间内占领了视觉的注意力，并通过视觉冲击唤醒读者的感受。

《防御的断裂》（*Defensive Rupture*）这本诗集中最主要的视觉呈现方式是诗句或词语之后跟着许多折线，通过视觉引导使读者停留在诗

---

① Barbara Guest, *Countess from Minneapolis*, Second Edition, Providence: Burning Deck Press, 1991, p. 39.

歌的视觉效果层面,继而通过视觉性产生想象关联,而非仅仅依靠文字符号意指本身。而在《莫斯科公馆》(*Moscow Mansions*)与《微小模型及其他诗歌》(*Miniatures and Other Poems*)这两部诗集中,格斯特利用大量留白的视觉效果实现诗歌的形式创新。中国书法与绘画中有"留白"这一概念,留白并非空白,而是也构成结构的一部分。

细小的异国眼泪
("Tiny Foreign Tears")

秋天里细小的异国眼泪,

芬兰建筑! 握手!

右手边的云
比左边低
那里藏着精灵。

在他对科勒律治的冥想中
手印幽灵般地精致,

主体的概念扩大,

"整年延伸,没有"

语词两手交叉,
与羊毛排成一列,甚至在遥远的地方。[①]

---

① Barbara Guest, *Miniatures and Other Poems*, Middleton: Wesleyan University Press, 2002, p. 9.

除了留白，格斯特还在诗中运用拼贴手法。词或短句相隔较远，像一座座孤立的岛屿。

声音与结构
（"Sound and Structure"）

"声音构成结构。" 勋伯格说。

　在这个干燥的备好的路上踏着沉重的脚步。
　这不是"宴会音乐"。这是有力的结构，
　如眼睑般沉重。
　梁木已搭好。大师为未来切断音乐。

　声音铺好结构。声音朝未来泄漏。①

在该诗中，第一个板块是勋伯格的一句话；第二个板块是对结构的表述，并且这结构是视觉性的，"干燥的备好的路""沉重的脚步""眼睑般沉重"的结构、"梁木"，这些都指向结构的视觉性特质；而第三个板块，诗人笔锋一转："声音铺好结构"，便将声响与视觉连接起来，建立起声音与结构的通联。最后一句"声音朝未来泄漏"，是声音的视觉呈现，也是视觉结构的生动表达。

《浅盘上的石头：文学笔记》（*Rocks on a Platter：Notes on Literature*）这本书是格斯特诗学观念的零散记录，以诗行的形式写成，呈现出许多闪闪发光的句子。

　想法。它们发现自己。
　"想法。它们发现自己。是在树上吗？

---

① Barbara Guest, *Miniatures and Other Poems*, Middleton：Wesleyan University Press, 2002, p. 25.

　　它们准备，选择一个世纪定居。梦，

由印刷术编织。没有船员相伴——发抖的羊毛——

船

浅滩石头

咆哮着靠岸

石头，浅盘，话语，话语

猛犸的牙齿。"

"流动性在印刷中密缝：'门廊旁的一辆小车，风

在呼呼地刮……'另一个故事开始了……"①

　　格斯特是在反思技术对文学的挟持，同时也反思语言、现实以及主客体。她说："语言徘徊，正在考虑走哪个方向。"② 对于现实与主客体，她引用黑格尔在《美学演讲简介》中的话：

　　……经验主义的内部与外部世界

不是真正的现实世界，

而仅仅是被比艺术更严肃地赋予一种面貌

它是更残忍的骗局。③

　　因此，主体的现实与艺术的现实实际上是两回事。诗人对人类主体性这一理念基石进行反思。如其他纽约派诗人所认同的一样，

---

① Barbara Guest, *Rocks on a Platter*, Middleton：Wesleyan University Press, 1999, p. 3.

② Barbara Guest, *Rocks on a Platter*, Middleton：Wesleyan University Press, 1999, p. 13.

③ Barbara Guest, *Rocks on a Platter*, Middleton：Wesleyan University Press, 1999, p. 21.

格斯特也认为诗歌并不是人的派生，它也可以是自身的主体。她在文中引用了塞缪尔·约翰逊的一句话："给予抽象的想法以形式，用活动使它们栩栩如生，是诗歌永远的权利。"①

1996 年，《美国诗歌评论》采访格斯特，她描述自己的创作过程与抽象表现主义画家很像，相信"让主体找寻它自己"。在她写作的艺术评论中，可看出她对绘画的理解也从自身的创作过程中衍生出来。打破传统的主体与客体、现实与想象之间对立的观念，是格斯特显著征之一。她所言的"逼迫自然去复制艺术"跟王尔德"生活摹仿艺术"有异曲同工之妙。她的诗歌从行动的中央开启，但它们的洞察角度是间接的。在这里，诗歌，就像世界一样，是现象上的存在（exists phenomenally）；它在形成的过程中被感知。②

因此，可以看出纽约派诗人对自己的诗歌都有自觉的诗学意识。这也是他们作为先锋派的特点之一，用崭新的观念使诗歌获得解放。但他们又都秉持诗歌的自主性这一观点，认为诗人并不是诗歌的主体，诗歌自身才是主体。前文曾提及的阿什贝利与科克 1965 年对谈，他们关于品位与诗歌自主性的谈话也表明阿什贝利对于诗歌自主性、诗歌为自身主体这一观念的认同。科克问道："如果你想将它（品位）放入诗里，你怎么改变那种表述呢？我觉得将自我的主张放入诗里显得太浮躁了，或者说太明显。"阿什贝利回答："我不会把自己的主张放入诗里。我觉得诗歌应该反映已有的主张。……诗歌没有主体问题，因为它自身就是主体。我们是诗歌的主体问题，而不是相反。"③

20 世纪 30 年代，美国现代诗歌史上曾有短暂的"第二波"（Sec-

---

① Barbara Guest, *Rocks on a Platter*, Middleton：Wesleyan University Press, 1999, p. 13.

② See Barbara Guest, *The Collected Poems of Barbara Guest*, ed., Hadley Haden Guest, Middleton：Wesleyan University Press, 2008, pp. xvii – xviii.

③ Jenni Quilter, *New York School Painters & Poets*：*Neon in Daylight*, New York：Rizzoli Publications, 2014, p. 190.

ond Wave）运动，即"客体派运动"（Objectivists Movement）。第二
波是相对于第一代现代主义诗人庞德、威廉·卡洛斯·威廉斯等而
言的，客体派运动也被称为"第二次现代主义诗歌运动"。前者有意
象主义，后者有客体主义。客体派诗人包括路易斯·祖科夫斯基
（Louis Zukofsky）、查尔斯·莱兹尼考夫（Charles Reznikoff）、乔治
·奥本（George Oppen）、梅尔维尔·托尔森（Melvin Tolson）等，
他们笃信客体主义诗歌观。1931 年，祖科夫斯基在论文《真诚与客
体化》（"Sincerity and Objectification"）中阐明客体派诗人的诗学观
点：他们将诗歌看作一个客体，不带感情地去描述某件事物或某种
情形。以祖科夫斯基的诗歌《阿米莉娅》（"Amelia"）为例：

> Amelia was just fourteen and out of the orphan asylum; at her
> first job—
> 　　in the bindery, and yes sir, yes ma'am, oh, so anxious to
> please.
> 　She stood at the table, her blonde hair hanging about her shoul-
> ders,
> 　　"knocking up" for Mary and Sadie, the stitchers
> （"knocking up" is counting books and stacking them in piles to
> be taken away）.
> 　There were twenty wire-stitching machines on the floor, worked
> by a
> 　　shaft that ran under the table;
> 　as each stitcher put her work through the machine,
> 　she threw it on the table. The books were piling up fast
> 　and some slid to the floor
> 　（the forelady had said, Keep the work off the floor!）;
> 　and Amelia stooped to pick up the books—
> 　three or four had fallen under the table

between the boards nailed against the legs.

She felt her hair caught gently；

put her hand up and felt the shaft going round and round

and her hair caught on it，wound and winding around it，

until the scalp was jerked from her head，

and the blood was coming down all over her face and waist. ①

译诗如下：

阿米莉亚只有十四岁，从孤儿院离开；开始她的第一份工作——

　　在装订车间，是的先生，是的女士，哦，如此急切取悦他人。

　　她站在桌旁，金色的头发披在肩上，

　　　　为玛丽和赛迪"敲打"，订书机

（"敲打"是指数书并将它们堆放成堆，以便拿走）。

地板上有二十台缝线机，

　　由桌下运行的竖杆带动工作；

每个订书机的工作都要经过缝线机

她将它置于桌上。书很快堆起来

有些滑到了地板上

（女工头说过，不要在地上工作！）；

阿米莉娅弯腰取书——

有三四本滑下桌

落在钉在桌腿的木板之间

她感觉头发被轻轻拉住；

---

　　① Charles Reznikoff, *The Poems of Charles Reznikoff，1918 - 1975*, ed. , Seamus Cooney, Boston：Black Sparrow Press, 2005, p. 207.

　　举起手，但是感觉竖杆转了一圈又一圈

　　她的头发卡进去了，在竖杆上缠绕，

　　直到头皮从头部猛拉，

　　血液从脸上和腰间流下来。

　　"客体性"在诗歌中表现为诗人尽量不带感情地、客观地描述一件事情，诗人居于旁观者的位置，不干扰诗中的故事情节。客体诗中的故事叙述，如同一位雕塑家在不动声色地雕刻一件作品，这里所谓的"客观"，仅是作者主体与故事客体保持距离而已。纽约派诗人的主客体观念与30年代的"客体主义"有所不同，他们进一步远离一种叙述性的事件。他们采取与作为客体的诗歌相反的路径——"让诗歌本身成为主体"，即是在诗歌中取消线性叙事。事件、观念、思维等各种元素，它们仿佛一道浮于海面，它们之间是一种均值的存在，而诗歌的产生就是从水中提取一些"均值存在"的元素到诗歌中。因此，意识与事件、观念与视觉印象、思维与物质等在传统叙事结构中不位于同一层面的东西，在纽约派诗人这里可以借由并置、拼贴等方式站在一起，并成为一首诗。帕洛夫也谈到，在彼时美国社会氛围之下，"这种对非时间性与普遍性的诉求是50年代中期的特点"[1]。

　　纽约派诗人在20世纪后期也继续坚持这一诗学理念与创作方式。格斯特与英国画家安妮·邓恩（Anne Dunn）90年代合作过《拆除的童话》。这本书限量发行1250本，诗歌与绘画对照排版。一部分画作印在半透明的蜡纸上，一部分与诗行同印在普通纸页上。画作中有许多动物形象，如兔子、山羊、鱼、鹅等。

　　以其中的《实用技巧》（"useful techniques"）为例：

　　译文如下：

---

　　[1]　Marjorie Perloff, *Poetry On and Off the Page: Essays for Emergent Occasions*, Evanston: Northwestern University Press, 1998, p. 87

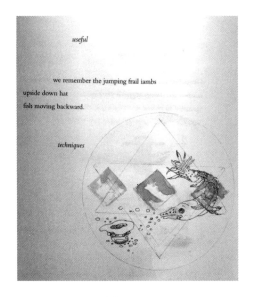

图 3 – 18

实用

我们记得跳跃着的脆弱的抑扬格
底朝上的帽子
鱼往回游

技巧①

从图中原文可看出，该诗的核心在"iambs"——"抑扬格"。英诗中，轻音节与重音节按一定规律出现组合而成的最小韵律单位

<hr />

① Barbara Guest and Anne Dunn，*Stripped Tales*，Berkeley：Kelsey Street Press，1995，p. 28.

被称作"音步"，若音步中前一音节为轻音节而后一音节为重音节，则被称为"抑扬格"。一轻一重，对应着"底朝上的帽子"中较轻的帽檐与较重的帽底，同时对应着"往回游"的鱼尾与鱼身，文字符号所指与一旁的图像形成图文互映。同时，"useful"与"techniques"分别置于诗歌文字排列的上下两端，也从二维平面上对应着抑扬格的轻重之别，因此，诗歌自身便在图文的相互映照中生长出对于自身的解释。

芭芭拉与视觉艺术家合作的事例还很多。1988年，芭芭拉与朱恩·菲尔特（June Felter）合作《音乐性》（*Musicality*）。2000年，与画家劳丽·瑞德（Laurie Reid）合作《共生》（*Symbiosis*）。在她的文章《带着伤口的欢乐》（"Wounded Joy"）中，格斯特写道："诗歌最重要的行动是延伸到纸页之外，如此我们能意识到艺术的另一面……我们决定做的事情，是取消对艺术作品的限制，如此它看上去'没有开头也没有结尾，并超越了纸页上的诗歌的界限'。"①

纽约派诗人与画家的诗—画合作，以及诗人在文本诗歌创作中对诗歌主体、语境实践等观念的坚持，开辟了新的活动诗歌传统以及诗歌文本创作传统，对后期诗人与画家产生了深刻的影响。这种新的传统与影响一直延续至今。

到了20世纪后期，越来越多的书籍出版与展览同时进行，抑或展览先于出版。文学的"活动性"以其对空间体量的占领，首先从社会事实上确认了文学的生成。例如，写于1999年的《纪念我的感受：弗兰克·奥哈拉与美国艺术》（*In Memory of My Feelings*：*Frank O'Hara and American Art*），这本研究奥哈拉诗歌艺术与绘画交汇的书籍，洛杉矶现代艺术博物馆（MOCA）的同名展览属于一个系列。它延续了"重建艺术物品：1965—1975"（Reconsidering the Object of Art：1965 – 1975）和"行动之外：在表演和物品之间，1949—1979"（Out of Ac-

---

① Barbara Guest, *Forces of Imagination*：*Writing on Writing*, Berkeley：Kelsey Street Press, 2002, p. 100.

tions：Between Performance and the Object，1949 – 1979）的精神。在这里，抽象表现主义艺术大师与波普艺术的开创者并肩站立。

尽管这是一本意在揭示美国抽象主义绘画的书，却以奥哈拉这位诗人作为中心。弗格森写道："这并非是一本研究奥哈拉诗歌的书，也不是传记研究。它的目的是，通过奥哈拉这位有魅力的人物，从另一角度窥见美国艺术史上最被神话化（mythologized）的一段历史。除了近期的学者研究，过于简化的叙述仍然广为人知：一代英雄般的抽象表现主义开拓者，接踵而至的是稍逊的'第二代'，随后是波谱艺术的爆发。"①

事实上，20 世纪后半期的美国诗歌，愈加依赖诗歌的活动性出场而为人所知。迪亚艺术基金（Dia Art Foundation）也是一个诗人艺术项目，它首先是诗人朗读、表演及合作的具体实践，之后再结集出版成书。诗歌的活动性取缔了文本的统领地位，打破了对线性时间的倚重。2017 年出版的《当代诗歌朗读合辑：2010—2016》，覆盖了 2010—2016 年美国当代诗人在艺术基金会的朗读，基本囊括了当今活跃在美国诗坛的大部分诗人。②

因此，莱辛在《拉奥孔》中关于"诗歌是时间的艺术，绘画是空间的艺术"的论断，在纽约派诗人以及其他美国后现代诗人这里并不成立。在纽约派诗人与其他艺术门类广泛的合作中，以及在受合作影响之后的文本诗歌创作以及诗学观念中，时间与空间的罅隙已然弥合。艺术成为一种朝向现实的事件，而这一事件同时存在于时间与空间的坐标里。当诗歌跳出文本以及文本技术对诗艺的局限，成为一种活动的诗歌便在时间与空间构成的天地间拥有了广阔的可能性，而艺术与现实之间，也不再有那么多虚构与真实的分歧。

---

① Russell Ferguson, *In Memory of My Feelings：Frank O'hara and American Art*, Berkeley：University of California Press，1999，p. 15.

② See Vincent Katz, ed., *Readings in Contemporary Poetry：An Anthology*, New York：Dia Art Foundation，2017.

第二节　诗歌—电影、诗歌—音乐: 语境实践与现实重建

一　多重语境实践中的活动诗歌

纽约派诗人的语境实践不仅存在于诗画之间,20 世纪中期,诗人与电影制作人、音乐家、戏剧家也进行过诸多合作,其跨界实验构成当代跨媒介艺术实践的早期典范。雷曼说:"20 世纪五六十年代是纽约派诗人的盛宴年代。"① 这场盛宴不光是诗人自己的聚会,他们与其他门类的艺术家一道,从各自的领域中发掘与贡献"素材",在彼此的合作交流与思想碰撞中创造出新的艺术。而多重语境实践下的诗歌,是诗歌活动形态的蔓延,呈现出不同于以印刷出版形式面世的文本诗歌的特点。除了诗歌本身,纽约派诗人也以诗人身份参与表演,其身份实际上也成为新的艺术形式中的一种"质料"。

(一) 诗歌与电影

鲁迪·伯克哈特(Rudy Burckhardt) 是一位以拍摄纽约街头与摩天大楼而闻名的摄影家,同时也是一名画家与地下电影制作人。纽约派画家以及舞蹈家如卡茨、拉里·里弗斯、简·弗莱里奇、埃德温·邓比等,曾与他合作过电影。至于纽约派诗人,伯克哈特曾与奥哈拉、阿什贝利、科克等合作过多部实验短片。

1950 年,伯克哈特与纽约派诗人和画家进行第一次合作——拍摄电影《紧张局势》(*Mounting Tension*)。拉里·里弗斯在该片饰演一名疯狂的画家,简·弗莱里奇扮演看手相的人和精神病医师,试图治疗他,阿什贝利则饰演最后成了一名抽象派画家的棒

---

① David Lehman, *The Last Avant-Garde*: *The Making of New York School of Poets*, New York: Anchor, 1999, p. 2.

球运动员。

图 3 – 19   电影《紧张局势》剧照

图 3 – 20   电影《紧张局势》剧照

在这部影片中，阿什贝利更多是以诗人身份在电影中担任角色。诗人对电影的影响力在群体交流与协作中体现，这一群体包括了画家、电影制片人、音乐家等。

1954 年，伯克哈特又与科克、奥哈拉等人合作电影《汽车故事》（Automotive Stories）。《汽车故事》的脚本由科克写成，简·弗莱里奇在电影中担任片头与片尾独白，奥哈拉担任钢琴演奏者，他根据科克写作的脚本选取演奏了德彪西、普朗克与斯克里亚宾的曲子。①

影片片头对人员组成的字幕介绍出现完毕后，弗莱里奇便开始独白：

> ……
> 我想问你一些问题／也许还会告诉你关于汽车的一二
> 在某个秋天、冬天，在之前
> 汽车，在高速路上呼啸／冒险，
> 在大城市，它们像朋友
> 互相打招呼
> 南方，中心，我们都看到了
> 然而，在这些停留的中间／有一个女孩问
> 如何，为什么，这些信使是谁，从哪里来
> 时间，马，／我们看，我们看看……

随后，钢琴演奏的音乐响起，镜头也转向路边的一张巨幅广告画，画上是一双眼睛，写着"The Eyes on the Floor"（地面上的眼睛）字样。然后，镜头转向纽约街头的公路和汽车。镜头方向垂直于马路，位置较高，展示了车水马龙的街头景象。

之后的镜头语言与伯克哈特的摄影作品一样，常锁定局部而非全景。他有许多摄影作品是拍摄纽约街头的脚步，电影的处理也是如此，例如，屏幕右上角少许的画面给了站在路中央惶恐的等待过马路的人，左下方的大幅画面给了行驶的车辆。一连等了好几辆车驶过，那位行人才敢穿过马路。在几位行人与道路上的车辆对峙之后，镜头拉近给车灯，车灯闪烁，很像一只只人眼。持续近距离的镜头之后，镜头开始从汽车局部拉远，又聚焦于街道

---

① See "Automotive Stories, 1954", PennSound, retrieved June 3rd 2018, http://writing.upenn.edu/pennsound/x/Burckhardt-Rudy.php.

上来往的车辆。

　　特伦斯·迪格里写道："鲁道夫（鲁迪）·伯克哈特的电影常为纽约派诗歌提供媒介，并且总是诗意地对待电影媒介。"① 诗歌在他的电影中，除了担当独白的内容，也在风格与手法上引领了整部电影的基调。伯克哈特对镜头的处理，并不采取叙述故事的方式。在一部关于伯克哈特的纪录片《鲁迪·伯克哈特：树林中的男人与纽约的气候》中，国际摄影中心馆长布莱恩·沃利斯（Brian Wallis）谈道："伯克哈特的摄影最让我印象深刻的是，它们从来不像任何运动的一部分，他拍摄的街道、汽车并没有那种纪录片的特质。"②

　　他的电影也没有纪录片的特质。这实际上跟纽约派诗歌非常契合，日常的、局部的事物常常成为诗歌的主角，而非完整的叙事与镜像。他曾在访谈中谈道："我的电影更像是绘画或诗歌，它们不像大的电影。"③ 所谓"大的电影"，就是有大量观众群的、以完整故事叙述为单位的电影。对于局部与对于视角更广的场面，他都施以同等的关注，以镜头停留的时间为标志。在这一点上，伯克哈特亦与纽约派诗人在时间处理方面的特点相一致。特伦斯·迪格里评价道："像纽约派诗人的日记诗歌一般，伯克哈特对每个流逝的时刻予以同等的价值。"④ 而同等价值的落实是通过对镜头的停留时间的处理而达到的，他并不以削减某些时间、拉长另一些时间从而达到主次之分或高潮与衬托之分。

　　电影中，有一帧画面持续了几秒，画面右半部分是静止的汽车与其不断闪烁的车灯，左半部分是大路上移动的车辆。随后，镜头

---

① Terrence Diggory, *Encyclopedia of the New York School Poets*, New York：Facts On File Inc., 2009, p. 79.

② See Checkerboard Film Foundation, "Rudy Burckhardt：Man in the Woods and The Climate of New York", Kanopy, retrieved June 10th 2018.

③ Terrence Diggory, *Encyclopedia of the New York School Poets*, New York：Facts On File Inc., 2009, p. 79.

④ Terrence Diggory, *Encyclopedia of the New York School Poets*, New York：Facts On File Inc., 2009, p. 80.

从车辆身上抬升，开始聚焦于人行道上的行人。在对洋溢着笑容的人的脸部特写之后，镜头转给一些货物运输车辆。近距离镜头也给了货车的车灯，就像一双好奇的眼睛在打量另一双眼睛。这种拉近的汽车局部——车灯的特写镜头，在 70 年后的今天来看，依然呈现出一种陌生化的效果。

整个黑白短片的持续进行中，都有钢琴声伴随画面。演奏者是奥哈拉，他弹奏了德彪西等作曲家的曲子。随后，音乐停止，画面里出现一匹马，马拉车"哒、哒、哒"地在城市道路上行过，牵马人手握绳索坐在车厢内的前部。随着马车在街上行进的背影淡出，弗莱里奇的声音又出现了，她在哭泣，一位男侍者从她背后的窗帘递了纸巾给她。擦干眼泪后，弗莱里奇说："让我们再次回到故事。"合着钢琴演奏背景的街道画面再次出现。汽车从华尔街驶过，从有可口可乐公司标志的路口驶过。在一段静谧的无一辆汽车的街道上，一群鸽子在地上啄食。随后镜头又转向壮观的停车场。之后，是夜间公路上的画面，只有车灯是亮的，如同一双双眼睛。然后，繁忙的路口，画面使用快镜头处理，汽车如穿梭的鱼群。随后镜头倒置，街道上的汽车仿佛是一种陌生之物，倒置的镜头似乎在考问：为什么汽车充斥了大街小巷？之后，采取了双画面叠合的技术，一重画面是等候过马路的人，一重画面是熙熙攘攘的汽车，镜头叠合时，有时会产生汽车从人身上碾过的效果。画面的处理以及相应的音乐声汇合在一起，流露出对现代工业文明的观察和考问。[1]

电影呈现出两种视角，一是弗莱里奇担任独白的人类视角，二是汽车本身作为主体的视角。而语言与画面在这一点上达到了完美的融合。电影中"人物被设置为试探性调解员，通过他们的意识可以体验这些相机运动"[2]。

---

[1]　See "Automotive Stories, 1954", PennSound, Retrieved June 3rd 2018. http：//writing. upenn. edu/pennsound/x/Burckhardt-Rudy. php.

[2]　Alexander Graf and Dietrich Scheunemann, *Avant-Garde Film*, Amsterdam and New York：Rodopi, 2002, p. 332.

在片头的独白中，科克的语言处理即采取了两种视角，"我"将讲述关于汽车的故事，而汽车在高速路上呼啸而过时，也会"像朋友一样给彼此打招呼"。因此，在约瑟夫·康奈尔（Joseph Cornell）看来，伯克哈特的电影与斯坦布拉·哈格（Stan Brakhage）、拉里·乔丹（Larry Jordan）等人所拍摄的电影一样，是一种"意识与无意识相遇的边缘区域，是对持续的现在时刻予以证实的电影"。① 而这两种视角，就如同意识与无意识的两条线，在不断的碰撞、交叉、延伸中呈现出汽车工业、现代文明以及这一背景之下人类境况的彼时彼刻。

以上两部是黑白电影，纽约派诗人与伯克哈特在 80 年代合作过另两部彩色短片。《在床上》（*In Bed*，1986）这部影片将科克的同名诗歌视觉化，吉娜·拉普斯（Gena Raps）扮演肖邦。这首诗是由 50 首左右的短诗组成，都围绕着"在床上"这一个主题。以下截取了全诗的一部分：

MORNINGS IN BED

Are energetic mornings.

SNOW IN BED

When we got out of bed

It was snowing.

MEN IN BED

All over Paris

Men are in bed.

---

① P. Adams Sitney, *Visionary Film*: *The American Avant-Garde*, *1943 – 2000*, 3rd Edition, New York: Oxford University Press, 2002, p. 331.

BEAUTIFUL GIRL IN BED
Why I am happy to be here.

LONG RELATIONSHIPS IN BED
The springs are the bedposts
Are ready the minute we come in.

DOLLS IN BED
With little girls.
......

SHEEP IN BED
The sheep got into the bed
By mistake.

BUYING A NEW BED
One of the first things you did
Was buy a new bed.

WINDOW IN BED
I looked at you
And you looked back.

MARRIED IN BED
We'll be married in bed.
The preachers, the witnesses, and all our families
Will also be in bed.

POETRY IN BED
When as in bed

Then，then

OTHER POETRY BED

Shall I compare you to a summer's bed?

You are more beautiful.

ORCHIDS IN BED

She placed orchids in the bed

On that dark blue winter morning.

······

LOVERS IN BED

Are lovers no more

Than lovers on the street.

(See Picasso's "Pair of Young Mountebanks"，FC 533，

Greuze's "Notes"，or hear Mozart's "Fleichtscausenmusik"，

Kochel 427)

······

SHOUTING IN BED

We wake up

To the sound of shouts. ①

　　诗歌本身是具象的拼贴，充斥着日常生活中的一些矛盾与幽默。诗中各个短小的场景各有所指，虽然信息并不完全，但也各自构成某种情境。伯克哈特的绘画与摄影也有此特点，并不力求宏大与完善的情节，但坚持从细节处呈现出实质。刘易斯·沃什（Lewis Warsh）曾如此评价伯克哈特的摄影、绘画和电影："图像的短暂使

① Kenneth Koch, *The Collected Poems of Kenneth Koch*, New York：Alfred A Knopf, 1982, pp. 371－374.

他们如此持久。"①

　　因此，诗歌与电影在这里通过时间的运行与停留、通过对空间的观照而达到融合。菲利普·洛佩特（Phillip Lopate）说"伯克哈特更接近诗人作品的是他的'日记电影'……就像纽约派诗人的日记诗歌一样"②。其电影画面使诗歌语言中的具象以一种非文字符号的方式传达出来。诗歌在此表现出极大的融合性，而通过书写文字呈现只是其中的一方面。

　　"像纽约派诗人一样，伯克哈特从纽约派画家那里学到了过程美学。"③ 纽约派诗人将过程美学演绎成行动诗歌，而伯克哈特也在电影拍摄中融入自己摄影时对局部、细节的关注，使他能够"将他作为摄影师的经验与画家对于过程的关切结合起来，这种关切成为电影的内容，就如同画家的姿势也成为行动绘画的主题一般"④。

　　《表面上》（*Ostensibly*，1989）是伯克哈特的一部拼贴电影，取自阿什贝利的同名诗，电影也以阿什贝利的双重叙事为特色。阿什贝利和伯克哈特都出现在镜头前。

Ostensibly

One might like to rest or read,

Take walks, celebrate the kitchen table,

Pat the dog absent-mindedly, meanwhile

Thinking gloomy thoughts-so many separate

Ways of doing, one is uncertain

---

① Anne Waldman, et al., "Tribute to Rudy Burckhardt", Poetry Project Newsletter 177, December 1999 – January 2000, p. 12.

② Phillip Lopatewith Vincent Katz, *Rudy Burckhardt*, New York：Abrams, 2004, p. 42.

③ Terrence Diggory, *Encyclopedia of the New York School Poets*, New York：Facts On File Inc., 2009, p. 80.

④ Terrence Diggory, *Encyclopedia of the New York School Poets*, New York：Facts On File Inc., 2009, p. 80.

What the future is going to do

About this. Will it reveal itself again,

Or only in the artificial calm

Of one person's resolve to do better

Yet strike a harder bargain,

Next time?

Gardeners cannot make the world

Nor witches undo it, yet

The mad doctor is secure

In his thick-walled laboratory,

Behind evergreen borders black now

Against the snow, precise as stocking seams

Pulled straight again. There is never

Any news from that side.

A rigidity that may well be permanent

Seems to have taken over. The pendulum

Is stilled; the rush

Of season into season ostensibly incomplete.

A perverse order has been laid

There at the joint where the year branches

Into artifice one way, into a votive

Lasitude the other way, but that is stalled:

An old discolored snapshot

That soon fades away.

And so there is no spectator

And no agent to cry Enough,

That the battle chime is stiled.

The defeated memory gracious as flowers

And therefore also permanent in its way-

I mean they endure, are always around.

And even when they are not, their names are,

A fortified dose of the solid,

Livable adventure.

And from growing dim, the coals

Fall alight. There are two ways to be.

You must try getting up from the table

And sitting down relaxed in another country

Wearing red suspenders

Toward one's own space and time. ①

表面上

一个人可能想休息或阅读,

散步,为厨房的桌子庆祝,

心不在焉地拍拍狗,同时

沉浸在阴沉的思绪中——这么多分开的

做事的方式,一个人不确定

未来将做何事

与之相关。它会再次揭示自己,

还是只在表面的平静中

决心做得更好

却更加讨价还价

下一次?

园丁无法创造世界

女巫也无法撤销它,然而

疯狂的医生是安全的

---

① John Ashbery, *Collected Poems*: *1956 - 1987*, ed., Mark Ford, Library of America, 2008, pp. 854 - 855.

在他墙壁厚实的实验室，

现在，常青边界的背后是黑色

对着雪，如长筒袜的缝合一般精确

再次拉直。永远不会有

来自那里的任何消息。

刚性可能是永久的

似乎已经接管了。钟摆

凝滞；匆忙

一个季节到另一个季节的匆忙，表面上并不完整。

执拗的秩序已摆放好

在交合处，年岁的枝丫

从一个方向伸向诡计，

从另一个方向伸向奉献的疲倦，但是停滞不前；

一张旧的变色快照

很快就会消失。

因此没有旁观者

没有代理人能哭够，

战斗的鸣钟被装上格栅。

失败的记忆像花朵一样仁慈

因此也是永久的——

我的意思是他们恒久，永远在身旁。

即使它们没在，他们的名字在，

固体的强化剂量，

值得的冒险。

从逐渐增强的暗淡开始，煤炭

明亮地堕落。有两种方法可以。

你必须试着从桌上站起来

在另一个国家坐下来放松

穿着红色背带

走向自己的空间和时间。

伯克哈特曾说过:"阿什贝利的诗句像梦一样,当你将他们置于电影画面,就能帮助观众用梦幻般的形式看到意象。"① 阿什贝利的诗歌并不容易理解,因为常常是"关于意识的想法"。电影画面呈现一方面还原了意识的轨迹,另一方面也使意识流动图像化。站在诗歌的领地来看,电影则是对诗歌的一种演绎方式,而诗歌也在这一过程中变得生动而形象。特伦斯·迪格里认为"伯克哈特的电影'故事'本质上是偶发艺术"②,其实质是诗歌、电影以及音乐在新的语境下的实验,电影画面与诗歌脚本均从各自的传统媒介中跳脱出来,在新的语境中形成新的融合以及新的艺术张力。

除了伯克哈特,纽约派诗人与其他电影制作人合作过。比如,1964 年,奥哈拉与阿尔弗雷德·莱斯利(Alfred Leslie)合作电影《最后一件干净衬衫》(*The Last Clean Shirt*)。这是一部黑白影片,时长 39 分钟。

影片中有两个角色,一个黑人司机和一个白人女子。司机驾驶一辆敞篷车在纽约街头行驶。全片大部分时间,镜头是固定在汽车后座上拍摄的,白人女子一直在对着司机说话。字幕来自奥哈拉的创作。

特伦斯·迪格里指出该影片是对外国教育电影的戏仿,因影片开头出现的黑色荧幕上有白色标签"EDU"(教育)字样以及伴有詹姆斯·罗威尔(James R. Lowell)的诗《曾经面对每一个人和国家》("Once to Every Man and Nation")的歌唱。③ 这是一首探讨真

---

① Phillip Lopatewith Vincent Katz, *Rudy Burckhardt*, New York: Abrams, 2004, p. 42.

② Terrence Diggory, *Encyclopedia of the New York School Poets*, New York: Facts On File Inc. , 2009, p. 80.

③ Terrence Diggory, *Encyclopedia of the New York School Poets*, New York: Facts On File Inc. , 2009, p. 283.

图 3 - 21   电影《最后一件干净衬衫》中的画面

图 3 - 22   电影《最后一件干净衬衫》中的画面

理、谬误、善良、罪恶的诗。

在汽车的行进过程中，白人女子在言谈中提到了中国、印度以及非洲，并暗含对冷战时期美国外交政策的批评态度。但同时她又一直在讲话，而黑人司机大多数时间都保持沉默，既形成讽刺的对比，又是白人女子所思所行不一致的体现。"每个人很快乐、安全、无聊",她道出了对社会的不满。她也道出"我对我的世纪感到羞耻/充斥着娱乐"这样的话语,具备反思意识,却又缺乏行动力。这部电影实际上批判了新兴消费社会及其商品化的空洞与无聊。①

（二）诗歌与音乐

纽约派诗人与音乐有很深的渊源,诗人们与音乐家的合作也颇多。奥哈拉自小学习音乐,大学时主修音乐专业。1951年,阿什贝利所作戏剧《每个人》在哈佛大学诗人剧院上演,剧中的钢琴曲即由奥哈拉创作。

1952年新年第一天,阿什贝利与奥哈拉去听约翰·凯奇"改变之乐"（Music of Change）音乐会,凯奇的偶发性音乐给他留下深刻印象,如启示般击中了他:"我突然看到了写作的新的可能。"② 因为这次经历,阿什贝利重拾一度中断的诗歌创作,并开始探索陈述和短语之间巨大、随意的跳跃。而阿什贝利也谈到,罗伯特·劳森伯格（Robert Rauschenberg）、贾斯培·琼斯（Jasper Johns）等人的作品正好与他对凯奇的发现相吻合。③

凯奇的偶发性音乐实际上也是一种语境实践,将传统的非音乐元素添加进音乐中并赋予其独立的主体地位,在偶发与即兴中呈现出意想不到的过程。在"演奏"著名的《4分33秒》时,他端坐在舞台上的钢琴前,这4分33秒中他并未弹奏任何乐曲,但是包括观众反应在内的舞台上下的一切发声与沉默构成了这一"乐曲演奏"的全部。

20世纪中期,身居纽约的年轻诗人、画家、音乐家、电影制作人等,他们从彼此的艺术实践或理念中获取灵感,极具创新意识,

---

① See *The Last Clean Shirt*, Vimeo, retrieved June 1st 2018. https://vimeo.com/46631731.

② John Shoptaw, *On the Outside Looking Out: John Ashbery's Poetry*, Cambridge, Mass.: Harvard University Press, 1994, p. 21.

③ John Ashbery and Mark Ford, *John Ashbery in conversation with Mark Ford*, London: Between the Lines, 2003, p. 35.

在不同的媒介上以相似的方法去对待材料。他们也跨越不同媒介进行合作，使诗与音乐、诗与舞蹈、诗与电影、诗与戏剧彼此融合。

纽约派诗人中与音乐家合作最多的是阿什贝利，共有 33 件作品。诗人与作曲家既有严肃的诗歌—音乐合作，也有充满戏谑意味的作品。诗歌与音乐本来有过"诗乐一体"的历史。同时，西方深厚的音乐传统又为诗歌与音乐的合作提供了坚实基础。合作有许多方式，诗歌在先，作曲在后，或是诗歌创作与作曲同时进行。

例如，诗歌—音乐作品《不再非常清晰》（*No Longer Very Clear*），是基于阿什贝利诗集《你能听到吗，鸟儿》（*Can You Hear, Bird*）中的同名诗歌。纽约公共电台（WNYC-FM）委派 12 位作曲家创作音乐配曲（Music Setting），包括莫顿·古尔德（Morton Gould）、约翰·科里利亚诺（John Corigliano）、米尔顿·巴比特（Milton Babbitt）、菲利普·格拉斯（Philip Glass）、琼·托尔（Joan Tower）、劳瑞·安德森（Laurie Anderson）等。诗歌—音乐作品《不再非常清晰》的文字版本如下：

It's true that I can no longer remember very well

The time when we first began to know each other

However, I do remember very well

The first time we met. You walked in sunlight,

Holding a daisy. You said, "Children make unreliable witnesses."

In this house of blues . . .

Now, so long after that time,

I keep the spirit of it throbbing still.

The ideas are still the same, and they expand

to fill vast, antique cubes.

My daughter was reading one just the other day.

She said，"How like pellucid statues，Daddy. Or like a. . .
an engine. "

In this house of blues the cold creeps stealthily upon us.
I do not dare to do what I fantasize doing.
With time the blue congeals into room like purple
that takes the shape of alcoves，landings. . .
Everything is like something else.
I should have waited before I learned this. ①

译文如下：

确实我已记不清
我们初相识的时候
不过我记得很清楚
我们第一次见面。你走在阳光下，
手捧雏菊。你说："孩子们是不可靠的证人。"

在这座蓝调音乐之家……

现在，在那之后很久，
我依然保存它静静的悸动。
想法还一如当初，而且还在扩展
填充巨大的古董立方体。
前几天我女儿正在读一个
她说："多么像透明的雕像，爸爸。或者像一个……

---

① John Ashbery，*Collected Poems：1991 – 2000*，ed. ，Mark Ford，New York：Library of America，2008，p. 471.

一个引擎。"

在这个充满蓝调音乐的房子，寒冷悄悄地爬到我们身上。
我不敢做任何我幻想做的事情。
随着时间推移蓝色凝结成房间一般的紫色
呈现凹室的、着陆处的形状……
一切都像是别的东西。
在学会这个之前我应该等待。

若只阅读文字，诗歌呈现出一种以"不再非常清晰"这一概念为核心的回环结构。对于"不再非常清晰"这一抽象、模糊的印象，诗人借人与人相识的场景进行演绎，但也在最初埋下伏笔——"孩子是不可靠的证人"。因此，到后来，女孩形容"多么像透明的雕像"或者"像一个……一个引擎"时，读者会发现孩子的这一证词并不可靠。因此，"不再非常清晰"的事物确乎不再清晰了。然而，尽管无法使之还原或变得清晰，但是这已经不重要了，重要的是"随着时间推移"它会转换成别的东西，而在此之前只需等待便可。因此，诗人是以具体的案例去解释某种概念、过去以及时间。而该诗歌—音乐的舞台表演中，女高音歌唱家的美声唱法与现代诗歌的结合，营造出一种古典与现代相融合的奇妙美感，犹如使用了拼贴技法的诗歌—音乐合奏。

作曲家琼·托尔（Joan Tower）还曾根据阿什贝利这首诗谱写过包含四个乐章的组曲：《手捧雏菊》（*Holding a daisy*）由钢琴家莎拉·罗森伯格（Sarah Rothenberg）于 1996 年首次公演，乔治亚·欧姬芙（Georgia O'Keefe）的雏菊花卉画作为舞台背景；《或者像一个……一个引擎》（*Or Like a... an Engine*）由厄苏拉·奥本斯（Ursula Oppens）于 1994 年在纽约首演；《巨大的古董立方体》（*Vast Antique Cubes*）和《静静的悸动》（*Throbbing Still*）由约翰·布朗宁（John Browning）于 2000 年首演。以上四首曲子风格各异，既可以单独演奏，也可以在组曲中演奏，总时长为 17 分钟。音乐、诗歌乃至绘画交相融合，创造出多重维度的审美体验。

1979 年，阿什贝利与古典作曲家艾略特·卡特（Elliott Carter）合作《紫丁香》（"Syringa"），由联合音乐出版社（Associated Music Publishers）出版发行。2003 年发行 CD/DVD 版本唱片。以诗歌《船屋上的日子》（"Houseboat Days"）为蓝本创作的音乐，适于女中音、低音、吉他、中音长笛、英国号、低音单簧管、低音长号、打击乐器、钢琴、小提琴、中提琴、大提琴和低音提琴。进入 21 世纪，阿什贝利与音乐家继续合作，除结辑以 DVD 或 CD 的格式出品其诗歌—音乐作品，另一些也在剧院舞台演出。

其他纽约派诗人与音乐家的合作也很多。斯凯勒与作曲家保罗·鲍尔斯（Paul Bowles）分别于 1953 年、1976 年合作过《野餐大合唱》（*A Picnic Cantata*）与《威特利法院的防火地板》（*The Fireproof Floors of Witley Court*）。

《野餐大合唱》是鲍尔斯所作乐曲与斯凯勒所写文本的合作，诗歌文本所描绘的情节非常简单，表演包括两台钢琴、打击乐器和四重女声配唱。鲍尔斯的音乐与斯凯勒的文本，共同演绎了一场欢乐然而肤浅、毫无意义的野餐之旅。是一部攻击与讽刺美国野餐传统的作品。文本后半部分节选如下:

> 敲门，敲门，
> 谁在那里?
> 打开门。
> 为谁开门?
> 打开门看看。
> 亲爱的，早上好，
> 你早上好，
> 我们认为这很好
> 如果你和她

跟我一起来
我们星期天开车去。

我们可以做些午餐
去野餐
在外面阳光下。

春季野餐
多么可爱的主意
应该是理想的一天。
我们带些什么?
各种东西
只要尝起来很美味。

我想在野餐篮里找到
一卷柠檬干酪皮,
牛排和薯条,
还有丁骨鱼,
上流女人用白葡萄酒酱制作的热薄饼
和一磅儿童奶油巧克力。
四个可清洗的盘子
四个叉子

还有很多餐巾纸。
餐巾纸可是野餐必不可少的。

我们不能去野餐
如果没有番茄酱和一辆车。
你有车吗?

你在我的车里。

我们都是。

给我一幅地图
我要画一条路线。
我喜欢规划路线
在地图上。
我们在哪条路上？①

诗中充满琐碎的日常与喋喋不休，弥漫着一种轻快的、滑稽的气氛，同时也充满戏谑、讽刺与荒诞。最后一句"我们在哪条路

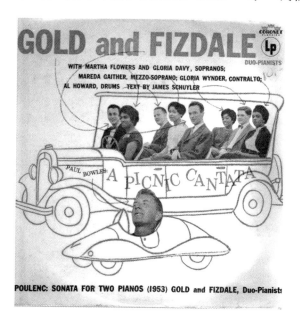

图 3 - 23　哥伦比亚唱片公司《野餐大合唱》专辑封面

————————

① James Schuyler, *Collected Poems*, New York：Farrar, Straus and Giroux, 1995, pp. 49 - 51.

上",戛然而止却又引发思考。在这里,"路"化为一种隐喻。在诗歌—音乐合作中,这一隐喻就不仅仅依托于文字,同时也依赖于乐曲变幻所激起的感情。

哥伦比亚唱片公司为《野餐大合唱》专辑制作的封面,描绘出音乐家与诗人一起乘车去野餐的情景。鲍尔斯坐在一辆敞篷车上,其他音乐家、歌手以及诗人乘坐在另一辆车上,斯凯勒坐在最后一排。

除了鲍尔斯,斯凯勒还与作曲家杰拉德·巴斯比(Gerald Busby)合作过《谁困扰了我的羊齿植物?》(*Who Ails My Fern?*),与作曲家尼德·罗雷姆(Ned Rorem)合作过《斯凯勒之歌》(*The Schuyler Songs*),由女高音和管弦乐队演绎。1988 年 4 月 23 日,《斯凯勒之歌》在北达科他州康考迪亚学院的纪念礼堂首次演出。

事实上,不同艺术门类之间的语境实践不仅存在于同时代人之间,也存在跨越时空的合作。跨界既意味着跨越"媒介"之界,也意味着跨越观念中的"界"。纽约派诗人与其他各种门类艺术家的合作,不仅使诗歌表现出极大的可能性,也打破了人们对于诗歌、文学的许多固有观念。

第三节　互相确证的群体:先锋及其矛盾性

在阿什贝利与画家乔·布雷纳德(Joe Brainard)合作的《佛蒙特笔记本》一书中,有这样一幅作品:书页左侧是围成圆圈的人形,右侧的文字是整版的人名。这些人全部是 20 世纪中期美国新一代诗人。书页见图 3 - 24。①

在这本 1975 年出版的书中,阿什贝利与布雷纳德都未作过多解释,但右侧的文字罗列与左侧的图像已经昭示一切。图像中的人形

---

① John Ashbery and Joe Brainard, *The Vermont Notebook*, Los Angeles:Black Sparrow Press, 1975, p. 23.

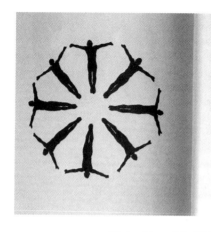

Anne Waldman, Tom Veitch, Hilton Obenzinger, Jack Marshall, Kathleen Fraser, Sandra MacPherson, Anne Sexton, Maxine Kumin, Robert Lowell, Elizabeth Bishop, A. R. Ammons, Ed Sanders, Kenward Elmslie, Nancy Ellison, Sandra Hochman, Arthur Gregor, Kenneth Koch, James Schuyler, Maureen Owen, Carter Ratcliff, Gerrit Henry, John Ashbery, Jim Dine, Alan Senauke, Louis Zukofsky, Jackson MacLow, Emmett Williams, Dick Higgins, David Antin, Jerome Rothenberg, Joanne Kyger, Robert Creeley, Bill Berkson, Ebbe Borregaard, Tom Clark, Lewis MacAdams, Barbara Guest, Robert Bly, Donald Hall, Donald Justice, David Wagoner, Richard Howard, Joe Brainard, Helen Adam, Charlie Vermont, Paul Violi, Daniela Joseffi, Allen Planz, James Tate, Elinor Wylie, Ron Padgett, Charles Bukowski, Mark Strand, Daisy Aldan, David Shapiro, Albert Herzing, Edward Field, Scott Cohen, Tom Weatherly, Diane di Prima, David Meltzer, Allen Ginsberg, Gregory Corso, Peter Orlovsky, LeRoi Jones, David Henderson, Bernadette Mayer, Vito Acconci, John Perreault, George Montgomery, Jennifer Bartlett, Rochelle Ratner, Rochelle Owens, Diane Wakoski, Marya Zaturenska, Muriel Rukeyser, Douglas Crase, David Kermani, George Oppen, David Ignatow, Fanny Howe, Marge Piercy, Erica Jong, Adrienne Rich, John Hollander, James Wright, Jean Valentine, Margaret Atwood, Margaret Randall, W. S. Merwin, Lawrence Ferlinghetti, Eugene MacCarthy, Louis Untermeyer, Theodore Holmes, Joel Oppenheimer, Gilbert Sorrentino, Aram Saroyan, Scott Burton, Leonard Cohen, Bob Dylan, Rod McKuen, Bruce Gilmour, Carolyn Kizer, Russell Edson, Hugh Seidman, Charles Simic, Bill Zavatsky.

图 3 - 24　　《佛蒙特笔记本》书页

展开双臂，身体略微昂头站立。他们围成一个圆形，既像一朵花，又与太阳十分相像，中空的部分好似光芒的汇聚点。这是 20 世纪 50 和 60 年代诗人群体的真实写照，他们走出各自封闭的书斋，既将诗歌写在纸页上，也使之在大街、剧院、咖啡馆、美术馆留痕。同时，诗人们常常一起合作或与其他门类的艺术家合作，以往创作主体的单一作者转为"多作者"，而以往聚焦于文本的写作也转变为一种"语境实践"，诗歌的外延被无限地拓宽。事实上，如果在右侧的人名列表中增添来自绘画、音乐、电影、戏剧等各个门类的艺术家，这一主题依然成立。在政治环境严苛的 50 年代，艺术家们走到一起寻求综合的艺术表达与实践，既是环境的激发，也是他们应对社会政治环境的策略。个体的抱团取暖，便汇聚成力量巨大的群体，又因思想与创作观念的相似性而形成艺术家共同体。他们的艺术实践过程，既是对传统的反叛与对创新意识的拥抱，同时也被寄予乌托邦理想。

一　纽约派诗人艺术评论写作与"画商—评论家"体制

将艺术家群体的诗歌—艺术合作进行历史性还原，实际上可寻得他们细枝末节的相互依存关系，从中可窥见 20 世纪中期刚成为世界艺术中心的纽约的艺术运行机制。以约翰·迈尔斯的蒂博·德·纳吉画廊为例，该画廊出版了多部纽约派诗人的诗集，为其进入诗坛提供了平台。大部分纽约派诗人的第一部诗集都是由该画廊出版，随后又有许多诗人与艺术家合作的"诗—画"作品在此展览。1952年，蒂博·德·纳吉画廊在纽约 53 街东 219 号创立仅一年之后，迈尔斯为奥哈拉出版了《城市的冬天与其他诗歌》，并相继出版了《橘子诗》与《爱之诗》。约半个世纪之后的 2006 年，这三部诗集再版，组成了奥哈拉的《蒂博·德·纳吉版本诗集》。①

而迈尔斯初创"纽约派诗人"这一名号时，也抱有为画廊做宣传销售的目的。在 20 世纪中期，画家一方面依赖画廊对其画作的营销，另一方面也非常依赖艺术评论写作。纽约派诗人既是诗人，也都是艺术评论家。在现代主义艺术从写实到抽象的渐变过渡中，绘画对阐释的依赖程度日益增强。在五六十年代的"画商—评论家"体制之下，评论家所能发挥的作用对新生画家而言非常重要。

纽约派诗人中的每一位诗人都是出色的艺术评论写作者。他们为艺术杂志供稿，发表了大量的艺术评论文章，在艺术为画商或大众所接受的过程中担当桥梁作用。《艺术新闻》（*Art News*）是当时美国艺术界唯一的核心杂志。纽约派五位诗人都曾为其撰写艺术评论或担任编辑、副主编、主编等职位。

奥哈拉在现代艺术博物馆任职，从 1954 年开始为《艺术新闻》供稿。《艺术编年史：1954—1966》（*Art Chronicles：1954 – 1966*）是奥哈拉艺术评论写作的合集。奥哈拉在写关于波洛克的文章中，前言引用了一段俄国诗人帕斯特纳克（Boris Pasternak）在《我记得》一文中的话："斯科里亚宾（Alexander Scariabin）不仅是一位作曲家，也是一个永久庆祝的契机，一个人格化的节日和俄国文化的胜利。"② 他

① See Frank O'hara, *Poems from the Tibor De Nagy Editions 1952 – 1966*, New York：Tibor De Nagy Editions, 2006.

② Frank O'Hara, *Art Chronicles：1954 – 1966*, revised ed. , New York：George Braziller, 1991, p. 12.

认为波洛克对于美国文化而言，也是如此。超现实主义是对纽约派诗人产生过重大影响的思想流派，奥哈拉对其也有评价：

> 超现实主义的基本理论远远不是任何数量的实验，它的更伟大之处从在于从预先形式的限制中解放出来，它最终摧毁了后文艺复兴时期由理性和半大众科学诡辩支撑的视觉结构视野。……立体主义只是在从前的基础上有所减弱。立体主义是创新，超现实主义是演变。①

他对立体主义与超现实主义之间分别的论断颇有洞见。作为超现实主义诗人的阿波利奈尔，他是对奥哈拉产生深刻影响的人，这种影响不只是诗歌方面。阿波利奈尔曾在沙龙画展中发掘重要的画家。奥哈拉也担当着这样的角色，他发掘了阿历克斯·卡茨。这种对于画家的发掘也是一种"创造"，一种审美天才所做的事情。1962 年，奥哈拉在发表于《艺术与文学》（*Art and Literature*）杂志的艺术评论中写道："卡茨的绘画世界是一个颜料笔触流畅的'中空'……现实人物真实存在（但并不耽留）于一个没有地板，没有墙壁，没有光源，没有视点的空间。……卡茨的人物只是在某个地方存在着。他们在画面中像解决形式问题一般地存在，既不是存在主义的，也不是虚无的……他们完全是神秘的画报式的存在，因为没有明显的效果意图。他们知道他们在那里。"② 卡茨画中的人物是一种"扁平"，很像剪纸，但同时又呈现出如雕塑一般的质地。

阿什贝利写作过大量的艺术评论。1957 年，阿什贝利与《艺术新闻》（*Art News*）的编辑托马斯·赫斯（Thomas B. Hess）见面，自此开始给《艺术新闻》供稿，开启了漫长的艺术评论写作生涯，例

---

① Frank O'Hara, *Art Chronicles*：*1954 - 1966*, revised ed., New York：George Braziller, 1991, pp. 17 - 18.

② Frank O'Hara, *Art Chronicles*：*1954 - 1966*, revised ed., New York：George Braziller, 1991, pp. 145 - 146.

如，1958 年 3 月，阿什贝利发表《五场与众不同的演出：罗伯特·劳森伯格》（"Five shows out of the ordinary：Robert Rauschenberg"）；1965 年 4 月，发表关于琼·米切尔的《巴黎的表现主义者》（"An Expressionist in Paris"）；1966 年 3 月，关于贾斯培·琼斯（Jasper Johns）在卡斯特里画廊的最新展览，他写作并发表了题为《扫帚和棱镜》（"Brooms and Prisms"）的文章；1966 年，发表关于米开朗基罗·皮斯托莱托（Michelangelo Pistoletto）与波普艺术的《谈论米开朗基罗》（"Talking of Michelangelo"）；1967 年夏天，关于约瑟夫·康奈尔（Joseph Cornell）在古根海姆博物馆展出的 89 件建筑和拼贴画的大型展览，阿什贝利发表了《康奈尔：梦想的立体主义基础》（"Cornell：The Cube Root of Dreams"）；1970 年 5 月，发表与米罗雕塑有关的《米罗的青铜时代》（"Miro's Bronze Age"）。

1960 年，阿什贝利开始担任《纽约先驱论坛报》（New York Herald Tribune）欧洲版的艺术评论。后来，他还为《新闻周刊》《纽约杂志》等杂志写作艺术评论。1964 年，与安·邓恩（Ann Dunn）、罗德里格·莫尼汉（Rodrigo Moynihan）、索尼娅·奥威尔（Sonia Orwell）等人创刊《艺术与文学国际评论》（Art and Literature：An International Review），阿什贝利担任编辑。1965 年，阿什贝利开始担任《艺术新闻》的执行编辑。《报告的视野：艺术编年史 1957—1987》是阿什贝利的一个艺术评论写作合集。①

斯凯勒在现代艺术博物馆的巡展部工作，从 1957 年开始为《艺术新闻》写作艺术评论。他比较关注那些不太有名气的画家如简·弗莱里奇等。他对画家的色彩表现尤为关注，如弗朗兹·克莱恩（Franz Kline）、费尔菲尔德·波特（Fairfield Porter）等画家。② 格斯特 1952 年开始为《艺术新闻》写评论，后来担任副主编。1975 年

---

① John Ashbery, *Reported Sightings：Art Chronicles, 1957 – 1987*, New York：Alfred A. Knopf, 1989.

② James Schuyler, *Selected Art Writings James Schuyler*, ed. , Simon Pettet, Boston：Black Sparrow Press, 1999.

担任《党派批评》（*Partisan Review*）的编辑。

纽约派诗人的艺术评论写作实际上充当了彼时新兴的抽象表现主义画家的背书者，并构成了"画商—评论家"体制下的重要环节。奥哈拉曾写道："在资本主义国家，有趣就是一切。如果诚实看待的话，有趣只是为一种习得的冲动辩护。"① 然而，在他看来，抽象表现主义并不"有趣"，"抽象表现主义是严肃的人的艺术"。② 因此，抽象表现主义本身并不能辩称自己有趣，为其辩护则需要依赖他者。纽约派诗人以及其他艺术评论家所写的艺术评论，就担当起为其辩护的角色。

因此，20 世纪五六十年代诗人与艺术家之间的合作并非单纯是一种艺术理念的鸣合，它也关乎一种新的艺术风格是否能生存下来的具体处境。因此，画廊与诗人之间的出版合作，诗人为画家所撰写的大量艺术评论，既彼此确证着艺术理念的融通，又共同构建出一种新的艺术风向。

二　语境实践与先锋的矛盾性

包括诗—画合作、诗人与其他艺术家合作在内的语境实践，建立起 20 世纪中期艺术实践的新语境。这种新语境具有广阔性、多重性以及形式自由等特点。与以往单一语境从时间轴回溯的艺术实践不同，新的语境实践悬搁了线性时间序列、打破了艺术之间的壁垒，构成了不同艺术门类之间的对话。诗歌不再仅仅躲藏在安静的印刷文本之中，合作、表演的活动性与实践性实际建立起新的社会构型与社会现实。正如谢克纳所言："第二次世界大战后的先锋派大部分都是通过将表演作为其中的一部分而不是与社区分开来克服分裂的

---

① Frank O'Hara, *Art Chronicles：1954 – 1966*, revised ed., New York：George Braziller, 1991, p. 5.

② Frank O'Hara, *Art Chronicles：1954 – 1966*, revised ed., New York：George Braziller, 1991, p. 6.

一种尝试。"① 因此，包括纽约派诗人在内的先锋派诗人，其诗歌朗读、表演、合作实践的策略是朝向社会现实的，而非在文本内部建立诉求。

这一点与先锋派的本质是一致的。"先锋"（Avant-garde）一词原是军事用语，指行进部队的排头兵。1825 年法国社会学家圣西门第一次将之运用于艺术领域。他写道：

> 是我们，艺术家们，将充当你们的先锋。因为实际上艺术的力量最为直接迅捷：每当我们期望在人群里传播新思想时，我们就把它们铭刻在大理石上或印在画布上；……我们以这种优先于一切的方式施展振聋发聩的成功影响，我们诉诸人类的想象和情感，因而总是要采取最活泼、最有决定性意义的行动……对艺术家来说，向他们所处的社会施加积极影响，发挥传教士一般的作用，并且在历史上最伟大的发展时代里冲锋陷阵、走在所有的知识大军的前列，那该是多么美妙的命运！这才是艺术家的职责与使命……②

将艺术与社会转变或社会批判联系在一起的欲望，成为现代主义艺术的中心诉求。但是，20 世纪中期美国的先锋派诗人、艺术家有其自身的时代环境。"成功"是美国画家与评论家们时常挂在嘴边的词语。他们犹如在艺术场上试验某个案例，美国画家似乎被一种取代欧洲的雄心壮志所蛊惑。这恰好暗合"二战"后经济崛起的美国对于文化崛起的需求。塞吉·居尔波特（Serge Guibaut）在其著作《纽约是如何窃取现代艺术的：抽象表现主义、自由和冷战》中通过分析这一时期绘画的政治、文化诱因，揭示美国抽象表现主义崛起背

---

① Richard Schechner, *Performance Theory*, London and New York：Routledge, 2003, p. 155.

② 译自［法］圣西门《有关文学、哲学和工业的观点》，《美国历史评论》第 73 期，1967 年 12 月号，转引自［法］丹尼尔·贝尔《资本主义文化矛盾》，蒲隆、赵一凡、任晓晋译，生活·读书·新知三联书店 1989 年版，第 81 页。

后的意识形态:"先锋派艺术之所以成功是因为背后有意识形态的支持,在画家的书写与绘画中皆有所表达,它正好与 1948 年总统选举后的政治生活的中心意识形态相吻合。"① 抽象表现主义不仅是一种新的绘画流派,它也担当着国际角色,"当纽约——通过它的发言人格林伯格——宣称纽约已经取代巴黎成为文化中心,巴黎——作为西方世界(欧洲)的文化象征与法国的首都——已无力反对,无论是政治上还是经济上。……纽约自信地准备摧毁巴黎的古老梦想,一种美国文化浪潮将席卷欧洲。"②

《纽约绘画与雕塑》一书中讲到,此前的美国人通常认为"走出去"是获得艺术家身份的途径。③ 彼时的美国艺术处于欧洲中心之外,"走出去"便意味着走向欧洲。不过,这一格局在 20 世纪上半期逐渐松动,格局变化所带来的社会反响从教科书中可见一斑。柏尼丝·罗斯(Bernice Rose)谈到,从山姆·亨特(Sam Hunter)的《美国现代绘画和雕塑》(1959)到芭芭拉·罗斯(Barbara Rose)的《1900 年以来的美国艺术》(1967),再到欧文·桑德勒(Irving Sandler)的《美国绘画的胜利》(1970),这一系列关于 20 世纪中期艺术史的书籍被用作高中阶段的教科书。在这些书中,美国年轻人"一直被灌输一种积极的、英雄式的、光明的写照"。④

对于美国艺术的角色如何从边缘成为中心这个问题,柏尼丝·罗斯认为答案"不仅在于艺术本身,也在于美国在艺术中所扮演的

---

① Serge Guilbaut, *How New York Stole the Idea of Modern Art*: *Abstract Expressionism*, *Freedom*, *and the Cold War*, Trans., Arthur Goldhammer, Chicago: The University of Chicago Press, 1983, p. 3.

② Serge Guilbaut, *How New York Stole the Idea of Modern Art*: *Abstract Expressionism*, *Freedom*, *and the Cold War*, Trans., Arthur Goldhammer, Chicago: The University of Chicago Press, 1983, p. 5.

③ See Henry Geldzahler, *New York Painting and Sculpture*: *1940 – 1970*, Boston: E. P. Duttion, 1969, p. 18.

④ Bernice Rose, *Jackson Pollock*: *Drawing into Painting*, New York: Museum of Modern Art, 1980, p. 23.

角色"，美国不仅"加入'主流'，并且超越它并有所改革"。①抽象表现主义的兴起，其部分根源在于要创造出一种"美国的"艺术。抽象表现主义是一种从画布上流溢下来的行动，它是一种国家主体的宣誓。关于抽象表现主义绘画，有一种很流行的论调：它是"阴谋"与"设计"，是冷战意识形态下与苏联对抗的文化手段。迈克尔·莱杰（Michael Leja）在《重构抽象表现主义》一书中作过详尽分析："纽约派绘画也处于一个广阔的文化项目中，在一个主体模型已经失去公信力的社会，重建个体主体（白人异性恋男性）。……纽约派深深地沉浸于对那种意识形态的重建。从某种更根本的方向来看，纽约派艺术是顺应而非反对美国战时文化成果。"②

这一"广阔的文化项目"是有据可依的。纽约为现代艺术的发展做好了铺垫。1935 年，大萧条之后，"罗斯福新政"计划下的公共事业振兴局（Works Progress Administration）兴建了一大批公共工程，其中包括音乐、艺术、文学等项目。博物馆、艺术学院的大量兴建，为艺术人才的培养奠定了基础。联邦艺术工程（Federal Art Project）是其中一个重要的项目。92Y 等文化中心是新政项目的遗产，国会图书馆诗歌录制项目的建立、圣马可诗歌项目成立也都受到资助。画廊出版书籍实行免税等法律条例，蒂博·德·纳吉基金是免税基金，适用于《国内税收法》501 号（3）第三条的"免税条款适用于为宗教、教育、慈善、科学、文学、公共安全测试、促进业余体育竞争和防止虐待儿童或动物等公共利益而建立并运作的公司、机构以及公益金、基金和基金会"③。这些都为诗人、艺术家的

---

① Bernice Rose, *Jackson Pollock: Drawing into Painting*, New York: Museum of Modern Art, 1980, p. 23.

② Michael Leja, *Reframing Abstract Expressionism: Subjectivity and Painting in the 1940s*, New Haven: Yale University Press, 1997, p. 39.

③ See "Exemption Requirements-501（c）（3）Organizations", Internal Revenue Service, Retrieved May 20th 2018, https://www.irs.gov/charities-non-profits/charitable-organizations/exemption-requirements-section-501c3-organizations.

实践与合作创设了良好的外部条件。对于纽约市的博物馆兴建，《纽约史》一书有以下具体叙述：

> 20 世纪五六十年代，纽约两大博物馆相继搬迁新址，这是纽约在世界艺术界占据重要地位的又一个标志。1959 年，30 年代由所罗门·古根海姆出资创建的古根海姆博物馆搬至现址，在弗兰克·劳埃德·赖特设计的一幢建筑里，位于第 5 大街租第 8 街。同样，1966 年惠特尼美国艺术博馆迁至现址，位于麦迪逊大街和第 75 街的一幢由马塞尔布鲁尔设计的大楼里……①

因此，迈克尔·莱杰评论道：“对于处于商人—评论家体制下的美国艺术，一方面需要满足在商人—评论家体制下获得成功的需求，另一方面也顺应了艺术发展的现代图景。”②

相较于欧洲先锋派气势昂扬的反叛精神，美国抽象表现主义则充满矛盾性。他们抛却前期坚持的写实主义，力求建立新的传统，是在欧洲先锋艺术的冲击与权力对“独立”的呼吁之下形成的，它既是反传统，实际上又在顺应一种集体无意识与权力的欲求。

格林伯格对此持不同的观点，他认为从印象主义者马奈到毕加索一直到波洛克，这些艺术家都充当着“不情愿的革命者”（reluctant revolutionist）的角色，他们并没有革命的意识，只是想怎样可以画得更好：“换言之，现代主义之所以会显得突出，是因为它对美学价值所遭受的威胁保持高度的敏感。它力图不断地拯救美学标准的下降。这种下降的原因有二：其一，是工业主义中文化的相对民主化；其二，浪漫主义所带来的艺术标准的混乱。”③ 但

---

① ［法］弗朗索瓦·维耶：《纽约史》，吴瑶译，社会科学文献出版社 2016 年版。

② Michael Leja, *Reframing Abstract Expressionism*：*Subjectivity and Painting in the 1940s*，New Haven：Yale University Press，1997，p. 19.

③ Thierry De Duve, Clement Greenberg, *Between the Lines*：*Including a Debate with Clement Greenberg*，trans.，Brian Holmes，Chicago：University of Chicago Press，2010.

这里的关键问题不在于是否"情愿",而在于他们实际上是否担当了革命者。

20 世纪中期的美国先锋派诗人与艺术家,确实担当了打破传统的革命者。帕洛夫写道:"50 年代的'反文化'诗学,是对 20 世纪初先锋运动一个遥远的回应。然而,比如,俄国在 20 世纪前 20 年(如赫列博尼科夫、马雅可夫斯基、阿赫玛托娃等)致力于抛弃旧的秩序——建立新的乌托邦、条理分明的社会,而(美国)50 年代的'对抗'诗歌是冷酷的(冷战的温度),而非激烈、尖酸、诙谐的,也跟同期战后欧洲沉思的、专注的、分析性的诗歌有很大区别。"[1] 因此,社会政治环境在这些诗人、艺术家身上打下了深刻的烙印。

先锋派诗人、艺术家为了反抗极端的工业化状况以及既有体制,通过将艺术搬至大街、广场、咖啡馆、酒吧等行动而重塑社群,重建人们的交往,也在这一过程中构建起新的艺术家共同体。然而,在这一趋势的暗流之下,又无意识地顺应了权力意志,进一步加强与巩固了这种工业化体制。后来,波普艺术与大众文化的兴起,以及艺术愈加商业化,这些先锋派诗人及艺术家所开辟的新艺术惯例也沦为新的传统与模式。因此,美国 20 世纪中期先锋派所进行的打破传统的诗歌—艺术实验,从单一作者走向多作者的合作,从书写文本走向语境实践,既打破常规并取得了令人瞩目的成就,同时又无可避免地充满着矛盾性。

第四节　活动诗歌与艺术门类边界的消解

艺术门类的划归,是千百年来艺术在自身演变及其与技术、学

---

[1]　Marjorie Perloff, *Poetry On and Off the Page*: *Essays for Emergent Occasions*, Evanston: Northwestern University Press, 1998, p.114.

术话语的对话中积累而成的。然而，先锋派的实验却将这些传统边界一一消解。他们力求打破传统、开拓创新的艺术实践，在新的技术条件下，如同新生的枝丫蔓延开来，又生长出新的脉络。先锋派诗人对于诗歌声音、图像、影像的探索，也催生了声音诗、视觉诗、视频诗等概念。他们与传统的文本诗歌有较大差别。

1916 年，达达派的雨果·鲍尔（Hugo Ball）创立了一种"诗歌抛弃语言如同绘画抛弃物象一样"的诗歌，并倡导："我们应该退缩到词的最深处，甚至放弃词，这样才能为诗歌保留其最神圣的领域。"① 声音诗是以诗歌非语言的发声为基础的艺术，人类语言的语音层面得到凸显，而非传统的由语义和句法占据主导。1978 年，加拿大诗人、学者史蒂文·麦卡弗里（Steven McCaferry）也回应过这一类型的诗歌实验。在《声音诗：一个目录》（*Sound Poetry：A Catalogue*）一书里，他回顾了声音诗歌悠久的历史和传统，认为"'声音诗歌'所指的是一种丰富、多样、不一致的语音生成"。②

纽约派诗人的诗歌朗读以及与音乐家的合作，就是从声音维度扩大诗歌的承载媒介，使诗歌从借由视觉系统与想象的文字符号形态转变成由听觉系统与想象接近的声音形态。诗歌诉诸声音，抑或与音乐结合，本来是诗歌最古老最原始的方式。经过一系列文化变迁之后，诗与歌、与声音表达重又合为一体，这既是对印刷技术支配文化传播途径的一种抵抗，也是对文本中心的一次冲击。它打破了自印刷术广泛传播以来逐渐设定起来的艺术门类边界，如文学必然是文字之书。诗歌与声音的结合，使诗歌变得更加立体、多样、直接，也促使人们反思文学的本来意义。

而视觉诗在 20 世纪早期的先锋派那里已得到大量实践，如阿波利奈尔的图像诗。与艺术领域里"偶发艺术""行为艺术""概念艺

① Stephen Scobie, "I Dreamed I Saw Hugo Ball：bpNichol, Dada, and Sound Poetry", *Boundary 2*, Vol. 3, No. 1, A Canadian Issue（Autumn, 1974）, pp. 217 – 218.

② Steve McCaffery and bpNichol, *Sound Poetry：A Catalogue for the Eleventh International Sound Poetry Festival Toronto*, Toronto：Underwich Editions, 1978.

术"等新术语的频繁迭出一样，"声音诗""视觉诗""数字诗"
"视频诗"也代表了诗歌在新的时代背景下的激荡。纽约派诗人之所
以被称为"先锋派"，因他们是走在这些潮流之端的先行者，是新的
诗歌体裁的最初实践者。纽约派诗人的诗歌实践，实际上包含了先
锋派诗歌的多个方面，既有声音方面的实践，也有与视觉艺术家的
大量合作。而当他们与电影制作人合作时，又使诗歌与运动的影像
产生了关联。既往的评论家，自帕洛夫发表《弗兰克·奥哈拉：画
家中的诗人》以来，更多关注纽约派诗人与绘画界的联系。"画家中
的诗人""诗歌的视觉艺术元素"几乎成为纽约派诗人的固定标签。
但实际上他们的诗歌实践绝不限于与视觉艺术的合作和互相影响。

　　他们与电影制作人一起合作构思、拍摄实验电影时，或许并没
有明确的体裁意识，但"视频诗"这一概念的产生与之不无关系。
纽约派诗人是 20 世纪中期率先与先锋电影家合作的一批诗人，他们
的合作影响了后来的诗人与其他艺术家。

　　1978 年，加拿大诗人汤姆·科尼维斯（Tom Konyves）首次提出
"视频诗歌"（Video Poetry）这一概念。2011 年 9 月 7 日，科尼维斯
以电子文本的方式在移动诗歌杂志网站（Moving Poems Magazine）
发表《视频诗歌：一个宣言》（"Videopoetry：A Manifesto"）。在
《宣言》中，"视频诗歌"的定义如下：

　　　　视频诗歌是一种在屏幕上显示的诗歌类型，以基于时间以
　　及诗性的图像与文本、声音的并置为特征。在这三个元素匀称
　　的混合中，观者完成了诗歌体验过程。作为一个固定的延续时
　　间的多媒体对象，视频诗歌的主要功能是展示思想过程和经验
　　的共时性，用文字表达可见的和/或可听的，其含义是与图像、
　　音轨的融合，但后者并非前者的配备说明。①

———————

① See "Videopoetry：A Manifesto", *Moving Poems*, Retrieved June 14th 2018, ht-tp：//discussion. movingpoems. com/2011/09/videopoetry-a-manifesto/.

帕洛夫援引乔纳森·卡勒提出的"朝向一种无体裁分别的文学理论"① 的观点,认为在现代主义模型下,体裁就是读者与文本之间的一系列期待。20世纪后期,众多年轻诗人循着纽约派诗人这条打破艺术门类界限、打破体裁界限的轨迹,使美国当代诗坛呈现五彩斑斓的景象。视频诗歌的理论言说与创作实践同样繁荣。学者威廉·维斯(William C. Wees)在《电影数字诗歌》["Cine(E)Poetry"]一文中引用卡尔维诺在《下一个千年的六个备忘录》(*Six Memos for the Next Millennium*)中借对想象过程的论述来谈论诗歌与影像的关联。卡尔维诺提出了两种类型的想象过程:"一个以词汇开头到达视觉图像,另一个以视觉图像开始到达语言表达的过程"。②

因此,诗歌与绘画、电影的结合,相比文字单一的传递方式,它为想象赋予更多入口。"电影数字诗歌"[Cin(E)Poetry-Cinematic Electronic Poetry]这一术语表达有多种变体,如"电影诗歌"(Film Poetry)、"诗歌视频"(Poetry Video)、"视频诗歌"(Video Poetry)、"诗歌电影"(Poetry Film)等,但它们都是以往截然分化的两种艺术门类的——诗歌与电影——的融合:"它们将诗歌语言能量与电影的视觉丰富性与多样性结合起来。"③

这些学者大多运用多媒体技术,以电子视频版本的形式发表其观点。米歇尔·比汀(Michelle Bitting)在《缪斯与诗歌电影的制作》("The Muse and the Making of Poem Films")中写道:"我喜欢一首诗和一部诗歌电影如何成为一种小舞蹈,文字的形状和编排都恰到好处。也同样适用于视觉和声音效果。"④

---

① See Marjorie Perloff, *Postmodern Genres*, Norman: University of Oklahoma Press, 1989, p. 12.

② Italo Calvino, *Six Memos for the Next Millennium*, Trans. , Geoffrey Brock, Wilmington: Mariner Books, 1988, p. 47.

③ See "About", Moving Poems, retrieved May 25th 2018, http://movingpoems.com/about/.

④ See "About", Moving Poems, retrieved May 25th 2018, http://movingpoems.com/about/.

杰拉德·沃泽克（Gerard Wozek）在《诗歌视频》中指出："诗歌视频……构成了视觉艺术与文学的技术交叉。"① 任·鲍威尔（Ren Powell）在《如果不是宣言，而是解释》（"If not a manifesto, an explanation"）谈道："动画诗（animated poetry）……能邀请读者从几个方向接近文本，能使短语纵向交互的同时也横向交互，再通过空间与语法的平行结构返回指涉文本自身。"②

这些概念都是在先锋派诗人的创新实践基础之上提出来的。纽约派诗人一直所渴求的"做一些什么""做点新的事情"，在 20 世纪后半期诗人的实践与学者的理论归纳中有了回应。帕洛夫说："后现代主义，特别是在后结构主义的宣言中，倾向于解除体裁（genre）作为一种或多或少不合时宜或不切题的概念。"③ 1987 年，《洛杉矶时报》编辑宣称将停止出版诗集评论，因为没有人再读诗了。帕洛夫反驳道："我愿意强调诗歌的声音特点，而不是诸如主体、敏感性或感受真实这类问题，那么，说 20 世纪后半叶'没有人关心诗歌'是相当不符合事实的。"④ 她进而谈道："后现代体裁以其对其他体裁的借用为特点的，无论高雅或大众文化，源于其渴求一种互相存在（both/and）的境况，而不是你死我活（either/or）。"⑤ 帕洛夫在《弗兰克奥哈拉：画家中的诗人》中甚至言道："艺术不能容忍分类；它应当被看作一个过程，而非一个结果。"⑥

---

① Gerard Wozek, "Video Poetry", retrieved May 26th 2018, http://www.gerardwozek.com/video.htm.

② Ren Powell, "If not a manifesto, an explanation", retrieved May 22nd 2018, http://renpowell.squarespace.com/animapoetics/2009/4/2/if-not-a-manifesto-an-explanation.html.

③ Marjorie Perloff, *Postmodern Genres*, Norman: University of Oklahoma Press, 1989, p. 3.

④ Marjorie Perloff, *Postmodern Genres*, Norman: University of Oklahoma Press, 1989, p. 5.

⑤ Marjorie Perloff, *Postmodern Genres*, Norman: University of Oklahoma Press, 1989, p. 8.

⑥ Marjorie Perloff, *Frank O'Hara: Poet Among Painters*, New York: George Braziller, 1977, p. 112.

　　艺术门类边界的消融，所产生的最直接影响是诗歌的呈现方式发生了巨大改变。而呈现方式的改变，对于诗歌读者来说，也就意味着诗歌欣赏与参与方式的变化。以往通过从出版的诗集或诗刊中阅读诗歌，在经过先锋派的洗礼之后，常常是在博物馆、电影院、咖啡馆、文化中心等公共空间来听诗歌、观诗，抑或直接参与诗歌的生成，成为一种活动诗歌形态的一部分。此外，在现代声音、图像、影像等多种媒介迅猛发展的当下，互联网及其手机或电脑终端平台，亦成为抵达诗歌的新途径。另外，艺术之间界限的打破，也促使人文学术话语的转向。"后现代主义"及其一系列对宏大叙事的解构话语，实际上是对文学、艺术领域的先锋实验与创新现象的一种归纳与阐释。纽约派诗人的实践也是其中的一部分，其所思所行构成了后现代主义的一部分，同时又在实践与理论的彼此裹挟中继续前行。

第 四 章

活动诗歌的时间、空间与观众

当诗歌从单一的文本形态转变为活动形态，与之相系的时间与空间维度也发生改变。文学里的时间通常指文本内部的虚拟时间，作者可对它行使极大的权力，通过对时间点的指称而建立起时间的标志，如"又过了一天/月/年"，"秋去冬来"，"千百万年过去了"，等等。时间的跨度真正只是作者的"弹指一挥间"。然而，过渡到活动形态的文学，时间通过具体事件切入现实世界的时间轴，并与之并行流逝。纽约派诗人的诗歌朗读、诗歌—剧场表演、诗歌—电影或诗歌—音乐合作等，其时间都指向现实层面的刻度和意义。

对于空间维度而言，如果说文本诗歌的阵地在于书写文本，那么作为活动的诗歌，其阵地则是具体的地理空间。纽约派诗人因其丰富的诗歌实践活动，在诸多公共空间留下足迹。纽约派诗人主要活跃在纽约这座城市，他们的诗歌艺术实践据点包括诗人自己及画家朋友所居住的寓所、酒吧、咖啡馆、画家工作室、画廊、博物馆、剧场、教堂、广场等，也包括专门的文学艺术机构或研究机构所在地。美国的其他城市以及法国、德国的某些区域，也存在纽约派诗人活动过的实地空间。

城市为活动诗歌的进行提供了场地，与此同时，活动诗歌的发展也促使城市文化空间的生成与转型，诗歌与城市具有一种共生和互促的关系。具体地理空间里的诗歌发生与行进，遁入非文本空间，使诗歌从文本形态过渡为一种具有交往属性的社会形态。因此，以此角度去谈论诗歌甚至文学，不再是传统诗学观念下的摹仿或反映，而是文学直接作用于世界并成为其可见的一部分。20 世纪中期的纽约尽管在文化上已经摆脱欧洲的阴影，随着冷战的加剧以及对已有成果的巩固，文化繁荣依然是一种国家政策需求。而以活动形态呈现的诗歌，将诗歌与具体地理空间直接关联，对公共文化空间的培育具有推进作用。

活动诗歌具有转瞬即逝的特点，并不能在具体地理空间凝滞与停留。然而，声音录制以及影像录制技术的发展为转瞬即逝的诗歌发生提供了存留之所，使诗人朗读或表演的现场通过录制材料得以再现。这些录音、录像材料及其数字化转换后的音频与视频，最终进入诗歌档案，保留在专门的档案馆、数字档案中心及网络在线档案中。在美国这个历史并不悠久的国度，档案建设是一种有意识的文化累积行为。长期的活动诗歌实践构成了规模庞大的诗歌录制档案体系，主要分布在专门的诗歌中心、艺术中心、文学艺术基金、博物馆、公立图书馆、大学机构等地。

与此同时，伴随活动诗歌时间与空间维度的转变，诗歌读者也发生了变化：读者的诗歌审美方式从"读"诗变为"听"诗、"观"诗甚或直接参与诗歌的生成，并且，通常的情况是读者与诗人共时空在场。同时，诗歌教学模式也从文本细读转向了细读与细听、细察共存的模式。

以上所有转变触发诗歌创作与流通机制的改变，诗歌的空间出场有时先于诗集出版，并且，公共空间开始扮演评价的评价机制的角色，而诗歌朗读或表演的档案录制及数字化转换与传播又为这一机制提供了条件与合法性基础。因此，活动诗歌从根本上打破了以往文本诗歌独占诗歌体制中心的状况，为活动形态诗歌的生存与延续开辟了通道，使诗歌体制由"文本诗歌体制"转向与"活动诗歌体制"的并存共生状态。

第一节　从象征时间到事件时间与设置时间

事实上，所有对时间点的记录或庆祝，如星期、节日等，都不是时间本身的结绳记事。时间先在农业文明那里经受洗礼，而后在宗教中增添印记，然后是启蒙与现代规划。时间本身在可量度的意义上只是一种人为规定，但也正因为是人为的规定，便有了比较的可能。

在《表演理论》一书中，理查德·谢克纳以"时钟时间"为标尺考量表演中的时间问题，因为"时钟时间是一种单向、线性、周期性的统一量度，适应于昼夜和季节性节律"①。谢克纳划分了三种时间类型：事件时间（event time）、设置时间（set time）与象征时间（symbolic time）：

　　1. 事件时间：发生在活动本身具有设定顺序，并且无论经过的时钟时间有多长（或多短），该顺序的所有步骤都应当完成。

　　示例：棒球，赛车，跳房子；寻求"回应"或某种"状态"的仪式，例如雨舞、萨满治疗、复兴会（revival meeting）；被视作整体的剧场脚本表演（scripted theatrical performances）。

　　2. 设置时间：发生在可对事件施加任意时间模式——无论是否"完成"，事件都在特定时刻开始和结束。这里有活动与时钟之间的激烈较量。

　　示例：足球、篮球等在 x 时间内能做到"多少"或"多大程度"的体育赛事。

　　3. 象征时间：当活动的跨度代表另一个（更长或更短）的

---

① See Richard Schechner, *Performance Theory*, London and New York: Routledge, 2003, p. 8.

时钟时间跨度时。或者以不同的方式考虑时间，例如基督教的"时间终结"概念、原住民的"梦想时间"或禅宗的"永在"目标。

示例：戏剧，再现事件或消除时间的仪式，虚构的剧本和游戏。①

因此，在以书面文本为载体的文学形式中，占据主导地位的时间类型通常是象征时间。当读者开始阅读文学文本，便意味着进入了更长或更短的时间序列，有时甚至是交错的时间轨道，这些都是象征时间在起作用。然而，活动诗歌的出场使时间问题变得复杂化。活动诗歌本身因"脚本"的存在而携有象征时间，因脚本内部存在着不同的时间跨度指涉。不过，当诗歌脚本进入活动诗歌开启的领域，当文本开始行使"脚本"的功能，它便退至整个活动诗歌发生的背景之中。此时，时间类型当归属为"事件时间"，与谢克纳所言的"剧场脚本表演"同属一个类型。此时，活动诗歌独立于生成脚本的文本诗歌，因此对其时间考量也不再聚焦于文本内部的象征时间，而是考察从活动诗歌开启到结束的时间区域。

以诗人在实地空间朗读诗歌为例，此时的朗读并非一种私下的个人行为，而是公共空间里包括听众、观众、主办方、录制人员等在场的具有公共属性的行为。诗歌是在具体空间而非文本之上传递"讯息"，因此，空间层面的同一性是导致时间维度同一性的基础。而对于通过录制档案或互联网远程聆听与观看诗歌朗读的情形来说，空间被整体移植，活动诗歌从开始到结束的设定顺序依然按"步骤"完成，因此，该情形下的时间仍然是一种事件时间。

阿尔维托·曼古埃尔在《阅读史》中写道："大声对注意力集

---

① See Richard Schechner, *Performance Theory*, London and New York：Routledge, 2003, p. 8.

中的听众朗读的动作常常会令读者更注意细节，不会跳着读或翻回先前的段落，而以一种正式的仪式来固定文句。……朗读仪式无疑地剥夺来听众的阅读活动里所固有的一些自由，选择一种语调、强调一处重点、回到一处最爱的段落，但它同时也给予这多变的文本一个值得尊敬的身份、一种时间上的一致感和一种空间上的存在感，而这在孤独的读者那善变的双手中是鲜少出现的。"① 因此，"时间上的一致感"是诗歌朗读的时间的核心特征。纽约派诗人的诗歌朗读，无论是在咖啡馆、大学讲堂，或者诗歌中心、文化中心，都是诗歌声音在具体场所的直接呈现，时间的流逝与诗歌朗读的进行同步。因此，在活动诗歌中，时间跳出了象征时间的辖域，并不指向"另一个更长或更短的时钟时间跨度"，而是表现出事件时间的特征。

诗歌—剧场合作领域的时间维度与诗歌朗读类似。同诗歌朗读一样，戏剧表演中通常存在蕴含着象征时间的剧本或脚本，但置身舞台的诗歌—剧场表演则被赋予"事件时间"。另外，20 世纪中期的先锋实验戏剧对传统戏剧的突破，时间范畴的突破是标志之一。传统的戏剧舞台表演，剧情的连续性借由想象将观众领入另一时空而常常掩盖了象征时间。汉斯·雷曼写道："持续性把虚构时间和真实时间之间的每一条裂缝都藏了起来。"② 此处的"虚构时间"便是"象征时间"。而先锋剧场竭力挤去"象征时间"的残存，使剧场舞台的时间尽可能地表现为事件时间。戏剧家改变以往舞台与观众的对立关系，某些戏剧甚至将观众也纳入戏剧表演完成的组成部分，这实际上也是一种时间策略：通过取缔象征时间的隐形存在而达到对传统摹仿与再现的戏剧观念的超越。谢克纳指出："大多数正统的剧院使用的是象征时间，但是实验性表演常常使用事件时间或规定

① ［加］阿尔维托·曼古埃尔：《阅读史》，吴昌杰译，商务印书馆 2002 年版，第 149—150 页。

② ［德］汉斯－蒂斯·雷曼：《后戏剧剧场》，李亦男译，北京大学出版社 2016年版，第 212 页。

时间。"① 20 世纪五六十年代阿伦·卡普罗（Allan Kaprow）的偶发艺术与 80 年代的概念艺术便是表演中取缔象征时间的极端案例，这些艺术表现形式通过取消先在的情节设定、通过与现实时间保持步调一致而实现创新。

纽约派诗人创作的剧本中，占主导地位的仍然是象征时间。例如，《贝尔莎》《乔治·华盛顿穿过特拉华河》等戏剧的剧情都设置于某个遥远的时期。但是，作为呈现于舞台的诗歌—剧场实践，就切换至事件时间的范畴。同时，纽约派诗人的某一些剧目还具特殊性，其时间设定具有双重性，既在剧本层面又在舞台表演层面突破传统的象征时间占主导地位的时间设定。例如，在科克的剧目《新黛安娜》中，诗人既是剧中的角色，又是一名剧作家，其身份的双重性打破了戏剧与现实之间的区隔，将戏剧的发生时间引向现实世界。在这里，其时间跨度不再是某个象征时间的跨度，而就在与时钟时间相一致的彼时彼刻。戏剧的完结也意味着事件的完结，因此整部剧所呈现出的时间类型都是事件时间。

纽约派诗人的"诗—画"合作中呈现象征时间与事件时间并存的情形。如果对诗与画分而视之，则诗歌文本与绘画中的表现世界都被赋予象征时间。然而，就诗—画合作的全部动态过程而言，它类似于行为艺术并表现为事件时间。例如，奥哈拉与诺曼·布拉姆在 1960 年的合作就充满即兴的意味，《救命!》《我们公园见》《手》等诗—画合作与其说是一种完结的诗—画作品，不如将关注点聚焦到两人在工作室合作的场景，两人既是创作者，又充当彼此的观众，一同将即兴创作发挥到极致。不过，纽约派诗人与画家的某些合作和互动兼具设置时间与事件时间的双重特性。例如，前文所提及的奥哈拉与迈克·戈德伯格的"诗—画"竞赛便是案例之一。奥哈拉创作《我为什么不是画家》一诗，迈克·戈德伯格同时在创作题为

---

① Richard Schechner, *Performance Theory*, London and New York: Routledge, 2003, p. 9.

《沙丁鱼》的绘画，他们的诗歌—绘画都不是一次性地完成，而是在互相指涉中占据一个较长的时间跨度。当奥哈拉造访戈德伯格的工作室时，他意识到戈德伯格画中的沙丁鱼元素，两人作简要交谈。"日子一天天过去"，奥哈拉再次造访时，那幅画上的沙丁鱼元素从物变成了文字符号。而诗人同时也在写一首与"橘色"有关的诗，"日子一天天过去"，纸上布满词语却仍然不见与橘色有关的描写。在这一系列事件的推进中，奥哈拉与戈德伯格更像是在展开一场跨媒介的艺术竞赛。他们二人合力完成了一场与艺术创作及艺术观念有关的行为艺术。这一行为艺术的隔空演进，既包含了事件时间，又呈现出设置时间的意味。

尽管奥哈拉与戈德伯格的跨界行为艺术蕴含着两种时间类型，即事件时间与设置时间，但当诗—画作品在画廊或美术馆展览时，其时间指向顷刻间又转变为象征时间。因为行为艺术已完结，先前激动人心、充满即兴冲动的合作封印于静态的纸张或画布，由此进入了另一重语境。

事实上，活动诗歌中呈现出设置时间特征的情形并不少见。20 世纪后半期，美国诗歌史上涌现出一种名为"抨击诗"（slam poetry）的诗歌类型，指诞生于"诗歌擂台赛"（poetry slam）这一诗歌即兴创作与表演比赛中的诗歌。1986 年，建筑工人和诗人马克·史密斯（Marc Smith）在芝加哥市绿磨坊酒吧（Green Mill bar）和咖啡馆举办一系列诗歌朗读会，随后开启了诗歌擂台赛——诗人在观众面前以个人或团体的形式进行即兴诗歌创作与表演，观众与委任的裁判担任评委并对诗人的表现打分。这种口头诗歌形式后来传至纽约等其他城市。纽约圣马可教堂诗歌项目中也有一年一度的"诗歌马拉松"（poetry marathon）活动，是一种以诗歌为对象的即兴接力赛。在以上这些活动诗歌中，时间均显现为设置时间。

在"诗歌—电影"与"诗歌—音乐"这类活动诗歌中，因诗歌媒介始终以声音与表演为主，因此诗歌的发生与蔓延始终与观众的聆听或观看时间跨度相重叠。所以，时间维度在此类活动诗歌形态中皆表现为事件时间。

由此可见，当诗歌跳出文本的限制并呈现为各式各样的活动形态时，显现于文本内部的象征时间便悄然隐退，代之以事件时间或设置时间。时间维度的改变牵动读者角色的转换，诗人与观众的关系也随之改变，同时也意味着诗歌生成、保存与传播形态的改变。因此，时间类型便成为判断诗歌是否为活动诗歌的标志性特征之一。

第二节　活动诗歌的原生空间：公共空间

一　纽约派活动诗歌与公共领域的形成

与时间一样，人类的空间观念也处于变动之中。人们对空间的认知往往与一定的技术水平、社会关系以及社会支配思想有关。在中世纪及以前的时代，生活地理范围有限的人们认为空间是二维的，从当时的绘画与地图绘制中也都能看出空间的平面性。进入文艺复兴时期之后，人们对空间的理解逐渐从二维过渡到三维。罗伯特·塔利（Robert T. Tally, Jr.）认为在文艺复兴时期，"最激进、也许最具欺骗性的是线性透视的发展，它不仅让视觉艺术领域的图像呈现更加'精准'，也引起对空间、对人类空间关系的全盘重构"[①]。他在《空间性》一书中援引了学者莱纳德·戈德斯坦（Leonard Goldstein）与艺术史家撒谬尔·埃杰顿（Samule Edgerton）的观点来谈论文艺复兴时期的空间观念。戈德斯坦认为线性透视下的空间有三个关键方面：（1）空间是持续的、同性的、同质的；（2）空间是可度量的；（3）空间是从一个单一、居中的观察者视角观察的。"早期资本主义形式——私有财产和商品生产的

---

① Robert Tally, *Spatiality*, London and New York: Routledge, 2012, p. 17.

出现，带来的或许是以全新视角看待空间的需求。"① 埃杰顿也认为
文艺复兴时期的线性透视与社会层面的物质交换密切相关："新世界
的发现打破了旧的、中世纪的空间视角这一来自亚里士多德式的空间
观点：空间是有限的、非连续的。"② 埃杰顿还认为，艺术、科学和技
术的线性发展，与另一项技术突破是一道的，那就是印刷术。在他看
来，正是印刷品的传播让世界上更大范围内的人们接受这种视角。

　　随着新交通工具的兴起与技术的进一步发展，人们对空间的认
知又发生了翻天覆地的变化。对于空间的重新思考伴随后现代主义
这座桥梁，出现在众多思想家的论述里。20 世纪 90 年代发生的
"空间转向"是一个突出的思想领地。空间地理学家戴维·哈维
（David Harvey）认为，在现代社会时间与空间都被压缩了。列斐伏
尔（Henri Lefebvre）提出了"空间生产"的概念，爱德华·索亚
（Edward W. Soja）认为存在"第三空间"，福柯、詹姆逊等学者都有
相关论著。相较于文艺复兴之后的现代时期，空间不再是匀质的，
而是蕴藏不同的社会关系乃至国家关系。

　　在文学领域，以空间视角看待文学作品及作者意图的著述也不
少。诗歌方面，《当代女性诗歌与城市空间》（*Contemporary Women's
Poetry and Urban Space*）聚焦女性诗人笔下的城市角色，通过她们在
诗歌语言与形式上的创新，论述诗歌对当代城市及全球关系的映射。
在《记忆的形象：诗歌，空间与往昔》（*Figures of Memory：Poetry,
Space and the Past*），查尔斯·阿姆斯特朗（Charles Armstrong）细致分
析了从华兹华斯到艾丽斯·奥斯瓦尔德等十位诗人的诗歌，从诗人对
个体、集体的记忆，以及审美与历史的运用中看到文学如何与过去发
生联系。在《美好的切口：诗歌与位置文集》（*Fine Incisions：Essays
on Poetry and Place*）中，诗人埃里克·奥姆斯比（Eric Ormsby）选录

① Leonard Goldstein, *The Social and Cultural Roots of Linear Perspective*, Port of Spain：MEP Publishers, 1988, pp. 20 – 21.

② Edgerton Samule, *Renaissance Rediscovery of Linear Perspective*, New York：Basic Books, 1975, p. 164.

了 24 篇文章论及语言、诗歌文本与地理位置、文学批评等的关系。但是，上述著作呈现出一个共同点，即透过文字文本，更具体地说，透过文字所描述或映射的地理空间去谈论空间关系。这一点当然无可厚非，但是要理解 20 世纪中后期美国诗坛的面貌及其与空间的互动关联，仅从文本上去摄取空间意识与空间关系是远远不够的。

地理空间不仅充当文本诗歌中的描摹对象或构成诗歌的意象，在战后延伸至今的美国诗歌史中，它更是诗歌的原生空间，意即诗歌初次诞生与展开的场所。纽约派诗人的诗歌，与他们所在的城市——纽约，有着不可分割的关联。17 世纪初，荷兰航海家亨利·哈德逊船队的到来，让这条通向海湾的河流有了新的名字，哈德逊河。河流两岸那些后来被称作"曼哈顿""长岛"和"史坦顿"的岛屿，在经年的合并中，拥有了一个共同的名字，纽约。从荷兰贸易商行，到英国的殖民港口，再到美国城市，纽约城始于贸易通商，并以此为基础逐渐生长、扩大。贸易所带来的流动性，也让纽约的城市文化有别于他处。弗朗索瓦·维耶（François Weil）在《纽约史》中写道："17 世纪 90 年代之前，纽约并没有印刷工场，城市文化也一向只存在于口头并且非常崇尚物质。城市文化的真正核心在客栈酒馆之中。"① 客栈酒馆见证了纽约商人的交易，见证了商会、保险公司的成立，也是反抗印花税法案等运动的策划之地。1825 年，伊利运河的通航连接了大洋和大陆，纽约作为贸易港口的辐射力进一步增强。为举行大型通航庆典，全体市民走上街头参加庆祝游行，一如此前的某些特殊时刻他们所做的那样："反抗英国人时、宪法通过时、1815 年和平到来时，拉法耶特访问时。……只有城市的全部空间才能为他们提供足够大的舞台。纽约成为一个共和城市。"② 因此，纽约派诗人及其后来者的"口语化""声音性""活动性"等方

---

① ［法］弗朗索瓦·维耶：《纽约史》，吴瑶译，社会科学文献出版社 2016 年版，第 50 页。

② ［法］弗朗索瓦·维耶：《纽约史》，吴瑶译，社会科学文献出版社 2016 年版，第 54 页。

面的特点，实际上与这片土地的特殊地理位置、经济活动对城市文化的培育有着密切的关联。但是，印刷术是一项影响广泛而深远的技术。20 世纪前半期，美国现代主义文学的发展紧密地与印刷术及文本相系。文学对社会文化产生的影响更多是通过文本辐射，如报纸、杂志、书籍等。这种情形在"二战"之后的 50 年代与 60 年代才有所改观——因为新一代诗人使诗歌在公共空间发生与传播。

纽约派诗人有特定的诗歌展演与合作据点，对具体空间的追溯能再现其丰富多样的诗歌实验与跨媒介合作。特伦斯·迪戈里在《纽约派百科全书》中用两幅地图标明了纽约派诗人在纽约市实践活动形态诗歌的轨迹，一幅是《纽约派诗人在曼哈顿》，另一幅为《纽约派诗人在长岛》。如图 4−1、图 4−2 及图 4−3 所示：

图 4−1　地图《纽约派诗人在曼哈顿》①

① Terrence Diggory, *Encyclopedia of the New York School Poet*, New York: Facts On File Inc., 2009, p. xiv.

New York School Poets in Manhattan

Midtown

1. 57th St. commercial galleries
Art of This Century (Peggy Guggenheim) **30 W. 57th St.**
Green Gallery (Richard Bellamy) **15 W. 57th St.**
various galleries (Samuel Kootz, Julien Levy, Betty Parsons, Sidney Janis) **15 E. 57th St.**; (Charles Egan) **63 E. 57th St.**
2. Birdland, 1678 Broadway (SE corner W. 53rd St.): Miles Davis clubbed by police on August 26, 1959
3. Museum of Modern Art, 11 W. 53rd St. (between Fifth and Sixth Aves.)
4. View, 1 E. 53rd St.
5. Seagram Building, 375 Park Ave. (between 52nd and 53rd Sts.)
6. Tibor de Nagy Gallery, 219 E. 53rd St. (near Third Ave.): opens 1951
7. Frank O'Hara, 326 E. 49th St. ("Squalid Manor"), 1952–57; shared with Schuyler, and from 1955, with Joe LeSueur; Schuyler shared with John Ashbery, 1957–58
8. Gotham Book Mart, 41 W. 47th St., 1946–2004
9. UN Headquarters, E. 45th St. (at East River)

Chelsea

10. Jack Kerouac, 454 W. 20th St.: writes *On the Road*, 1951
11. Chelsea Hotel, 222 W. 23rd St.
12. Edwin Denby, 145 W. 21st St.
13. Paul Blackburn, 322 W. 15th St.

Union Square Area

14. Living Theater, 530 Sixth Ave. (NE corner W. 14th St.), from 1958
15. John Cage, 12 E. 17th St.
16. Union Square
Teachers and Writers Collaborative, 5 Union Square W.
Andy Warhol, The Factory, 33 Union Square W.
Partisan Review, 41 Union Square W.
Max's Kansas City, Park Ave. S. (off Union Square)
17. Kenneth Koch, Jane Freilicher, Third Ave. (at E. 16th St.): Koch shares his apartment briefly with John Ashbery in 1949

Greenwich Village

18. André Breton, 265 W. 11th St.
19. The Old Place, 139 W. 10th St.
20. *The Village Voice*, **22 Greenwich Ave.** (now relocated)
21. David Amram, 461 Sixth Ave. (SW corner W. 11th St.)
22. The New School, 66 W. 12th St.
23. W. 8th St.
Eighth Street Bookshop, 32 W. 8th St.
Hans Hofmann School, 52 W. 8th St. (between Sixth Ave. and Macdougal St.)
24. Marcel Duchamp, E. 10th St. (just off Fifth Ave.)
25. University Pl.
Frank O'Hara, 90 University Pl., 1957–59
Cedar Tavern, 24 University Pl. (now at no. 82)
26. Washington Square
Judson Church, 55 Washington Square S.
New York University
27. Frank O'Hara, 791 Broadway (near 10th St.), from spring 1963; Joe LeSueur leaves January 1965
28. E. 8th St.
Artists Club, 39 E. 8th St.
Atelier 17 (Stanley William Hayter Print Studio), 43 E. 8th St.
Jackson Pollock and Lee Krasner, 46 E. 8th St.
29. Theatre de Lys, 121 Christopher St.; first season of Artists Theater, 1953

30. Grove Press, 18 Grove St. (now relocated)
31. Sheridan Square
Stonewall Bar, 51 Christopher St. (now at no. 53 Sheridan Square)
Circle in the Square Theater, 5 Sheridan Square
32. Cornelia St.
Phoenix Bookshop, 18 Cornelia St.
Kenward Elmslie, 28½ Cornelia St.
Caffe Cino, 31 Cornelia St.
33. Cherry Lane Theater, 38–42 Commerce St.
34. LeRoi and Hettie Jones, 7 Morton St.: launch *Yūgen*, 1958
35. Gregory Corso birthplace, 190 Bleecker St. (SW corner Macdougal St.)
36. San Remo, 93 Macdougal St. (NW corner of Macdougal and Bleecker Sts.)

East Village

37. Alfred Leslie loft, 108 4th Ave. (location of *Pull My Daisy*)
38. Artist Co-Op Galleries, E. 10th St. (between Third and Fourth Aves.): south side: Camino, 92 E. 10th St.; Tanager, 90 E. 10th St.; Area, 80 E. 10th St.; north side: Brata, 89 E. 10th St.;
Also on E. 10th St.: Willem de Kooning studio, 88 E. 10th St.; Tenth Street Coffee House, 80 E. 10th St.
In the neighborhood: Hansa Gallery (Richard Bellamy and Ivan Karp, Directors), 70 E. 12th St.; Reuben Gallery, 61 Fourth Ave. (between 9th and 10th Sts.)
39. Harold and May Rosenberg, 117 E. 10th St.
40. St Mark's-in-the-Bouwerie (Poetry Project), 131 E. 10th St. (NW corner Second Ave.)
41. Allen Ginsberg and Peter Orlovsky, 437 E. 12th St.
42. Stanley's Bar, 551 E. 12th St. (corner Ave. B)
43. Peace Eye Bookstore, 383 E. 10th St.
44. Café Le Metro, 149 Second Ave.
45. Frank O'Hara and Joe LeSueur, 441 E. 9th St., 1959–63: taken over by Tony Towle and, briefly, Frank Lima; Joe Brainard replaces Lima 1963–64
46. Tompkins Square: The East Village Other, 147 Ave. A
47. St. Mark's Pl.
Bridge Theatre, 4 St. Mark's Pl.
The Dom, 23 St. Mark's Pl. (later The Electric Circus)
George and Katie Schneeman, 29 St. Mark's Pl.
Anne Waldman and Lewis Warsh, 33 St. Mark's Pl.
Joan Mitchell, 60 St. Mark's Pl.; W. H. Auden, 77 St. Mark's Pl.; Larry Rivers, 77 St. Mark's Pl.; Ted Berrigan and Alice Notley, 101 St. Mark's Pl.
48. Fillmore East, 105 Second Ave.
49. Les Deux Mégots, 64 E. 7th St.
50. Five Spot, 5 Cooper Square (at 5th St. and Third Ave.)
51. Off-Off Broadway Theater Row, E. 4th St. (between The Bowery and Second Ave.); East End Theater, 85 E. 4th St. (present site of KGB Bar); Atelier East, 83 E. 4th St.; Café La Mama ETC, 74A E. 4th St.
52. Artist's Studio (George Nelson Preston's club), 48 E. 3rd St. (south side near Second Ave.)
53. Nuyorican Poets Café, 236 E. 3rd St. (between Aves. B and C)
54. Bowery Poetry Club, 308 The Bowery at Bleecker (across from the former CBGB) **315 The Bowery** (SE corner E. 2nd St.)
55. Anthology Film Archives, 32 Second Ave. (at 2nd St.): formerly first home of Poetry Project workshops and Millennium Film Workshop
56. Diane Di Prima, 309 E. Houston St. (south side, near Clinton St.): launches *The Floating Bear*, 1961

图 4 – 2　地图《纽约派诗人在曼哈顿》图例①

---

①　Terrence Diggory, *Encyclopedia of the New York School Poet*, New York: Facts On File Inc., 2009, p. xv.

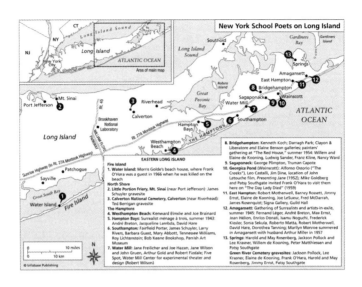

图4-3　地图《纽约派诗人在长岛》①

　　纽约派诗人开展活动诗歌的主要地点有画家工作室、广场、酒吧、画廊、教堂、博物馆、剧院、图书馆等。从地图上地点的密集度可看出，纽约派诗人最主要的活动区域位于曼哈顿下城的格林威治村，包括西村与东村。格林威治村在17世纪欧洲殖民者定居后是一个小村落，街道扩张比较随意，没有进行整体规划。尽管到了19世纪，在"1811年行政长官计划"（Commissioners' Plan of 1811）的规划下，曼哈顿的街道开始普遍呈长方形网格状，但西村依然保留了18世纪的街道样貌。1797—1829年，这里修建了纽约第一处监狱——新门监狱（Newgate Prison）。1822年，纽约暴发黄热病，许多居民跑到格林威治村躲避，许多人在那之后定居于此。19世纪末到20世纪前半叶，格林威治村逐渐成长为一个文化聚居地。② 随着

---

① Terrence Diggory, *Encyclopedia of the New York School Poet*, New York：Facts On File Inc.，2009，p. xvi.

② See Kevin Walsh，（November 1999），"The Street Necrology of Greenwich Village" Forgotten NY，Retrieved July 10，2018，http：//forgotten-ny.com/1999/09/greenwich-vil-lage-necrology/.

更多的画廊、剧院、小出版社等文化机构在这片区域立足与繁荣，越来越多的文学家、艺术家选择居于此地。20 世纪中期，纽约派诗人与抽象表现主义艺术家、"垮掉一代"作家在这片区域进行了异常丰富的诗歌、文学、艺术实验与实践，使之成为波西米亚文化等反主流文化的大本营。事实上，除纽约之外，纽约派诗人也在其他城市的公共空间有过足迹，如费城宾夕法尼亚大学的凯利作家中心、华盛顿国会图书馆的录音室、剑桥市哈佛大学的诗人剧场与伍德贝利诗歌室等。

　　不过，所有这些留有活动诗歌印迹的空间，可分为两类：一类是在诗人、艺术家的艺术实践引领下新形成的文化空间。这些空间之前更为突出的是商业属性、居住地属性或宗教属性，包括纽约派诗人在内的纽约文学艺术圈，使之转变成哈贝马斯所言的"公共领域"。并且，公共领域逐渐开始行使对文学艺术的"批评"功能。另一类空间则属于在历史积淀下已经制度化的文化空间，如大学、博物馆、图书馆等。不过，后一种空间内部的某些具体空间，也是在新技术施行与活动诗歌变得普遍之后才形成的。

　　1. 酒吧、咖啡馆

　　纽约派诗人常去的酒吧与咖啡馆有：雪松酒馆（Cedar Tavern）、圣雷莫咖啡馆（San Remo）、路易斯酒吧（Louis's）等，以及同性恋酒吧玛丽酒吧（Mary's）、主街咖啡馆（Main Street）、老殖民地咖啡馆（Old Colony）等。在所有这些酒吧与咖啡馆中，雪松酒馆与圣雷莫咖啡馆最负盛名。雪松酒馆也叫雪松街酒馆（Cedar Street Tavern），本是格林威治村一家普通的酒吧。1866 年在雪松街开业，1933 年搬入西 8 街 55 号，1945 年搬入大学广场（University Place）24 号，直到 1963 年搬离此地。它在大学广场 24 号的 18 年，也是纽约派诗人成长起来并渐获声誉的时期。

　　拉里·里弗斯称雪松酒馆为"整个艺术圈的 G 点"①，50 年代，

---

① David Lehman, *The Last Avant-Garde*：*The Making of the New York School of Poets*, New York：Anchor Books, 1999, p. 68.

画家波洛克、德库宁、罗斯科、克莱恩、戈德堡等人常造访此地。奥哈拉、科克等诗人也常在这里活动，他们在画家朋友们面前读诗，后者为其提出修改意见。

奥哈拉曾在《在琼·米切尔家读诗》（"Poem Read at Joan Mitchell's"）中描绘了格林威治村一带的状况。这首诗是奥哈拉在画家琼·米契尔家即兴创作的，之后选录在唐纳德·艾伦所编的《奥哈拉诗集》中。诗歌文本如下：

Tonight you probably walked over here from Bethune Street
    down Greenwich Avenue with its sneaky little bars and the
Women's De-tention House,

    across 8th Street, by the acres of books and pillows and shoes
and
        illuminating lampshades,
    past Cooper Union where we heard the piece by Mortie Feldman
with "The
        Stars and Stripes Forever" in it
    and the Sagamore's terrific "coffee and, Andy," meaning "with
a cheese
    Danish" _
    did you spit on your index fingers and rub the CEDAR's neon
circle for
        luck?
    did you give a kind thought, hurrying, to Alger Hiss?[1]

---

① Frank O'Hara, *The Collected Poems of Frank O'Hara*, new ed., edited by Donald Allen, Berkeley: University of California Press, 1995, p. 265.

今晚你可能从白求恩街走来

沿着格林威治大道旁影影绰绰的小酒吧，和女子

拘留所，

穿过第 8 街，通过数英亩的书籍、枕头和鞋子，以及

照明灯罩，

路过我们听莫蒂·菲尔德曼曲子的库伯联盟学院

还有《永远的星条旗》

和萨迦摩尔美妙的"咖啡和，安迪，"意思是"伴着一块

丹麦奶酪"——

你是否在食指吐了吐，并擦一下雪松酒馆的霓虹灯圈

为了好运？

你是否曾善意地想到，赶快去阿尔及尔·希思那里？

奥哈拉与雪松酒馆的联系颇为紧密，1957—1959 年，他住在酒吧所在地的同一条街上。奥哈拉的许多诗作都提及雪松酒馆，它既是其诗人与朋友聚会的场所，也是奥哈拉与里弗斯合作的话剧《肯尼斯·科克：一个悲剧》中的场景。奥哈拉常在雪松酒馆的烟雾缭绕中写诗、读诗与修改。

与雪松酒馆浓郁的艺术氛围相对的，是位于布利克街和麦克杜格尔街西北角的圣雷莫咖啡馆，许多作家造访此地。阿什贝利曾回忆道："有段时间我每天晚上都去那里，我的朋友们也一样。……他有点像巴黎的咖啡馆。"① 在诗人詹姆斯·梅利尔的描述中，这家创立于 1925 年的咖啡馆，"原本是一个下等的、有木质雅座的工人阶级酒吧，黑白色砖地，里间是一个餐厅。它是那种一点儿也'没有文学气息'的地方"。② 但是，随着诗人与作家的造访，随着更多文学、

---

① David Lehman, *The Last Avant-Garde*: *The Making of New York School of Poets*, New York: Anchor, 1999, p. 68.

② James Merill, *A Different Person*: *A Memoir*, reprint edition, New York: Harper Collins, 1994, p. 255.

艺术、思想话题在此升腾，圣雷莫咖啡馆被赋予新的空间属性。因此，罗恩·苏克尼科总结圣雷莫咖啡馆是"一个实实在在的乡村—波西米亚—文学—艺术—地下—黑手党—左倾分子—革命—反动—知识分子—存在主义者—反资产阶级的咖啡馆"。①

因此，活动诗歌在某种程度上会导致空间的转向。当诗歌不再是诗人独居一室的沉思与构想，当它迈出活动性的一面并在具体空间中驻扎，空间的属性也会因此发生转变，诸如圣雷莫咖啡馆的公共空间便从"没有文学气息"或"实实在在的乡村"之地，变为文学艺术活跃的据点。

2. 画廊

如果说垮掉派作家为格林威治村打上了"波西米亚文化"的风格印记，那么纽约派诗人则将格林威治村的文化推向更多元的跨领域融合。在纽约派诗人这里，诗歌的生长表现出一种柔韧性，在与绘画、戏剧、音乐、电影的并置或融合中呈现出诗歌天然的活动性与生命力。

蒂博·德·纳吉画廊在纽约派诗人的诗人生涯中扮演着至关重要的角色。奥哈拉、科克、阿什贝利、格斯特、斯凯勒的第一本诗集均由蒂博·德·纳吉画廊出版。同时，画廊所处的地理空间又充当纽约派诗人与艺术家长久合作的阵地。在一些诗—画合作之后，他们将作品转化为印刷版本并结集出版。阿什贝利谈到与里弗斯、布莱恩、弗莱里奇等艺术家的合作时称："可能是我最棒的出版经历了。"②

通常说来，画廊是艺术家作品展出并出售的地方。然而，在蒂博·德·纳吉画廊，诗人与画家展开了广泛的跨媒介合作，因此该画廊不仅是合作的据点、展览场所，也担当出版的功能。它不再是一种纯粹的艺术空间，也是活动诗歌的诞生与展现之地。除了蒂博·德·

---

① Ronald Sukenick, *Down and In: Life in the Underground*, New York: William Morrow, 1987, p. 19.

② Douglas Crase, "A Hidden History of the Avant-Garde", *Painters & Poets: Tibor de Nagy Gallery*, New York: Tibor de Nagy Gallery, 2011, p. 44.

纳吉画廊，纽约派诗人同样活跃在其他的画廊，如华盛顿广场艺术画廊（Washington Square Art Gallery）等。1964 年 8 月 23 日，阿什贝利在这里朗读诗歌，"宾大之声"对此次朗读录音进行了收录，并在备注中介绍了朗读现场的详尽情况："比尔·伯克森介绍了这次活动。画廊朗读由鲁丝·克里格曼（Ruth Kligman）组织，这是诗歌《滑冰的人》的第一次朗读出场。伯克森回忆当时屋子里站满了观众，包括埃德温·邓比、弗兰克·奥哈拉和'许多年轻的纽约诗人'（帕吉特、贝里根、托勒、夏皮罗）以及安迪·沃霍尔。"① 因此，画廊也成为诗歌生成与传播的公共空间。

画廊中的诗人与艺术家既共同合作又彼此促进。艾伦·利维（Ellen Levy）写道："将纽约派诗人与其他战后诗人团体区别开来的最主要特质是，他们与纽约艺术界的关系，特别是在他们职业生涯的最初，纽约艺术界为他们提供了各种支持，像出场、观众、工作这些诗人通常会去文学或学术圈里寻找的东西（如果他们找寻的话）。另外，艺术界，在某些时刻或从某种角度去看，很像一个公共领域，如果不完全是一个'民主的'公共领域。"② 正因为画廊延伸出一个包括出场、观众的机会，它对于诗—画合作的过程与后期作品有所甄别与评鉴，所以，这些加入了诗人与画家合作的画廊，逐渐从一个艺术空间转向拥有文学艺术批评功能的公共领域。

纽约派诗人中，奥哈拉与斯凯勒曾在现代艺术博物馆任职，为抽象表现主义艺术家筹划与主办了大量画展。他们本身也直接参与艺术评论工作。自 50 年代起，五位纽约派诗人就为艺术领域的主流杂志《艺术新闻》供稿，阿什贝利还曾担任主编。他们的艺术评论写作与经由画廊所建立的联系，对于推进美国抽象表现主义艺术的

---

① See "Reading at the Washington Square Art Gallery, NYC, August 23, 1964", PennSound, Retrieved July 10th, 2018, http://writing.upenn.edu/pennsound/x/Ashbery.php.

② Mark Silverberg, ed., *New York School Collaborations*: *The Color of Vowels*, New York: Palgrave Macmillan, 2013, p. 97.

发展与扩大影响力起到了积极作用。哈贝马斯在《公共领域的结构转型》中写道："展览馆像音乐厅和剧院一样使得关于艺术的业余判断机制化：讨论变成来掌握艺术的手段。"① 因此，在纽约派诗人与抽象表现主义画家这里，画廊也参与到艺术评判中来，并逐步走入机制化的模式。诗歌亦如此，对于纽约派诗人而言，包括蒂博·德·纳吉画廊在内的画廊与美术馆，为一种活动形态的诗歌在公共视野的出场提供了平台与评判机制。诗人及其诗歌不必再经由传统的出版社为大众所知晓。

3. 剧院

纽约派诗人参与"诗歌—剧场"实验的外百老汇或者外外百老汇剧院，不仅在名称上与百老汇形成某种主次差别，它们在地理空间上也存在竞争关系。曼哈顿区的百老汇大街汇聚了最具商业价值的娱乐剧院，并于 30 年代形成百老汇联盟。该联盟不仅规定了剧院的座席数，还规定了剧院的空间位置，明确将外百老汇与外外百老汇划分开来。虽然在商业竞争上，后者不及前者成功——当然，后者成立的最初目的并非要与之进行商业角力，反而认为浓厚的商业气息对艺术追求而言是一种贬损。

谢克纳曾谈论过表演场所与城市文化的关系："新剧院的一股强大潮流是让事件在空间中自由流动，并完全为特定的表演设计整个空间。"② 他认为这一潮流的缘由是"空间价格"的存在。因此，城市里不同文化的竞争也表现为空间竞争。纽约派诗人开展"诗歌—剧场"的所在地——处于边缘的剧院，就常常是经由废弃工业厂房改造而来，或是得益于咖啡馆的支持。西诺咖啡馆就是这场外外百老汇运动的先锋阵地，格斯特的《办公室》就在此地首演。

百老汇代表着传统的戏剧演出空间，而昔日在外百老汇或外外

---

① ［德］尤尔根·哈贝马斯：《公共领域的结构转型》，曹卫东译，学林出版社1999 年版，第 45 页。

② Richard Schechner, *Performance Theory*, London and New York：Routledge, 2003, p. 59.

百老汇运动中出现的边缘剧院，如生活剧院、艺术家剧院、诗人剧院等，是新兴实验戏剧演出的空间所在。尽管最初是废旧厂房或咖啡馆且处于边缘地带，但这些空间凝结着反叛与创新的先锋精神，随着时间推移亦成为新的经典的文化空间。

4. 专门的诗歌、文化项目基地

活动诗歌也在空间上争取了一些专门之地，如位于曼哈顿东村东 10 街的圣马可教堂（St. Mark Church in the Bowery）以及位于东 92 街与莱克星顿大道交界转角的 92Y。因为活动诗歌的复兴，这些曾经具备其他属性的地理空间诞生了专门的诗歌项目。

92Y 曾经是犹太青年的聚集地，为生活在纽约的犹太人服务，它的全称是"92 街希伯伦青年男女协会"，后来逐渐演变成融表演、艺术、音乐、文学、诗歌等多种教育或艺术服务的非营利机构。[①] 而圣马可教堂原是荷兰殖民者修建的一个小教堂，后来开始举办各种社会活动。虽从 19 世纪起便支持艺术发展，但直到 20 世纪上半叶，它对艺术的支持才开始变得频繁。而诗歌项目在圣马可教堂的成立，就是诗歌活动形态延伸的结果。

1965 年以前，诗歌朗读会主要在咖啡馆举行。1965 年年末，当地铁咖啡馆（Café Le Metro）的诗歌朗读接近尾声时，诗人保罗·布莱克本（Paul Blackburn）、卡罗尔·贝耶（Carol Berge）、杰罗姆·罗森伯格（Jerome Rothenberg）、黛安娜·瓦科斯基（Diane Wakoski）发现他们暂时无处可去。不过，他们成立了"诗歌委员会"（Poetry Committee）。[②] 圣马可教堂在此时成为新的目的地，得益于布莱克本的努力。安妮·沃尔德曼（Anne Waldman）回忆道："布莱克本已经将诗歌朗读系列从第二大道的地下铁咖啡馆搬到了教堂大厅。他很有激情地拖着他的万轮鲨磁带录音机到每一场诗歌朗读现场，很负责

---

① See "Mission and History", 92 Y, retrieved on July 10th 2018, https：//www. 92y. org/about-us/mission-history. aspx.

② See Daniel Kane, *All Poets Welcome*：*The Lower East Side Poetry Scene in 1960s*, Los Angeles：University of California Press, 2003, p. 55.

任地录制晚上的朗读，并且把帽子传给有特点的朗读者。"① 几乎所有战后著名美国诗人都到圣马可教堂参加过诗歌朗读活动，如弗兰克·奥哈拉、肯尼斯·科克、金斯堡、约翰·阿什贝利、奥尔森，等等。

后来，赞助经费的注入、专职人员的运作，使诗歌朗读以及其他诗歌表演逐渐成为一种惯例，圣马可教堂也成为诗人朗读会开展的新据点。1966 年 5 月，诗歌项目成立，诗歌委员会逐渐淡出。诗歌项目设立了三个带薪职位：主管、助理和秘书助理，成立之初分别由乔尔·奥本海默（Joel Oppenheimer）、乔尔·斯洛曼（Joel Sloman）和安妮·沃尔德曼担任。② 这是一个由诗人主办与维护的机构，成立之初的主要负责人为诗人，诗歌项目后来的其他任职人员也都是诗人。

在逐年的发展过程中，圣马可诗歌项目逐步成立了包括朗读系列、写作工作坊、季度通讯、网站、音频视频文件档案等各个部门。每星期的诗歌朗读包括了周一晚上与周三晚上的"朗读系列"以及周五晚上的"深夜朗读系列"。在沃尔德曼的带领下，有一件自诗歌项目成立早年便定期在做的事情——组织大规模的团体朗读。例如，每年新年，"诗歌马拉松"（Poetry Marathon）就要在圣马可教堂举行。③ 这一活动既为年轻诗人提供了进入诗坛的机会，也为民众更便捷地接近诗歌、沉浸在诗歌的世界提供了平台。

诗人丹尼斯·库珀（Dennis Cooper）曾写道："当我第一次认真对待自己作为洛杉矶青少年作家的身份时，我发现大多数我最喜欢

---

① Anne Waldman, ed., *Out of This World：An Anthology of the St. Mark's Poetry Project*, *1966 - 1991*, New York：Crown Publishers Inc., 1991, p. 4.

② Miles Champion, "Insane Podium：A Short History THE POETRY PROJECT, 1966 - 2012", The Poetry Project, Retrieved May 10th 2018, https：//www.poetryproject.org/about/history/.

③ See "The Reading Series", The Poetry Project, Retrieved May 10th 2018, https：//www.poetryproject.org/programs/reading-series/.

的诗人都以某种方式参与到圣马可（诗歌项目）：阿什贝利、斯凯勒、埃姆斯里（Elmslie）、奥哈拉……对我来说，'纽约派'是神圣的，而圣马可是它的核心、它的教堂。"①

这些专门的诗歌、文化项目的形成，不仅使诗歌的活动形态稳固下来并成为惯例，也使这些空间的诗歌朗读或诗歌讨论成为诗歌评价体系的重要组成部分。

二　活动诗歌的"空间体制"

保罗·瓦莱里在《象征主义的存在》一文中写道：

> 一部文学史如果不提及这些场所在那个时代的存在和作用，就是一部死气沉沉、没有价值的历史。与沙龙一样，咖啡馆也曾是真正的思想实验室，是交流和碰撞的场合，是聚会和分化的方式，在那里，最大的精神活动、最丰富的混乱、极端的言论自由、个性的冲撞、思想、嫉妒、热情、最尖刻的批评、嘲笑、诅咒，等等，构成了一种氛围，有时令人难以忍受，但总是令人激动，一切都奇怪地混杂在一起……②

事实上，诸如咖啡馆之类的场所不仅充当着思想交流与碰撞的空间，它们更隐含的作用显示在美学评判或价值评判上，并逐渐生成一种"空间体制"。"空间体制"是指以空间为媒介或发生场地的文学艺术实践，空间本身以及与之相关的要素构成其评判场域的一种文学艺术运行机制。

活动诗歌在20世纪五六十年代的发展，促成了一大批城市空间的公共化与公共领域化。诗歌以显在的方式在城市空间里流动。这

① See Daniel Kane, *All Poets Welcome*：*The Lower East Side Poetry Scene in 1960s*, Los Angeles：University of California Press, 2003, p.154.

② 高建平、丁国旗主编：《西方文论经典》第4卷，安徽文艺出版社2014年版，第119页。

些公共文化空间在与商业进行过一番空间竞争之后，艰难地存活下来，稳固下来的活动诗歌公共空间逐渐成为诗歌评价体制的一环。

哈贝马斯写道："艺术和文化批评杂志成为机制化的艺术批评工具，乃是18世纪的创举。"① 活动诗歌的盛行与诗歌公共空间的形成，并非指其完全取缔文本诗歌及其生成与评判机制，而是在文本体制之外增加了活动形态与空间维度。小杂志仍然是一种重要的诗歌传播途径，1960年，纽约派诗人便创办了名为《单轨》（Locus Solus）的小杂志。然而，这一时期的小杂志有其不同以往的特殊之处在于活动形态的诗歌成为杂志的关切。例如，1961年夏季的《单轨》杂志第二期，封面上就明确标注为"合作特刊"（A Special Issue of Collaboration）。该特刊介绍了诗人之间、诗人与画家之间的诸多合作。从中可窥见活动诗歌在纽约派诗人乃至整个诗坛中的地位与发展状况。

圣马可教堂诗歌项目更是如此，诗歌项目每季度会发布《通讯》（Newsletter），主要关注每一季度诗歌项目的活动举办状况。传统的诗歌发表方式往往通过文学或诗歌类杂志，此时的情况却发生了转变。丹尼尔·凯恩在《所有的诗人都欢迎：20世纪60年代下东区的诗歌现场》中介绍道："很多时候会发生这样的事情，如果你在圣马可教堂听到一首你很喜欢的诗歌朗读，几周之后你会在杂志上发现它。"② 因此，诗歌发表不再首先通过文本形态的杂志，而是具体的公共文化空间。

除了与活动诗歌紧密相连的公共空间及其相关的在线发布，空间评价体系的巩固还通过教育的方式达成。圣马可教堂诗歌项目本身的子项目还包括诗歌工作坊。1971年，诗人伯纳黛特·迈耶（Bernadette Mayer）开始在诗歌项目成立工作坊并教授实验诗歌。工

---

① ［德］尤尔根·哈贝马斯：《公共领域的结构转型》，曹卫东译，学林出版社1999年版，第48页。

② See Daniel Kane, *All Poets Welcome*：*The Lower East Side Poetry Scene in 1960s*, Los Angeles：University of California Press, p. 7.

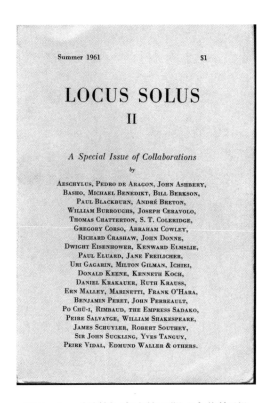

图 4 - 4　《单轨》杂志第二期"合作特刊"

作坊的教学通常撇开诗歌文本，以其对非文字文本（或者说首先是非文字文本）的强调而出名。迈耶的诗歌教学工作坊每一年都举行，一直持续到 1974 年，1974 年之后的十年则是间歇性地举行。前来参加或旁听课程的诗人有：凯西·艾克（Kathy Acker）、芭芭拉·巴拉克（Barbara Baracks）、里贾纳·贝克（Regina Beck）、查尔斯·伯恩斯坦（Charles Bernstein）、保罗·布朗（Paul Brown）、夏洛特·卡特（Charlotte Carter）、约瑟夫·塞拉沃洛（Joseph Ceravolo）、彼得·西顿（Peter Seaton），等等。[①] 这些工作坊成员长期在诗歌项目

---

① Miles Champion，"Insane Podium：A Short History THE POETRY PROJECT, 1966 - 2012"，The Poetry Project，retrieved May 4th 2018，https：//www. poetryproject. org/about/ history/.

中学习，日后成长为诗人或诗歌教授者、研究者，这为诗歌朗读、表演和实验等延伸至下一代年轻诗人储备了榜样和师资力量，有助于活动形态的诗歌从边缘走向正统化。

除了圣马可诗歌项目的工作坊，从教育路径使活动诗歌形态进一步巩固的还有纽约新学院（The New School），奥哈拉、科克、阿什贝利都曾在这里授课。除此之外，科克是哥伦比亚大学的教授，格斯特也在几所大学任职。科克与奥哈拉都教过年轻人，但他们的授课方式差异很大，科克的课堂具有规划性、条理性，奥哈拉则与之相反。不过，他们也有许多相似之处，除了对诗歌与艺术饱满的创新热情，他们的诗歌授课都重视"跨学科"和跨艺术门类的实验。

活动诗歌对空间的浸入，除了以上所提及的诗歌空间出场与非传统诗歌教学机构的传授，还有更为重要的一点是：它也逐渐改变着传统高校与研究机构中的诗歌教学与传播方式。哈佛大学的伍德贝利诗歌室、国会图书馆的诗歌录制中心、宾夕法尼亚大学的凯利作家中心等，都是新辟的专门举办各类文学活动与诗歌活动的场所，活动诗歌逐渐进入年轻一代的视野并为他们所认可。以往，诗人一般通过在诗歌类杂志发表诗作才为人所知，通过继续发表诗作或出版诗集扩大影响力。20 世纪中后期，诗人的发展路径开辟出新的"空间占领"通道——通过到专门的诗歌中心、文化机构或者高校的创意写作中心等公共空间进行诗歌朗读或表演，使诗歌的生成、传播与读者的接受具有时间与空间的一致性。这种占据时空体量的具体诗歌行为与事件，成为更具影响力的诗歌传播方式，也最终成为活动诗歌合法化的关键渠道。

同时，随着年岁更迭，那些抱持传统文本诗歌观念的教授、学者从高校与研究机构退出，让位给新一代的诗人与学者。这些曾经追随先锋诗人的年轻诗人与学者，待他们成为诗歌教育与学术研究的中坚力量时，其教学与研究范式较之以前也发生了巨大转向。"文本细读"不再充当诗歌教学过程中的核心环节，诗歌音频、视频录制材料更广泛地进入课堂，"细听"与"细察"也成为重要的诗歌教学与研习方式，与"细读"享有平等的地位。至此，伴随与诗歌相关的学术机构的角色和观念置换，新批评主义逐渐式微，而超越了文本中心主义的研究范式如雨后春笋般涌出，开启了 20 世纪后期至今人文社科研究的新篇章。

因此，依据空间关系所形成的文学文化评价体制，成为 20 世纪后期直至当下重要的诗歌评判尺度，这也从侧面印证了活动诗歌广为盛行的状况。

第三节　录制档案：活动诗歌的再生空间与合法化路径

20 世纪中期之后的美国诗歌史，充斥着先锋、声音、实验、表演、合作等关键词，它们与诗歌录制及档案有着极大的关联。诗歌录制档案，包括诗歌音频、视频等的收录，其背后隐藏的是技术力量。技术是促使诗歌后现代变革的隐秘力量，它时而明显，时而幽微。如果要刨根问底地追溯这一切改变背后的源流，技术绝对是其中一支。自马里内蒂发表《未来主义》宣言、毕加索与布拉克实践立体主义以来，艺术与技术的竞争便愈加显然。20 世纪中期美国诗歌的朗读、表演、展览、诗以及与其他艺术领域的合作等，既包含对技术的反思，同时也依赖于技术搭建起的平台与保存库。

一　活动诗歌与诗歌录制史

进入 21 世纪以来，科技以迅雷不及掩耳之势介入人们最寻常的生活，将一切席卷至技术麾下。在一片解构的荒原上，人们试图建立理解与重构世界的新范式。媒介（media）、数字人文（digital humanities）、事件（event）等成为学术研究领域的新关键词。

作为一门古老的艺术，诗歌在新的技术条件下亦焕发出顽强的生命力与适应性。诗歌在其源头上是一种口头传统，然而在经历印刷术导致的"诗乐分野"之后，诗歌开始长期伏身文字文本，以至于大多数人一提及诗歌就将之与纸页上的文字关联。然而回顾20世纪五六十年代及之后的美国诗坛，情形已发生剧变。在这场反文化的狂欢中，诗歌不仅呈现出口头传统复兴的迹象，更是与技术、公共空间相结合，呈现出明显的活动性。诗歌在公共场所的朗读、表演、实验，诗人与音乐、绘画、电影、戏剧等其他领域艺术家的合作越来越多。人们也从无声阅读纸上诗歌的方式，转变成听诗或观诗。

听诗或观看诗歌表演，融合了听觉、视觉等多重感官的参与，是一种体验式、过程式的文学方式，有其独特的美学内涵，与文本方式有诸多不同。除了亲历现场参与诗歌朗读或表演，对于更大的"读者群"来说，通过网络观摩诗歌现场是更便捷的方式。而在线诗歌档案，汇集了较全的诗人朗读、表演的视频、音频，或按诗人名字，或按年代，或按具体录制系列和项目名称进行收录，不仅是诗歌"读者"的理想之地，也是诗歌研究者的宝库。

就美国而言，其诗歌录制档案建设已颇为壮观。据美国学者德里克·弗尔（Derrek Furr）统计，目前美国较大的诗歌档案中心有：国会图书馆声音录制资料中心的诗歌文学录制档案（Archive of Recorded Poetry and Literature in Recorded Sound Reference Center, Library of Congress）、哈佛大学拉蒙特图书馆的伍德贝利诗歌收藏室（Woodberry Poetry Room Collection）、纽约表演艺术公立图书馆的罗杰斯和哈默斯坦声音录制档案（The Rodgers and Hammerstein Archive of Recorded Sound）、美国诗人学会诗歌音频档案（The Poetry Audio Archive of the Academy of American Poets）、纳罗帕大学音频档案（The Naropa University Audio Archives）、诗人之家（纽约）的阿克塞·霍顿多媒体档案（Axe-Houghton Multimedia Archive）、宾大之声（PennSound）、诗歌基地音频档案（Poetry Foundation Audio

Archives）和乌卟网（Ubuweb）。①

2018 年 4 月，《文化分析杂志》（*Journal of Cultural Analytics*）②刊登了一篇题为《超越诗人声音：100 位美国诗人表演/非表演风格样本分析》的文章，通过大量数据分析了美国 100 位诗人的录音档案。文中图表显示了诗人录音的档案来源，其中占比最大的就是美国诗人学院（Academy of American Poets）与宾大之声。

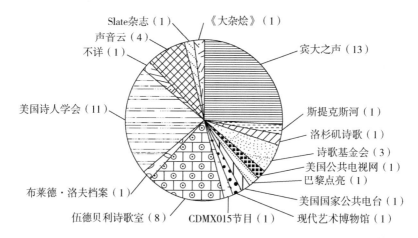

图 4-5 《超越诗人声音：100 位美国诗人表演/非表演风格样本分析》中女诗人录音档案来源示意图③

其中，美国诗人学院是一个综合性的涉及诗歌教育、诗歌奖项等的综合性机构，宾大之声是专门为诗人朗读、表演建立的在线录制档

① Derek Furr，*Recorded Poetry and Poetic Reception from Edna Millay to the Circle of Robert Lowell*，New York：Palgrave Macmillan，2010，pp. 167-168.

② 《文化分析杂志》是一本致力于对文化进行数据研究的开放型在线期刊，将文化研究与计算机技术相结合，以定量方法分析文化文本、声音、图像等。耶鲁大学、麦吉尔大学和加拿大社会科学与人文研究委员会是该杂志的支持单位。See "About CA"，*Journal of Cultural Analytics*，Retrieved July 10th 2018，http://culturalanalytics. org/about/about-ca/.

③ 该图翻译自以下文章中的图片：Marit J. MacArthur，Georgia Zellou，and Lee M. Miller，"Beyond Poetic Voice：Sampling the（Non-）Performance Styles of 100 American Poets"，*Cultural Analytics*，November April 18th 2018，Accessed July 10th 2018. Article DOI：10. 22148/16. 022. Dataverse DOI：10. 7910/DVN/OJI8NB.

案。因此，本书以"宾大之声"为例讨论活动诗歌的第二空间——在线录制档案。宾大之声由诗人、学者查尔斯·伯恩斯坦与埃尔·菲尔利斯（Al Filreis）于2003年在宾夕法尼亚大学共同创办。宾大之声发展迅速，目前共为672位诗人创建作家页，共有55000个MP3文件、1000个视频文件，年访问量达100万次，年下载量约为270万次，录音总时长6000余小时。[1] 创立之初，他们就写下《宾大之声宣言》："1. 音频材料全部免费，皆可下载；2. 音频材料为MP3或更优的格式；3. 音频材料以单首诗为一个收听或下载单位；4. 所有材料皆有命名；5. 文件中应有参考来源信息；6. 文件应当可索引。"[2]

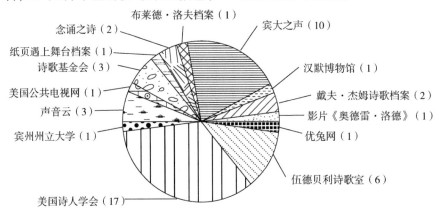

图4-6：《超越诗人声音：100位美国诗人表演/非表演
风格样本分析》中男诗人录音来源档案示意图[3]

---

① 作家页（author page）是宾大之声网站栏目之一。该栏目包括所有参与录制的诗人名录，按姓氏首字母顺序排列。进入某位作家的作家页可查看其所有收入录制详情。引用数据是通过采访"宾大之声"副主编穆斯塔兹奥得到。此为2017年11月最新统计数据。

② Charles Bernstein, "PennSound Manifesto" 2003, PennSound, Retrieved March 3rd 2018, http://writing. upenn. edu/pennsound/manifesto. php.

③ 该图翻译自以下文章中的图片：Marit J. MacArthur, Georgia Zellou, and Lee M. Miller, "Beyond Poetic Voice：Sampling the (Non-) Performance Styles of 100 American Poets", *Cultural Analytics*, November April 18th 2018, Accessed July 10th 2018. Article DOI：10. 22148/16. 022. Dataverse DOI：10. 7910/DVN/OJI8NB.

　　一般诗歌活动持续时间较长，而剪切后的以单首诗为单位的格式就为卜载与索引提供了便利，且都注明详细出处，如弗尔所称："在存档信息追根溯源方面，宾大之声可谓典范。"[1] 宾大之声不仅发掘早期的诗人录音，对其进行数字化转化与保护，也录制当下的诗歌活动，是一个持续更新的诗歌在线档案系统。宾大之声对于记录美国及其他地区的现当代诗歌实践、保存与塑造新的诗歌形态、惠泽诗歌读者与诗人、保存当代文化样态等，都产生了深远的影响。

　　尽管宾大之声成立于 2003 年，它的诗歌录制收藏却涵盖了从 1913 年至今的整个诗歌录制史。宾大之声副主编兼技术工程师克里斯·穆斯塔兹奥（Chris Mustazza）在接受笔者采访时谈道："宾大之声的录制来源有各种渠道：有些来自有价值的个人收藏赠送，有些是无心插柳意外找寻的收获，有些来自历史上的著名录制系列。因此我们并没有一个固定的寻找方法，但我们一直在寻找。"[2] 他口中的"历史上的著名录制系列"，指的是诗歌录制史上的重要节点。对于这些重要节点，宾大之声在线诗歌档案几乎均有收录。纽约派诗人的诗歌朗读与电影实践，宾大之声也有收录。

　　1. 语音实验室（Speech Lab Recording）

　　1913 年 12 月 24 日，法国诗人阿波利奈尔走入费迪南·布吕诺（Ferdinand Brunot）的语音实验室进行诗歌朗读录音。布吕诺是索邦大学"话语档案"的创建者，走进他实验室的诗人还有保尔·福尔（Paul Fort），安德烈·比利（Andre Billy），安德烈·萨蒙（Andre Salmon）等。[3] 同年，庞德也在语音专家皮埃尔－让·鲁斯洛（Pierre-Jean Rousselot）的语音实验室录音。这些语音实验室，初衷是研究语音现象，属于索绪尔"语言"（langue）系列之下对语音普遍

---

　　① Derek Furr, *Recorded Poetry and Poetic Reception from Edna Millay to the Circle of Robert Lowell*, New York: Palgrave Macmillan, 2010, p. 147.

　　② 此采访通过邮件进行。该段文字翻译自邮件内容。

　　③ See author page of Guillaume Apollinaire, PennSound, Retrieved April 10th 2018, http://writing. upenn. edu/pennsound/x/Apollinaire. php.

规律的研究。比如，鲁斯洛对庞德的录音就跟我们熟知的将声音录制以供后来播放不同，它是机器对元音、音调等要素的语音力度进行同步绘制，在纸上产出图像，从图像变化来研究语音。①

然而语音实验室的副产品——诗歌录制却开启了诗歌史上的新篇章，诗歌开始朝有声方向演进。阿波利奈尔 1913 年的录音是宾大之声诗歌档案收录年代最久远的。如今打开宾大之声网站，依然能听见一百多年前阿波利奈尔朗读《米拉波桥》《玛丽》《旅人》等诗的声音。

与法国一样，美国最初的诗歌录制也在哥伦比亚大学与哈佛大学的语音实验室进行，录制成果最初也作为语音学研究的样本。1931 年 1 月，哥大巴纳德学院教授、词汇学家威廉·卡贝尔·格里特（W. Cabell Greet）与现代吟唱诗人之父韦切尔·林赛（Vachel Lindsay）见面，格里特用他录制美国方言样本的机器为林赛录制诗歌近 5 小时，这标志诗歌录制在美国诞生。② 受此启发，格里特开启了他的诗歌录制系列，参与录制的有现代主义诗人斯坦因、艾略特和詹姆斯·约翰逊（James Weldon Johnson）等人。③

哈佛大学的诗歌录制也于同一时期开始。1933 年，弗里德里克·帕克德（Frederic C. Packard）在伍德贝利诗歌室创立声音图书馆，他生造了"Vocarium"一词代之。④ 哈佛大学声音图书馆因此被称为"Harvard Vocarium"。他声称："这将是一个能保存和研究声音的地

---

① See Richard Sieburth, "The Sound of Pound: A Listener's Guide", Penn Sound. Retrieved April 10th 2018, http://writing. upenn. edu/pennsound/x/text/Sieburth-Richard_Pound. html.

② Chris Mustazza, "Vachel Lindsay and The W. Cabell Greet Recordings", *Chicago Review*, Volume 59 – 60, Issue 4 – 1, p. 99.

③ Chris Mustazza, "Vachel Lindsay and The W. Cabell Greet Recordings", *Chicago Review*, Volume 59 – 60, Issue 4 – 1, p. 101.

④ 参见哈佛大学伍德贝利诗歌室网站：http://hcl. harvard. edu/poetryroom/about，伍德贝利诗歌室创建于 1931 年 5 月，以评论家、诗人、评论家乔治·爱德华·伍德贝利的姓氏命名。弗里德里克·帕克德是哈佛大学公共演讲教授及矫正语言障碍诊所主任。

方，并且和书籍图书馆拥有同样的声望。"①

创立后，声音图书馆陆续对许多诗人朗读自己的作品进行录音。宾大之声就收录了 1939 年 5 月 17 日庞德在哈佛大学声音图书馆的诗歌录制，包括《六节诗——阿尔塔夫特》《航海者》《向塞克斯特斯·普罗波蒂斯致敬》等 13 首诗。② 1955 年，哈佛大学声音图书馆开始进行商业录制，首批参与录音的有伊丽莎白·毕晓普、兰德尔·贾雷尔、罗伯特·洛威尔、罗伯特·沃伦和田纳西·威廉斯等诗人。③语音实验室的诗歌录制，主要用于教学和研究。后期的商业性录制，部分也被高校买去用于教学目的。因此，可以说语音实验室参与了现代诗歌的经典化过程。

2. 广播与录音技术

语音实验室之外，现代诗歌录音的另一路径是广播。自 1877 年爱迪生发明留声机以来，录音技术不断发展。肖恩·斯特里特（Sean Street）在《广播之诗：声音的色彩》中讲述了广播在美国立足的历史，他写道："1920 年，沃伦·哈定与詹姆斯·考克斯进行总统竞选，竞选结果通过广播公布，宣告广播在美国诞生。之后，提供讯息或娱乐服务也能成为一项产业并能无限地推动设备生产和销售，这一观点迅速成为大西洋两岸的共识。"④

诗歌进入广播的历史，可追溯到 20 世纪 30 年代。"1932—1933 年冬天每个星期天的晚上，全美国的听众围绕在收音机旁，听埃德娜·米莱（Edna St. Vincent Millay）在 NBC 广播电台朗读她的作

---

① Frederick Clifton Packard, Jr., "Harvard's Vocarium Has Attained Full Stature", *Library Journal*, Volume 75, Issue 2, Jan. 1950, p. 69.

② See author page of Ezra Pound on PennSound, Retrieved December 12th 2017, http://writing. upenn. edu/pennsound/x/Pound. php.

③ See "About the Woodberry Poetry Room" on the official website of Harvard University. Retrieved December 12th 2017, http://hcl. harvard. edu/poetryroom/about/.

④ Seán Street, *Sound Poetics: Interaction and Personal Identity*, New York: Palgrave Macmillan, 2017, p. 1.

品。"① 那也是收音机在文化生活中占据重要地位的年代，"二战"前夕，美国国家广播协会（NAB）抽样调查显示"男性平均每天听广播的时间是 3 小时，而女性是 4 小时"②。技术是使诗歌录制活动得以实现的前提，而录音技术的进步也与"二战"及冷战密不可分。例如，在大西洋战场上，为捕捉到潜水艇的声音，不仅需要训练声呐操作员，也需要提高光盘录音的清晰度。从三四十年代电气时代的 78 转黑胶碟、真空管留声机或广播留声机合体，到五六十年代的密纹黑胶碟与晶体管，再到 70 年代磁带逐渐替代旋转唱片成为声音录制的主要形式以及盒式磁带的广泛运用，乃至 80 年代压缩光盘的出现，诗歌在与声音技术的结合中有了新的声音考量。并且，录制技术对转瞬即逝的声音的记录，促使更多诗人参与到诗歌广播或录制中来。

3. 国会图书馆诗歌录制项目

诗歌录音在美国的兴起，技术是前提条件，但与国家的文化战略及教育对公开演讲的提倡也密切相关。在诗歌录制活动中，影响最大且最深远的当属国会图书馆的诗歌项目。这一项目的开启并非偶然。在美国大陆，对于建立一种"美国文化"的诉求自其建国伊始就已存在。这一诉求在 20 世纪前后达到空前。"在 20 世纪初，美国依然是个落后俗气的暴发户。"③ 他们需要一种文化上的调和。而这种对于文化认同的需求，在"二战"及后来的冷战中变得更加迫切。那些习惯了军队的电子通信设备的年轻人从战场上回来，"发现他们置身于将人文艺术教育延伸至普通民众的国家努力之中"。④ 国

---

① Derek Furr, *Recorded Poetry and Poetic Reception from Edna Millay to the Circle of Robert Lowell*, New York: Palgrave Macmillan, 2010, p. 2.

② Paul F. Lazarsfeld and Harry Field, *The People Look at Radio: Report on a Survey Conducted by the National Opinion Reasearch Center*, Chapel Hill: University of North Carolina Press, 1946, p. vii.

③ 赵毅衡：《诗神远游：中国如何改变了美国现代诗》，上海译文出版社 2003 年版，第 184 页。

④ Sarah Parry, *Caedmon Records, the Cold War, and the Scene of the American Postmodern*, Dissertation. University of Alberta (Canada), 2006, p. 7.

家的文化策略延伸至教育领域，需建立一种对本国文化认同的渠道，教学上也口语、公开演讲等更加重视。这些也都直接促进了诗歌录音的发展。

国会图书馆的诗歌录音档案，就是以激励国家文化认同、寻求"美国性"为目的的范例之一。由诗歌顾问（Poetry Consultant）牵头，国会图书馆录音计划始于第二任诗歌顾问艾伦·泰特（Allen Tate，1943—1944 年在任）。不过，1947—1948 年，在第六任诗歌顾问罗伯特·洛威尔任职期间，诗歌录制才取得长足进展。洛威尔非常善于说服诗人来参与他的诗歌录制项目。据弗尔研究整理，洛威尔的"1949 系列"录音项目参与者包括诗人艾肯、奥登、贝里曼、毕晓普、肯明斯、弗罗斯特、贾雷尔、兰色姆、夏皮罗等共 29 位诗人。① 这份长名单令人惊叹。但国会图书馆的诗歌项目受新批评影响很深，初期的诗歌顾问大都是走新批评路线的诗人。1985 年，国会图书馆"诗歌顾问"一职变更为"美国桂冠诗人"（U. S. Poet Laureate）。诗歌顾问与桂冠诗人的任期都是一年，主要职责是组织诗歌朗诵，促进诗歌写作与欣赏。历任桂冠诗人都很有威望，其中不乏诺贝尔奖得主。目前这一项目仍在继续。

4. 商业录制：凯德蒙（Caedmon）公司

在国会图书馆的诗歌录制项目之外，另一诗歌录制项目也开始了。"它在学术界之外，而它的目的一开始就将诗人朗读作为智性娱乐的一种范式，使其资本化。"② 这是指成立于 1952 年的凯德蒙公司。1952 年，擅长表演的英国诗人狄兰·托马斯（Dylan Thomas）在纽约 92Y 文化中心进行诗歌朗读。这一活动给了芭芭拉·科恩（Barbara Cohen）和玛丽安·罗尼（Marianne Roney）灵感，她们在活动结束后追上了托马斯，说服他参与诗歌录制。这就是凯德蒙公

---

① Derek Furr, *Recorded Poetry and Poetic Reception from Edna Millay to the Circle of Robert Lowell*, New York：Palgrave Macmillan, 2010, p. 32.

② Derek Furr, *Recorded Poetry and Poetic Reception from Edna Millay to the Circle of Robert Lowell*, New York：Palgrave Macmillan, 2010, p. 29.

司的伊始，也是世界有声书的开端。①

后来，凯德蒙公司在"印刷书的第三维"和"讲出最好的"这样的旗号下，发行诗人录音制品，改变读者的听诗方式。继托马斯录制后，参与到凯德蒙公司录制诗歌的还有许多其他著名诗人。但商业录音也存在问题，它剪掉了讨论的部分，只留下纯粹的诗人朗读，造成录制语境的缺失。

5. 少数族裔诗歌的录制

在美国这样一个多种族裔并存的多元社会，"美国文学"这个概念本身及其源头流向至今依然是学界论争的热点。本土裔、非裔等少数族裔美国文学，都历经了从边缘到被纳入主流文学脉络的动态过程。

对本土裔诗歌的录制最初兴起于人类学家的田野调查。最早对本土裔各族诗歌进行录制的是人类学家弗朗西斯·登斯莫尔（Frances Densmore）。她走访了奇佩瓦（Chippewa）、曼丹（Mandan）、希达察（Hidatsa）、苏族（Sioux）等众多本土裔部落，将所搜集的音乐、诗歌录制于蜡筒留声机上。国会图书馆对其录制进行了复制、归档和保存。②

另一对本土裔早期诗歌录制做出巨大贡献的是约翰·艾弗里·洛马克斯（John Avery Lomax）与其妻子鲁比·特瑞尔·洛马克斯（Ruby TerrillLomax）。1939 年，他们到南部各本土裔部落进行人种志田野调查，从 300 多名表演者那里录制了大约 25 小时的民谣和诗歌。这些录音杂糅了多种文学与音乐类别，其中包括民谣、蓝调、儿歌、牛仔之歌、田间劳动号子（field hollers）、摇篮曲、聚会歌曲、宗教戏剧、灵歌和劳作歌曲（work songs）等。依田野调查汇总而成的《南部马赛克：约翰·洛马克斯与鲁比·洛马克斯 1939 年南

---

① See Caedmon Audio in Wikipedia：https：//en. wikipedia. org/wiki/Caedmon_ Audio.

② Audio recording on website of Library of Congress，https：//www. loc. gov/item/ihas. 200196307，retrieved January 24th 2021.

部州录制之行》（Southern Mosaic：The John and Ruby Lomax 1939 South-ern States Recording Trip）系列收藏，包括此行的录音、田野笔记、手稿等，皆存于国会图书馆。①

非裔美国文学也为美国诗歌录制档案留下了不少遗产。黑奴在种植园劳动时所唱的"奴隶之歌"（slave songs）与"痛苦之歌"（sorrow songs），与其歌唱上帝的"黑人灵歌"（Negro spirituals or African American spirituals）一道流传下来，在 19 世纪末 20 世纪初开始进入录音盘和卡带里，这些声音作品在"诗"与"歌"之间模糊的界限中滑动。"许多录制于 1933—1942 年的乡村黑人灵歌，如今存于国会图书馆的国家民俗中心（American Folklife Center）的库藏中。"②

其他少数族裔的录制情况，不在此赘述。所有这些历史上的诗歌录制系列，最终成为美国诗歌录制档案的重要组成部分。它们大多成立于 20 世纪中后期或 21 世纪初期，主要以高校、科研机构、艺术中心为基地，既收录历史上的诗歌录制资源，又关注当下正进行的诗歌朗读、表演等活动，共同汇聚成当前壮观、有序的诗歌录制档案。宾大之声是其中之一。

二　录制档案中诗歌声音与表演的美学特点

穆斯塔兹奥说："诗歌录制实践在电子记录时代才进入繁荣时期。"③ 因为诗歌录制档案电子化之后，才打开诗歌声音通往更多耳朵的渠道。对历史录制磁带、光盘进行数字化转换，也是宾大之声的一项重要工作。纽约派诗人是美国诗坛诗歌跨界实践的先锋派，

---

① "Southern Mosaic：The John and Ruby Lomax 1939 Southern States Recording Trip" on website of Library of Congress, https：//www. loc. gov/collections/john-and-ruby-lomax/about-this-collection/, retrieved January 24th 2021.

② "African American Spirituals" on website of Library of Congress, 2019, https：//www. loc. gov/item/ihas. 200197495/, retrieved January 24th 2021.

③ Chris Mustazza, "Vachel Lindsay and The W. Cabell Greet Recordings", *Chicago Review*, Volume 59 – 60, Issue 4 – 1, p. 99.

而伴随电子化录制技术、多媒体技术的迅猛发展，诗歌在跨界的方向上越走越远。以往潜藏于文本的诗歌，随着技术更新与文学艺术运动的拓展，成为一种融合文学与其他艺术的综合艺术形式，成为本雅明所说的从"经验"变为"体验"的一种艺术。以声音与表演样态呈现的诗歌，具有许多在诗歌书写文本中无法谈论的特点。

1. 声音的戏剧性

传统依托书写文本所进行的诗歌声音分析，常会注重诗的节奏、韵律，如汉语诗通过"平仄"规定形成一定的语言节奏，再如英语诗通过押头韵、尾韵等形成音韵美等。而诗歌录制档案中的声音，文字及其语音符号退居次要地位，人体发声这一行为具有极大的自主性和多样性。20 世纪中期，不仅纽约派诗人进行了大量的诗歌朗读实践，一些其他同时代诗人在诗歌声音表现上也独具特色。

以杰罗姆·罗森伯格（Jerome Rothenberg）表演的《马歌》系列和《达达血统》为例。表演《马歌》时，罗森伯格像一位年长的诵经人，拖着悠长的声音。清晰可辨的英文单词之间，夹杂着模糊的"嗯，嗡，噔，喵，哦，闷，咚"等拟声词，再加上拖长的尾音余韵，形成流畅的全诗念诵。听《马歌》系列的诗歌表演，仿佛置身于某个古老的部族。[①] 罗森伯格对现代诗歌如《达达血统》的声音演绎，呈现出迥异的风格。诗歌译文如下：

> 科学众神崎岖之母
> 疯狂的恒星与药学之父
> 离开无政府主义的帐篷
> 无人看守

[①] Listen to "Horse Songs & Other Sounding"（S Press，1975），http：//writing. up-enn. edu/pennsound/x/Rothenberg. php. 另《弗兰克·米歇尔 17 首马歌》是杰罗姆·罗森伯格根据印第安纳瓦霍族的出生仪式"庇佑母亲"（Mother Blessingway）中的唱诵翻译而来。与婴童的洗礼仪式相似，出生仪式是纳霍族人为临盆的妇女举行的念诵仪式，安抚其心灵，为生产做精神准备。

　　　　北极寒冷的骨头

　　　　在圣杰曼身上排成一行

　　　　像火鸡逆来顺受

　　　　住在电灯泡上

　　　　性欲炙热

　　　　"艺术就是垃圾"，小便池说

　　　　"挖一个孔，在里面游泳"。

　　　　严肃的电脑传来一个讯息

　　　　"阁下是汉堡包。"①

　　此诗的声音表演显得比较激进。全诗念诵节奏较快，一气呵成。诗人将主要念诵气力落于每个单词的首音节上，形成重音点。一个重音点结束，伴随短暂的轻声，随即又是重音点，如此循环往复，如同有节奏的鼓点，一路敲击下去，风起云涌般，整齐而密集，与诗文所描述的达达主义运动相映照。而末一句，诗人暂歇下来，平缓地道出那句电脑传来的讯息"阁下是汉堡包"，全诗戛然而止。这一结局显得幽默而滑稽，这就是达达主义，也是现代主义运动发展至后期所面临的困境和悖论。②

　　通过音色变化、添加拟声词、节奏控制等口头技巧变化形成张力，在声音层面上构成语言文字推进的戏剧性，变成为诗歌声音的戏剧性。对听者来说，整个听诗过程犹如置身声音剧场。这是诗歌表演的一大特色。

　　2. 技术辅助诗歌

　　相较于单纯的文字呈现，通过多媒体技术呈现的诗歌拥有更多途径为主题服务，如声效处理、视觉效果处理、布景等。而媒介也

---

　　①　翻译依据以下诗集中的诗歌出处：Jerome Rothenberg, *New Selected Poems 1970 – 1985*, New York：New Directions Publishing Corporation, 1986, p. 103.

　　②　Listen to Jerome Rothenberg, 23. "That Dada Strain（0：39）", records for the Rockdrill CD series, 6：Sightseeing, Jerome Rothenberg：Poems 1960 – 1983.

可运用自身"语言"与技巧强化主题。声音或图像，也有类似语言文字的隐喻、排比、对比等手法。同时，现实被拉进诗作里，与之交融、对比，共同呈现出一部别样的诗歌作品。因此，技术辅助诗歌是多种媒介携带其自身属性参与融合的结果。纽约派诗人在与电影制作人、与音乐家合作诗歌—电影或诗歌—音乐时，对诗歌而言，实际上既是技术辅助诗歌，同时也是不同媒介的交融，这对后来的诗人产生了深远的影响。以伯恩斯坦的《在选举日》的视频制作为例，诗歌译文节选如下：

> 在选举日，我听见民主哭泣。
> 在选举日，街道布满掮客的承诺。
> 在选举日，恶棍的选票与圣人一样。
> 在选举日，死者释放他们的愤怒。
> 在选举日，我的兄弟碾过悲痛。
> 姐妹在选举日浣洗。
> 在选举日，慢慢地，我靠近黑沉的声音。
> 在选举日人们准备死亡。
> ……
> 在选举日，我感觉噩梦就快结束，但不能清醒。①

诗人似有全知视角，从不同人群不同视点描述选举日当天的情形。在宾大之声网站存档的视频里，诗人走过清晨洒满阳光的、轰隆声环绕的街道。公园旁、河边、栅栏前、木门前，诗人朗读手中诗集。每读两句，背景会切换至不同的地方。声道时而单声道，时而换至双声道：读声一前一后，一个激昂，一个低沉。单声道与双声道送声交替进行，营造出梦境与现实的闪回切换，更为最后一句

---

① 翻译依据以下诗集中的诗歌出处：Charles Bernstein, *Recalculating*, Chicago：University of Chicago Press, 2013, pp. 55 – 56.

铺垫。

诗人站立的背景选取也有意为之。铁栏杆、木门、铁丝网，它们截断诗人与栏杆外的生活，如"隔离"的隐喻。念完最后一句，诗人从朗读现场离开，露出身后铁丝网上挂着的小木牌，上面写着"End"。① 如同电影幕布上打出来的"剧终"字样，既指示朗读的结束，也呼应诗歌主题。

3. 诗人与其他艺术家的合作

在以纽约派诗人与其他门类艺术家开展广泛的合作之后，20 世纪后期的美国诗歌、艺术界，跨艺术门类的合作也越来越多。诗人亦开始探索诗歌与建筑、音乐、绘画、电影、戏剧等其他艺术形式之间的跨界合作。这样的合作，仅靠文字叙述难以还原其具体样貌，然而声音或影像录制技术对其的还原度就高了很多。纽约派诗人与电影制作人合作的电影，在宾大之声在线档案也有部分收录。

苏珊·豪（Susan Howe）是一位备受先锋派诗人影响的诗人、评论家，也是 20 世纪后期至 21 世纪美国诗歌史上重要的人物。以《梭—罗》为例，这是她与作曲家戴维·格拉布斯（David Grubbs）首次合作表演的专辑《窃》中的一篇，另一篇是《梅尔维尔札记》，两篇皆为苏珊·豪所作长诗。在这个合作作品中，苏珊·豪是朗读者，格拉布斯控制电脑音响，同时有萨克斯、大提琴、笛子等乐器演奏介入。乐器演奏并非充当背景音乐，也不会演奏一首完整的曲子，而是通过乐器本身独特的音色表现，或借助电脑音效的支持，对诗歌朗读进行回应、烘托、截断、渲染、应答等。

一段混沌沉闷的机器齿轮声，如同汽车开过，偶有金属的尖锐碰撞声，随后，升起了大提琴声。远处传来断断续续的朗读声，几个词语传来"岛屿""直线距离""蓝"，又混合着"嘶""突"的

---

① Watch Charles Bernstein, "On Election Day", filmed by Gabe Rubin, August 2012 and published with subtitles Nov. 15, 2013, in Fohla Sao Paulo, Brazil, tr. Regis Bonvicino: http://writing. upenn. edu/pennsound/x/Bernstein-video. php.

发声。声音断断续续，如同电台信号受到干扰时的声音。混沌声依
然继续，笼罩着整个听音场景。随后，只留平静的朗读声：

> 走吧童子军他们说
> 他们接近
> 我有雪地靴和印第安靴子
> 我此刻的想法
> 不是我的沉默
> ……

然后，机器的轰隆声升起来，越来越近，像要碾压过来。同时，
诗人的朗读内容如下：

> 冬天的暴雪吹倒栅栏
> 军队占领黑压压一片
> 大地伸向世界边缘
> 这本书和人类一样古老
> 童话故事里血迹斑斑
> 欲望的踪影。[1]

到这里，音响突然变成混响效果，轰隆声在持续，但朗读声从
遥远的四面八方传来，声音重叠、交叉。大提琴营造出的割锯声，
在混沌轰鸣声之下，似要划破时空：

> 当冰块破裂
> 在遥远的北方

---

① Watch Susan Howe and Davis Grubbs, Thiefth (Blue Chopsticks BC 15), 2005, http：//writing. upenn. edu/pennsound/x/Howe-Grubbs. php.

　　　　艾迪伦达克山峰

　　　　如此空无空无

　　　　……

　　　　遥远的欧洲君主

　　　　笼罩在森林上空的欧洲格栅

　　　　……

　　　　认出血迹

　　　　抹杀那些血迹

　　　　德国妇孺老幼

　　　　无数人吟唱战争的歌曲

　　　　我也是他们侵犯的共谋。①

　　这是探寻历史暴行与国家认同之间冲突与共谋的一首长诗。在这片土地上，印第安人早已命名的山川河流，欧洲入侵者抹去了那些名字的印迹，为之重新命名。苏珊·豪与格拉布斯的合作表演，将历史通过朗读、音乐、不同声效重新置于当下。整首诗的朗读与音响呈现出不规则不平整的特质，朗读声常有混音，并有不同的空间指向，一如诗人本来想传达的反思。

　　在宾大之声网站上，除了诗人与音乐家的合作，诗人与剧作家、建筑家、画家、电影导演等的合作作品也比比皆是，通过不同艺术门类及其媒介的对话交流，诗歌呈现路径更加广阔，表现力也更强。

　　4. 即兴诗歌表演

　　宾大之声所收录的诗歌录制，有一些以现成诗歌文本为脚本，但也存在表演前没有任何文本依托的录制。大卫·安汀的"谈话诗"（talk poem）就是显著的例子。诗人先进行即兴表演，随后再根据录音转化成文字文本。宾大之声所收录的安汀在 1980—2011 年众多诗歌

① Susan Howe, *Singularities*, Middletown：Wesleyan University Press, 1990, pp. 44–47.

表演、演讲和访谈，佐证了诗歌作为一种即兴活动的生命力。①

事实上，虽然各自有所侧重，但无论是戏剧性的声音表现、技术辅助诗歌，还是诗人与其他艺术家合作，抑或诗歌即兴表演，这些特征并未严格划界，而是存在互相渗透、交叉的关系。

三　诗歌录制与美国诗歌史的嬗变

忽略诗歌录制，无从谈论 20 世纪中后期的美国诗歌史。在美国诗歌的演变里，诗歌录制并非仅为诗歌的外部存在方式，录制背后的诗歌形态—声音与表演，已经融入诗歌的内核。"对诗歌表演的谱系划归常有两派观点，一是认为诗歌表演是口头传统的继续，也是对学术理论的挑战，后者需要改变以适应前者的发展，二是认为诗歌表演是对学术理论霸占诗歌的一种激进反叛。"② 即使这两种观点在源头时间推进上有所区别，但它们的相似点在于，都认为诗歌表演是对彼时主流诗歌和理论的一种反抗。

自 1960 年唐纳德·艾伦编纂诗集《美国新诗：1945—1960》以来，美国诗歌便越来越"离经叛道"。20 世纪中期以及后期的诗人，在纽约、波士顿、旧金山等各大城市举办诗歌朗读活动。他们对以新批评为代表的学院派的反叛，不仅仅表现为诗歌思想内容上的打破传统，他们的诗歌出场方式有了很大的变化，朗读、念诵成为非常重要的方式。正是录音技术推动了这种方式的继续与扩散。米歇尔·戴维森感叹道："第一次，诗人能重听自己的声音，并且可以用它来改进记录与表演策略。"③ 随着 50 年代后期诗歌朗读在爵士乐酒

① See author page of David Antin on PennSound, retrieved December 14th 2018, http：// writing. upenn. edu/pennsound/x/Antin. php.

② Cornelia Grabner and Arturo Casas, eds., *Performing Poetry：Body, Place and Rhythm in the Poetry Performance*, Amsterdam：Rodopi, 2011, p. 12.

③ Michael Davidson, "Technologies of Presence：Orality and the Tape voice of Contemporary Poetics" in Adalaide Morris ed., *Sound States：Innovative Poetics and Acoustical Technologies*, Chapel Hill：University of North Carolina Press, 1997, p. 99.

吧、咖啡馆、大学礼堂的日渐兴起,"录音机似乎又将诗歌的口头氛围返回给它。……磁带录音能记录那一时刻的真实——周围的噪音、现场评论、咳嗽声、嘘声——通过这些事件的独特性得以保留"①。

技术的改变,使诗歌声音从纸页上的隐喻,变成犹在耳畔的真实回响。这一改变,不仅是技术所带来的诗歌承载或传播方式的改变,它实际也是诗歌在遭遇技术后的深刻变革。这种变革深植于美国诗歌史的内部脉络。戴维森认为这一变革与现代主义诗人的努力方向大相径庭,对于现代主义诗人来说,"声音是一种通过角色和反讽达成的修辞构建",而对于战后新一代诗人来说,它是"生理有机体的延伸"。②

这种生理有机体的延伸,是指声音发自身体,直接作用于听者。而战后美国新诗,就表现出与个体、身体非常切近的特征,这一点与新批评的个体缺失和疏离形成鲜明对照。在《投射诗》一文中,查尔斯·奥尔森在一开篇就写道:"现在(1950 年)的诗歌,如果要继续发展,如果要有所作为,我认为需迎头赶上,将诗歌放入诗人的呼吸与听觉等特定准则和可能性中去。"③ 这种呼吸的准则,是着眼于诗歌朗读方式的领悟。宾大之声的在线档案收录了奥尔森1954—1968 年的诗歌录制。他嗓音雄浑、中气十足,朗读充满力量,就如他自己所说的那样:"诗歌是能量的转移,从诗人攫取能量处,通过诗歌本身,一直到读者那里。"④

---

① Michael Davidson, "Technologies of Presence: Orality and the Tape voice of Contemporary Poetics" in Adalaide Morris ed., *Sound States: Innovative Poetics and Acoustical Technologies*, Chapel Hill: University of North Carolina Press, 1997, p. 99.

② Michael Davidson, "Technologies of Presence: Orality and the Tape voice of Contemporary Poetics" in Adalaide Morris ed., *Sound States: Innovative Poetics and Acoustical Technologies*, Chapel Hill: University of North Carolina Press, 1997, p. 97.

③ Donald Allen and Warren Tallman, eds., *Poetics of the New American Poetry*, New York: Grove Press, 1973, p. 147.

④ Donald Allen and Warren Tallman, eds., *Poetics of the New American Poetry*, New York: Grove Press, 1973, p. 149.

　　这种从呼吸中获取诗歌节奏的观念，与当时兴起的诗歌朗读活动、诗歌录制等是互相关联的。诗歌直接诉诸个体听觉，不仅从形式上改变了诗歌样态，而且在诗歌的精神内蕴与内容上也与新批评相去甚远。

　　1956 年，金斯堡在旧金山 6 号画廊朗诵《嚎叫》，这是美国诗歌史上的重要事件。克里斯托弗·比奇（Christopher Beach）在《20 世纪美国诗歌史》中谈到，要了解"6 号画廊六位诗人"事件的标志性意义，需要意识到他们与当时（即使现在也是）大学校园那种正式的、学院派式的朗读有多大的不同，他们非常激进。6 号画廊本身是汽车修理店改造过来的，被布置成一种非正式的剧院，不算传统的诗歌朗读场所。当金斯堡朗读《嚎叫》时，根本不像是传统的读诗，更像在表演狂欢般的喊叫。他每念一句，克鲁亚克在现场也鼓励地朝他喊一句："加油！加油！"①

　　在《〈嚎叫〉及其他诗作的注释》一文中，金斯堡回忆道："在旧金山，我突然偏离之前的方向，像一种补偿，跟随我的浪漫主义式的灵感：希伯来—梅尔维尔式游吟诗人的呼吸。"② 他还提道："理念上，《嚎叫》的每一行诗都是一个呼吸单位。我的呼吸很长，按度量来看，思想身体—精神上的灵感就包含在这具有弹性的呼吸中。"③ 1956 至 1995 年，金斯堡在录音室、高校、艺术中心等地进行了这种尝试。宾大之声也有详尽录制收录。

　　20 世纪后期的诗歌实验在这一轨道上继续迈进，出现了强调读者参与意义构建的语言派诗歌，出现了"谈话诗"（talk poem）等即兴诗歌表演。同时，诗歌活动、展览、诗歌与其他艺术形式的合

---

① See Christopher Beach, *The Cambridge Introduction to Twentieth Century American Poetry*, Cambridge & New York：Cambridge University Press, 2003, p. 190.

② Donald Allen and Warren Tallman, eds., *Poetics of the New American Poetry*, New York：Grove Press, 1973, p. 318.

③ Donald Allen and Warren Tallman, eds., *Poetics of the New American Poetry*, New York：Grove Press, 1973, p. 319.

作，亦层出不穷。对于这些改变，宾大之声的"系列"（series）和"诗集/选集/团体"（anthologies/collections/groups）栏目有详尽收录。这两个栏目以活动、诗集或诗人团体为单位，主要收录20世纪末及21世纪最新的诗歌朗读与表演活动的音频、视频录制，成为最新的诗歌研究资源。例如，"云之屋诗歌档案"（Cloud House Poetry Archives）系列的现场音频、视频录制就记录了旧金山湾区一代代诗人的诗歌实践活动。该项目现已成为实地项目，位于旧金山的"诗人博物馆"研究中心（POETMUSEUM Research Center）。[①]

　　另外，美国少数族裔的诗歌录制也相当可观。以非裔诗歌为例，因历史、社会、文化等原因，非裔诗歌一如既往地以声音或表演的形态呈现，至今录制大量奴隶诗歌和劳作诗歌等。此外，宾大之声还收录了许多他国诗人的诗歌录制，包括中国、新西兰、澳大利亚、英国、加拿大等。

四　诗歌录制档案：为活动诗歌的合法性立据

　　"在线诗歌录制档案"，以"档案"（archive）命名，实际上不同于通常意义上的档案馆那样只保存纸质或音像制品实物。它将实物的内容抽取，使之数字化。在这里，诗歌的声音与表演是主体。洛伊丝·芬克（Lois Marie Fink）写道："英语单词archives（档案）与archeology（考古学）有着共同的词根，都标志着起源、开始。这两个领域没有把档案与物品当作落满灰尘的古董，而是看中了它们把新认识从过去带进现代生活的价值。"[②]

　　汉语语境下的"档案"一词总与"卷宗"联系在一起，让人联想到分门别类的纸质材料。然而，随着技术的革新，纸质材料已不

---

　　① See series page of Cloud House Poetry Archives on PennSound, Retrieved December 15th 2017, http://writing.upenn.edu/pennsound/x/Cloud-House.php.

　　② ［美］洛伊丝·芬克：《博物馆档案——学术研究的资源与机构身份认证的依据》，［美］珍妮特·马斯汀编著《新博物馆理论与实践导论》，钱春霞、陈顺隽、华建辉、苗杨译，凤凰出版传媒集团、江苏美术出版集团2008年版，第337页。

能完全呈现诗歌悄然发生的改变。近年国内城市亦涌现出越来越多的诗歌会、诗歌节，诗人聚集在书店、酒吧、图书馆、美术馆等公共领域进行诗歌朗读和交流。微信公众号、手机电台 App 等在线平台也出现各类诗歌朗读节目。但国内诗歌活动现场录制的音频和视频，常用于新闻报道、节目播放或主办方自行保存，尚未有专门机构对之进行整理、归档。国内诗歌研究中心也普遍更重视诗歌纸质文本的收集与整理。那些散落各处的诗歌现场录制材料，本是诗歌教学与研究的宝藏，也是活跃着的当代文化最直观的印证。

录制材料有一定寿命，使得这项文学文化保护工程更具紧迫性。例如，盒式磁带的有效期为 25 年，而凹槽录音碟片"易发生翘曲、破损、磨损和表面污染，表面污染包括污垢、灰尘、霉菌和其他异物等，这些都会影响声音播放效果"①。因此，大量诗歌录制材料亟待数字化转换与保护。2003 年 2 月，国会图书馆公布了《国会图书馆国家录制资料保护计划》，为了"使声音录制能更好地服务教育"。因此这项计划也被称作"为下一代保存美国声音录制遗产的蓝图"。②

在对诗歌声音与表演样态的保存与保护上，欧美学界也已达成一定共识。例如，2016 年 11 月 24—25 日，来自诗歌档案领域的欧美学者齐聚法国索邦大学，召开了题为"诗歌声音档案：制作—保存—使用"的国际会议。③

对于诗歌研究本身来说，录制材料也具有极其重要的意义。就像美国现代主义诗歌与文本的密切关系一样，美国当代诗歌与声音、影像亦密不可分。查尔斯·伯恩斯坦在《细听》中谈及诗歌书写文

---

① See "Phonograph Record", University of Illinois, Retrieved December 29th 2017, https：//psap. library. illinois. edu/collection-id-guide/phonodisc.

② See "Library Announces National Recording Preserve Plan", Library of Congress, Retrieved December 29th 2017, https：//www. loc. gov/item/prn-13-014/national-recording-preservation-plan/2013 – 02 – 13/https：//www. loc. gov/item/prn-1.

③ 参见巴黎索邦大学官网 http：//www. paris-sorbonne. fr/Les-archives-sonores-de-la-poesie，会议全称为：Colloque international "Les archives sonores de la poésie. Production-con-servation-utilization".

本与声音的关系时讲道："这本书的目标之一是抛弃人们通常所假定的那种观念：诗歌的文本——书写文字——是首要的，而诗人的诗歌表演是次要的，且对于所谓的'诗歌本身'来说无关紧要。"①

这实际上是为诗歌的声音表现与表演正名。它们亦有自身的发展轨迹与存在方式。就像新批评主义及其文本细读方法进一步确证了现代主义诗歌的学院权威，诗歌声音与表演录制档案的建立，实际上也在做同样的事。诗歌录制档案的前提是诗歌朗读与表演在具体地理空间的发生，事实上，诗歌形态已跳出"诗人—文本—读者"的历时线性模式，而变成"诗歌朗读/表演者—（脚本）—具体地理空间—听者与观者"的共时模式。而诗歌现场录音或录像，又牵涉着诗歌读者到诗歌观众的转变。因此，整个诗歌形态及诗歌参与方式都发生了变革。这些包括宾大之声在内的录制档案的建立，则进一步巩固了这场诗歌变革，亦巩固了 20 世纪中期反文化运动的成果。

另外，学者的研究、诗歌课程的教授等，也同样发生了转变。目前欧美学界对诗歌声音与表演的研究进行得如火如荼，一些重要的著作包括：查尔斯·伯恩斯坦所编的《细听：诗歌与表演语言》，玛乔瑞·帕洛夫与克雷格·德沃金所编的《诗歌的声音/声音的诗歌》，阿德莱德·莫里斯的《声音状态：诗学创新与声学技术》，莱斯莉·惠勒的《用声音呈现美国诗歌》，等等。它们从理论与实践上集中论述了诗歌的声音与表演问题。在以往的诗歌课程教学中，诗歌印刷文本是最主要的教学资源，诗歌的声音与表演资料常被忽略或充当辅助性角色。目前，情况越来越朝相反的方向发展，当代诗歌课程尤为如此。诗歌声音与表演的录制档案资源逐渐占据非常重要的位置。纽约派诗人的诗歌朗读与表演，都可以从宾大之声、哈佛大学伍德贝利诗歌室、电子诗歌档案、92Y 文化中心网站、声音云（soundcloud）等在线录制档案中查阅、聆听与观看。

---

① Charles Bernstein, ed., *Close Listening*: *Poetry and the Performed Word*, New York and Oxford：Oxford University Press, 1998, p. 8.

因此，诗歌的发生、传播到教学与传承，都使诗歌犹如被更换血液一般。诗歌录制档案的大规模建立，巩固了这一区别于文本诗歌的活动诗歌形态，并与诗歌发生、传播与教学一道形成一种循环且互相加强的关系。由此，活动诗歌建立起新的学院权威，亦从 20 世纪五六十年代的边缘转至后期的主流。而诗歌声音与表演的录制档案，既是这场美国当代诗歌转向的承载者，又是为其合法性立据的见证者。

第四节　读者转型与活动诗歌体制的形成

读者从"读者"转向"听者"与"观者"，这是伴随活动诗歌的逐渐扩大与进一步常态化而带来的读者转变。这种转变与活动诗歌本身的特性，与活动诗歌对空间的"占领"，与技术的变革都是密不可分的。读者形态的转变也带来读者经验的变化，从被动地接受完结的经验到体验，甚至参与到创作过程中。读者转型不仅指向读者自身的变化，它也构成导致旧诗歌体制解体的因素之一，并参与到新的诗歌体制的构建中来。

一　从"读者"到"听者"与"观者"

回望柏拉图以降的文论史，读者近一百年内才进入学者的批评视野。从现象学、阐释学，到接受美学与读者反应理论，读者的角色逐渐凸显。20 世纪六七十年代，读者反应理论盛极一时，将文学批评的侧重点往读者一方挪移。德国学者伊瑟尔、姚斯，美国学者费什等，都对读者反应作了深入的分析与阐释。"期待视野""隐含读者"概念的产生，以及将文学看作表演艺术（performing art）等观念，都为叙事学的发展备下了浓重的笔墨，也催生了对于隐含"观众"挖掘的文学研究。

史蒂芬·雷尔顿（Stephen Railton）的《作者与观众：美国文艺复兴的文学表演》就是立足于这一理论视点的著作。作者所分析的文学表演，并非真正的舞台表演，而是假想文学家在创作时面对着隐含的观众。雷尔顿选取美国文学史上的经典作品，以新的角度切入，将文学作品视作表演来分析。例如，爱默生在写作时扮演讲演者的角色，并以一种假想的对话形式进行书写。① 伊恩·杰克（Ian Jack）的《诗人及其观众》也是这样一部作品。他选取了六位诗人德莱顿、蒲柏、拜伦、雪莱、丁尼生和叶芝，分析他们的职业、所处时代与文化背景，以及这些综合背景下的读者期待，从而印证读者如何塑造了诗歌的品质。② 如此的研究方法，将文学看作表演活动，从文本当中攫取隐含的观众力量，事实上存在一种缺憾：读者或观众自始至终是不可见的。而在新的历史与技术条件下，诗歌读者已经跳出了文本中字里行间的暗示。

美国诗人杰罗姆·罗森伯格在《巧夺天工》（*Technicians of The Sacred*）一书的序言中写道："（诗学）是灵感的问题，也同样是技术的问题。"③ 在美国诗歌史上，读者从独处一隅到走向公共文化空间参与诗歌活动，成为听者与观者，这种改变与技术革新、公共领域的形成是紧密相关的。

在活动诗歌形态中，印刷文本不再是诗歌创作与流通的唯一终端。诗歌成为在场的嵌套：从诗歌发生的原生现场，到经由多种媒体技术收听或观看诗歌原生现场所构成的第二重现场，变迁中的诗歌已突破文本中心主义的领地，继而成为一种活动或事件。而读者形态也在这一转变中悄然变化。自 20 世纪五六十年代开始，当纽约派诗人与其他先锋艺术家在咖啡馆、酒吧、博物馆、美术馆、画廊、大学讲堂、剧院等地理空间进行诗歌实践的时候，他们的身边就开

---

① See Stephen Railton, *Authorship and Audience：Literary Performance in the American Renaissance*, Princeton：Princeton University Press, 1991.

② Ian Jack, *The Poet and His Audience*, London：Cambridge University Press, 1984.

③ Jerome Rothenberg, "Preface（1967）", *Technicians of The Sacred：A Range of Poetries from Africa, America, Asia, Europe, and Oceania*, Third Edition, Oakland：University of California Press, 2017, p. xxxi.

始汇聚一大批通过"听"与"看"来感受诗歌的"读者"。那些发明于 19 世纪晚期的录音机、收音机、录像机等，不仅为他们的活动诗歌留存了档案，也使之抵达更大的诗歌接受群体。

1960 年，唐纳德·艾伦在《美国新诗选：1945—1960》序言中指出新一代年轻诗人与以往不同的出场方式，他们通过诗歌朗读、通过诗歌与其他艺术门类结合的活动样态而为人所知。而这部新诗选就聚焦这些具有开拓创新精神的年轻诗人，他们包括黑山派、垮掉派、纽约派、自白派等活跃于战后诗坛的诗人及诗人流派。①

而分别于 1963 年和 1965 年举行的温哥华诗歌大会和伯克利诗歌大会，更是将这一诗歌形态引向高潮。诗人在诗歌大会现场朗读与讨论，诗歌的声音表现在诗歌评析中变得越来越重要。这些现场朗读与讨论也都通过录制技术得到保存。这些都标志着读者形态的转变——从专注印刷文本的读者，转向通过现场或录制技术再现现场的方式，成为听者与观者。

到了 20 世纪 90 年代，随着互联网的运用普及，其广泛运用的多媒体技术，使诗歌声音与影像的录制与保存更加便利。诗歌读者作为听者与观者这一状态，也日益巩固。

成立于 1966 年的圣马可教堂诗歌项目就是这场转变的一个缩影。位于纽约曼哈顿东村的农场圣马可教堂（St. Mark's Church in-the-Bowery），原是荷兰殖民者修建的一个小教堂，后来开始举办各种社会活动，从 19 世纪起支持艺术，"但是直到 20 世纪上半叶，在威廉·诺尔曼·格思里（William Norman Guthrie）任教区长期间的 1911—1937 年，它对艺术的支持才加大力度"。② 而诗歌项目在教堂的成立，是 20 世纪中期美国新诗发展的结果。随着互联网技术的演

---

① Donald Allen, "Preface", *The New American Poetry 1945 – 1960*, Berkeley and Los Angeles: University of California Press, 1999, p. xi.

② Miles Champion, "Insane Podium: A Short History THE POETRY PROJECT, 1966 – 2012", The Poetry Project, retrieved May 13th 2018, https://www.poetryproject.org/about/history/.

进，诗歌项目不仅继续依存于实地空间，也进入网络空间。在圣马可教堂诗歌项目的官方网站上，不仅下设诗歌活动的音频与视频存档，也罗列了以下可通过互联网推送其诗歌活动现场的应用软件，有脸书（Facebook）、推特（Twitter）、照片墙（Instagram）、苹果播放器（iTunes）、声音云（Soundcloud）和优兔（YouTube）等。① 除此之外，他们的录制音频与视频也进入学术研究机构的诗歌在线档案，如宾大之声、哈佛大学伍德贝利诗歌室、国会图书馆等。

圣马可教堂诗歌项目成立五十多年以来，"比历史上任何一个组织举办的诗歌朗读都要多得多"②。它是美国当代诗歌实验与创新的关键据点，也是诗歌读者身份转变的活的样本。

事实上，读者作为诗歌的听者与观者，本是一项古老的传统与活动。古代游吟诗人的唱诵，牧师在教堂念诵诗篇，其对象都是在场的听者与观者，而诗歌本身也是一项贴近现实生活的活动。20 世纪早期，美国学者米尔曼·帕里（Milman Parry）与艾伯特·洛德（Albert Lord）到南斯拉夫地区进行田野考察，对史诗《伊利亚特》《奥德赛》作为口头文学的发掘，纠正了数百年来人们对这两部史诗的误读，也促成了该领域学术研究的转向。中世纪晚期是口头文化向印刷文化转型的重要时期。约翰·汤普森（John J. Thompson）认为："中世纪晚期的图书史，是以口头文学生产与传播的两个显著发展为特征：一，从记忆到书写记录的可见转移；二，伴随前者的转移，西方中世纪晚期见证了从手稿到印刷文本的过渡。"③ 因此，人类文明史上诗歌媒介的第一次转移是从口头向书面。到了 20 世纪中

———————

① See Home page of the Poetry Project website, Retrieved May 13th 2018, https://www.poetryproject.org.

② Steven Clay and Rodney Phillips, *A Secret Location on the Lower East Side: Adventures in Writing, 1960 – 1980*, New York: The New York Public Library and Granary Books, 1998, p. 184.

③ John Thompson, "The Memory and Impact of Oral Performance: Shaping the Understanding of Late Medieval Readers", Graham Allen, Carrie Griffin and Mary O'Connell eds., *Readings on Audience and Textual Materiality*, London: Pickering & Chatto, 2011, p. 9.

叶,诗歌媒介发生第二次转向,即从文本到活动。从而,读者也转变为听者与观者。技术及其带来的媒介是最深刻的影响因素,但这场转变从表象上看,首先源于公共文化空间对于听者、观者的培育。

公共领域的形成为听者、读者创造了确切的场域。哈贝马斯在《公共领域的结构转型》中,论述了政治权力之外且不同于私人领域的资产阶级公共领域的产生与转型:"资产阶级公共领域的早期机制起源于从宫廷中分离出来的贵族社会,此时,剧院、博物馆和音乐会中正在形成过程之中的'泛'公众就其社会起源范畴而言同样也是一种资产阶级的公众。"① 圣马可教堂从宗教活动场所转向社会活动空间,再到诗歌与艺术活动的场所,其历史演变也有诸多外部的政治与经济因素。迈尔斯·尚普兰(Miles Champion)在《疯狂的讲台:诗歌项目简史1966—2012》一文中追溯了圣马可教堂诗歌项目的来历与发展历史。他谈到,圣马可教堂诗歌朗读活动的前身,是位于纽约第三大道与第四大道之间画廊街区的十街咖啡馆(Tenth Street Coffeehouse)以及1962年搬至东7街的双烟蒂咖啡馆(Les DeuxMegots)。而金斯堡认为圣马可教堂诗歌项目的渊源还要往前追溯至50年代末期,当时在麦克杜格尔街酒吧(MacDougal Street Bar)——后来叫煤气灯咖啡馆(Gaslight Café)举办了众多诗歌朗读活动。② 因此,20世纪五六十年代兴起的诗歌朗读,首先从酒吧与咖啡馆开始。

之后诗歌朗读转移到圣马可教堂,诗人们成立"诗歌委员会",并逐渐形成固定的朗读系列、写作工作坊、简讯、音频视频在线存档等多个部门。这些部门使活动诗歌在实地空间与网络空间彼此通达,因此,实地空间的观众与网络空间的听者、观者也有重合的部分。圣马可的诗歌朗读包括星期一晚上的朗读系列,星期三晚上的

---

① [德]尤尔根·哈贝马斯:《公共领域的结构转型》,曹卫东译,学林出版社1999年版,第48页。

② Miles Champion, "Insane Podium: A Short History THE POETRY PROJECT, 1966 – 2012", The Poetry Project, Retrieved May 13th 2018, https://www.poetryproject.org/about/history/.

朗读系列以及星期五的深夜朗读系列。① 在沃尔德曼的带领下，自诗歌项目成立早年，有一件事情是一直在做的，就是组织大规模的团体朗读。截至目前，最出名的是每年新年举行的诗歌朗读马拉松活动，它同时也是一个筹集资金的契机。第一次诗歌马拉松于是 1972 年 1 月 2 日举行。"近年，诗歌马拉松主要以朗读和表演的形式，每次至少有 150 位艺术家、舞蹈家、音乐人、作家参加；仍然是一个备受喜爱、备受关注的事件。"②

图 4 - 7　第 44 届诗歌马拉松现场③

在经年的发展中，诗歌项目逐渐成为一个定期举办系列诗歌活动的社会部门，而圣马可教堂本身也成为一座文化地标。各种诗歌

---

① See "Mission", The Poetry Project, Retrieved May 20th 2018, https：//www.poetryproject.org/about/mission/.

② Miles Champion, "Insane Podium：A Short History THE POETRY PROJECT, 1966 - 2012", The Poetry Project, Retrieved May 29th 2018, https：//www.poetryproject.org/about/history/.

③ 图片来自圣马可诗歌项目官方网站：https：//www.poetryproject.org.

活动吸引了大量的读者，他们成为诗歌的直接参与者。这里的读者，已经彻底转变成听者与观者。因此，在圣马可教堂诗歌项目中，诗歌从"诗人—读者—文本"的三位模式，转化成了"诗人—听者与观者—场所"的模式。而网络技术的发展，又使这一切进行中的活动，全部搬迁至网络空间，让距离遥远的人也能通过音频、视频聆听、观看诗歌现场。因此，这一转化后的诗歌模式，不仅是对原生现场——圣马可教堂这一具体地理空间——的诗歌样态的描述，同样也适用于通过互联网收听或观看诗歌朗读、表演的观众。

在新闻传播领域，"观众"是一个重要的关键词。传统的新闻学与传媒学，通常将"audience"译为"受众"，侧重其被动接受之意。受众研究最初基于广播、电视等大众传媒的兴起。然而，随着互联网技术的广泛应用，"audience"已超出传统的受众辖域，观众在寻求自我表达的路途上已走得非常遥远。互联网条件下的诗歌观众，有两个突出特点，一是诗歌入渗日常生活构建；二是观众既是接受者，也是创造者。

英国学者尼古拉斯·阿伯克龙比（Nicholas Abercrombie）与布莱恩·朗赫斯特（Brian Longhurst）在《观众：一种表演与想象的社会学理论》一书中，从效果研究（effect research）的角度，分析了个体接受者对信息产生反应的行为范式与包含/抵抗范式。而后，他们追问是否有一种范式，不将观众看作反抗者、顺从者，甚或受众，因此提出了景观/表演范式（Spectacle/Performance Paradigm）。他们认为："表演，是一种活动，即一个人在他人的注视下强调自己的行为。"① 那么，成为某个观众群体的一分子，就与个人业余生活及生活习惯挂钩。这一影响已经"溢出"表演事件本身，进入日常生活领域。"成为观众群体的一分子变成世俗事件。从这个原因上讲，景观/表演范式突出了身份的概念；成为某观众群体的一位成员，与这

① Nicholas Avercrombie and Brian Longhurst, *Audiences: A Sociological Theory of Performance and Imagination*, Thousand Oaks: Sage Publications, 1998, p. 40.

个人的自我构建密切相关。"①

　　在人人都可以通过互联网创建自媒体的时代，观众既是接受者也是创建者，这一特征异常明显。布莱恩·奥尼尔（Brian O'Neill）、伊格纳西奥·佩雷斯（J. Ignacio Gallego Perez）与弗劳克·泽勒（Frauke Zeller）写道："作为社会行为者，观众'使用媒介去满足自身的诉求'，在媒体接受和传播中，也通过它们来建立社会关系。"②他们援引"消费生产"（prosumption）的概念，来探讨互联网条件下的观众状况，既是消费者，也是生产者。事实上，这一概念在20世纪70年代就已产生。1972年，麦克卢汉与巴灵顿·奈维特在《看今天：退出的决策者》中提出，在电子时代，消费者也会成为生产者。1980年，社会思想家阿尔文·托夫勒生造了"消费生产者"（Prosumer）这一单词，将"Producer"（生产者）与"Consumer"（消费者）两个英文单词各取一半，他预言生产者与消费者的界限将变得模糊并达到融合。③ 从商业到传媒，这一词汇也被用来描述互联网时代下的观众状况。

　　"消费生产"的概念与景观/表演模式不谋而合，他们都突出了观众的主体性色彩。互联网之下的诗歌接受与再创造，也是同样的情境。以圣马可教堂诗歌项目为例，读者走入教堂参与诗歌活动，是自我身份的象征，也是对自我习惯与喜好的一种确证，甚至是对个人政治或文化态度的一种表达。"历史上，观众作为公众是紧随资产阶级舆论而产生的，用媒体去联合松散的中产阶级公共领域，通过博学多识的公众领袖，发展出对公共事务的集体

---

　　① Nicholas Avercrombie and Brian Longhurst, *Audiences：A Sociological Theory of Performance and Imagination*, Thousand Oaks：Sage Publications, 1998, p. 37.

　　② Brian O'Neill, J. Ignacio Gallego Perez and Frauke Zeller, "New Perspectives on Audience Activity：'Prosumption' and Media Activism as Audience Practices", In Nico Carpentier, Kim Christian Schroder and Lawrie Hallett, eds. , Audience Transformations：Shifting Audience Positions in Late Modernity, New York：Routledge Taylor & Francis Group, 2014, p. 157.

　　③ See Alvin Toffler, *The Third Wave*, New York：Bantam, 1980.

响应。"① 而圣马可教堂诗歌项目本身，就是反文化运动的结果与继续。他们的"反文化"，不仅体现在诗歌内容与情感里，也通过转移诗歌媒介——从文本到声音和表演，通过转移诗歌发生、传播场所——从书本到具体地理空间等彻底表达、实践出来。这一转移下观众的不可或缺，也印证着这不仅是诗人的"反文化"，也是观众的"反文化"。而进入互联网时代以来，通过脸书、推特等社交媒体对诗歌活动的推送，也表达着同样的效果。观众通过对诗歌活动的关注，通过选择推送或不推送某些诗人，实际上也形成了对自我身份的构建。同时，互联网上的观众通过对诗歌朗读、表演的转发、赞美、抨击、评论甚至剪辑、拼贴等再创造，亦让他们成为另一层面的表演者和创造者。

二　从完结的经验到体验与再创作

诗歌从书页走入公共领域，读者转变为听者与观者，其根本形态上是诗歌媒介的转移：从文字符号到声音与表演。在印刷文本在文化传播中占据主导地位的时代，读者与作者分处不同的时空，诗歌以一种完结的成品形态传递到读者手里。而互联网时代下的情形有所不同。进入网络的诗歌，有一个先在的诗歌发生场所。以圣马可教堂诗歌项目为例，它首先是实地发生的诗歌朗读、表演，其次才链接着互联网—诗歌录制音频和视频进入多种在线社交媒体，也进入视频网站以及在线诗歌档案。因此，互联网时代下的听者与观者，存在着两种样态：一是亲历现场的；二是通过互联网亲历"现场边缘"的。归纳起来，互联网时代下的听者与观者，在与诗人及地理空间、网络空间建立的联系中，具有在场、互动、剧场性、社

---

① Brian O'Neill, J. Ignacio Gallego Perez and Frauke Zeller, "New Perspectives on Audience Activity：'Prosumption' and Media Activism as Audience Practices", In Nico Carpentier, Kim Christian Schroder and Lawrie Hallett, eds., *Audience Transformations：Shifting Audience Positions in Late Modernity*, New York：Routledge Taylor & Francis Group, 2014, p. 158.

群等几方面的特性。对于每一种特性，在互联网与诗歌发生现场中的表现有所区别，侧重点各有不同，但也同时也具有相似性和联系。

1. 在场（Presence）

在场，即是指诗歌的观众直接面对作者，与作者共处于同一时空。对于诗歌观众而言，诗歌朗读者或表演者的身体是可见的。反过来，对于诗歌表演者来说，观者与听者亦是在场的。就像诗人肯尼斯·科克在圣马可教堂朗读的诗句那样："你们确信有观众存在吗？如果没有，我就不会进来。"①

20 世纪末期的读者批评理论，认为读者是一种隐形的存在，并对作者文本写作具有推动作用。该批评话语中"隐含读者"的存在，便是作者创作时不可忽视的力量。而当诗歌从"诗人—文本—读者"模式，进入"诗人—场所—观众"的新语境时，读者所扮演的角色就不再是隐形的，他们成为作者朗读与表演时必定会考虑的对象。诗人在朗读或表演时，其语音、语调的拿捏，身体语言的表现——这些表演诗歌中重要的分析要素——都因观众的在场而有所不同。

梅洛–庞蒂说："身体是我们拥有世界的普遍媒介。"② 身体的在场，使观众能直接感受到诗人的个性、情感，这种感受比单纯阅读文本所获得的感受丰富得多。

现场进行的诗歌朗读或表演，取消了印刷版本树立的介于作者与读者间的隔离。置身诗歌现场，常会听到观众的笑声。同时，因读者与作者的同时在场，也取消了以往文学创作与接受的线性时间序列，以共时性代替历时性。诗歌的体验与发生成为同一个过程。

对于参与现场诗歌朗读或表演的观众来说，在场意味着身体的直接参与。而通过互联网接受诗歌的听者与观者，他们的在场是通过虚拟的数字技术达到与朗读者或表演者的共在。单就声音来说，从诗歌

---

① Anne Waldman, ed., *Another World: A Second Anthology of Works from the St. Mark's Poetry Project*, Indianapolis: The Bobbs-Merrill Company, Inc., 1971, p. 76.

② Maurice Merleau-Ponty, *Phenomenology of Perception*, trans. by Colin Smith, London: Routledge, 1962, p. 146.

项目成立之初的磁带录音到当下的多媒体记录，声音总是携带着关于这个人的身体的讯息，如凯瑟琳·海里斯（N. Katherine Heyles）所说："录音磁带打开了声音从身体提取出并放置于机器中的可能。"①互联网所融合的声音、影像传输等多种技术，不仅提取了声音，还包括身体其他各方面的讯息。另外，诗歌与其他艺术门类如音乐、舞蹈、绘画、行为艺术等的合作，使诗歌呈现更具丰富性，身体也成为向观者传达诗歌的综合媒介。

2. 互动（Interaction）

诗人与读者处于同一时空，为彼此的即时交流、互动提供了可能。互动性的存在不仅使观者直接参与诗歌发生的过程，也为诗歌表演增添了许多偶发因素。

例如，在圣马可教堂的一次朗读中，诗人杰克逊·马克洛（Jackson MacLow）将他的诗歌文本《蓝鸟·不对称》的复制版分发给观众，指挥他们对文本进行表演。"不对称"系列是马克洛的一个实验诗歌系列。在一次访谈中，他谈道："从1960年10月起我开启了一个新的离合诗朗读系列，因为它们在诗节上并非对称，所以称之为'不对称'。……有十种方法表演'不对称'系列。"② 在马克洛分发给观众的纸上，有许多空白处。当朗读至空白处，观众就保持安静，噤声的时间长度与纸上空白的大小有关。观众在朗读中还会添加一些声音变化，比如对于"blue"这个单词，观众会根据标示持续拖长某个音素，发出"ooooooo""ooommmm"或者"llllll"的音。③

---

① Katherine Heyles, "Voices Out of Bodies, Bodies Out of Voices: Audiotape and the Production of Subjectivity", Adalaide Morris, ed., *Sound States: Innovative Poetics and Acoustical Technologies*, Chapel Hill: The University of North Carolina Press, 1998, p. 75.

② Nicholas Zurbrugg, *Art, Performance, Media: 31 Interviews*, Minnesota: University of Minnesota Press, pp. 259 – 260.

③ Jackson Mac Low, poetry reading, St. Mark's Poetry Project, New York, February 14, 1968 (sound recording), Paul Blackburn Papers, Mandeville Special Collections Library, University of California, San Diego. 转引自 Daniel Kane, *All Poets Welcome: The Lower East Side Poetry Scene in the 1960s*, Oakland: University of California Press, 2003, p. 33.

在其他一些诗歌表演中，马克洛还邀请观众上台读出他们自己的名字。这是一种口头化的拼贴。后现代诗歌有许多种类似的实验方法。观众与诗人口头合作、共同生成诗歌，此种创造产生令人惊喜的偶发性、实验性。

在圣马可教堂诗歌项目，类似的互动情形有很多。观众与诗人的互动还体现在提问与评论中。在诗歌现场，观众可以直接对诗人的朗读或表演发表提问或评论。另外，因诗歌现场通常聚集了许多诗人，他们既是朗读者、表演者，同时又充当观众。因此，互动还包含诗人之间的互相点评。丹尼尔·凯恩（Daniel Kane）写道："下东区的公共朗读，经常具有戏剧性，不仅聚焦诗人朗读，也重视阅读现场的直接群体。观众里许多人都知晓彼此，也在自己上台朗读时评论其他人的作品。"①

而对于互联网上的互动，以脸书为例，在目前的界面设计下，如果诗歌项目的账号发布某项活动，关注者可选择"有兴趣""参加"或"分享"等几个选项。而对于平日发布的诗歌朗读、表演的音频、视频等文件，关注者可选择"赞""分享"或者评论留言。这些留言也形成网络空间的互动、交流。并且，通过分享转发，诗歌活动又流动至另一片讨论空间。

3. 剧场性（Theatricality）

现场诗歌朗读或表演，依托具体的地理空间，在既定时空将观者也纳入其中，形成一种剧场效果，诗歌成为剧场化的成果。而通过互联网传播的诗歌活动，听者、观者通过音频、视频呈现的诗歌朗读或表演，也具有剧场性的特征。观众是剧场性当中必不可少的一环。

以圣马可教堂诗歌项目为例。教堂的大厅充当舞台，台前的座位形成观众席，诗人在台上朗读或表演，观众坐于台下观看，具有

---

① See Daniel Kane, *All Poets Welcome: The Lower East Side Poetry Scene in 1960s*, Los Angeles: University of California Press, 2003, p. 31.

一种剧场的仪式感。而在互联网上，剧场性亦通过聆听或观看的仪式建立，因声音的多变、身体呈现以及其他听觉、视觉元素的加入而变得立体。这一切，与单纯从印刷文本上阅读诗歌有诸多不同。

美国学者黛安娜·泰勒（Diana Taylor）说："不像比喻而是一种修辞，剧场性并不依赖语言来传达行为与行动的一套模式。"① 观众亲历现场观看或通过互联网聆听与观看诗歌，就会意识到诗歌并不仅仅由语言传达。依赖于公共空间和网络空间所具有的在场性，以及对身体的切近，表演者的口音、声调、表情、肢体语言，都成为传达诗意的途径。另外，表演诗歌常与其他艺术门类如音乐、舞蹈、绘画等进行合作，因此会拓宽置身剧场的体验维度。因此，泰勒说："剧场性使剧目变得有生气，且引人注目。"②

4. 社群（Community）

社群性是诗歌朗读与表演在实地公共空间与互联网空间所共有的特点。英文单词"community"的拉丁语词源是"communis"，意为"共同的，公共的，普遍的，由所有人或许多人共享"。传统意义上的"社群"包括"邻里，宗教中心，以及国家—历史形成的、地理的以及，不能由个体选择的主体"，而如今人们谈论社群，意指"由数字技术带来的可能性，虽然地理距离相隔甚远，但仍能够即时交流"。③

皮特·米德莱顿（Peter Middleton）在《当代诗歌朗读》一文中谈道："所有谈论当代诗歌朗读的文章都以不同程度的赞许态度在强调，诗歌朗读'将希望与他人一同获得诗歌的观众汇聚一堂，来认知诗歌，同时感觉到自己属于群体的一部分'，他们在这一过程中意

---

① Diana Taylor, *The Archive and the Repertoire*：*Performing Cultural Memory in the Americas*，Durham：Duke University Press, p. 13.

② Diana Taylor, *The Archive and the Repertoire*：*Performing Cultural Memory in the Americas*，Durham：Duke University Press, p. 13.

③ Benjamin Peters, ed., *Digital Keywords*：*A Vocabulary of Information Society and Culture*，Princeton：Princeton University Press, 2016, p. 63.

识到读者已知的东西。大声朗读是一种社交形式。"① 对于圣马可教堂诗歌项目来说，诗人本身既是朗读、表演者，也是观众。而其他前来参与诗歌活动的观众，许多也彼此相识。除了纽约，美国其他城市或世界上其他角落热爱诗歌的人，也常到圣马可教堂。在这里，人与人之间的交流变得重要，诗歌与社会生活也建立起直接的流通渠道。印刷时代所树立起的人与人之间的隔离，在诗歌活动现场及其网络传播与在线交流中被取消。

圣马可教堂成为诗歌爱好者的聚集之地，同时也形成一种公共舆论。丹尼尔·凯恩以地下铁咖啡馆举例，说明诗歌朗读与社群建立的关系："就社群建立而言，通过诗歌朗读及其对诗歌生产、接受的影响，在持不同政见的地下铁咖啡馆、交流空间与诗歌本身建立起一种同源关系（homologous relationship）。"②

诗歌项目的参与者，亦会通过诗歌活动，对政治文化事件发表意见，如反越战等。

网络空间同样存在"社群"，所有在互联网上与圣马可诗歌项目发表活动互动的观众，亦形成具有一定共同价值趋向的社群。对于圣马可教堂诗歌项目来说，它形成了线上线下两种社群空间，且这两种社群之间交叉甚密。

三　活动诗歌体制的形成

伴随诗歌形态、时间、空间与读者形态的改变，包括诗歌发生、评价、出版、发布、评奖、教育等方面的整个诗歌体制也发生了根本性的改变。而新的诗歌体制形成之后，又会反过来加固与促进既定诗歌及读者形态的存续。

---

① Peter Middleton, "The Contemporary Poetry Reading", In Charles Bernstein, ed. , *Close Listening*：*Poetry and the Performed Word*, New York：Oxford University Press, 1998, p. 273.

② See Daniel Kane, *All Poets Welcome*：*The Lower East Side Poetry Scene in 1960s*, Los Angeles：University of California Press, 2003, p. 32.

在过去 50 年里，诗歌项目已经成为一个公共论坛，成为最不安于现状、富于挑战和创新思想的人们的家园。举办了超过 3500 场朗读，5000 多位不同的诗人，我们连接了超过 200000 个人，并且，我们 4000 多小时的声音档案已经在国会图书馆安家。①

如此庞大的诗歌朗读及观众体量，已经成为诗歌史无法忽略的事实，它同时也撼动了 20 世纪前半期美国诗坛以现代主义诗歌和新批评为主流的诗歌体制。

20 世纪六七十年代，艺术评论家乔治·迪基曾多次尝试给艺术品下定义。他认为艺术品除了其本身是人工制品，另一个不可或缺的条件是，它"是由代表一定社会体制（艺术世界）的一个人或一些人授予其鉴赏评价候选者地位的一种集合"。② 相较于丹托将艺术品界定在"艺术世界"之内，迪基的艺术体制论倾向于将艺术品的界定拓展至社会、文化等其他方面。1983 年，比格尔发表《文学体制与现代化》一文，探讨自律化以及体制化了的艺术与资产阶级社会之间的关系。他否认资产阶级的艺术是对宗教社会的替代，也不认为艺术全部由体制决定，而是认为："资产阶级社会的艺术，是建于体制和个体作品间的张力之上的。"③ 因此，体制对于文学的生成具有深刻的影响力。比格尔写道："文学体制在社会体系作为一个整体时有特别的意义：它发展出一套美学准则，充当其他文学实践的边界，它要求极大限度的合法性（体制决定了在一定时期里什么是文学）。规范标准位于中心地位，如此定义的体制概念，因为它决定

① "50th Anniversary Campaign Update", *The Poetry Project Newsletter*, 253, December 2017/January 2018. Retrieved June 1st 2018. https://www.poetryproject.org/publications/20181/.

② George Dickie, "The Institutional Theory of Art", In Noel Carrol, ed., *Theories of Art Today*, Madison: University of Wisconsin Press, 2000, p. 109.

③ Peter Burger, "Literary Institution and Modernization", *Poetics*, 12, 1983, p. 432.

了包括生产者与接受者在内的行为者的模式。"[1] 20 世纪末及至当下的许多文学理论，如文学经典化理论、布尔迪厄的场域理论等，都与艺术体制论、文学体制论有交会之处。它们都从社会文化角度，指向一种对文学产生塑造作用的制度性、惯例性的结构与关系。

传统的读者群体，是书籍生产、流通的最后一环，也常常是最不可见的一环。而转变后的读者，即听者与观者，在参与度与主动性方面有诸多不同。首先，在互联网时代下，"读者"成为诗歌评价体系中强大的一环；其次，正因为转型后的听者与观者兼具在场性、互动性、剧场性、社群性等方面的特性，"读者"成为诗歌生产不可分割的一部分；再次，读者及其所在诗歌模式的转向，使整个诗歌体制从文本的书写向具体地理空间所举办的活动扭转，从文本的出版向活动的输出、档案的录制偏移，最后，因诗歌生产链条的改变、读者的改变，成长起来的诗人、学者、诗歌教育、诗歌奖励都发生了某种转向。

哈贝马斯曾写道："展览馆像音乐厅和剧院一样使得关于艺术的业余判断机制化：讨论变成来掌握艺术的手段。"[2] 对于圣马可诗歌项目来说，就是此种情形。在后现代实验诗歌中，以往出版之后才为读者所知的诗歌，变成先有诗歌朗读、表演或是诗歌实验的发生，再有出版物的诞生。比如，在诗歌项目成立最初的那几年，《世界》(*The World*) 杂志每个月都会刊出一期。很多时候是在诗歌现场先听到诗歌朗读，之后才会在杂志上见到它。当诗歌项目与互联网建立联系之后，观众影响的覆盖面更广。无论是诗歌现场的讨论，还是互联网上的讨论，都成为诗歌评价体系的重要组成部分。社交媒体上的评论、转发，对某一项活动的关注度等，都对诗歌的走向产生着潜在的影响。并且，先有诗歌活动的举办、后有出版物的发行成

---

[1]　Peter Burger, "Literary Institution and Modernization", *Poetics*, 12, 1983, p. 422.

[2]　［德］尤尔根·哈贝马斯：《公共领域的结构转型》，曹卫东译，学林出版社1999 年版，第 45 页。

为越来越普遍的现象。

　　另外，在观众群体中，存在一部分诗人或即将成长为诗人的成员，他们长期在诗歌项目中学习，这为诗歌朗读、表演和实验传播至更远的未来准备着丰沃的土壤。1971 年，诗人伯纳黛特·迈耶（Bernadette Mayer）开始在诗歌项目成立工作坊，教授实验诗歌。工作坊以撇开文本方式而闻名，以及对非文字（或者说首先是非文字）文本的强调而出名。迈耶的工作坊每一年都举办，一直持续到 1974 年。1974 年之后的十年，则是间歇性地举行。前来参加或旁听课程的诗人有：凯西·艾克（Kathy Acker）、芭芭拉·巴拉克（Barbara Baracks）、里贾纳·贝克（Regina Beck）、查尔斯·伯恩斯坦、保罗·布朗（Paul Brown）、夏洛特·卡特（Charlotte Carter）、约瑟夫·塞拉沃洛（Joseph Ceravolo）、彼得·西顿（Peter Seaton），等等。①

　　除了参与诗歌工作坊的成员，许多其他活跃在诗歌项目中的诗人，日后成为诗歌教授者与研究者，如查尔斯·伯恩斯坦长期在宾夕法尼亚大学任职，苏珊·豪也活跃于美国各大高校，罗恩·帕吉特曾在哥伦比亚大学任教，等等。与此同时，诗人在高校除教授诗歌课程之外，也将诗歌朗读活动引入校园，并建立在线诗歌音频、视频档案。以查尔斯·伯恩斯坦为例，他任教于宾夕法尼亚大学，不仅长期在凯利作家屋举办各种诗歌朗读与表演活动，他与阿尔·菲尔利斯创办"宾大之声"诗歌在线音频视频档案，同时，他开设的后现代诗歌课程，所选诗人就是这些通过朗读、实验、合作等方式呈现诗歌的人。并且，行课方式不再仅仅是细读文本，在线获取的诗人朗读、表演的音频、视频材料，都是教学中的重要资源。因此，现代主义诗歌以及与之紧密联系的新批评及"细读"，不再是独树一帜的标杆。伯恩斯坦的"细听"就是一个切入美国后现

---

　　① Miles Champion, "Insane Podium: A Short History THE POETRY PROJECT, 1966 – 2012", The Poetry Project, retrieved May 29th 2018, https://www.poetryproject.org/about/history/.

代诗歌的方法。这既是一个诗歌朗读项目，同时也成为他所出版著述的书名。

现代主义诗歌通过与学院权威的结合，奠定了自身的合法性基础，形成广泛而坚实的影响。其影响亦是通过体制构建起来的。威廉·凯恩（William E. Cain）曾分析过新批评的"体制化"道路：兰色姆用新的观点强调文学和批评的决心可从他写给泰特的信里看出来，"建立'美国文学院'（American Academy of Letters），它将肩负'文学自律与传统的体制'的权利"，并将聚焦于风格、形式和技巧等问题。①

新批评通过与学院权威的紧密联系，建立其坚实的合法化基础，对文本的详尽分析深入课堂内部。而战后美国诗人的"反文化运动"，以及以圣马可教堂诗歌项目为代表的一系列活动诗歌，有力地冲击了这一基于文本的诗歌体制。尼尔·波斯曼曾写道："每一种技术都有一套制度，这些制度的组织结构反映了该技术促进的世界观。"② 在新的以诗歌朗读、表演为中心的诗歌事件中以及新的技术环境下，"细读"的绝对性地位受到挑战，"细听"与"细察"也成为诗歌接受与诗歌教学不可分割的一部分。诗歌创作更是可以直接通过口头进行。而新的诗人的出场，也不再单纯依赖诗歌文本的发表或出版，他们可以通过网络发布多样化、多种技术手段生成的诗歌，通过到实地空间朗读、表演自己的作品。而诗歌评价体系往这一占领空间的直接方式侧重。因此，新读者形态的培育，新诗歌形态的形成，都从坚固的新批评城墙上打开无数缺口，也照进许多新的可能。

至此，活动诗歌在当代的复兴已完成从实践到存档、评价、教学、理论等各个环节的整体置换并形成良序循环，这便是活动诗歌

---

① William E Cain, *The Crisis in Criticism：Theory, Literature, and Reform in English Studies*, Baltimore：The Johns Hopkins University Press, 1984, p. 111.

② ［美］尼尔·波斯曼：《技术垄断：文化向技术投降》，何道宽译，北京大学出版社 2007 年版，第 10 页。

在当代的合法化路径，它催生出与文本诗歌体制并行的活动诗歌体制。这一不容忽视的诗歌力量，目前正兴盛于世界的各个角落，并在文化空间的培育与互联网的便捷化中拥有更广泛持久的影响力。下表是对文本诗歌与活动诗歌的粗略比较：

表4-1　　　　　　　　　　活动诗歌与文本诗歌之比较

	文本诗歌	活动诗歌
创作主体	作为写作者的诗人	作为写作者、表演者、实践者的诗人
创作过程	书写	声音呈现、活动延续、语境实践
审美对象	书面文本	朗读、表演、多媒体呈现
审美主体	读者	听者、观者、参与者
时间维度	象征时间	象征时间、事件时间、设置时间并存
空间维度	空间分离 （创作主体与审美主体之间）	共实地/虚拟空间
存续方式	印刷文本	录制档案
研究范式	文本分析	包括表演研究在内的多重范式

当诗歌生成、传播与存续方式从文本形态过渡到活动形态，诗歌的时间、空间以及保存方式都发生了改变，同时，诗歌读者也转为"听者"与"观者"，诗歌教学与评价也从基于文本转向对公共空间的倚重。基于以上转变所形成的活动诗歌体制，对于"后印刷术时代"的诗歌发展与诗歌研究走向产生着隐秘而又巨大的影响。

第 五 章

活动诗学

在"文本诗歌"的观念笼罩与创作实践中，文本具有至高无上的地位，一切创作、流通、传播、评论皆围绕文本进行。而在"活动诗歌"中，文本的核心地位被消解了，这种消解并非提出一种口号然后展开一项文学或艺术运动，如未来主义者、立体主义者那样。纽约派诗人的活动诗学并非一种自觉的诗学意识或行动纲领，而是在一系列诗歌实践的事实中所体现出来的。他们所做的一切在不同学者那里有不同的阐释版本。例如，在大卫·雷曼看来，他们是先锋派，冲破一切旧有文学艺术观念；在利特尔·肖（Lytle Shaw）那里，奥哈拉是圈子诗人，构建了一种文学艺术社区，等等。但如果将纽约派诗人的诗歌实践置身于整个诗歌发展史来看，他们实际上复兴了诗歌最原初的活动形态。他们意图用"语言"这一"材料"进行诗歌实验、诗歌与其他艺术门类的融合，跳出了以印刷术为核心的文本诗歌的樊篱，突破文本以静态的、完结的、统一的文字符号为载体的形态，因此也突破了传统诗学的框架。

纽约派诗歌呈现出鲜明的瞬间性、偶然性、即兴性等特点，具体地理空间的诗歌朗读、表演或多种跨媒介艺术合作更是将诗歌的外延扩大到诗歌生成、流动与行进的整个过程。因此，活动诗学便是对于以动态呈现之诗歌的类型、特征、审美等各方面的系统性考察。本书仅从活动诗歌中较为突出的三方面特征进行简要的论述。

首先，活动诗学体现为一种从文本到行动的过程诗学，过程而非完结的文本构成了诗歌的本体。第二，传统的诗歌创作是单一主体对万事万物客体的观照，同时，审美过程也体现为作者与读者相分离的二元对立的主客体模式，而在活动诗歌中，创作主体时常表现为群体，创作者与观众也在时间或空间的维度中共存，因此，活动诗歌也表现出一种交往属性。第三，以声音传播或存在于多种媒介交融状态下的诗歌，突破了印刷术统一化以及文字符号对另一世界指涉的特征，使人回到一种人与物直接相遇的开敞状态，因此，活动诗歌具有"物性凸显"的特点。

第一节　从文本到行动：活动诗歌的过程诗学

活动诗歌本身是对诗歌生成过程的敞开，是"过程"而非完结的作品担当着诗歌艺术的本体角色。不断处于运动过程中的声音、身体、光线、氛围、道具、动作、观众……它们皆是诗歌本身的同构部分，共同构成诗歌的生成情境与诗歌之为诗歌的要素，是活动诗歌不可剥离的组成部分。对于活动诗歌的考察，不是对一个文本化的静态结果的研究，而是投入诗歌的事件生成这一过程之中。过程诗学便诞生于诗歌的动态呈现中，正如怀特海在《过程与实在》中所指出的思想立场，"使过程成为终极的东西"，这"更接近于印度或中国的某些思想特征，而不是像西亚或欧洲的思想特征"。[①] 因此，活动诗歌所具备的偶然性、瞬间性、在场性等动态过程便成为诗学考察的对象。

阿什贝利写道："跟波洛克一样，奥哈拉展示的是创作的行动和创作结果是一样的东西。"[②] 奥哈拉能够在酒吧和聚会的环境下写

---

① ［英］怀特海：《过程与实在》，李步楼译，商务印书馆 2011 年版，第 15 页。

② John Ashbery, "Frank O'Hara's Questions", Daniel Belgrad, ed. , *The Culture of Spontaneity*, Chicago: The University of Chicago Press, 1998.

诗，并且经常这样做。科克曾回忆他在聚会上热闹的人群中打字的情形："从他脑海中流经的东西都很珍贵，弗兰克试图比一般意识跑得更快。"① 这些描述与回忆实际上再现了奥哈拉创作文本诗歌的状态。翻开奥哈拉的诗集，许多诗歌都呈现出一种即兴的特点，具有瞬间性与偶然性。

《午餐诗》就是其中突出的代表。奥哈拉常在午后漫步纽约街头，那些意外闯入的物品、事件都走向他的诗歌。正如同德勒兹对于事件性经验的分析，"'感'不是'主体'对'客体'的感知，而是'外部'的'力'的突入，同样，'情'也不是'主体'内在的心理状态的变化，而是这种'力'的进一步穿越差异层次的生成。"② 这一过程不再是对整个具有延续性的诗学体系的回溯，也不是传统诗学中所强调的对诗人自身情态的描摹，而是充满外部偶然的事件性特质。晏榕在《诗意现实的现代构成与新诗学》中如此评价奥哈拉："实际上，对于奥哈拉而言一个可能的选择是——不是用即兴法去记录日常，而是相反，通过捕捉日常来完成即兴的艺术。所有奥哈拉的视觉自动化写作往往与对'瞬间感'的体验是一致的。"③ 因此，与其说他是在进行一种诗歌文本的创作，不如说是一种诗歌的行为艺术——活动诗歌。

只不过，这一活动形态的诗歌最后落脚于文本之上。唐纳德·艾伦说："在一些奇怪的时刻匆忙写就的诗作——在他现代艺术博物馆的办公室，午餐时间的大街上，甚至是人声鼎沸的房间里——写完他就将它们丢在一边，抽屉或纸箱里，而后又多半忘记。"④ 因

---

① Russell Ferguson, *In Memory of My Feelings*：*Frank O'Hara and American Art*, Los Angeles：Museum of Contemporary Art；Berkeley：University of California Press，1999，p. 27.

② 莫伟民、姜宇辉、王礼平：《二十世纪法国哲学》，人民出版社 2008 年版，第543 页。

③ 晏榕：《诗的复活：诗意现实的现代构成与新诗学：美国现当代诗歌论衡及引申》，浙江大学出版社 2013 年版，第 151 页。

④ Frank O'Hara, *The Collected Poems of Frank O'Hara*, new ed. , edited by Donald Allen, Berkeley：University of California Press，1995，p. vii.

此，等到有编辑向他邀约出版诗集时，他常常是到抽屉、衣服口袋等到处找寻文本。对他而言，文字书写仿佛只是一种记录的技术，是所有行进的诗歌行动与事件的最终"投影"，而那些瞬间发生的，降落到他眼前、脑中的事物与想法才是最重要的。

阿什贝利曾说："我最好的作品是在我被别人打扰了的时候写出来的，人们给我打电话或是让我完成必需的差事的时候。就我的情况而言，那些事情似乎有助于创造过程。"① 对于阿什贝利来说，这种瞬间性、偶然性更深入了一层。在奥哈拉的诗中，日常事物如同从天上、从四面八方降落一般，而在阿什贝利那里，降落的是思维与认知过程，他也因此获得很难读懂的"困难诗人"的称号。事实上，需要跳出传统诗学之中的摹仿论、反映论与表现论等思维模式，才能取得解开阿什贝利诗歌密码的钥匙。

1959 年，唐纳德·艾伦编辑出版的诗集《美国新诗：1945—1960》中附有《诗学主张》（"Statements on Poetics"）部分，汇集了诗人为该诗选所写的关于诗歌的看法。奥哈拉写道："发生在我身上的事情，它们进入我的诗歌时，我尽量避免谎言和夸张。我不认为需要去澄清或美化我的经历，无论是为我还是别人；它们就在那里，以任何我能找到它们的形式。"②

与奥哈拉一样，发生在阿什贝利身上并进入诗歌的通常是意识，他有时会跟随意识的蔓延并与之一道前行。在纽约派诗人这里，语言是一种工具，它不是要被完美编织的一个目的，它更像是一种通道。阿什贝利也曾说过诗歌就是其自身的主体。正如纽约派诗人的朋友及合作者罗伯特·马瑟韦尔（Robert Motherwell）在给奥哈拉的信中所写那样："对我们这些自由的个体来说，未来是完全开放的冒

---

① 王家新：《二十世纪外国诗人如是说》，河南人民出版社 1992 年版，第556 页。

② Donald Allen, *The New American Poetry 1945 – 1960*, new edition, Oakland：University of California Press, 1999, p. 419.

险，拥有料想不到的可能性，也有许多陷阱。"① 而过程诗学就是对这种聚焦于过程的诗歌的一种概括与考量。诗人不会直接陈述或去表达某种观点，诗歌自身的呈现便构成主张。雷曼写道：

> 跟绘画一样，写作可以被理解为一种活动，一个现在时态的过程，而这个活动的残留能不断地指涉它自己。所有的诗歌都是用语言进行合作的产物。……像抽象绘画一样，纽约派诗歌的概念并非来源于柏拉图式的最终形式，而是一种对表达媒介自身的参与。②

纽约派其他诗人也有相同的诗学意识。当代诗人皮特·吉兹（Peter Gizzi）在芭芭拉·格斯特的诗集简介中写道："她的诗歌从行动的中央开启，但它们的洞察角度是间接的。在这里，诗歌，就像世界一样，是现象上的存在（exists phenomenally）；它在形成的过程中被感知。"③

因此，雷曼评价道："在庞德和艾略特第一次开创了现代主义革命四十年之后，纽约派诗人第一次拓展了这片疆域。他们意欲拓宽美国诗歌的框架；不想他们的诗歌置于狭窄的盎格鲁—美国诗歌语境下，而是联结到其他艺术、更早的时代、非主流的传统。"④ 这一点，可以从他们与画家、音乐家、电影制作人、舞蹈家等的合作中

---

① Robert Motherwell, Letter to Frank O'Hara, August 18, 1965, from David Lehman, *The Last Avant-Garde*：*The Making of the New York School of Poets*, New York：Anchor Books, 1999, Preface Words.

② David Lehman, *The Last Avant-Garde*：*The Making of the New York School of Poets*, New York：Anchor Books, 1999, p. 3.

③ See Peter Gizzi, "Introduction：Fair Realist", Barbara Guest, *The Collected Poems of Barbara Guest*, ed., Hadley Haden Guest, Middleton：Wesleyan University Press, 2008, pp. xvii – xviii.

④ David Lehman, *The Last Avant-Garde*：*The Making of the New York School of Poets*, New York：Anchor Books, 1999, p. 6.

窥见。无论是诗歌朗读、诗歌—剧场，还是诗—画、诗歌—音乐、诗歌—电影等合作，声音、文字、影像等多种媒介的交互性达成了媒介向彼此敞开的行动性，因此，这些诗歌的声音呈现与跨媒介合作更是将具有瞬间性、偶然性的行动流溢体现得淋漓尽致，也更加属于一种过程诗学的范畴。

对于每一具体类型的活动诗歌，其过程表现皆不相同。例如，对于诗歌朗读或诗歌—剧场而言，诗歌在舞台上从开始到结束的时间区域中所呈现的声音与表演都具有一种过程性的特点，对于这一过程中声音的音色、音量、音调以及诗人的表情、姿态等都成为考量的对象。前文所提及的玛莉特·麦克阿瑟等学者对韵律指标进行了细分，例如，单词语速、平均暂停长度、每秒平均暂停率、暂停的节奏复杂度、音节的节奏复杂度、短语的节奏复杂度、以赫兹为单位的每个声音的平均音高、以八度为单位的音域、音调速度、动态性等都成为过程分析的一部分。依据这些数据可以从细节上把握诗人或更"中性"或更具"表现性"的朗读与表演风格。另外，声音、表演与舞台其他元素的交织，舞台表现与观众之间的互动，也都融入舞台呈现的活动诗歌的一部分，亦是活动诗学的考察对象。

传统诗学倾向于对固定于静态文本之上的诗歌，文本诗歌所体现出的修辞、形式、主题、互文性等通常成为读者或诗歌研究者的主要关注点。而活动诗歌通常表现为诗人与观众的共同在场，诗歌动态的行进常常"阻碍"诗歌听众或观众进入一个深度的"他者时空"，并对探寻诗歌"终极意义"的企图起一定的延宕作用。诗人与诗歌听众、观众常处于一种悬搁的状态，而这种悬搁状态让他们共同沉浸在对过程的充分体验之中。这一过程便构成诗歌发生的终极意义。

第二节　从"互文"到"互引"：活动诗歌的交往属性

现代主义诗人如庞德、艾略特等，将诗歌推向文本中心主义的极致。一方面，他们的诗歌作品牵涉着庞大的文本体系；另一方面，新批评主义及其对"文本细读"的推崇，与学院权威的结合，都使文本走向绝对的中心。以《荒原》为例，诗行间隙布满了各种"参阅某著作"的注释。艾略特在"荒原"标题的注释项中讲道：

> 这首诗不仅标题，格局，而且许多零散的象征都受杰西·L. 魏斯登女士论圣杯传说的那本书《从仪式到传奇》的启发。此书使我得益匪浅，实际上它比我的注释更能解释这首诗中的难点。要是有人不嫌麻烦要弄明白这首诗，我奉劝他读一读魏斯登女士的书，何况这本书本身也很有趣。在更一般的意义上，我还得益于另一本人类学著作，一本深刻地影响了我们这一代的书：我指的是《金枝》，我采用的主要是关于阿童尼斯阿梯斯和奥利西斯的两卷，知道这二卷著作的人立即会在诗中认出有关祈丰仪式的地方。[①]

艾略特意在表明：为了理解他的这首诗，读者还需从历史上其他文本中去追索思想源流。在"人群涌过伦敦桥，那么多人/我想不到死神摧毁了那么多人"这句诗的注释里，作者写道："'那么多……那么多'，参阅但丁《地狱篇》第三章55—57行，描绘了地狱大厅中的灵魂：如此长河般的/人群，我没有料到/死亡的摧毁如此盛大。"[②] 在《荒原》一诗中，这种"参阅"密密麻麻。语言在这里所起的作用是从一个文本到另一个文本的链接，"互文性"是其突出的特征。

然而，对于20世纪中期这些反传统的年轻诗人来说，现代主义诗人的引经据典与佶屈聱牙与他们的诗学理念是背道而驰的。相较于现代主义诗歌鲜明的"互文"（intertextuality），纽约派诗人突出

---

① T. S. Eliot, *Waste Land and Other Poems*, London：Broadview Press, 2011, p. 63.
② T. S. Eliot, *Waste Land and Other Poems*, London：Broadview Press, 2011, p. 66.

的特点是"互引"（inter-referentiality）。"互文"是诗歌中对其他文本的关涉，而"互引"取消了文本与前时期文本链接的线性模式，它更加注重横向的连接，并不关注文本，而是在诗中涉及其他同时代的人或事。纽约派诗人的诗歌文本中，这样的例子不胜枚举。在奥哈拉的诗歌文本里，同时代艺术家名字出现的频率非常高。奥哈拉有大量专门写给某位友人的诗歌，除了写给纽约派诗人的其他成员，还包括许多写给画家、摄影家、演员、音乐家。

例如，写给纽约派其他成员的诗就包括《给约翰·阿什贝利的便条》《来自约翰·阿什贝利的明信片》《写给约翰·阿什贝利》《洛迦诺——致詹姆斯·斯凯勒》《晨歌——致詹姆斯·斯凯勒》《三首关于肯尼斯·科克的诗》《诗——致詹姆斯·斯凯勒》《和芭芭拉在拉里家》《与芭芭拉·格斯特在巴黎》等。实际上，他们私下的通信也有很多，不过以诗歌的形式写出的也数目繁多。除了纽约派诗人，奥哈拉也为其他诗人致诗，如金斯堡、比尔·伯克森、约翰·维纳（John Wieners）等，诗歌《致约翰·维纳》就是献给后者的。约翰·维纳也是一位活跃于20世纪中期美国诗坛的诗人，曾经在黑山学院学习、参加过旧金山文艺复兴运动，1961年搬入纽约市。[1]

写给画家简·弗莱里奇的包括《内部（与简在一起）》《写给简·弗莱里奇的十四行诗》《写给简；模仿柯勒律治》《写给简；一些空气》《和简在一起》等。弗莱里奇与奥哈拉、阿什贝利有许多诗—画合作。奥哈拉与拉里·里弗斯的合作也甚多，他写给里弗斯的诗歌也不少，比如，《与拉里·里弗斯散步》《写给拉里·里弗斯》《写给拉里·里弗斯和他妹妹的十四行诗》《拉里》等。除了这两位，其他出现在他诗中的抽象表现主义画家还包括海伦·弗兰肯瑟（Helen Frankenthaler）、威廉·德·库宁、格蕾丝·哈蒂根、迈克·戈德伯

---

① See Frank O'Hara, *The Collected Poems of Frank O'Hara*, new ed., edited by Donald Allen, Berkeley: University of California Press, 1995, p. 247.

格、诺曼·布拉姆、阿尔弗雷德·莱斯利，等等。

除此之外，其他出现在奥哈拉诗中的艺术家还包括：诗人及舞蹈、诗歌、小说评论家埃德温·邓比（Edwin Denby），诗人、剧作家和演员 V. R. 朗（Violet Ranney Lang，外号"邦尼"），摄影师理查德·米勒（Richard C. Miller），音乐家保罗·鲍尔斯（Paul Bowles），演员詹姆斯·迪安（James Dean），演员、画家、雕塑家乔治·蒙哥马利（George Montgomery），音乐家莫顿·菲尔德曼（Morton Feldman），等等。他的诗《致危机中的电影业》（"To the Film Industry in Crisis"）里面也提到了当时许多电影制作人的名字。[①]

格斯特、斯凯勒、阿什贝利、科克在他们的许多诗歌中也采取了相似的策略——引用现实社会中的人或事入诗，意在为打破文本与现实之间的界限。为此，他们有时候还以一种创新的方式来连接不同的艺术门类。科克有一首题为《在床上》（*In Bed*）的诗。1981年6月，他在纳罗帕大学夏季写作班朗读了这首长诗，朗读之前他解释说这首诗是由50首左右的短诗组成，都围绕着"在床上"这一个主题。这首诗中有一个很有趣的细节，在《爱人在床上》这一部分中，诗句"爱人不再/是街上的爱人"后有一条注释信息："参见毕加索《一对年轻的骗子》、热鲁兹的《笔记》，或者听莫扎特的《C 小调弥撒"伟大"》。"这其实是对他们进行诗歌与其他艺术形式合作的观念的一种映射。[②]

利特尔·肖指出奥哈拉的诗歌中所使用的"引用策略"（referential strategies）一直是一个备受讨论的问题。他认为奥哈拉在诗中援引朋友的名字，实质在于他是一个圈子诗人。"奥哈拉是一位圈子诗人，这一观点一方面来自他与一圈著名的艺术家、作家之间的亲密联系，另一方面因为他作品中的参考实践，他对固有名称的使用

---

① See Frank O'Hara, *The Collected Poems of Frank O'Hara* new ed. , edited by Donald Allen, Berkeley：University of California Press, 1995, p. 232.

② Kenneth Koch, *The Collected Poems of Kenneth Koch*, New York：Alfred A Knopf, 1982, p. 373.

非常明显，特别是引用他那些朋友的名字。"① 肖认为奥哈拉引用人名的策略与"开放的社会领域形成类比关系"。② 他进一步写道："奥哈拉的技巧可以从空间类比的角度来理解：空间折叠或位移……发生这种情况的原因是，奥哈拉将对人际词汇的探索与对史诗如何创造出纪念碑般效果的探究交织在一起。"③

这样的说法有待商榷。奥哈拉的确身处一个活跃的纽约文学艺术圈，但以"圈子诗人"冠之并不恰当。奥哈拉身处这样一个圈子，并不仅仅因为他与他们相识而已，而是因为他们共同合作，进行了大量的诗歌艺术实践。因此，他引用人名并非一种表面化的借用，这种引用策略与他的诗歌实践是一致的，就是要打破文本疆界、打破诗歌与其他艺术门类的界限。他的引用策略也并非为了创造出史诗般的纪念碑效果，且不谈人名广布是否就一定能创造出史诗的纪念碑效果，奥哈拉这样一位立足于此刻、瞬间、偶然的诗人，"纪念碑"这种线性序列下的耸立或许并不是他去考量的东西。并且，这也并非一种空间类比，他不是要建立一个文本空间与社会空间并置，恰恰相反，他是要打破文本空间的限制，而大量引入同时代诗人、艺术家名字的策略就是为了取消文本与现实之间的界限。因此，诗歌如一种延伸、扩大了的实验场，现实中的人与事都可入诗，日常事物也都可入诗。如此，诗歌的面貌就不再与现代主义诗歌相同：因为他们并未如现代主义诗人那样身陷文本去建立线性连接，而是打破线性连接，直接从现实生活中攫取资源。

奥哈拉曾以绘画比拟过写作，认为写作也是一个现在进行时的并且指涉自身的过程。在《与他们一步之遥：1956 年的诗》一文

---

① Lytle Shaw, *Frank O'Hara：The Poetics of Coterie*, University of Iowa Press，2006，p. 2.

② Lytle Shaw, *Frank O'Hara：The Poetics of Coterie*, University of Iowa Press，2006，p. 77.

③ Lytle Shaw, Frank O'Hara：*The Poetics of Coterie*, University of Iowa Press，2006，p. 77.

里，帕洛夫回顾了20世纪50年代美国的社会氛围，阐释诗歌在50年代不再是一种文本内部的力量较量，而是"诗人作为一个生产者"的活动。① 保罗·古德曼（Paul Goodman）也在《先锋写作：1900—1950》中写道：

> 当今先锋派的根本任务是社区的物理重建。这是解决异化危机最简单的方式：人与自己疏远成为另一种人，并且与艺术家也疏远；先锋派艺术家要做的，就是将他的手臂搭在他们身上，将他们聚在一起。在文学术语中，这就意味着：为他们而写，写关于他们的东西。②

作为先锋派的纽约派诗人也是一样。他们要做的是，就是取消文本的线性模式、打破文本与现实的隔阂。诗歌在他们这里具有一种"活动性"，就如同身边的人或事物都如在跳舞一般，他们可以在现实社会中，也可在文本中跳舞。如此，文本与社会之间的界限被最低限度地消解。

纽约派诗人在诗歌文本中取消线性模式、建立横向连接的，还包括"应景诗"，即为生日、节日、聚会、离别等特殊情景创作的诗歌。严格说来，"应景诗"是一种特殊的"互引"情况。以奥哈拉为例，他写过《婚礼上的十四行诗——致埃丝特和阿尔弗雷德·莱斯利》《致即将去旅行的珍妮丝和科克》《给格蕾丝·哈蒂根的圣诞卡》《给简，一个聚会之后》《送安·波特、费尔菲尔德·波特夫妇去斯普鲁斯黑德岛》《写给肯尼斯的生日》等诗歌。他们都是特殊情景下的诗歌发生。

---

① See Marjorie Perloff, "A Step away from Them：Poetry 1956", Marjorie Perloff ed., *Poetry On and Off the Page：Essays for Emergent Occasions*, Evanston：Northwestern University Press, 1998, p. 87.

② Paul Goodman, "Advance-Guard Writing, 1900 – 1950", *Kenyon Review*, 1951 Summer, Volume 13, No. 3, pp. 379 – 380.

保罗·古德曼曾对应景诗做过阐释："只要亲密的社区确实存在……艺术家为其成员写作，先锋派立即成为最具综合艺术的流派，应景诗是其表现—即庆祝婚礼、节日等的诗歌。歌德曾说'应景诗（occasional poetry）是最高的'，因为它提供最真实、最详尽的主题素材，并且与对观众产生效果是如此之近。"①

因此，纽约派诗人的诗歌朗读、"诗歌—剧场"表演，实际上都是诗歌对现实的切近。他们与其他艺术家在诗歌声音表现、舞台表演上的合作实践，既是诗歌活动形态的直接表现，同时也为他们进一步的文本诗歌创作铺垫了资源、策略与技巧。贯穿在诗歌活动实践与文本实践中的思想是一致的，皆为打破传统的束缚、打破文本中心主义带来的压抑。从这一角度再去反观纽约派诗人在诗歌文本中的写作特点，便会一目了然。

谢克纳曾说："工业文化将功能和表达分离和标准化；而社区社会在延伸的复杂事件中将许多功能和表达方式结合在一起。工业文化专注于对单一意义行为进行排序，而社区文化通过多义化的事件进行概括。工业生产线本身就是一系列单一功能操作的强有力的例子，这些操作加起来就是最终的复杂产品。"② 而社区中的文化是一种多义事件，跟工业中的生产线模式有实质性的区别。纽约派诗人及其合作者所进行的一系列诗歌实践，以及这一实践延伸到文本上时所采取的策略，实际上是对工业社会发展至极端的一种反拨。

第三节　从符号到实存：活动诗歌的"物性凸显"

"物性"最初是作为哲学概念出现在知识领域的，是指能够被人

---

① Paul Goodman, "Advance-Guard Writing, 1900 – 1950", *Kenyon Review*, 1951 Summer, Volume 13, No. 3, p. 376.

② Richard Schechner, *Performance Theory*, London and New York: Routledge, 2003, p. 155.

体感官直接或间接感知的客观实在或存在。古罗马哲学家卢克莱修在《物性论》中写道："未有任何事物从无中生出……每样被产生而来这个光之岸的东西，其来源乃是这一东西自己的质料，自己的原初物体所寄托的东西。"① 因此，"物"这一世界之实体有其具体、实在的来源，而"物性"便附着在这些实物的特征之中。在现代思想家眼里，物性内涵与古代的实体性有所不同。例如，柏格森认为"一切将物质分割成轮廓绝对明确的独立实体的划分都是人为的"，因为在他看来，"一个实体，一个独立的物质对象，最初都是作为一个性质体系呈现在我们面前的"②。物质广度具有延续性，然而生命为其建立起一种"原始的非连续性"，物与周遭环境的区划在于人的认知。因此，柏格森通过建立物质开阔的共时性视野而驳斥传统的二元论观点，他直接指出："普通二元论的错误就在于它把空间的视点作为出发点。一方面，它把物质及其改变放在了空间之中；另一方面，它把非空间扩展性的感觉放在了意识之中。"③

再如，在海德格尔看来，"物"意味着一种聚集，"物居于（聚集和统一）四元"，而这"四元"由天空、大地、神圣者与短暂者构成，他对物性或事物本质的考察就从这四个维度进入。海德格尔写道：

物物化世界。每一物使四元进入世界纯然一元的居留者中。如果我们允许物世界化世界而以其物性现身的话，那么，我们就把物作为物而思考。以此方式思考，那么，我们让自身由物的世界化存在而得到关涉。以此方式思考，那么，我们由作为

---

① ［古罗马］卢克莱修：《物性论》，方书春译，商务印书馆 2018 年版，第 10—11 页。

② ［法］亨利·柏格森：《物质与记忆》，姚晶晶译，北京时代华文书局 2018 年版，第 221 页。

③ ［法］亨利·柏格森：《物质与记忆》，姚晶晶译，北京时代华文书局 2018 年版，第 255 页。

物的物而召唤。①

"把物作为物而思考"以及"我们由作为物的物而召唤"的思考立足点使世界浑然一体，主客观之间再无明确的界限与分别。因此，现代思想家取缔了西方传统哲学思想中的主客二元论。人与生命、世界融为一体，进入一种"物我统一"的境界。

诗歌通常被当作一种"认知之事"，依靠眼与心对文字符号所指涉的世界的觉知与顿悟。无论从古代还是现代思想家对"物"的定义与论述中，诗歌与"物性"的关联似乎都相距较远。莱辛更是以"诗歌是时间的艺术"这一名句将诗歌钉在与物性无关的时间之涯的虚构轴上。

然而，将诗歌与"物性"分离开来的做法假定了一种事实：诗歌是以语言为载体对他物的意义编制，并始终指向一个意义中心。这实际上是逻各斯中心主义及文本中心主义在诗学观念中的映射。活动形态中的诗歌跃出了印刷术的苑囿，使诗歌呈现具有物质性的声音、颜料的外现或影像对于视觉的劫掠，事实上已经将"物性"返还给了诗歌。诗歌的物性表现在以下几个层面。

（一）声音的听觉直感

在物理学上，声音是一种波状物，它源自单个或多个物体的振动，振动产生的声波向外扩散传播，传至人耳形成听觉。因此在物理学上谈论声音，实则谈论介质振动，并且声音的性质也可借助具体的赫兹、分贝等单位予以界定。

在活动诗歌视域下谈论诗歌声音，并非对于"音景"或"音画"的讨论。例如，维克多·雨果的诗作《祖父乐》便呈现出鲜明的音画效果：

---

① ［德］海德格尔：《诗·语言·思》，彭富春译，文化艺术出版社 1991 年版，第 159 页。

> 我听到许多声音
>
> 微光横扫过我的眼眶
>
> 一座大钟在圣皮埃尔教堂摇响
>
> 沐浴的人们的叫喊
>
> 忽远！忽近！
>
> 不对，是在这边！
>
> 不对，是那边！
>
> 鸟儿啁啾，让娜亦然
>
> 乔治唤着让娜
>
> 公鸡鸣叫。一片瓦刀
>
> 刮擦着屋顶
>
> 马儿从小巷走过
>
> 一把长柄镰刀喀兹喀兹砍削着草坪……①

　　对活动诗歌的声音分析不是对文本之中声音模仿、声音塑造、声音描述或声音想象的考量，而是声音以听觉直观的形式抵达诗歌听者的听觉器官。与文字的统一呈现方式不同，声音是个性化的东西，每一种音色背后都对应着一个人。声音是一种"身份的签名"。听诗人朗读自己的诗歌，对读者或观众而言有一种确证感。声音既印证了纸上的文字，也印证写下这些诗句的人。声音直接与身体相连，因此，莱斯利·惠勒写道："让诗歌诉诸声音实则是对身体的呼唤。无论这身体属于诗人、观众，抑或两者。"② 德里克·弗尔也谈道："因为声音属于独一无二的个体，应该由那个发誓的人来立下保证，让那个渴求宽恕的人自己坦白。声音进入空间、人脑，紧迫而亲密；即使声音由技术传送，其迫切性仍然是听音体验不可或缺的

---

　　① 参见［法］米歇尔·希翁《声音》，张艾弓译，北京大学出版社 2013 年版，第 19—20 页。

　　② Lesley Wheeler，*Voicing American Poetry：Sound and Performance from the 1920s to the Present*，New York：Cornell UP，2008，p. 23.

一部分。"① 对于现代人而言，听音是对人与人之间疏离与交流缺失的一种弥补。

诗歌以声音呈现是对语义的加强，音调、节奏、音色等都传递着意向性信息与表演风格。"文字的诗是封闭的，它将自身秘密向陌生人低语，声音之诗则是敞开的，将经验的无限可能归还给了听众。"②

"声音诗"是声音物性的极致表达，它攫取语词的纯粹声音并淡化甚至抛弃语义，让声音在空间中流动、回响，实际上是作为物的声音的一种"物性凸显"。而无声诗或声音与声音之间静默的片刻，又是对声音另一种极端的呈现。然而，在"有声"与"无声"之间，听众也在这一动态的过程中体验到声音"物性"对于听觉感官的"扰动"或"撞击"。约翰·凯奇的《4分33秒》就是案例之一。

（二）活动诗歌的综合媒介

吴兴明曾在《论前卫艺术的哲学感》一文中批判迈克尔·弗雷格对于极简艺术"物性凸显"的论述。弗雷格在《艺术与物性》（*Art and Objecthood*）一书中表达了如下立场：20世纪60年代以来在极简主义艺术中所出现的"物性凸显"在根本上与艺术相敌对，同时，极简艺术对剧场性的依赖取缔了艺术本身的"意义可能性"的创造，使艺术陷入被颠覆的危险。对此，吴兴明则认为，弗雷格"忽视了物性凸显本身就是现代艺术探索中一种惯例迁移的努力"，"将媒介作为意识内容的符号性中介转变为直接的物感重构"③ 本身是具有价值的。吴引用权美媛的观点作进一步论述：

　　艺术空间不再被视为一块空白的石板，擦拭干净的书写板，

---

① Derek Furr, *Recorded Poetry and Poetic Reception from Edna Millay to the Circle of Robert Lowell*, Palgrave Macmillan Publishers, 2010, p. 83.

② 张洪亮：《从观念先锋到媒介先锋：二十世纪以来的声音诗》，《外国文学动态研究》2021年第2期。

③ 吴兴明：《论前卫艺术的哲学感——以"物"为核心》，《文艺研究》2014年第1期。

而是一个实实在在的地点。……让每一个观看主体通过亲临现场，在对空间拓展和时间延续的感官及时性进行此时此刻、独往独来的体验，而不是靠脱离躯壳的眼睛在视觉顿悟中即刻获取的"感知"。①

吴兴明同时认为，弗雷格对"物性凸显"是建立在一种狭隘理解的基础之上，因为"物性凸显"构成了物美学，"媒介与物性同一""物态与物感觉"具有其中"感觉价值的直接构成性"，能使欣赏者对物感直观直接领受。②

事实上，活动诗歌与前卫艺术在时间、空间乃至丰富的物感性等方面有诸多相似性与共同点。不过，它们的发生理路与思想渊源本来也具有同一性。除却诗歌声音维度所具有的物性凸显以及对共同在场的时间与空间的要求，活动诗歌还表现为其他层面的物性凸显。在纽约派诗人丰富的诗—画、诗歌—电影等实践中，诗歌并不表现为印刷文本中的统一性，而是在与绘画媒介或装置艺术媒介的碰撞中直接呈现书写材料本来的物性。他们很多时候直接在石头、硬纸板、丝布等多种材料上尝试诗与画的合作。

例如，1961—1970 年，贾斯帕·约翰斯与奥哈拉的隔空合作《记忆碎片》，就包括了木、铅、黄铜、橡胶、沙子等材料。这些物料的并置既构成了诗歌的生成语境，同时也成为诗歌面向观众的媒介。多种媒介的交融，使色彩、线条、块面、明暗、肌理、图形等元素都"去除了再现性和意义象征"。再如，1957—1960 年，奥哈拉与拉里·里弗斯合作过《石头》系列诗—画，通过在石头上反向刻制图像、线条、字母，最后再印出来。他们的合作过程充满即兴

---

① 权美媛：《连绵不绝的地点——论现场性》，［美］左亚·科库尔、梁硕恩编《1985 年以来的当代艺术理论》，王春辰、何积惠、李亮之等译，上海人民美术出版社 2011 年版，第 33 页。

② 吴兴明：《论前卫艺术的哲学感——以"物"为核心》，《文艺研究》2014 年第 1 期。

性与材料本身的灵动性。

图5-1　弗兰克·奥哈拉与拉里·里弗斯的石刻版画合作

图5-2　奥哈拉与里弗斯合作的石刻版画《五点钟》

刻在石头上的诗，与石头以及刻印材料融合在一起，有石头的稚拙美并呈现出一种合作互动的趣味性。对于此种类型的诗歌的欣赏，不再是单纯进入文本所示的另一世界。欣赏者会在物性凸显中停留，会打量物本身带来的质感与文字呈现的个性特征。这实际上跟中国的书法艺术有些类似，墨痕的厚重或轻逸，运笔的姿势与方向，折锋、逆锋、蹲锋等不同侧重，既构成动作本身的过程性特质，又凸显出质料本身的物美感。

1952 年，格蕾丝·哈蒂根与奥哈拉曾合作过 12 幅 "橘子系列" 诗—画。2000 年，她在向雪城大学图书馆的特别收藏研究中心提供她与奥哈拉合作后的作品时，曾作以下陈述：

> 对于 40 年代末和 50 年代初的纽约先锋派来说，名气或历史意义似乎是不可能的。因此，画家和诗人之间的合作是随意而自发的。
>
> 例如，1952 年的一天，弗兰克·奥哈拉和我正在谈论阿波利奈尔以及他与立体派的关系。我说："我想用你的诗做点什么，但我不想只做一个。"弗兰克说："十二首怎么样？我有十几首诗叫作《橘子》?"我在纸上画了十二幅油画，有时写整首诗，有时只写一两行。所有的图像都与每一首诗相关。①

1953 年，约翰·迈尔斯在蒂博·德·纳吉画廊为他们举办展览，"橘子系列"绘画与油印副本的诗歌一同展览。哈蒂根回忆道："回首当年，仿佛是那么的神奇，那么的天真。用一首流行歌曲的话来说，'那是一段美好的时光，这是最好的时光，我们认为它会永远持续下去。'"②

---

① See online exhibition of Special Collections Research Centerin Syracuse University Library. Retrieved July 9th, 2021. https：//library. syr. edu/digital/exhibits/i/imagine/section8. htm.

② See online exhibition of Special Collections Research Centerin Syracuse University Library. Retrieved July 9th, 2021. https：//library. syr. edu/digital/exhibits/i/imagine/secti-on8. htm.

图 5-3　格蕾丝·哈蒂根的《黑色乌鸦》
（"橘子系列"1 号作品）纸面油画

　　画幅中的诗歌以不同字体与油墨、色块交融，产生一种直击感官的直接触动。绘画颜料与油墨的堆积感，字母书写收笔处的飞逸，某些墨迹的若隐若现，与色块的明亮形成对比与应和，让欣赏者获得丰富的感官感受，并直面一个迎面而来的物感丰富的世界。诗歌的脚本与转录本也与此相似，让观者在进入文本内部世界之前，停留在独具个性的笔迹的游走之中，让人暂且拥有与物世界对视与交流的机会。

　　正如吴兴明对前卫艺术物性凸显的意义总结一样，活动诗歌也给予人同样的意义："人与物关系的原始回复和变动"，"原始创造力的回复"，"抵抗现代性危机的'解分化'源泉"。[①] 在人与物的直接相遇中，人面对着一个开敞的世界，而非封闭空间。

在诗歌与声音、影像等多重媒介的结合中，"物性凸显"同样占据一定的空间。在纽约派诗人所参与的《美国：诗歌》录制片中，诗歌的声音传递与诗人的身体、影像、城市景致混合在一起。观者不能将诗歌完全从这样一幅完整的作品中提取出来，此时的"物性"表现在声音与录制技术的混合之中，声音与影片镜头的移动，建筑、天空、树枝、道路占据大幅画面，凸显出某一局部，将读者召唤至某个具体的诗歌情境，图像、影像与声音共同承担起保持媒介均衡的"责任"，对任何一种媒介的单一沉浸都起着一种"阻隔"作用。

声音、影像、景观汇合以自身的物性"阻止"观者进入一个文本构建的内部世界或某个单一媒介的逻辑系统，从而产生一种悬搁、延宕的效应，这便是多种媒介的功能属性。媒介之间的平衡让观者直接面对一个与城市、艺术、天气、道路、屋顶有关的诗歌世界。物性凸显事实上是贴近，它并非某种"意境"，而是对观者进入诗歌的邀请。

图5-4　约翰·阿什贝利在《美国：诗歌》中朗读诗歌

① 吴兴明：《论前卫艺术的哲学感——以"物"为核心》，《文艺研究》2014年第1期。

图5-5   肯尼斯·科克在《美国：诗歌》中朗读诗歌

图5-6   肯尼斯·科克在《美国：诗歌》中朗读诗歌

图5-7   《美国：诗歌》中的画面

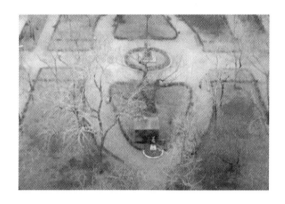

图 5 - 8　　《美国：诗歌》中的画面

图 5 - 9　　《美国：诗歌》中的画面

图 5 - 10　　《美国：诗歌》中的画面

这似乎是一种悖论，通过"阻止"而"贴近"或"邀请"。这实际上是"物性凸显"的另一层隐含意义。"物性凸显"从来不是完全满盈的堆积，物与物、物与人之间都存在一定的距离或间隙。卢克莱修曾谈论过物质与虚空：

> 但世界并非到处都被物体挤满堵住：
> 因为在物体里面存在着虚空——
> 认识了这一点，对你帮忙会不少，
> 它会使你免于日夕疑惑不止，
> 永远究问一切而不信我的话。
> 因此必定有一种虚空，
> 一种其中无物而不可触的空间。①

卢克莱修还写道，"要是没有虚空……任何东西就永远不会生出来"，物体之间存在虚空，便"获得运动的开端"②。可见，"虚空""无"也是物性凸显中的隐含部分，就如同诗歌朗读或表演时，声音与声音之间的空寂。关于空无，老子早就在《道德经》中做过探讨：

> 三十辐共一毂，当其无，有车之用。
> 埏埴以为器，当其无，有器之用。
> 凿户牖以为室，当其无，有室之用。
> 故有之以为利，无之以为用。③

即是说，在造车辋辘时，需要用三十根辐条汇集到一根毂中，有了车毂中空的部分，才发挥车的作用。糅合陶土制作器皿，因为

---

① ［古罗马］卢克莱修：《物性论》，方书春译，商务印书馆 2018 年版，第 20 页。
② 参见［古罗马］卢克莱修《物性论》，方书春译，商务印书馆 2018 年版，第 21—23 页。
③ 老子：《道德经》，中华书局 2021 年版，第 46 页。

有了器皿中空的虚无，器皿才能发挥作用。开凿门窗建造房屋，有了门窗四壁内的虚空，房屋的作用才成立。因此，"有"给人以便利，而"无"使其发挥作用。

海德格尔关于"物性"的论述也极具代表性，在《艺术作品的本源》一文中，他谈及陶制的壶。对于壶这样的普通物，它的本质并非在于壁、底，或是中空的"无"，而是在于壶所盛的泉水来自天地联姻之所，在于人神觥筹交错之时。壶的本质在于它是苍天与大地、神灵与人类的汇集。物所带来的亲近感就在于此。亲近并非切入。亲近永远不可能没有距离，它是有距离的。

在脱离印刷术的统一化、规范化模式之后，无论是声音媒介还是综合物质材料中的"物性凸显"，它们都敞开了一个无蔽的诗意空间与世界。人在与物的相遇中引起情感上的共鸣。诗歌的物性在口头表演的声音之中，在转录本里，在这些非印刷文本的"独一无二"之中，迈过本雅明所称的"灵韵"消失的历史阶段，生发出新的灵韵。同时，在麦克卢汉看来，声音录制等现代技术唤醒了人类古老的部落记忆，因此，"物性凸显"在久远的记忆与当下的情感之间建立起连接，这正是活动诗歌对于其古老传统的回溯。诗歌活动形态的回归，从某种意义上讲也是现代科技革命所绽放出的温暖火光。当科技抓取诗歌的本质并运用于实践，诗歌以此回到人们的日常生活当中。因此，"诗和远方""诗意地栖居"这样的呼号才在普罗大众中具有了实质性的出口。我们有理由期待，诗歌在其本源与现代媒介的结合中，已经并将继续展现出蓬勃的生命力。

结　语

解蔽的文学事实与重建的现实

阿莱达·阿斯曼说:"一个时代与过去的关系在相当程度上取决于它们和文化记忆的媒介的关系。"① 几乎是到 20 世纪末期,纽约派诗人的部分非文本形态的诗歌实践才受到学者的关注,他们或对诗人的朗读特点进行分析,或从绘画艺术切入关注诗人与美国抽象表现主义艺术的关系,或对诗人的戏剧实践进行梳理与总结。学术关注从文本诗歌转向诗歌与其他艺术门类的交叉地带,实则与技术演进、信息传输媒介改变以及人们对其的意识程度密切相关。声音与影像录制技术是使纽约派非文本形态的诗歌走出被遮蔽境地的条件之一。

文学与技术看似是相距遥远的两极,实则有莫大的关联。在纽约派诗人活跃的年代,广播、电视、电影等技术已开始入渗人们的日常生活。在对新技术与新艺术途径的感知上,纽约派诗人无疑是走在时代前列的艺术家。他们有一种自我创造生命的意识,而这些新兴的技术手段恰好在侧,并成为他们用于诗歌实践的工具、材料或视角。20 世纪中期,纽约派诗入秉持打破传统的创新精神并跨界多种艺术领域进行诗歌的艺术实践,使诗歌从文本形态转变为活动形态,复兴了诗歌在远古时期就已存在的活动性。他们是一群对生

---

① ［德］阿莱达·阿斯曼:《回忆空间:文化记忆的形式和变迁》,潘璐译,北京大学出版社 2016 年版,第 229 页。

活、生命、艺术都有着全新理解的年轻人，其所思所行正如保罗·古德曼在《先锋派写作》中引用的里尔克诗所言："生，非为食粮/而为存在的无限可能。"①

纽约派诗人对新的可能性的追求是与"反叛"这一词汇连在一起的。20 世纪 50 年代，耸立在新一代诗人面前的，除了冷战时期割裂的社会现实与思想禁锢，还有严峻的现代主义诗歌与新批评传统——这一传统将诗歌紧紧束缚在文本之上，诗人的诗歌文本中也充斥着艰深的引经据典，诗歌教育、诗歌研究、诗歌史的书写也都密切与文本为伍。走入极端的文本中心主义同时剥夺了诗歌本来的生机与活力。新一代年轻诗人并未传统的惯性中行走，而是贡献出自己对艺术的全新理解，从各个角度攻击这座禁锢诗歌生命力的大山。在创作与前辈不同风格的文本诗歌的同时，纽约诗人将诗歌与音乐、电影、戏剧、绘画等结合，跳脱出诗歌只存在于文本之上的传统。他们创作的文本诗歌与传统的诗歌审美标准相去甚远，这使得纽约派诗人一度被评论者看轻，即使罗伯特·洛威尔等诗人也对纽约派诗人不抱好的期望。其活动形态的诗歌则更加不为人知晓和理解。雷曼说："并不是他们无视诗歌传统，相反，他们是贪婪的读者。……他们对传统有足够的尊重，以至于没有偷懒地模仿它，而是用他们的才华去适应、改造和调整传统。"② 对于纽约派诗人来说，他们采取的策略是将诗歌领入咖啡馆、搬上剧场舞台，在诗歌与音乐、绘画、电影的融合中寻求新的创作体验、艺术效果与审美体验。他们将在浪漫主义影响下根深蒂固的单一作者模式变为多作者合作的模式，并使诗歌的生成与传播合为一体。这已然跳脱了单一纸质媒介与书写创作的传统方式，"创作"诗歌继而成为一种涉及多种媒介与素料的语境实践。这样的语境实践在一定程度上消解了高度文本化带来

---

① Paul Goodman, "Advance-Guard Writing, 1900 – 1950", *Kenyon Review*, 1951 Summer, Volume 13, No. 3, p. 380.

② David Lehman, *The Last Avant-Garde: The Making of the New York School of Poets*, New York: Anchor Books, 1999, p. 6.

的单一与隔离，重新建立起社区联系以及人与人面对面的交流。

实践中的诗歌也改变了文本诗歌的时间与空间维度，以往附着于文本的象征时间转变成事件时间或设置时间。诗歌生成的时间延续与观众聆听、观看诗歌的时间变得一致。如同音乐，诗歌也可以"让时间可聆听，让时间的形式和连续性可知觉"①。观众的文学体验从一种对静态的固定文本的体悟，变为一种对充满开放性与偶然性的动态过程的具身性感受。他们的诗歌实践同样改变了文学空间。文学在具体地理空间开始占有一席之地，这种占领不同于书籍出版流水线上的出版社或书店。这些空间为诗歌的活动性生成开辟了一片天地，为诗歌实践或表演的持续发生提供了场所。专门的诗歌中心诞生了，如圣马可教堂诗歌项目；专门的文化中心也渐成规模，如92Y文化中心。新形成的时间与空间维度犹如从已有社会体系中切入一种新的社会事实。这当然也是新的文学事实。对于诗歌读者来说，诗歌渗入日常生活，读者同时也身处听者与观者的角色，从完全的接受者变成参与者甚至也是创造者的一部分。印刷业所强化的作者与读者的分离在活动诗歌的状态中走向弥合，读者与作者同时在场且彼此互动，形成集体性的剧场或社群。而这一切，在文本世界中皆处于被遮蔽的失语状态，单纯寻求文本路径是无可抵达的。因此，需寻求新的阐释体系与术语表达。

新的文类从诞生到形成新的传统必然途径两段道路，其一是新文类本身内化成一种合法化体制的道路；其二是有专门阐释这一文类的术语和理论。

纽约派及其同时代先锋派诗人所再次开启的"活动形态的诗歌"亦历经了从边缘到正统的过程。一方面，诗歌的传播不再依赖诗刊发表或诗集发表的文本模式，占领具体空间并进行活动诗歌的实验、实践或表演在诗人、读者以及评论者的眼里变得愈加有分量。大学、

---

① ［美］苏珊·朗格：《感受与形式：自哲学新解发展出来的一种艺术理论》，高艳萍译，江苏人民出版社2013年版，第118页。

图书馆、博物馆等机构的作家中心是诗人"入主"主流教育与研究机构的重要途径。另一方面，声音、影像录制技术的更新换代也使活动诗歌的录制变得更加简便易行，诗歌录制档案这一重要的资源既形成新的活动诗歌空间，也为对活动诗歌进行教学和学术研究提供了先在条件。再者，在纽约派等先锋派诗人影响下的成长起来的年轻人目前已近古稀之年，这些曾经的年轻诗人或学者在其诗歌教学生涯中已经完全承认先锋派诗人的地位，其诗歌课堂不再仅以传统诗人与文本细读为主。"文本是线型的、受限制的，并且是固定的。"[1] 纽约派诗人是去文本化的最初实践者和先锋领路人，其多媒体实践也暗含了后来网络技术与多媒体融合时的走向。他们的实践如同初阶版的"超级文本"，而"超级文本容许那些在纸张上不可能出现的观点和链接的存在"[2]。美国诗歌史在 20 世纪后期的口语化倾向以及与电脑技术的结合，所出现的"声音诗""表演诗""视频诗"等术语表达与相关实践，都可从中看到纽约派诗歌实验与实践的影子。因此，那些已经成长起来并完全承认先锋派诗人地位的新诗人和学者，将其诗歌实验与实践的录制档案引入课堂，使之成为重要的诗歌教学内容。而教授诗歌的方式，除了细读，"细听"与观看影像材料亦变得不可或缺。

当诗歌跃出纸面、成为一项表演、一个过程或一个事件，传统的阐释体系也失去其效力，如长期占据西方文学观念的"摹仿说""表现说"等已失去赖以依存的土壤，"文本细读"对于文本诗歌的修辞、意象、主题等方面的挖掘在活动形态的诗歌这里也不再行之有效。在考察纽约派诗歌实践的大量研究中，诗歌与绘画或戏剧等仍然处于彼此分离的状态，对诗歌本身进行集中考量并未进入学者的视野。但我们将纽约派诗歌置于整个西方诗歌史时，实则可以看

---

① ［英］斯泰西·吉利斯：《网络批评》，［英］朱利安·沃尔弗雷斯编著《21 世纪批评述介》，张琼、张冲译，南京大学出版社 2009 年版，第 282 页。

② ［英］斯泰西·吉利斯：《网络批评》，［英］朱利安·沃尔弗雷斯编著《21 世纪批评述介》，张琼、张冲译，南京大学出版社 2009 年版，第 282 页。

到技术分野所带来的诗歌形态分化、看到脉动在诗歌生命里的活动形态的延续性，也能看到隐含的政治力量对于诗歌以及艺术的塑造。因此，依据诗歌发展中的变化与特点，本文不仅提出了"活动诗歌"的概念，并且以表演研究的视角和方法对之进行考察。该研究既将纽约派诗人放入20世纪中期美国的政治、经济、科技与文化状况下，亦使之置身于整个诗歌发展的历史长河。因此，对纽约派活动诗歌的研究亦扮演了通往整个诗歌史的入口的角色，以此视角，可窥见一个文学与技术、社会、记忆以及文化传承之间交错又富于变化的万花筒般的景象。

不过，我们也应该意识到，纽约派诗人在活动诗歌方面的创新依然存在局限性。现代主义及新批评建立起来的宏伟大厦，在轰轰烈烈的反文化运动中不复往昔。曾经建立之时，人们为之欢呼；如今它颓败了，也有人摇旗呐喊。跨界的文学与艺术实践在先锋派那里推陈出新，但是这种方式亦在散播中变得普遍。

诗歌蔓延了千百年来的诗节、诗行、韵律、格律、节奏等体例，实际上都与最初的活动形态及口头传统相关。最初的口头念诵、舞台表演、仪式行为塑造了文本诗歌的面貌。因此当我们从文本诗歌中走出、进入新的活动形态里，这其实是诗歌本身隐含的生命源泉与活力流动所致。当诗歌朗读、唱诵和表演再次在舞台上升起，观众或许会恍然间回到行吟诗人与"风雅颂"的时代。

不过，正如口头传统中存在的"口头程式"着眼于记忆术，印刷术大量运用之后的文本形态也是文化记忆与传承的载体，其中一部分无形中担当了为统治者固化其权力而服务的角色。阿莱达·阿斯曼写道：

> 记忆的这种多元化也与媒介的跨越式发展有关。在印刷术的时代，文字开辟了新的回忆空间。印刷术打破了教会和宫廷对回忆的独占，使得对于历史和记忆的新型使用方式成为可能。但是随之也产生了争夺回忆的新的权力斗争。职业的史志编撰者面临

的任务是利用文字新的功用来证明统治要求的合法性。①

而重新兴起于20世纪中期的先锋派活动诗歌,其背后亦存在着消费社会与文化工业的助推作用。资产阶级对于文化制品背后利益的追逐,使冲破文本束缚的活动诗歌变得更加繁荣,但繁荣的同时也催生了如晏榕所言的"过剩的喧哗"。这些"先锋模式"和运动曾经"以无政府主义的态度攻击资产阶级及其艺术、宣言和古怪行为"②,却在资产阶级的"利用"中走向平庸。

即便如此,我们依然能看见媒介与权力之间保持着疏离而不靠近的那一丝缝隙——这一丝缝隙构成了我们所要慎重区分的"先锋派"与"活动诗歌"之间的差别。诗歌的"活动形态"是诗歌自诞生之日起便已存在的顽强"基因",虽然它在技术的不同流向中或隐或显,但它一直是诗歌伸向未知领域中最具生命力与灵活性的那一股力量。

---

① [德] 阿莱达·阿斯曼:《回忆空间:文化记忆的形式和变迁》,潘璐译,北京大学出版社2016年版,第47页。

② [美] 伊哈布·哈桑:《后现代转向:后现代理论与文化论文集》,刘象愚译,上海人民出版社2015年版,第183页。

附　录

纽约派活动诗歌列表

——诗歌朗读、剧场实践以及诗歌与其他艺术门类的合作*

约翰·阿什贝利

（一）诗歌朗读

1. 1952 年 4 月 3 日，阿什伯里在 92Y 文化中心朗读《鹦鹉的沉思》《画家》《以鲜花为景的小约翰·阿什贝利的照片》等诗。为"戴夫·诺兰"诗歌系列（Dave Nolan series）。时长 30 分 17 秒。

2. 1963 年 9 月 16 日，在纽约市生活剧院朗读选自诗集《山山水水》《一些树》《网球场誓言》的诗歌，由科克作开场介绍。时长 52 分 51 秒。

3. 1964 年 8 月 23 日，在纽约市华盛顿广场艺术画廊（Washington Square Art Gallery）朗读《网球场誓言》（"The Tennis Court Oath"）、《他们只梦想美国》（"They Dream Only of America"）、《年

---

　　* 该附录主要整理自以下诗歌录制档案网站：PennSound，Woodberry Poetry Room，92Y，Library of Congress，奥哈拉官方网站；以及以下书籍：*Encyclopedia of the New York School Poets*；*The New York School Poets as Playwrights*；*O'Hara，Ashbery，Koch，Schuyler and the Visual Arts*；*New York School Collaborations*：*The Color of Vowels*；*The New York School Poets and the Neo-Avant-Garde*：*Between Radical Art and Radical Chic*；*The Collected Poems of Barbara Guest*；*The Collected Poems of Frank O'hara*；*John Ashbery*：*Collected Poems 1956 - 1987*。

轻女孩的思想》（"Thoughts of A Young Girl"）、《雨》（"Rain"）、《悬置的生活》（"The Suspended Life"）、《滑冰者》（"The Skaters"）等诗歌，比尔·伯克森为这次活动做介绍。伯克森回忆说，仅剩立足之地的观众席里有邓比、奥哈拉、"许多年轻一代的纽约派诗人"（帕吉特、贝里根、托尔、夏皮罗等），还有安迪·沃霍尔。时长 1 小时 14 秒。

4. 1966 年 5 月 5 日，接受哥伦比亚大学 WKCR 电台布鲁斯·卡温（Bruce Kawin）的采访，采访中朗读了《这些湖上的城市》《山山水水》等诗歌。

5. 1966 年 11 月 18 日，在纽约州立大学水牛城分校朗读了来自《网球场誓言》《春天的双重梦幻》《山山水水》《一些树》等诗集中的诗，由奥斯卡·西尔弗曼作入场介绍。时长 32 分 23 秒。

6. 1967 年 3 月 27 日，在青年男女希伯来协会（YM-YWHA：Young Men's and Young Women's Hebrew Association）朗读诗歌，由理查德·霍华德介绍。时长 20 分 22 秒。

7. 1970 年 4 月 3 日，在纽约摄影学院（New York Studio School）朗读诗歌，时长 1 小时 14 分 13 秒。

8. 1972 年 8 月 21 日，参与英国广播电台与大英图书馆的《口头语言：美国诗人》（"The Spoken Word：American Poets"）节目录制，朗读了《风景中的农具和芜菁甘蓝》（"Farm Implements And Rutabagas In A Landscape"）和《以埃拉·惠勒·威尔科克斯为主题的变奏曲、卡里普索民歌和赋格曲》（"Variations，Calypso And Fugue On A Theme of Ella Wheeler Wilcox"）两组诗。

9. 1973 年 5 月 16 日，在旧金山州立大学美国诗歌档案（American Poetry Archive）朗读诗歌，时长 58 分 12 秒。

10. 1973 年 11 月 17 日，在芝加哥 WFMT 电台参加 19 届年度诗歌日（Poetry's 19th Annual Poetry Day）。朗读了来自诗集《一些树》《网球场誓言》《春天的双重梦幻》《凸面镜中的自画像》的诗歌，时长 41 分 25 秒。

11. 1974 年，WBAI 电台诗歌朗读。

12. 1975 年，国会图书馆，诗歌朗读与讨论。朗读了《两种场景》《最近的过去》《首都在下雨》等 9 首诗。

13. 1975 年 4 月 19 日，在剑桥市参加剑桥诗歌节，朗读了《年轻女孩的思想》《任务》《夏天》《最快修补》等 14 首诗。

14. 1975 年 5 月 14 日和 6 月 7 日，参加由苏珊·豪主持的 WBAI 电台录制，分两次朗读，分别为 10 首诗与 6 首诗，各自时长为 32 分 41 秒和 20 分 4 秒。

15. 1975 年夏天，参加纳罗帕研究所（Naropa Institute）诗歌朗读集锦。

16. 1975 年 10 月 15 日，在水牛城朗读了 12 首诗，总时长 46 分 15 秒。

17. 1976 年 5 月 16 日，在哈佛大学桑德斯剧院（Sanders Theater）朗读了《街头音乐家》《集体的黄昏》《工具和模具公司鸟瞰图》等 20 首诗。由伍德贝利诗歌室主办。总时长 1 小时 7 分 10 秒。

18. 1977 年 5 月 17 日，在俄勒冈州立大学诗歌朗读，时长 59 分 1 秒。

19. 1977 年 5 月 22 日，与芭芭拉·格斯特一同参与纽约公共广播电台（WNYC）诗歌录制，由安妮·弗里曼特（Anne Fremantle）主持。包括诗歌朗读及诗歌教学评论等，时长 28 分 52 秒。

20. 1978 年 5 月 24 日，录制《益处》（*Benefit*）的朗读，总时长 45 分 14 秒。

21. 1978 年 9 月 16 日，与迈克·拉里（Michael Lally）在纽约伊尔（Ear Inn）酒店参与"延续诗歌朗读系列"（Segue Series Reading）。朗读了《闹鬼的风景》《剪影》《在我们生活的角落入睡》等 10 首诗。总时长 1 小时 23 分 44 秒。

22. 1978 年 11 月 9 日，在哈佛大学科技中心（Science Center）朗读。共朗读 21 首诗。

23. 1973 年和 1988 年，录制磁带《我们所知最好的歌》。

（1）1973 年 1 月 16 日，在华盛顿国会图书馆录制 B 面的 6 首诗。

（2）1988 年 2 月 29 日，A 面的 9 首诗录制于华盛顿福尔杰·莎士比亚图书馆（Folger Shakespeare Library）。总时长 61 分 40 秒。该磁带的录制、发行受国家艺术基金会（National Endowment for the Arts）文学项目的支持。

24. 1980 年，《连祷》（*Litany*），与安·劳特巴赫（Ann Lauterbach）一起录制。《连祷》最初是诗集《就我们所知》中的一首，以之为题的朗读录制成为《焦尔诺诗歌系列》（*Giorno Poetry System*）专辑、《糖、酒和肉》（*Sugar, Alcohol and Meat*）专辑的一部分。总时长 84 分 36 秒。

25. 1980 年 11 月 4 日，在亚利桑那大学朗读了《滑冰者》《体系》《另一个传统》《冰淇淋战争》等 12 首诗歌。总时长 57 分 11 秒。

26. 1983 年，与罗伯特·克里利一同出现在《对待火焰的态度》（"Attitudes Towards the Flame"），是《艺术的疆域》（"The Territory of Art"）电台系列的一部分。整个节目时长 28 分 40 秒；阿什贝利朗读，时长 15 分 44 秒。

地点：洛杉矶当代艺术博物馆。

27. 1983 年 9 月 22 日，美国诗人学院成立 50 周年之际，参与美国国家公共电台的早间节目的录制。

28. 1984 年 12 月 5 日，在旧金山艺术研究院（与美国诗人档案一同组织）朗读。

29. 1985 年 10 月 16 日，在哈佛大学朗读诗歌，是莫里斯·格雷讲座系列（Morris Gray Lecture Series）的一部分，朗读了 18 首诗。

30. 1985 年 11 月 20 日，在新墨西哥州圣菲市的当代艺术中心朗读，总时长 1 小时 17 分 41 秒。

31. 1986 年 4 月，WQXR 广播电台节目录制。

（1）4 月 6 日，朗读及讨论，时长 31 分 56 秒；

（2）4 月 30 日，朗读及讨论，时长 52 分 53 秒。

32. 1986 年 8 月，堪萨斯城密苏里大学，"广播新来信"，是《新来信》杂志主办的节目。时长 27 分钟。

33. 1987 年 11 月 10 日，哈佛大学博尔斯尔顿大厅（Boyslston Hall）诗歌朗读，共朗读 19 首诗。

34. 1988 年 5 月，在悉尼参加澳大利亚广播公司电台节目录制（Radio Helicon），由约翰·特兰特（John Tranter）主持，同年 6 月 19 日播出，时长 1 小时 42 分 49 秒。

35. 1988 年 10 月 22 日，纽约，T. S. 艾略特 100 周年诞辰朗读。

36. 1989 年 10 月 22 日，纽约市圣约翰大教堂诗人角，为纪念威廉·福克纳和华莱士·史蒂文斯举行晚宴，阿什贝利朗读了史蒂文斯的诗歌。

37. 1989 年 11 月 22 日，与斯凯勒在 92Y 文化中心朗读。阿什贝利共朗读了 15 首诗，时长 34 分 48 秒。与斯凯勒朗读总时长 1 小时 21 分 34 秒。

38. 1989—1990 年，在哈佛大学查尔斯·艾略特·诺顿讲座系列（Charles Eliot Norton Lecture Series）演讲与朗读，两年间共六次。

39. 1989 年 12 月，在旧金山艺术研究院朗读诗歌。

40. 1990 年 12 月 12 日，在亚利桑那大学现代语言礼堂朗读与报告。朗读时长 45 分 1 秒，报告时长 45 分 1 秒。

41. 1990 年 9 月 14 日，在加州圣何塞诗歌朗读。

42. 1990 年 11 月 1 日，在纽约州立水牛城大学朗读，总时长 46 分 33 秒。

43. 1991 年 4 月 25 日，在"诗人到村庄朗读"活动中朗读诗歌。总时长 37 分 42 秒。

44. 1991 年 4 月 25 日，纽约 WBAI 电台朗读。时长 16 分 53 秒。

45. 1992 年，在书展采访中朗读。书展由纽约州立大学阿尔巴尼分校的纽约州作家研究所举行。时长 25 分 9 秒。

46. 1994 年 6 月 13 日，在 WNYC 电台 50 周年活动中朗读。

47. 1994 年 7 月 22 日，在纽约哈德逊参加"确切的改变年鉴"（Exact Change Yearbook）系列朗读，朗读诗歌《美国唯一的梦》

（"The Only Dream of America"）。

48. 1996 年 5 月 15 日，瑞典斯维里格广播电台朗读，朗读了 20 首诗，时长 43 分 28 秒。

49. 1996 年 10 月 12 日，纽约州立水牛城大学，在"星期三四点后"（Wednesdays @ 4Plus）节目中朗读，为庆祝罗伯特·克里利 70 岁生日，由查尔斯·伯恩斯坦主持，时长 48 分 37 秒。

50. 1998 年，在卡卡奈特（Carcanet）出版社朗读《诗选》中的《只是四处走走》一诗。

51. 1998 年 1 月 26 日，在旧金山艺术研究所朗读诗歌，由比尔·伯克森致介绍词。

52. 1999 年 7 月 24 日，英国广播公司三台的"当代美国诗歌"节目中朗读，朗读了 7 首诗，时长 19 分 48 秒。

注：2000 年至 2017 年，阿什贝利还进行了约 39 场诗歌朗读与录制，在此不一一列出。

（二）诗歌—剧场

1. 1951 年 2 月 26 日，《每个人》（Everyman），德沃尔夫·豪（Dewolf Howe）指导，音乐由奥哈拉创作。

地点：剑桥市哈佛大学诗人剧院（Poets' Theatre）。

2. 1952 年 8 月 5 日，《英雄》，由朱迪思·马利纳和朱利安·贝克指导。与阿尔弗雷德·雅里（Alfred Jarry）的《愚比王》（Ubu Roi）在同一张海报上并于同一天演出。

地点：纽约市樱桃巷生活剧场（The Living Theatre at the Cherry Lane）。

3. 1953 年，《英雄》，哈伯特·马基兹（Herbert Machiz）指导、内尔·布莱恩（Nell Blaine）设计。

地点：纽约艺术家剧院。

4. 1956 年 4 月，《妥协》（The Compromise），由爱德华·托门（Edward Thommen）指导，与 V. R. 郎（V. R. Lang）扮演黛西·法雷尔（Daisy

Farrell），奥哈拉和休·阿莫里（Hugh Amory）轮流扮演作者的角色。

地点：剑桥市哈佛大学诗人剧院。

5. 1957 年冬，《加冕礼杀手疑案》（*The Coronation Murder Mystery*）。由阿什贝利、科克与奥哈拉合作完成，写给斯凯勒 33 岁生日，在其生日聚会上表演。参演人员有迈克·戈德伯格、科克、奥哈拉、斯凯勒、约翰·迈尔斯、简·弗莱里奇、拉里·里弗斯等。

6. 1965 年，阿什贝利、里弗斯、桑法勒（Saint-Phalle）和埃姆斯里（Elmslie）参演科克戏剧《丁格利神秘机器》（*The Tinguely Mystery Machine*），雷米·查里普（RemyCharlip）与科克指导，音乐和机器分别由莫顿·菲尔德曼（Morton Feldman）与让·丁格利（Jean Tinguely）负责。

地点：纽约市犹太人博物馆。

7. 1982 年 6 月 15—17 日，《哲学家》（*The Philosopher*）。

地点：伦敦市河畔咖啡馆剧院（Café Theatre at Riverside）。

（三）诗—画合作

1. 1988 年，与西亚·阿玛贾尼（SiahArmajani）合作艾琳希克森惠特尼桥（Irene Hixon Whitney Bridge），位于明尼阿波利斯市。钢铁，木，绘画，混凝土，黄铜。刻有委托阿什贝利的无题诗歌，以"现在我不能忆起"开头。

2. 与乔·布雷纳德合作。

（1）《伟大的爆炸秘闻》，连环漫画，1966 年，《C 漫画》。

（2）《医生的困境》，连环漫画，1972 年，《芝加哥》11 月 1 号刊。

（3）《佛蒙特笔记本》，1972 年，诗—画合作书籍。

3. 与简·弗莱里奇合作。

（1）《图兰朵和其他诗歌》，1953 年，诗集由弗莱里奇绘制四幅画作。

（2）《面具的描述》（*Description of a Masque*），1998 年，300 份

限量版，弗莱里奇绘制三色插图。

4. 与简·哈蒙德（Jane Hammond）合作，2001 年，克利夫兰当代艺术中心展出"合作：1993—2001"。阿什贝利提供了 44 个标题清单，例如《冰箱磁铁议会》《面包黄油机》《牧羊人的助产士》《被伙伴包围》《国家雪茄宿舍》等，成为哈蒙德一系列约 60 幅画作的灵感来源。

5. 与阿历克斯·卡茨合作《碎片：诗歌》，1969 年，阿什贝利长诗与卡茨的插图集，限量 250 份。

6. 与波多·科西戈（BodoKorsig）合作《更近》，木刻画与诗，2001 年。

7. 与琼·米切尔（Joan Mitchell）合作《诗歌》，1960 年，诗与丝印画。

8. 与伊丽莎白·穆雷（Elizabeth Murray）合作《谁知道什么构成了生命》，1999 年，印刷 226 份，26 幅封面是原版七色油布画式样。

9. 与阿奇·兰德（Archie Rand）合作《天堂般的日子：照亮》（*Heavenly Days：Illuminated*）。阿什贝利邀请兰德与一首正在进行的诗歌合作。兰德到阿什贝利位于哈德逊的家中——这是写作这首《天堂般的日子》的地方。兰德最终在纤维板上绘制了 47 幅丙烯画，画部细节展示了房子的内景。阿什贝利将它们拍下来，给每一幅画加一个标题，标题来自《天堂般的日子》中的诗句，最后将之印刻在每幅画的底部。

10. 与拉里·里弗斯合作《诗歌与肖像画》。单张印刷在右页，用影印石板法印制。

11. 与埃里克·斯托蒂克（Eric Stotik）合作《恺撒的孩子们》，1997 年出版，斯托蒂克的十二幅插图与阿什贝利的诗《成年之梦》对应。

12. 与特里沃·温克菲尔德（Trevor Winkfield）合作《小说》。作画 10 幅，最初是丝印布画。

（四）诗歌—电影合作

1. 1950 年，《紧张局势》（*Mounting Tension*），鲁迪·伯克哈特执导，黑白有声片，20 分钟。阿什贝利与拉里·里弗斯、简·弗莱里奇出演。

2. 1983 年，《无法磨灭，无法磨灭》，鲁迪·伯克哈特指导，彩色默片，8 分钟。图像配以阿什贝利的同名诗歌。

3. 1984 年，《无题》（*Untitled*），鲁迪·伯克哈特执导，彩色有声片，17 分钟。诗歌由阿什贝利创作。与舞蹈家中马义子（Yoshiko Chuma）合作。

4. 1985 年，《裸体池塘》（*The Nude Pond*），鲁迪·伯克哈特执导，彩色有声片，30 分钟。基于阿什贝利的诗歌，包括《只是四处走走》。舞蹈：道格拉斯·邓恩（Douglas Dunn）和苏珊·布兰肯希普（Susan Blankenship）。

5. 1989 年，《表面上》（*Ostensibly*），鲁迪·伯克哈特执导，彩色有声片，16 分钟。基于阿什贝利的同名诗歌，钢琴音乐由艾尔文·柯伦（Alvin Curran）创作。

6. 2006 年，《心灵烙码》（*Brand Upon the Brain*），盖伊·马丁（Guy Maddin）执导，黑白默片，99 分钟。这部实验电影 2006 年在多伦多国际电影节首播，后在北美巡演，首播与巡演现场伴有由管弦乐队、歌手、叙述者组成的表演，阿什贝利在巡演中担任叙述者。

（五）诗歌—音乐合作

1. 《不再非常清晰》（*No Longer Very Clear*），基于诗集《鸟儿，你能否听见》（*Can You Hear, Bird*）中的同名诗歌。纽约公共电台（WNYC-FM）委派 12 位作曲家创作音乐配曲（Music Setting），包括莫顿·古尔德（Morton Gould）、约翰·科里利亚诺（John Corigliano）、米尔顿·巴比特（Milton Babbitt）、菲利普·格拉斯（Philip Glass）、琼·托尔（Joan Tower）、劳瑞·安德森（Laurie Anderson）等。

2. 1979 年，与古典作曲家艾略特·卡特（Elliott Carter）合作《紫丁香》（"Syringa"），由联合音乐出版社（Associated Music Pub-

lishers）出版发行。2003 年发行 CD／DVD 版本唱片。以诗歌《船屋上的日子》（"Houseboat Days"）为蓝本创作的音乐，适于女中音、低音、吉他、中音长笛、英国号、低音单簧管、低音长号、打击乐器、钢琴、小提琴、中提琴、大提琴和低音提琴。

3. 与詹姆斯·达秀（James Dashow）。

1）《阿什贝利配曲》（"Ashbery Setting"），基于诗集《山山水水》（*Rivers and Mountains*）中的《水时计》（"Clepsydra"）。

2）《第二次旅行》（"Second Voyage"），基于《凸面镜中的自画像》（*Self-Portrait in a Convex Mirror*）中的《蓝色旅行》（"Voyage in the Blue"）。

3）《停留的方式》（"A Way of Staying"），基于诗集《船屋日子》中的《诗的小偷》（"The Thief of Poetry"）。

4. 与约翰·杜森伯里（John Duesenberry）合作电子音乐《破浪》（"Wavebreak"），基于诗歌《凸面镜中的自画像》（"Self-Portrait in A Convex Mirror"）。

5. 与里奇·伊恩·戈登（Ricky Ian Gordon）合作《骚乱之歌》（"A Poem of Unrest"），来自诗集《你能听见吗，鸟儿》的同名诗歌。戈登负责编曲、人声与钢琴。2001 年 5 月 13 日，在纽约古根海姆博物馆"为约翰·阿什贝利庆祝"活动中演出。

6. 与李·海拉（Lee Hyla）合作《北方农场》（"at North Farm"），基于《一排浪》中的诗歌。玛丽·内辛格（Mary Nessinger）演唱女中音，蒂姆·史密斯（Tim Smith）演奏低音单簧管。2001 年 5 月 13 日，在纽约古根海姆博物馆"为约翰·阿什贝利庆祝"的活动中演出。

7. 与彼得·利斯伯森（Peter Lieberson）合作《不安的姿势》（"Postures of Unease"）和《宽恕》（"Forgiveness"），基于《四月大帆船》（*April Galleons*）中的诗歌。克里斯·佩德罗·塔卡斯（Chris Pedro Takas）担任男中音，弗雷德·雪莉·（Fred Sherry）演奏大提琴。2001 年 5 月 13 日，在纽约古根海姆博物馆"为约翰·阿什贝利庆祝"的活动中演出。

8. 与阿尔文·路西尔（Alvin Lucier）合作《主题》（*Theme*）。可爱音乐制作，CD，2000 年。基于诗集《你能听见吗，鸟儿》中的同名诗歌。诗歌由四人对着不同的共鸣物体（牛奶瓶、贝壳和鸵鸟蛋）朗诵，由此声音的共鸣与物体的共鸣相匹配。

9. 与杰夫·尼科尔斯（Jeff Nichols）合作《不眠》（"Wakefulness"），基于阿什贝利同名诗歌。

10. 与保罗·瑞夫（Paul Reif）合作《白玫瑰》（"white roses"），基于诗集《网球场誓言》中的同名诗歌。

11. 与罗杰·雷诺兹（Roger Reynolds）合作。

（1）《最后的事，我认为，要考虑》（*last things，i think，to think about*）（1994）。电子音乐基金会，CD 044，2003 年。70 分钟。歌曲循环含 12 首阿什贝利的诗歌：来自诗集《一些树》中的《十四行诗》《插绘》《画家》；来自《网球场誓言》中的《浮士德》；来自《就我们所知》中的《大教堂是》《我曾想》《海湾那边》以及《我们在露台上》；来自《一排浪》中的《北方农场》和《景观——致敬波德莱尔》；来自《星光依然闪烁》（*And the Stars Were Shining*）中的《洛特雷阿蒙旅馆》（"Hotel Lautréamont"）、《桃金娘》（"Myrtle"），并与阿什贝利朗读《借来的夜晚》（"Debit Night"）连在一起。

（2）《时间的低语》（"Whispers out of Time"）。新世界录制，CD，1992 年，基于《凸面镜中的自画像》。管弦乐伴奏由阿默斯特学院弦乐团创作。

12. 与莉利亚·罗迪奥诺娃（Lilia Rodionova）合作《冥想》（"Meditation"），基于《一排浪》中的《只是四处走走》（"Just walking around"）。

13. 与尼德·罗雷姆（Ned Rorem）合作。

（1）《一些树：为三种声音赋三首诗》（"Some Trees：Three Poems for Three voices"），基于来自《一些树》的诗，以及《网球场誓言》中的《我们的青年》（"Our Youth"）。

（2）《楠塔基特歌曲》（"Nantucket Songs"），基于《网球场誓

言》中的《一位少女的想法》（"Thoughts of a Young Girl"）以及《凸面镜中的自画像》中的《死亡恐惧》（"Fear of Death"）。

（3）《另一次睡眠》（"Another Sleep"），基于来自《一排浪》的《北方农场》和《你的名字在这里》中的《这个房间》（"This Room"）。

14. 与埃里克·萨尔兹曼（Eric Salzman）合作。

（1）《狐狸和刺猬》（"Foxes and Hedgehogs"），基于《网球场誓言》中的《欧洲》。

（2）《裸体画纸上布道》（"The Nude Paper Sermon"），基于《三支牧歌》（*Three Madrigals*）中的诗。

15. 与马克·西尔斯（Mark J. Scearce）合作《四条引语》，1989 年 2 月在博林格林州立大学（Bowling Green State University）首演，由该校教师弦乐四重奏演奏，保罗·萨于克（Paul Sahuc）演唱男中音。基于诗集《我们所知》中的《大教堂是》《我曾想》《越过海湾》《我们在露台上》。

16. 与唐·斯图尔特（Don Stewart）合作《永不告诉你的爱》，基于《一排浪》中的诗。

17. 与撒谬尔·维里珍（Samuel Vriezen）合作《克里塞》（"Krise"），基于《不眠》中的《带笑的意外之财》。

18. 与迈克尔·韦伯斯特（Michael Webster）合作《爱情（第二部分）》["love (2ndpart)"]，基于《凸面镜中的自画像》中诗歌《三部曲中的诗》第一部分的第二诗节《爱》（"Love"）。

19. 与斯科特·惠勒（Scott wheeler）合作《韦克菲尔德双饼》（"Wakefield Doubles"），基于诗集《船屋日子》中的《疯狂天气》（"Crazy Weather"）。

20. 与理查德·威尔森（Richard Wilson）合作。

（1）《可怜的沃伦》（"Poor Warren"），基于《船屋日子》中的《疯狂天气》《影子列车》（*Shadow Train*）中的《晕眩》（"Qualm"）和《卷首插图》（"Frontispiece"）以及《一排浪》中的《只是四处走走》（"Just Walking Around"）。

（2）《约翰·阿什贝利诗歌中的三首歌曲》（"Three Songs on Poems by John ashbery"），基于诗集《我们所知道的》（*As We Know*）中的《否则》（"Otherwise"），以及诗集《你的名字在这里》（*Your Name Here*）中的《这个房间》（"This Room"）和《我生命的历史》（"The History of My Life"）。

21. 与克里斯蒂安·沃尔夫（Christian Wolff）合作。

（1）《37 俳句》（"37 haiku"），基于诗歌《一排浪》（"A Wave"）。

（2）《荷尔德林旁注》（"hölderlin Marginalia"），基于来自《我应当在何地漫游》（"Where shall I Wander"）的诗。

22. 与查尔斯·沃里宁（Charles Wuorinen）合作。

（1）《阿什贝利的》（"ashberyana"），基于《带笑的意外之财》（"Laughing Gravy"），《亲爱的先生或女士》（"Dear Sir or Madam"）、《死去之人的笑声》（"The Laughter of Dead Men"）和《在我的窗外》（"Outside My Window"），均来自诗集《不眠》（*Wakefulness*）。

（2）《时间前的诗节》（"Stanzas Before Time"），基于《你的名字在这里》（*Your Name Here*）中的诗。文本连续三次重复。尼尔·法雷尔（Neil Farrell）演唱男高音，琼·汉（June Han）演奏竖琴。2001 年 5 月 13 日，在纽约古根海姆博物馆"为约翰·阿什贝利庆祝"的活动中演出。

23. 与约翰·左尔纳（John Zorna）合作。

（1）《奇美拉》（"chimeras"），基于诗歌《奔跑中的女孩》。

（2）《X》，是对《奔跑中的女孩》的回应。分别由伊丽莎白·法纳姆（Elizabeth Farnum）和托马斯·科拉（Thomas Kolor）演唱女高音和演奏打击乐。2001 年 5 月 13 日，于纽约古根海姆博物馆"为约翰·阿什贝利庆祝"的活动中演出。

芭芭拉·格斯特

（一）诗歌朗读

1. 1960 年 6 月 6 日，国会图书馆诗歌录制室，时任诗歌顾问理查德·埃伯哈特（Richard Eberhart）主持，时长 1 小时 4 秒。共朗读了《四月》《比萨》《画架的中央》《姐妹都变得头发灰白》《海滩上的俄罗斯人》《英雄离开他的船》《生日去哈德利》《去邓巴顿橡树园的路上》《马奈游荡的音乐家》《危机》《悲伤》《上下倒置》《历史》等 32 首诗。

2. 1969 年 6 月 2 日，国会图书馆录制室朗读。朗读了《蓝色梯子》《土耳其别墅》《行走的佛陀》《窗边的云》《存在的一种方式》《天堂尽头》等 27 首诗，时长 1 小时 1 分 59 秒。

3. 1977 年 5 月 22 日，与阿什贝利一同参与纽约公共广播电台（WNYC）诗歌录制，由安妮·弗里曼特（Anne Fremantle）主持。包括诗歌朗读及诗歌教学评论等，时长 28 分 52 秒。

4. 1978 年 4 月 13 日，在苏珊·豪与电台合作的诗歌项目（WBAI-Pacifica Radio）中出现。诗歌朗读、评论及讨论等，时长 1 小时 6 分 31 秒。

5. 1979 年 12 月 10 日，为纪念艾米莉·狄金森诞辰朗读了《凌晨三点，阿莫甘西特》（"3 a. m. Amagansett"）与《传记》（*Biography*）。

地点：圣马可教堂诗歌项目。

6. 1984 年 5 月，录制诗歌专辑《事物的选址》，朗读诗歌包括来自 1960—1979 同名诗集以及其他诗集的诗。

制作人：安妮·贝克尔（Anne Becker）；录制工程师：彼得·达米（Peter Darmi）；工程师：安妮·贝克尔和凯瑟琳·马特恩（KatherinMattern）；主管制作人：艾兰·奥斯汀（Alan Austin）。

录制地点：纽约艺术家通道工作室（Artist's Access Studio）。

7. 1986 年 3 月 23 日，圣马可教堂诗歌朗读及讨论。

8. 1992 年 4 月 1 日，纽约州立大学水牛城分校诗歌朗读。

9. 1993 年 10 月 2 日，"延续诗歌朗读系列"（Segue Series Reading）。朗读了《问题》《勇敢计划》《动画》《冬天的马》等 12 首诗。总时长 30 分 59 秒。

地点：纽约市伊尔酒店（Ear Inn）。

10. 1996 年 12 月 5 日，国会图书馆芒福德活动室（Mumford Room），由罗伯特·哈斯（Robert Haas）介绍。朗读了《起风的下午》《华盛顿》《绿色洋葱》《周日傍晚》《另一个七月》《深沉的紫色》《作为客体的表面》等 24 首诗。总时长 1 小时 5 分 51 秒。

11. 1999 年 8 月 14 日及 15 日，在温哥华库特尼写作学校（The Kootenay School of Writing）朗读。

12. 2004 年 4 月 7 日，为宾大之声录制专辑《红色的注视》，朗读来自同名诗集的《无限的怀旧》《绿色数字》《解放了的颜色》《现代主义》《树叶的爆发》《匈牙利骑士》等 29 首诗。

录制工程师：艾伦·格雷厄姆（Allan Graham，Berkeley，April 7，2004）

录制地点：加利福尼亚州伯克利。

（二）诗歌—剧场

1. 1953 年，《女士的选择》（*The Ladies' Choice*）。

地点：纽约艺术家剧院。

2. 1963 年，《办公室：三场独幕剧》（*The Office：A One Act Play in Three Scenes*）。约翰·迈尔斯任指导。

地点：纽约西诺咖啡馆。

3. 1965 年，《独幕剧港口谋杀案》（*Port：A Murder in One Act*）。由约翰·迈尔斯指导。

地点：纽约诗人剧院。

（三）诗—画合作

1. 与玛丽·艾博特（Mary Abbot）合作：

（1）《波浪》，1961 年，纸上混合媒介，收藏于基尔特博物馆。

（2）《蜂蜜还是葡萄酒？》，1971 年，纸上混合媒介，收藏于国家艺术博物馆。

2. 与乔·布雷纳德。

（1）《琼和肯》，1950 年，五帧卡通画。

（2）《思考》，1950 年，诗歌—卡通画。

（3）《C 漫画》，纸墨画。

3. 与沃伦·勃兰特合作《裸体》，1986 年，勃兰特的水彩画与格斯特的来自《公正的现实主义》的诗《裸体》。

4. 与安·邓恩（Anne Dunn）合作《拆除的故事》，1995 年，邓恩富于幻想色彩的画伴随格斯特极简主义的叙事故事诗。

5. 与琼安·费尔特（June Felter）合作《音乐性》，诗—画，1988 年。

6. 与狄波拉·弗雷德曼（Deborah S. Freedman）合作《被子》（*Quilts*）。

7. 与罗伯特·古迪纳夫合作《事物的选址》，1960 年。古迪纳夫所制拼贴画，限量 300 份。

8. 与格蕾丝·哈蒂根合作。

（1）《英雄离开他的船》，1960 年，一系列四幅基于格斯特诗歌的黑白石刻版画。

（2）《古风》系列诗—画，1960—1966 年。灵感来自格斯特的《古风》系列诗歌。包括《古风：阿卡迪亚的亚特兰大》《古风：从狄朵到和爱阿涅斯》《古风：绿色遮阳篷》《古风：棕榈树》《古风：在坎帕尼亚》《古风：谁会在秋天结束时接受我们的奉献?》等。诗与石版画。

9. 与希拉·伊瑟姆（Sheila Isham）合作《易经：诗与石版画》（*I Ching：Poems and Lithographs*），1969 年。

10. 与劳丽·瑞德（Laurie Reid）合作《共生》（*Symbiosis*），诗歌以三维凸版印刷形式印刷，里德的线条是影印平版印刷。

11. 与安·斯莱斯科（Ann Slacik）合作《弦》（*Strings*），1999 年。彩绘手稿。斯莱斯科在小硬盒上画画，然后诗人加上她的文字。最后她再将手稿上绘画。

12. 与理查德·塔特尔（Richard Tuttle）合作《阿尔托斯》（*The Altos*），1991 年，诗歌与石刻版画。

13. 与特里沃·温克菲尔德合作《那就是，在此之外》（*Outside*

Of This，That Is)，1999 年，共 226 份，其中 26 份是原版七色雕刻。

肯尼斯·科克

（一）诗歌朗读

1. 1960 年 5 月 9 日，在国会图书馆录制实验室朗读《美国小姐》（"Miss America"）、《在大西洋大雨路上》（"On the Great Atlantic Rainway"）、《种植园的日子》（"Plantation days"）、《圣路易斯的辛辛那提》（原名《灯笼》）（"St. Louis，Cincinnati"）、《日出》（"Sun out"）、《爵士乐的历史》（"The history of jazz"）、《新鲜空气》（"Fresh air"）、《艺术家》（"The artist"）、《在码头》（"Down at the docks"）等诗。

时长：1 小时 46 分 17 秒。

2. 1968 年 1 月 10 日，纽约圣马可教堂，是《保罗·布莱克本音频选集》（*Paul Blackburn Audio Collection*）磁带的一部分。

3. 1998 年 4 月 15 日，在宾夕法尼亚大学的凯利作家屋（Kelly Writers House）朗读诗歌。

（二）诗歌—剧场

1. 1953 年，《小红帽》（*Little Red Riding Hood*），由哈伯特·马基兹指导，由格蕾丝·哈蒂根负责舞台设计。

地点：纽约市艺术家剧院（Artists' Theatre）。

2. 1959 年 12 月 28 日，《贝尔莎》（*Bertha*），尼古拉·克洛维奇（Nicola Cernovich）指导，雷米·查里普设计，音乐由维吉尔·汤普森（Virgil Thompson）创作。

地点：纽约市第六大道 14 街的生活剧院。

3. 1962 年，《乔治·华盛顿跨过特拉华河》，阿瑟·斯托奇（Arthur Storch）指导，卡茨设计。

地点：纽约市迈德曼剧场（Maidman Playhouse）。

4.《波士顿的建造》（*The Construction of Boston*）。

与尼基·桑法勒（Niki de Saint-Phalle）、让·丁格利和罗伯特·

劳森伯格（Robert Rauschenberg）的合作表演。米尔斯·康宁汉（Merce Cunningham）指导。

5. 1965 年，《丁格利神秘机器》，雷米·查里普与科克指导，音乐和机器分别由莫顿·菲尔德曼与让·丁格利负责。阿什贝利、里弗斯、桑法勒和埃姆斯里参演。

地点：纽约市犹太人博物馆。

6. 1969 年，科克《月亮气球》（*The Moon Balloon*），由纽约市文化事务部委托的木偶剧，拉里·贝特尔松（Larry Berthelson）指导，基普·科本（Kip Coburn）设计，于 1969—1970 年新年之交在中央公园演出。

7. 1977 年，《红色罗宾斯》（*The Red Robins*），由唐纳德·桑德斯（Donald Sanders）指导。

地点：纽约市东汉普顿基尔特大厅（Guild Hall, East Hampton）。

8. 1978 年，科克《红色罗宾斯》，由唐纳德·桑德斯指导，

地点：纽约市圣克莱门特剧院（Theatre at St. Clement's）

9. 1983 年，《新黛安娜》，由鲁本·纳基安（Reuben Nakian）设计。

地点：纽约艺术剧院（New York Art Theatre）。

（三）诗歌—电影

1.《阿伽门农》（*Agamemnon*）和《马克斯·布鲁达斯》（*Mahx-Bruddahs*）。1989 年，两部影片由维维安·贝坦克特（Vivien Betancourt）执导，基于科克的剧本《一千个前卫剧》。《阿伽门农》布景由凯瑟琳·科克（Katherine Koch）设计。

2.《苹果》（*The Apple*）。1967 年，由鲁迪·伯克哈特执导，彩色，有声，两分钟。音乐由布拉德·布拉德和托尼·阿克曼创作，由金·布罗迪（Kim Brodey）演唱。剧本来自科克的《改变》。

3.《汽车故事》。1954 年，鲁迪·伯克哈特执导。黑白画面，有声，15 分钟。科克编剧，由简·弗莱里奇朗读。钢琴配乐由奥哈拉选择和演奏，包括来自埃里克·萨蒂（ErikSatie）、弗朗西斯·普朗克（Francis Poulenc）和亚历山大·斯克里亚宾（ALexander Scriabin）的音乐。

4. 《在床上》（*On Bed*）。1986 年，鲁迪·伯克哈特执导，彩色，时长 22 分钟。对科克诗集《日日夜夜》中的诗《在床上》进行抒情性解读，诗歌由画外音朗读，肖邦的音乐由吉娜·拉普斯（Gena Raps）演奏。由加利福尼亚州旧金山的峡谷影业发行。

5. 《论美学》（*On Aesthetics*）。1999 年，鲁迪·伯克哈特执导，彩色，时长 9 分钟。电影画面是对诗歌《论美学》的想象性解读，科克画外音朗读该诗。

6. 《斯科蒂狗》（*The Scotty Dog*）。由基思·科恩（Keith Cohen）导演和拍摄，音乐由大卫·夏皮罗创作，画外音是诺曼·罗斯（Norman Rose），主演安德鲁·科克（Andrew Koch）。剧本来自科克的《改变》。

（四）诗歌—音乐

1. 与梅森·贝茨（Mason Bates）合作。

（1）《在床上》。1996 年 7 月 12 日由白杨当代合奏团在白杨音乐节首演。随后在坦格尔伍德音乐中心和林肯中心演出。改编自科克的诗歌，适用于男高音、演讲者和合奏团。

（2）《戏剧歌曲（1999—2002）》。对科克 15 首诗的演绎，包括《带回床》《他们说哈姆雷特王子发现了一个南方岛屿》《这个跳舞的人曾经是教皇》《你的天才让我颤抖》《是什么使这尊雕像看起来高贵》《你想和朋友们有社交生活》。

2. 与比尔·博尔科姆（Bill Bolcom）合作《瑙姆堡循环》（"The Naumburg cycle"）。于 2002 年 4 月 29 日在纽约市塔利大厅首演，包括根据科克的诗歌《致我的旧地址》（"To my old addresses"）等改编的音乐。

3. 与尼德·罗雷姆（Ned Rorem）合作。

（1）《贝尔莎》，1968 年。独幕剧歌剧，剧本来自科克。

（2）《听见》（*Hearing*）。1976 年编排，五场歌剧，四位歌手，七位乐器演奏家。剧本是詹姆斯·霍姆斯（James Holmes）对科克诗歌的戏剧化改编。

（3）《春天》（*Spring*），出自《歌曲专辑：人声与钢琴》（第一辑），1980 年，由笨鹅与鹰（Boosey & Hawkes）公司于纽约出品。1969 年，罗雷姆根据科克诗歌进行人声与钢琴编曲。

4. 与维吉尔·汤姆森（Virgil Thomson）合作。

（1）《诗选》（*Collected Poems*），1959 年编排，适于女高音、男中音、钢琴（或管弦乐队）。1995 年 1 月 25 日，由半人马公司出品。菲利浦·弗龙迈耶（Philip Frohnmayer）演唱男中音，史蒂芬·科恩（Steven Cohen）演奏单簧管，瑞秋·沃里斯（Rachel Van Voorhees）演奏竖琴，雅克·麦克拉肯（JacMccracken）演奏钢琴。

（2）《主要是关于爱情》（*Mostly About Love*）。声音和合唱音乐。1994 年 12 月，东北部公司出品。安东尼·托马西尼（Anthony Tommasini）演奏钢琴，南希·阿姆斯特（Nancy Armstrong）朗演唱女高音，桑福德·西尔万（Sanford Sylvan）演唱男中音，达娜·富兰托（D'AnnaFortunato）演唱女中音，詹姆斯·史密斯（James Russell Smith）演奏打击乐。包括对科克几首诗的编曲，如《在码头下》（"Down at the Docks"）、《向圣凯瑟琳祷告》（"Prayer to Saint Catherine"）等。

5. 与罗杰·特里福斯（Roger Trefousse）合作。

（1）《一千个前卫剧》。2001 年。为该剧创作的偶然音乐。

（2）《离开马里加什和其他歌剧》（"Départ Malgache and Other Operas"）。2000 年，时长 90 分钟，基于科克的剧本。

6. 与世界银行合作《与女人同眠》，是 2007 年 9 月 19 日发布的迷你专辑《在债务专访中》（*In Debt Interview* EP）的一首。歌词来自科克，钢琴曲来自比利·普雷斯顿（Billy Preston）。

弗兰克·奥哈拉

（一）诗歌朗读

1. 1964 年 4 月 7 日，在纽约大学朗读《印加神话》（"The Inca

Mystery")、《鳟鱼五重奏》（"The Trout Quintet"）等诗歌。

2. 1964 年 9 月 25 日，纽约州立大学水牛城分校朗读了诗歌《玄学派诗歌》（"Metaphysical Poem"）、《诗歌——拉娜·特纳崩溃了》（"Poem-Lana Turner has collapsed!"）、《诗歌——帕斯特纳克最后一行政治诗》（"Poem-Political Poem on a Last Line of Pasternak's"）、《诗歌——喧闹！唷唷唷》（Poem-Hoopla! yah yahyah）等。

3. 1966 年 3 月 5 日，参与《美国：诗歌》（US：Poetry）录制。理查德·莫尔（Richard O. Moore）任指导。

（二）诗歌—戏剧

1. 1951 年，《换掉你的被套：一部能剧》（Change Your Bedding! A Noh Play）。

地点：剑桥市哈佛大学诗人剧院（Poets' Theatre）。

2. 1951 年 2 月 26 日，《试！试！》（Try! Try!）（第一版），V. R. 郎任指导，阿什贝利、杰克·罗杰斯（Jack Rogers）参演。

地点：剑桥市哈佛大学诗人剧院。

3. 1953 年，《试！试！》（第二版），由哈伯特·马基兹指导，拉里·里弗斯设计。

地点：艺术家剧院。

4. 1956 年，奥哈拉和 V. R. 郎成为剑桥诗人剧院的"进驻诗人/驻校诗人"（poets in residence）。

5. 1959 年 12 月 28 日，《爱的劳动：一首田园诗》（Love's Labor, an eclogue），詹姆斯·沃林（James Waring）指导，诺曼·布拉姆设计，音乐由约翰·麦克道威尔（John Herbert McDowell）创作。

地点：纽约市第六大道 14 街的生活剧院。

6. 1964 年，《爱的劳动》（Love's Lobor）。约翰·瓦卡洛（John Vaccaro）、安·林登（Ann Linden）、弗朗西斯·弗朗辛（Francis Francine）参演。

地点：纽约市美国诗人剧院（American Theatre for Poets）。

7. 1953 年创作《在西班牙醒来》（Awake in Spain）。

（1）1960 年，舞台布景与设计为拉里·里弗斯。

地点：纽约生活剧院。

（2）1964 年，艾兰·马洛（Alan Marlowe）与彼得·舒曼（Peter Schuman）指导。阿尔弗雷德·莱斯利设计。

地点：纽约市第 4 街，东区剧院（East End Theatre）的美国诗人剧院（American Theatre for Poets）。

（3）1979 年，史蒂芬·桑德汉（Stephen Sondhein）与詹姆斯·拉派恩（James Lapine）指导。

地点：曼哈顿戏剧俱乐部（Manhattan Theatre Club）。

8. 1964 年，《将军从一地回到另一地》（*The General Returns from One Place to Another*），杰里·本雅明（Jerry Benjamin）指导。泰勒·米德（Taylor Mead）扮演将军。

地点：纽约市作家舞台剧院（Writers' Stage Theatre）。

9.《秘密爱人》（*The Undercover Lover*）。这是一部与阿诺德·韦恩斯坦（Arnold Weinstein）合写的音乐剧喜剧。2005 年 11 月 3 日—12 月 4 日在纽约市麦迪森表演剧院（Medicine Show Theatre）上演。芭芭拉·范（Barbara Vann）指导。

（三）诗—画

1.《纪念我的感受》，比尔·伯克森编辑。纽约现代艺术博物馆，1967 年。

活页诗集，由 30 位画家用布和纸板绘制插图，装在一个 12 英寸×9 英寸的书套中。2005 年重印精装本。

2. 1960 年，与诺曼·布拉姆合作诗—画系列，共 26 幅作品。

3. 1964 年，与乔·布雷纳德合作。

（1）系列拼贴与纸本水墨作品（共 12 幅）：《猜中啦，或者猜猜我在哪里找到的?!!》（"Bingo, or Guess Where I Found This?!!"）、《您见过奇爱博士了吗？相当伶牙俐齿，非常好》（"Have You Seen Dr. Strangelove Yet? It's Quite Articulate, Very Fine"）、《我长了这些小胡子……》（"I Grew this Moustache …"）、《我没有飞翔，我在思考》

（"I'm Not Really Flying I'm Thinking"）、《那就是你志向的高度吗，约翰尼?》（"Is That the Height of Your Ambition，Johnny?"），等等。

（2）漫画系列—纸本水墨：《红色吕德勒和狗》（"Red Rydler and Dog"）。

（3）纸本水墨作品：《无题（我希望乔治可以快一点儿……）》（Untitled，"I Sure Wish George Would Hurry Up..."）、《无题（当我想到我们对彼此曾意味着什么! ……）》（Untitled，"When I Think of What We Once Meant To Each Other! ..."）。

4）连环漫画《肖像欺骗》（"El retratoengano"，1964）、《艰难时事》（"Hard Times"）、《坠入爱河》（"Falling in Love"，1972）发表在《C 漫画》（C Comics）杂志上。

4. 与扬·克雷默（Jan Cremer）合作《纽约阿姆斯特丹集或狂野西部的尽头》（The New York Amsterdam Set or The End of the Far West）10 幅丝印画和诗。

5. 与吉姆·戴恩（Jim Dine）、比尔·伯克森合作，奥哈拉的诗、戴恩的石刻版画以及比尔·伯克森的散文。于 1990 年在旧金山阿里昂出版社（Arion Press）出版。

6. 与伊莱恩·德·库宁（Elaine de Kooning）合作《流言小组的五位参与者》（"5 Participants in a Hearsay Panel"）。

7. 1967 年，与威廉·德·库宁合作《诗歌》，奥哈拉的诗与德库宁的 17 幅画。

8. 与迈克尔·戈德伯格合作《颂》，诗与丝印画。

9. 与格蕾丝·哈蒂根合作。

（1）《紧急状态的沉思》（Meditations in An Emergency），限量 15 份签名本，配有哈蒂根绘制卷首插画。

（2）《橘子》（Oranges），12 首/幅诗—画，基于奥哈拉的诗集《橘子：12 首田园诗》。后在蒂博·德·纳吉画廊展览，约翰迈尔斯印刷了 100 份复写小册子，册子里是奥哈拉的诗，封面是哈蒂根的油画，以 1 美元一本的价格售出。1952 年的展出包括《橘子：第 1

号》到《橘子：第 12 号》作品。

1959 年 11 月 24 日—12 月 24 日，哈蒂根、里弗斯和奥哈拉还合作过一个题为《哈蒂根、里弗斯与奥哈拉：一个与奥哈拉诗歌一起的画展》（"Hartigan and Rivers with O'Hara：An Exhibition of Pictures with Poems by Frank O'Hara"）。

地点：蒂博·德·纳吉画廊。

10. 与贾斯帕·约翰斯合作。

（1）《纪念我的感受》，1961 年，带物品的布面油画。

（2）《记忆碎片》，1961—1970 年，木，铅，黄铜，橡胶，沙子等。

（3）《皮肤 w/ 奥哈拉的诗》，1963—1965 年，石刻版画。

11. 与弗朗兹·克莱恩合作来自《21 幅是石刻版画》的《诗歌》，凹版印刷与石刻版画。

12. 与拉里·里弗斯合作。

（1）《一个城市的冬天》（1952 年出版），拉里·里弗斯绘画两幅。

（2）《石头》系列石刻版画。

（四）诗歌—电影

1. 与阿尔弗雷德·莱斯利合作《行为和肖像》（Act and Portrait）。

2. 1964 年，与阿尔弗雷德·莱斯利合作《最后一件干净的衬衫》。首次展演在旧金山现代艺术博物馆进行。

3. 《卧室哲学》（Philosophy in the Bedroom），1966 年。阿尔弗雷德·莱斯利制作动画，奥哈拉制作字幕，时长 30 分钟。

（五）诗歌—音乐

1. 与莫顿·菲尔德曼（Morton Feldman）合作。

（1）《奥哈拉歌曲》（O' Hara Songs），1963 年。适用于男中音、小提琴、中提琴、大提琴和钢琴等乐器。

（2）《给琼·拉·芭芭拉的三种声音》（Three Voices for Joan La Barbara）。1989 年，由旧金山新古英格兰唱片录制。作品的前半部分是一个纯声乐，后半部分是奥哈拉诗歌《风》的配曲。

2. 与约翰·格伦（John Gruen）以及简·弗莱里奇合作。

（1）《给港口主人与河流》（"To the Harbor Master and River"），1959 年，由纽约圆形蓝图印刷公司出版。

（2）《危机中的电影业》（"To the Film Industry in Crisis"）。1959 年 5 月 11 日，弗莱里奇与奥哈拉交替朗读，格伦弹奏钢琴。

3. 与尼德·罗雷姆（Ned Rorem）合作《为两个声音和两台钢琴的对话》（"Four Dialogues for Two Voices and Two Pianos"）。1970 年由纽约笨鹅与鹰公司出品。

4. 与本·韦伯（Ben Weber）合作《歌》（*Song*），1956 年。韦伯创作音乐，适用于女高音和钢琴，为奥哈拉的诗《诗歌—我们再次在一起》（"Poem-Here we are again together"）第一诗节编曲。

詹姆斯·斯凯勒

（一）诗歌朗读

1. 1955 年 10 月，与肯尼斯·雷克斯罗斯（Kenneth Rexroth）、加里·斯奈德（Gary Snyder）、菲利普·沃伦（Philip Whalen）、迈克尔·麦克卢儿（Michael McClure）等一同朗读诗歌。

地点：旧金山 6 号画廊。

2. 1982 年，朗读《诗歌的早晨》。

3. 1986 年 11 月 9 日，朗读《生命赞美诗及其他》（*Hymn to Life & Other Poems*）等诗。制作人与工程师：安妮·贝克尔，主管制作人：艾兰·奥斯汀，录制磁带由分水岭媒介（Watershed Intermedia）公司出品。

地点：纽约市切尔西酒店。

4. 1988 年 11 月 15 日，迪亚艺术基金（Dia Art Foundation）诗歌朗读，由阿什贝利作开场介绍。朗读了《致敬》《蓝光在上》《同情与新年》《二月》《来自加拿大的光》《十二月》等 17 首诗。

5. 1989 年 2 月 10 日，在旧金山艺术研究院（San Francisco Art Institute）朗读，由旧金山州立大学诗歌中心（Poetry Center at SF-

SU）协助支持，比尔·伯克森主持。斯凯勒朗读了《此时彼时》《傍晚的风》《窗边的眼睛》等19首诗，时长53分32秒。

6. 1989年11月23日，与阿什贝利在92Y朗读诗歌，斯凯勒朗读了《穿蓝衣的男人》《临近》《雨》《鸟》《有阴影的房间》等22首诗，时长45分39秒。

（二）诗歌—剧场

1. 1964年，《购物与等待》（*Shopping and Waiting*）。艾兰·马洛（Alan Marlowe）指导，卡茨设计。

2. 1964年，斯凯勒与肯沃德·埃姆斯里（Kenward Elmslie）：《打开黑色行李箱》（*Unpacking the Black Trunk*），黛安娜–迪·普里马指导。

地点：东区剧院（East End Theatre）的美国诗人剧院（American Theatre for Poets）。

（三）诗—画

1. 与乔·布雷纳德合作广告：《关心你的肠道动物》（"Favor your friendly intestinal fauna"）。三个版面的卡通广告，发表于1965年的《C漫画》（*C Comics*）杂志。

2. 1971年，与罗伯特·达什（Robert Dash）合作《花园》（*Garden*）。六幅石刻版画与来自斯凯勒日记的六行诗歌的组合。

3. 1961年，与格蕾丝·哈蒂根合作《致敬》（*Salute*）。斯凯勒的诗与哈蒂根的丝网印刷版画。

4. 与查尔斯·诺斯（Charles North）合作

（1）《百老汇：诗人和画家选集》。

（*Broadway*：*A Poets and Painters Anthology*，Putnam Valley，New York：Swollen Magpie Press，1979.）

（2）《百老汇二：诗人和画家选集》。

（*Broadway Two*：*A Poets and Painters Anthology*，Brooklyn，NY：Hanging Loose Press，1989.）

5. 与菲尔费尔德·波特（Fairfield Porter）合作：

（1）《太阳出租车》。封面与插图由波特设计。

（*A Sun Cab*，New York：Adventures in Poetry，1972.）

（2）《水晶锂》。封面由波特设计。

（*The Crystal Lithium*，New York：Random House，1972.）

（3）漫画。与菲尔费尔德·波特、安·波特、丽兹·波特合作制作了四幅漫画（存于加州大学圣迭戈分校，詹姆斯斯凯勒论文，第 10 号盒子 11 号文件夹）。

（四）诗歌—音乐

1. 与保罗·鲍尔斯（Paul Bowles）合作。

（1）1953 年，《野餐大合唱》（*A Picnic Cantata*），表演包括两台钢琴、打击乐器和四重女声配唱。

（2）1976 年，《威特利法院的防火地板》（*The Fireproof Floors of Witley Court*）。

2. 与杰拉德·巴斯比（Gerald Busby）合作《谁困扰了我的羊齿植物？》（*Who Ails My Fern?*）。

3. 1987 年，与尼德·罗雷姆（Ned Rorem）合作《斯凯勒之歌》（*The Schuyler Songs*），由女高音和管弦乐队演绎。1988 年 4 月 23 日，在北达科他州康考迪亚学院的纪念礼堂首次演出。

参考文献

一　英文文献

（一）诗人作品等

Ashbery, John and Joe Brainard, *The Vermont Notebook*, Los Angeles：Black Sparrow Press, 1975.

Ashbery, John and Joe Brainard, *Vermont Notebook*, Revised ed. , New York：Granary Books, 2001.

Ashbery, John and Mark Ford, *John Ashbery in conversation with Mark Ford*, London：Between the Lines, 2003.

Ashbery, John, *Collected Poems 1956 – 1987*, ed. , Mark Ford, New York：Library of America, 2008.

Ashbery, John, *Reported Sightings：Art Chronicles, 1957 – 1987*, New York：Alfred A. Knopf, 1989.

Ashbery, John, *Three Plays*, Calais：Z Press, 1982.

Ashbery, John, "Frank O'Hara's Questions", Daniel Belgrad, ed. , *The Culture of Spontaneity*, Chicago：The University of Chicago Press, 1998.

Guest, Barbara and Anne Dunn, *Stripped Tales*, Berkeley：Kelsey Street Press, 1995.

Guest, Barbara, *Countess from Minneapolis*, Second Edition, Providence：Burning Deck Press, 1991.

Guest, Barbara, *Forces of Imagination：Writing on Writing*, Berkeley：Kelsey Street Press, 2002.

Guest, Barbara, *Miniatures and Other Poems*, Middleton: Wesleyan University Press, 2002.

Guest, Barbara, *Poems: The Location of Things, Archaics, The Open Skies*, New York: Doubleday & Company, Inc. , 1962.

Guest, Barbara, *Rocks on a Platter*, Middleton: Wesleyan University Press, 1999.

Guest, Barbara, *The Collected Poems of Barbara Guest*, ed. , Hadley Haden Guest, Middleton: Wesleyan University Press, 2008.

Guest, Barbara, *The Red Gaze*, Middleton: Wesleyan University Press, 2005.

Koch, Kenneth, *Kenneth Koch Collaboration with Artists: Essays & Poems by Kenneth Koch*, Introduction by Paul Violi, Ipswich Bourough Council, 1993.

Koch, Kenneth, *Selected Art Writings James Schuyler*, ed. , Simon Pettet, Boston: Black Sparrow Press, 1999.

Koch, Kenneth, *The Art of Poetry*, Ann Arbor: The University of Michigan Press, 1996.

Koch, Kenneth, *The Banquet: The Complete Plays, Films, and Librettos*, Minneapolis: Coffee House Press, 2013.

Koch, Kenneth, *The Collected Poems of Kenneth Koch*, New York: Alfred A Knopf, 1982. Schuyler, James, *Collected Poems*, New York: Farrar, Straus and Giroux, 1995.

O'Hara, Frank, *The Collected Poems of Frank O'Hara*, new ed. , edited by Donald Allen, Berkeley: University of California Press, 1995.

O'Hara, Frank, *Poems from the Tibor De Nagy Editions 1952 – 1966*, New York: Tibor De Nagy Editions, 2006.

O'Hara, Frank, *Amorous Nightmares of Delay: Selected Plays*, Baltimore and London: The Johns Hopkins University Press, 1978.

O'Hara, Frank, *Art Chronicles: 1954 – 1966*, Revised ed. , New York:

George Braziller, 1991.

O'Hara, Frank, *Lunch Poems*, San Francisco: City Lights Books, 1964.

（二）相关英文文献

Adams, Stephen, *Poetic Designs: An Introduction to Meters Verse Forms and Figures of Speech*, Peterborough: Broadview Press, 1997.

Allen, Donald, and Warren Tallman, eds. , *Poetics of the New American Poetry*, New York: Grove Press, 1973.

Allen, Donald, *The New American Poetry 1945 – 1960*, New edition, Oakland: University of California Press, 1999.

Allen, Donald, "Preface", *The New American Poetry 1945 – 1960*, Berkeley and Los Angeles: University of California Press, 1999.

Allison, Raphael, *Bodies on the Line: Performance and the Sixties Poetry Reading*, Iowa City: University of Iowa Press, 2014.

Aristotle, *On the Art of Poetry*, Trans, Ingram Bywater, Reprinted Edition, Oxford at the Clearendon Press, 2002.

Auslander, Philip, *The New York School Poets as Playwrights: O'Hara, Ashbery, Koch, Schuyler and the Visual Arts*, New York: Peter Lang Publishing, 1989.

Avercrombie, Nicholas and Brian Longhurst, *Audiences: A Sociological Theory of Performance and Imagination*, Thousand Oaks: Sage Publications, 1998.

Bachmann-Medick, Doris, *Cultural Turns: New Orientations in the Study of Culture*, Trans, Adam Blauhur, Berlin: De Gruyter, 2016.

Baigell, Matthew, *The American Scene: American Painting of the 1930's*, Santa Barbara: Praeger Publishers, 1974.

Beach, Christopher, *The Cambridge Introduction to Twentieth Century American Poetry*, Cambridge & New York: Cambridge University Press, 2003.

Beck, Julian, "Why Vanguard?" *New York Times*, March 22nd 1959.

Bennett, Andrew, *The Author (The New Critical Idiom)*, London and

New York: Routledge, 2005.

Berger, John, *Ways of Seeing*, London: British Broadcast Corporation and Penguin Books, 1972.

Bergman, David, *The Poetry of Disturbance*: *The Discomforts of Postwar American Poetry*, London: Cambridge University Press, 2015.

Bernstein, Charles, ed., *Close Listening*: *Poetry and the Performed Word*, New York and Oxford: Oxford University Press, 1998.

Bernstein, Charles, *Recalculating*, Chicago: University of Chicago Press, 2013.

Bluhm, Norman, "26 things at once: Bluhm on Frank O'Hara, the poem paintings, the art & the scene", Lingo, Vol. 7, 1997.

Boland, Eavan, "The Oral Tradition", *An Origin Like Water*: *Collected Poems, 1967 – 1987*, New York and London: W. W. Norton & Co., 1997.

Brecht, Abertolt, *Brecht on Theatre*: *The Development of an Aesthetic*, ed. and trans., John Willett, New York: Hill and Wang, 1964.

Butler, Judith, *Gender Trouble*, New York: Routledge, 1990.

Cain, William E., *The Crisis in Criticism*: *Theory, Literature, and Reform in English Studies*, Baltimore: The Johns Hopkins University Press, 1984.

Calvino, Italo, *Six Memos for the Next Millennium*, Trans., Geoffrey Brock, Wilmington: Mariner Books, 1988.

Champion, Miles, "Insane Podium: A Short History THE POETRY PROJECT, 1966 – 2012", The Poetry Project.

Clanchy, Michael, *From Memory to Written Record*: *England 1066 – 1307*, Second Edition. Hoboken: Wiley Blackwell, 1979.

Clay, Steven and Rodney Phillips, *A Secret Location on the Lower East Side*: *Adventures in Writing, 1960 – 1980*, New York: The New York Public Library and Granary Books, 1998.

Conquergood, Dwight, "Poetics, Play, Process, and Power: The Performative Turn in Anthropology", *Text and Performance Quarterly*, 1989, Volume 9, Issue 1.

Crase, Douglas, "A Hidden History of the Avant-Garde", *Painters & Poets: Tibor de Nagy Gallery*, New York: Tibor de Nagy Gallery, 2011.

Davidson, Michael, "Technologies of Presence: Orality and the Tape voice of Contemporary Poetics" in Adalaide Morris ed. , *Sound States: Innovative Poetics and Acoustical Technologies*, Chapel Hill: University of North Carolina Press, 1997.

Dickie, George, "The Institutional Theory of Art", In Noel Carrol, ed. , *Theories of Art Today*, Madison: University of Wisconsin Press, 2000.

Diggory, Terence, *Encyclopedia of the New York School Poets*, New York: Facts On File Inc. , 2009.

Eagleton, Terry, *The Event of Literature*, New Haven: Yale University Press, 2013.

Edgerton, Samuel, *Renaissance Rediscovery of Linear Perspective*, New York: Basic Books, 1975.

Eliot, T. S. , *Waste Land and Other Poems*, London: Broadview Press, 2011.

Eliot, T. S. , "The Metaphysical Poets", *Selected Essays: 1917 – 1932*, New York: Harcourt, Brace and Company, 1932.

Ferguson, Russell, *In Memory of My Feelings: Frank O'Hara and American Art*, Los Angeles: Museum of Contemporary Art; Berkeley: University of California Press, 1999.

Foley, John Miles, *How to Read an Oral Poem*, Champaign: University of Illinois Press, 2002.

Fredman, Stephen, *A Concise Companion to Twentieth-century American Poetry*, Malden: Blackwell Publishing, 2005.

Fredman, Stephen, *Contextual Practice: Assemblage and the Erotic in Postwar Poetry and Art*, Redwood City: Standford University Press, 2010.

Furr, Derek, *Recorded Poetry and Poetic Reception from Edna Millay to the Circle of Robert Lowell*, New York: Palgrave Macmillan, 2010.

Fussell, Paul Jr. , *Poetic Meter and Poetic Form*, New York: Rutgers University Press, 1965.

Geldzahler, Henry, *New York Painting and Sculpture: 1940 – 1970*, Boston: E. P. Duttion, 1969.

Gizzi, Peter, "Introduction: Fair Realist", Guest, Barbara, *The Collected Poems of Barbara Guest*, ed. , Hadley Haden Guest, Middleton: Wesleyan University Press, 2008.

Goffman, Erving, *The Presentation of Self in Everyday Life*, Edinburgh: University of Edinburgh Social Sciences Research Centre, Monograph, No. 2, 1956.

Goldstein, Leonard, *The Social and Cultural Roots of Linear Perspective*, Port of Spain: MEP Publishers, 1988.

Gooch, Brad, *City Poet: The Life and Times of Frank O'Hara*, New York: Knopf, 1993.

Goodman, Paul, "Advance-Guard Writing, 1900 – 1950", *Kenyon Review*, 1951 Summer, Volume 13, No. 3.

Grabner, Cornelia and Casas, Arturo, eds. , *Performing Poetry: Body, Place and Rhythm in the Poetry Performance*, Amsterdam: Rodopi, 2011.

Graf, Alexander and Dietrich Scheunemann, *Avant-Garde Film*, Amsterdam and New York: Rodopi, 2002.

Graham Allen, Carrie Griffin and Mary O'Connell, eds. , *Readings on Audience and Textual Materiality*, London: Pickering & Chatto, 2011.

Green, Charles, *The Third Hand: Collaboration in Art from Conceptual-*

ism to Postmodernism, Minneapolis: University of Minnesota Press, 2001.

Guilbaut, Serge, *How New York Stole the Idea of Modern Art: Abstract Expressionism, Freedom, and the Cold War*, trans, Arthur Goldhammer, Chicago: The University of Chicago Press, 1983.

Heyles, N. Katherine, "Voices Out of Bodies, Bodies Out of Voices: Audiotape and the Production of Subjectivity", Adalaide Morris, ed. , *Sound States: Innovative Poetics and Acoustical Technologies*, Chapel Hill: The University of North Carolina Press, 1998.

Hines, Thomas, *Collaborative Form: Studies in the Relations of the Arts*, Kent: The Kent State University Press, 1991.

Holmes, Oliver Wendell: *Ralph Waldo Emerson, John Lothrop Motley: Two Memoirs*, Boston and New York: Houghton, Mifflin and Company, 1904.

Howe, Susan, *Singularities*, Middletown: Wesleyan University Press, 1990.

Jack, Ian, *The Poet and His Audience*, London: Cambridge University Press, 1984.

Jackson, Shannon, "Genealogies of Performance Studies", *The Sage Handbook of Performance Studies*, Eds. , D. Soyini Madison and Judith Hamera, Thousand Oaks: Sage Publications, 2006.

Kane, Daniel, *All Poets Welcome: The Lower East Side Poetry Scene in 1960s*, Los Angeles: University of California Press, 2003.

Katz, Vincent, ed. , *Readings in Contemporary Poetry: An Anthology*, New York: Dia Art Foundation, 2017.

Kirby-Simith, H. T. , *The Celestial Twins: Poetry and Music Through the Ages*, Amherst: University of Massachusetts Press, 1999.

Kuenzli, Rudolf E. , *New York Dada*, New York: Willis Locker & Owens.

Lazarsfeld, Paul F. and Harry Field, *The People Look at Radio: Report on a Survey Conducted by the National Opinion Reasearch Center*, Chapel Hill: University of North Carolina Press, 1946.

Lehman, David, ed. , *The Oxford Book of American Poetry*, New York: Oxford University Press, 2006.

Lehman, David, *The Last Avant-Garde: The Making of the New York School of Poets*, New York: Anchor Books, 1999.

Leja, Michael, *Reframing Abstract Expressionism: Subjectivity and Painting in the 1940s*, New Haven: Yale University Press, 1997.

Lopate, Phillip, and Vincent Katz, *Rudy Burckhardt*, New York: Abrams, 2004.

Lord, Albert Bates, *The Singer of Tales*, New York: Antheneum, 1960.

Lowney, John, *The American Avant-Garde Tradition: William Carlos Williams, Postmodern Poetry, and the Politics of Cultural Memory*, Lewisburg: Bucknell University Press, 1997.

MacArthur, Marit J. , Georgia Zellou, and Lee M. Miller, "Beyond Poetic Voice: Sampling the (Non-) Performance Styles of 100 American Poets", *Cultural Analytics*, April 18, 2018. DOI: 10. 22148/16. 022.

Macaulay, Ronald, *The Social Art: Language and Its Uses*, London: Oxford University Press, 2006.

Malina, Judith, *The Diaries, 1947 – 1957*, New York: Grove, 1984.

McCaffery, Steve and bpNichol, *Sound Poetry: a Catalogue for the Eleventh International Sound Poetry Festival Toronto*, Toronto: Underwich Editions, 1978.

Merleau-Ponty, Maurice, *Phenomenology of Perception*, Trans. , Colin Smith, London: Routledge, 1962.

Merrill, James, *A Different Person: A Memoir*, Reprint edition, New York: HarperCollins, 1994.

Millard, Andre, *America on Record: A History of Recorded Sound*, Cambridge: Cambridge University Press, 2005.

Moramarco, Fred and William Sullivan, *Containing Multitudes: Poetry in the United States since 1950*, New York: Twayne Publishers, 1998.

Morris, Adalaide, ed., *Sound States: Innovative Poetics and Acoustical Technologies*, Chapel Hill: The University of North Carolina Press, 1998.

Nadel, Ira B., *The Cambridge Companion to Ezra Pound*, London: Cambridge University Press, 1999.

Nagy, Gregory, "Formula and Meter", Benjamin A. Stolz and Richard S. Shannon, Ⅲ, eds., *Oral Literature and The Formula*, Ann Arbor: Center for the Coordination of Ancient and Modern Studies The University of Michigan, 1976.

Ong, Walter J., *Orality and Literacy: The Technologizing of the Word*, New York: Routledge, 2002.

O'Neill, Brian, J. Ignacio Gallego Perez and Frauke Zeller, "New Perspectives on Audience Activity: 'Prosumption' and Media Activism as Audience Practices", In Nico Carpentier, Kim Christian Schroder and Lawrie Hallett, eds., *Audience Transformations: Shifting Audience Positions in Late Modernity*, New York: Routledge Taylor & Francis Group, 2014.

Parini, Jay, ed., *The Columbia History of American Poetry*, New York: Columbia University Press, 1993.

Parry, Milman, *Studies in the Epic Technique of Oral Verse-Making: Homer and Homeric Style*, Volume 1. Cambridge: University d'Harvard, 1930.

Parry, Sarah, *Caedmon Records, the Cold War, and the Scene of the American Postmodern*, Dissertation, University of Alberta (Canada), 2006.

Pearce, Roy Harvey, *The Continuity of American Poetry*, Middletown: Wesleyan University Press, 1987.

Perloff, Marjorie, *Frank O'Hara: Poet Among Painters*, New York: George

Braziller，1977.

Perloff，Marjorie，*Poetry On and Off the Page*：*Essays for Emergent Occasions*，Evanston：Northwestern University Press，1998.

Perloff，Marjorie，*Postmodern Genres*，Norman：University of Oklahoma Press，1989.

Peters，Benjamin ed.，*Digital Keywords*：*A Vocabulary of Information Society and Culture*，Princeton：Princeton University Press，2016.

P. Adams Sitney，*Visionary Film*：*The American Avant-Garde*，*1943 – 2000*，3rd Edition，London：Oxford University Press，2002.

Quilter，Jenni，*New York School Painters & Poets*：*Neon in Daylight*，New York：Rizzoli Publications，2014.

Railton，Stephen，*Authorship and Audience*：*Literary Performance in the American Renaissance*，Princeton：Princeton University Press，1991.

Reznikoff，Charles，*The Poems of Charles Reznikoff*，*1918 – 1975*，ed.，Seamus Cooney，Boston：Black Sparrow Press，2005.

Rose，Bernice，*Jackson Pollock*：*Drawing into Painting*，New York：Museum of Modern Art，1980.

Rothenberg，Jerome，23.　"That Dada Strain（0：39）"，records for the Rockdrill CD series，6：Sightseeing，Jerome Rothenberg：Poems 1960 – 1983.

Rothenberg，Jerome，*New Selected Poems 1970 – 1985*，New York：New Directions Publishing Corporation，1986.

Rothenberg，Jerome，"Preface（1967）"，Technicians of The Sacred：A Range of Poetries from Africa，America，Asia，Europe，and Oceania，Third Edition，Oakland：University of California Press，2017.

Rubin，David C.，*Memory in Oral Traditions*：*The Cognitive Psychology of Epic*，*Ballads*，*and Counting-out Rhymes*，London：Oxford University Press，1997.

Schechner，Richard，*Performance Studies*：*An Introduction*，2nd ed，London: Routledge, 2006.

Schechner, Richard, *Performance Theory*, London and New York: Routledge, 2003.

Schechner, Richard, "Victor Turner's Last Adventure", *The Anthropology of Performance*, Victor W. Turner, New York: Performing Arts Journal Publications, 1987.

Schmidt, Michael, *The Great Modern Poets*, London: Quercus Editions, 2006.

Shaw, Lytle, *Frank O'Hara: The Poetics of Coterie*, University of Iowa Press, 2006.

Shoptaw, John, *On the Outside Looking Out: John Ashbery's Poetry*, Cambridge, Mass. : Harvard University Press, 1994.

Silverberg, Mark, ed. , *New York School Collaborations: The Color of Vowels*, New York: Palgrave Macmillan, 2013.

Spahr, Juliana, *Everybody's Autobiography: Connective Reading and Collective Identity*, Tuscaloosa: The University of Alabama Press, 2001.

Stillinger, Jack, *Multiple Authorship and the Myth of Solitary Genius*, London: Oxford University Press, 1991.

Street, Seán, *Sound Poetics: Interaction and Personal Identity*, New York: Palgrave Macmillan, 2017.

Sukenick, Ronald, *Down and In: Life in the Underground*, New York: William Morrow, 1987.

Tally, Robert, *Spatiality*, London and New York: Routledge, 2012.

Taylor, Diana, *Performance*, Durham: Duke University Press, 2016.

Taylor, Diana, *The Archive and the Repertoire: Performing Cultural Memory in the Americas*, Durham: Duke University Press.

Thierry De Duve, Clement Greenberg, *Between the Lines: Including a Debate with Clement Greenberg*, Trans. , Brian Holmes, Chicago: University of Chicago Press, 2010.

Thompson, John J., "The Memory and Impact of Oral Performance: Shaping the Understanding of Late Medieval Readers", Graham Allen, Carrie Griffin and Mary O'Connell eds., *Readings on Audience and Textual Materiality*, London: Pickering & Chatto, 2011.

Toffler, Alvin, *The Third Wave*, New York: Bantam, 1980.

Turner, Victor, *From Ritual to Theatre: The Human Seriousness of Play*, New York: PAJ Pulbications, 1982.

Turner, Victor, "Process, System, and Symbol: Anthropological Synthesis", *On the Edge of the Bush: Anthropology as Experience*, ed. Edith L. B. Turner, Tucson: University of Arizona Press, 1985.

Waldman, Ann, ed., *Another World: A Second Anthology of Works from the St. Mark's Poetry Project*, Indianapolis: The Bobbs-Merrill Company, Inc., 1971.

Waldman, Ann, ed., *Out of This World: An Anthology of the St. Mark's Poetry Project, 1966 – 1991*, New York: Crown Publishers Inc., 1991.

Waldman, Ann, et al., "Tribute to Rudy Burckhardt", *Poetry Project Newsletter 177*, December 1999 – January 2000.

Wheeler, Lesley, *Voicing American Poetry: Sound and Performance from the 1920s to the Present*, Ithaca: Cornell University Press, 2008.

William E. Cain, *The Crisis in Criticism: Theory, Literature, and Reform in English Studies*, The Johns Hopkins University Press, 1984.

Winship, George Parker, *Gutenberg to Plantin: An Outline of The Early History of Printing*, New York: Burt Franklin New York, 1968.

Zurbrugg, Nicholas, *Art, Performance, Media: 31 Interviews*, Minnesota: University of Minnesota Press.

二　中文文献

［德］H. R. 姚斯等:《接受美学与接受理论》，周宁等译，辽宁人民出版社 1987 年版。

［美］M. H. 艾布拉姆斯、杰弗里·哈珀姆：《文学术语词典》，吴松江、路雁等编译，北京大学出版社 2014 年版。

［美］R. E. 帕克、E. N. 伯吉斯、R. D. 麦肯齐：《城市社会学：芝加哥学派城市研究》，商务印书馆 2012 年版。

［美］W. J. T. 米歇尔：《图像学》，陈永国译，北京大学出版社 2012 年版。

［加］阿尔维托·曼古埃尔：《阅读史》，吴昌杰译，商务印书馆 2002 年版。

［英］阿拉斯泰尔·福勒：《文学的类别：文类和模态理论导论》，杨建国译，南京大学出版社 2018 年版。

［德］阿莱达·阿斯曼：《回忆空间：文化记忆的形式和变迁》，潘璐译，北京大学出版社 2016 年版。

［美］阿瑟·C. 丹托：《寻常物的嬗变》，陈岸瑛译，江苏人民出版社 2012 年版。

［美］阿瑟·C. 丹托：《艺术的终结之后：当代艺术与历史的界限》，王春辰译，江苏人民出版社 2007 年版。

［美］埃里克·方纳：《美国自由的故事》，王希译，商务印书馆 2002 年版。

［美］埃伦·迪萨纳亚克：《审美的人》，户晓辉译，商务印书馆 2004 年版。

［法］保罗·利科：《从文本到行动》，夏小燕译，华东师范大学出版社 2014 年版。

［美］查尔斯·伯恩斯坦：《回音诗学》，刘朝晖译，暨南大学出版社 2018 年版。

陈军：《文类基本问题研究》，北京大学出版社 2013 年版。

戴阿宝：《文本革命：当代西方文论的一种视野》，辽宁大学出版社 2007 年版。

［英］戴维·哈维：《后现代的状况：对文化变迁之缘起的探究》，阎嘉译，商务印书馆 2003 年版。

［美］丹尼尔·贝尔：《资本主义文化矛盾》，蒲隆、赵一凡、任晓晋译，生活·读书·新知三联书店 1989 年版。

方玉润撰，李先耕点校：《诗经原始》，中华书局 1986 年版。

［瑞士］费尔迪南·德·索绪尔：《普通语言学教程》，高名凯译，商务印书馆 1980 年版。

［法］弗朗索瓦·维耶：《纽约史》，吴瑶译，社会科学文献出版社 2016 年版。

［美］福里斯特·E. 贝尔德：《哲学经典：从柏拉图到德里达》，世界图书出版公司 2012 年版。

傅其林：《阿格妮丝·赫勒——审美现代性思想研究》，巴蜀书社 2006 年版。

高建平、丁国旗编：《西方文论经典》，安徽文艺出版社 2014 年版。

顾颉刚编：《古史辨》第三册，上海古籍出版社 1982 年版。

郭绍虞主编：《中国历代文论选（1 卷本）》，上海古籍出版社 2001 年版。

［美］海伦·文德勒：《约翰·阿什贝利与过去的艺术家》，哈罗德·布鲁姆等《读诗的艺术》，王敖译，南京大学出版社 2010 年版。

［德］汉斯 - 蒂斯·雷曼：《后戏剧剧场》，李亦男译，北京大学出版社 2016 年版。

［德］汉斯·贝尔廷：《艺术史的终结？：当代西方艺术史哲学文选》，常宁生译，中国人民大学出版社 2004 年版。

［法］亨利·柏格森：《物质与记忆》，姚晶晶译，北京时代华文书局 2018 年版。

［英］怀特海：《过程与实在》，李步楼译，商务印书馆 2011 年版。

皇甫修文：《文体诗学》，光明日报出版社 2015 年版。

［美］霍华德·奈莫洛夫：《诗人谈诗：二十世纪中期美国诗论》，陈祖文译，生活·读书·新知三联书店 1989 年版。

［美］杰克·德·弗拉姆：《马蒂斯论艺术》，欧阳英译，河南美术出版社 1987 年版。

［美］杰西·祖巴：《纽约文学地图》，薛玉凤、康天峰译，上海交
　　通大学出版社 2011 年版。

［法］克洛德·列维－斯特劳斯：《看·听·读——列维－斯特劳斯
　　文集 12》，顾嘉琛译，中国人民大学出版社 2006 年版。

［美］拉尔夫·爱默生：《爱默生集》，吉欧·波尔泰编，赵一凡译，
　　生活·读书·新知三联书店 1993 年版。

老子：《道德经》，张景、张松辉译注，中华书局 2021 年版。

［法］雷吉斯·德布雷：《图像的生与死：西方观图史》，黄迅余、黄
　　建华译，华东师范大学出版社 2014 年版。

李炳海：《中国诗歌研究史先秦卷》，人民文学出版社 2020 年版。

李怡：《中国现代新诗与古典诗歌传统》，中国人民大学出版社 2015
　　年版。

［美］理查德·布雷特尔：《现代艺术：1851—1929》，诸葛沂译，上
　　海人民出版社 2013 年版。

刘文：《二十世纪美国诗歌研究》，上海交通大学出版社 2013 年版。

［古罗马］卢克莱修：《物性论》，方书春译，商务印书馆 2018 年版。

［法］罗兰·巴尔特：《写作的零度》，李幼蒸译，中国人民大学出版
　　社 2008 年版。

［美］罗兰·斯特龙伯格：《西方现代思想史》，刘北成、赵国新译，
　　金城出版社 2005 年版。

［德］马丁·海德格尔：《诗·语言·思》，彭富春译，文化艺术出
　　版社 1991 年版。

［加］马歇尔·麦克卢汉：《理解媒介——论人的延伸》，何道宽译，
　　商务印书馆 2000 年版。

［美］迈克尔·弗雷德：《艺术与物性——论文与评论集》，张晓剑、
　　沈语冰译，江苏美术出版社 2013 年版。

［美］迈耶·夏皮罗：《艺术的理论与哲学：风格、艺术家和社会》，
　　沈语冰、王玉冬译，江苏美术出版社 2016 年版。

［美］莫里斯·迪克斯坦：《伊甸园之门：60 年代的美国文化》，方

晓光译，译林出版社 2007 年版。

［美］尼尔·波斯曼：《技术垄断：文化向技术投降》，何道宽译，北京大学出版社 2007 年版。

［法］皮埃尔·布尔迪厄：《艺术的法则》，刘晖译，中央编译出版社 2011 年版。

［美］乔纳森·卡勒：《结构主义诗学》，盛宁译，中国社会科学出版社 1991 年版。

［法］乔治·迪迪－于贝尔曼：《在图像面前》，陈元译，湖南美术出版社 2015 年版。

权美媛：《连绵不绝的地点——论现场性》，左亚·科库尔、梁硕恩编《1985 年以来的当代艺术理论》，王春辰、何积惠、李亮之等译，上海人民美术出版社 2011 年版。

［美］萨克文·伯克维奇：《剑桥美国文学史（第八卷）：诗歌和文学批评 1940 年—1995 年》，杨仁敬、詹树魁、蔡春露、甘文平主译，中央编译出版社 2008 年版。

苏敏：《文本文学审美风格》，中国社会科学出版社 2013 年版。

［美］苏珊·朗格：《感受与形式：自哲学新解发展出来的一种艺术理论》，高艳萍译，江苏人民出版社 2013 年版。

［美］苏珊·斯图尔特：《诗与感觉的命运》，史惠风、蔡隽译，上海外语教育出版社 2013 年版。

［英］特里·伊格尔顿：《理论之后》，商正译，商务印书馆 2009 年版。

［德］瓦尔特·本雅明：《巴黎，19 世纪的首都》，刘北成译，商务印书馆 2013 年版。

［德］瓦尔特·本雅明：《发达资本主义时代的抒情诗人》，张旭东、魏文生译，生活·读书·新知三联书店 2005 年版。

汪民安：《身体、空间与后现代性》，江苏人民出版社 2006 年版。

王国维著，彭林整理：《观堂林集》，河北教育出版社 2003 年版。

王家新：《二十世纪外国诗人如是说》，河南人民出版社 1992 年版。

王晓路：《文化批评关键词研究》，北京大学出版社 2007 年版。

王晓路：《西方马克思主义文化批评研究》，北京大学出版社 2012 年版。

王卓：《多元文化视野中的美国族裔诗歌研究》，中国社会科学出版社 2015 年版。

许慎：《说文解字》（四），谦德书院注译，团结出版社 2020 年版。

[法] 雅克·朗西埃：《文学的政治》，张新木译，南京大学出版社 2014 年版。

[美] 伊哈布·哈桑：《后现代转向：后现代理论与文化论文集》，刘象愚译，上海人民出版社 2015 年版。

殷曼婷编：《艺术理论基本文献西方古代—近现代卷》，生活·读书·新知三联书店 2014 年版。

[德] 尤尔根·哈贝马斯：《公共领域的结构转型》，曹卫东译，学林出版社 1999 年版。

宇文所安：《中国传统诗歌与诗学：世界的征象》，陈小亮译，中国社会科学出版社 2013 年版。

[美] 约翰·阿什贝利：《约翰·阿什贝利诗选》，马永波译，河北教育出版社 2003 年版。

张鑫、聂珍钊：《玛乔瑞·帕洛夫诗学批评研究》，商务印书馆 2015 年版。

赵毅衡：《诗神远游：中国如何改变了美国现代诗》，上海译文出版社 2003 年版。

[美] 珍妮特·马斯汀编著：《新博物馆理论与实践导论》，钱春霞、陈顺隽、华建辉、苗杨译，凤凰出版传媒集团、江苏美术出版集团 2008 年版。

周宪：《从文学规训到文化批判》，译林出版社 2014 年版。

周宪编：《艺术理论基本文献，西方当代卷》，生活·读书·新知三联书店 2014 年版。

周兴陆：《中国分体文学学史诗学卷（上）》，山西教育出版社 2013 年版。

朱立元：《当代西方文艺理论》，华东师范大学出版社 2005 年版。

［英］朱利安·沃尔弗雷斯编著:《21 世纪批评述介》,张琼、张冲译,南京大学出版社 2009 年版。

三　期刊文献

Burger, Peter, "Literary Institution and Modernization", *Poetics*, Volume 12, 1983.

Kostelanetz, Richard, *Conversing with Cage*, New York: Limelight Editions, 1988.

Le Figaro, (Paris), 20 February, 1909.

Locus Solus II.

MacLeish, Archibald, "Ars Poetica" from Collected Poems 1917 – 1982, Wilmington: Mariner Books, 1985.

Mustazza, Chris, "Vachel Lindsay and The W. Cabell Greet Recordings", *Chicago Review*, Volume 59 – 60, Issue 4 – 1.

Packard Jr. , Frederick Clifton, "Harvard's Vocarium Has Attained Full Stature", *Library Journal*, Volume 75, Issue 2, Jan. 1950.

Rosenberg, Harold, "The American Action Painters", *Art News*, Volume 51, Number 8, December 1952.

［美］克莱门特·格林伯格:《走向更新的拉奥孔》,易英译,《世界美术》1991 年第 4 期。

史敬轩:《消失的呼吸:昂格鲁—撒克逊英雄史诗——行间音顿的缺失与再现》,《外国文学评论》2015 年第 2 期。

吴兴明:《论前卫艺术的哲学感——以"物"为核心》,《文艺研究》2014 年第 1 期。

杨宏芹:《〈颂歌〉的内在结构及其仪式化》,《同济大学学报》(社会科学版) 2009 年第 20 卷第 6 期。

张洪亮:《从观念先锋到媒介先锋:二十世纪以来的声音诗》,《外国文学动态研究》2021 年第 2 期。

四　网络资源

http：//culturalanalytics. org/about/about-ca/.

http：//discussion. movingpoems. com/2011/09/videopoetry-a-manifesto/.

http：//forgotten-ny. com/1999/09/greenwich-village-necrology/.

http：//hcl. harvard. edu/poetryroom/about/.

http：//hcl. harvard. edu/poetryroom/listeningbooth/index. cfm.

http：//jacketmagazine. com/15/koch-shapiro. html.

http：//movingpoems. com/about/.

http：//renpowell. squarespace. com/animapoetics/2009/4/2/if-not-a-manifes-
to-an-explanation. html.

http：//writing. upenn. edu/pennsound/manifesto. php.

http：//writing. upenn. edu/pennsound/x/Antin. php.

http：//writing. upenn. edu/pennsound/x/Apollinaire. php.

http：//writing. upenn. edu/pennsound/x/Ashbery. php.

http：//writing. upenn. edu/pennsound/x/Bernstein-video. php.

http：//writing. upenn. edu/pennsound/x/Burckhardt-Rudy. php.

http：//writing. upenn. edu/pennsound/x/Cloud-House. php.

http：//writing. upenn. edu/pennsound/x/Howe-Grubbs. php.

http：//writing. upenn. edu/pennsound/x/Pound. php.

http：//writing. upenn. edu/pennsound/x/Rothenberg. php.

http：//writing. upenn. edu/pennsound/x/Rothenberg. php.

http：//writing. upenn. edu/pennsound/x/text/Sieburth-Richard_Pound. html.

http：//www. frankohara. org/audio/.

http：//www. gerardwozek. com/video. htm.

http：//www. livingtheatre. org/about.

http：//www. paris-sorbonne. fr/Les-archives-sonores-de-la-poesie.

https：//en. wikipedia. org/wiki/Caedmon_ Audio.

https：//media. sas. upenn. edu/pennsound/authors/Ginsberg/SFSU – 1956/

Ginsberg-Allen_06_Howl-II_SFSU_10 – 25 – 56. mp3.

https：//media. sas. upenn. edu/pennsound/authors/Olson/BMC-1954/Ols-onand-Creeley_Black-Mountain_1954_Kingfisher%20I. mp3.

https：//media. sas. upenn. edu/pennsound/authors/Rothenberg/Rockdr-ill-6/Rothenberg-Jerome_23_That-Dada-Strain_Sightings_Rockdrill-6_2004. mp3.

https：//psap. library. illinois. edu/collection-id-guide/phonodisc.

https：//sites. google. com/site/hedwiggorskisite/.

https：//soundcloud. com/92y/discovering-john-ashbery.

https：//upenn. kanopy. com/video/rudy-burckhardt-man-woods-and-climate-new-york.

https：//vimeo. com/46631731.

https：//www. 92y. org/about-us/mission-history. aspx.

https：//www. irs. gov/charities-non-profits/charitable-organizations/exemp-tion-requirements-section-501c3-organizations.

https：//www. loc. gov/item/prn – 13 – 014/national-recording-preserva-tion-plan/2013 – 02 – 13/https：//www. loc. gov/item/prn-1.

https：//www. nobelprize. org/nobel_prizes/literature/laureates/2016/dylan-facts. html.

https：//www. nobelprize. org/nobel_prizes/literature/laureates/2016/dylan-lecture_en. html.

https：//www. poetryproject. org.

https：//www. poetryproject. org/about/history/.

https：//www. poetryproject. org/about/mission.

https：//www. poetryproject. org/programs/reading-series/.

https：//www. poetryproject. org/publications/20181/.

https：//www. youtube. com/watch？ v = 15h36USsnuQ.

https：//www. youtube. com/watch？ v = 344TyqLlSFA.

索　引

后　记

　　一切从 2016 年春节除夕开始。农历二零一五年的最后一天，与春晚有关的春节仪式感已在迈入成年后消失殆尽。我在卧室守着婴儿床上熟睡的小孩，客厅里的热闹隔绝在外。十点左右，微信公众号"读首诗再睡觉"栏目推出了当天的诗歌朗读，是郝京京与虹翕朗读丽塔·达夫（Rita Dove）的《鉴定书》（"Testimonial"）：

　　　　回想当初地球是新的，
　　　　天堂只是悄声耳语，
　　　　回想那时万物的名字
　　　　都来不及贴上去。

　　　　回想当初最柔和的微风
　　　　把夏季融进秋季，
　　　　所有的杨树都一排排
　　　　甜蜜地颤抖。

　　　　世界叫喊着，我回应着，
　　　　每一瞥都点燃一个凝视。
　　　　我屏住呼吸，把那叫作生命，
　　　　在一勺又一勺柠檬果冰间昏厥。

我脚尖着地地快速旋转，花枝招展，
我华而不实，光芒四散，
既然不知道它们叫什么名字，
我怎能数清我那些祝福？

想当年样样东西都源源而来，
好运漏得遍地都是。
我给世界一个诺言，
世界跟我来到这里。①

　　我被这首诗击中了，确切地说，并非完全因为某种"诗"的缘故。朗读者的声音久久地回旋于耳，那直接、真实、细腻的嗓音将诗歌运抵我这里——并非通过文字与印刷品的路径。这件事在我心里溅起小小的涟漪，荡开的水波犹如延展开的思维触角，试图抓取更深处的真实。而彼时各大城市也涌现越来越多的诗歌朗读会与诗歌节。于是，我在春节后写下题为《论后现代视域下诗歌的声音回归》的文章作为课程论文。这篇文章几经修改，于 2017 年 5 月发表在《文艺争鸣》杂志。循着"声音"的蛛丝马迹，我发现了国会图书馆开启于 20 世纪 30 年代的诗歌录制与存档，发现了 20 世纪中期美国诗坛的诗歌朗读热潮，也发现了诗歌、艺术实践经历丰富的纽约派诗人。论文开题是在 2016 年年底，那一年的诺贝尔文学奖颁给了鲍勃·迪伦。我深切理解颁奖词中提到的"歌唱传统"意味着什么，明白它与古老的诗歌传统有哪些渊源。这件事与我正思索的问题仿佛形成一种感应，它促使我继续站立在自己的疑惑之地。

　　当我最终决定将纽约派诗歌研究作为博士论文选题时，我的导师王晓路教授给予我鼓励与支持。读书会上他谈到诗歌对于走入极

---

　　① 初听该诗是在微信公众号"读首诗再睡觉"，以上中译本由罗益民译，出自赖安等《当代美国诗选》，杜红等译，人民文学出版社 2011 年版。

端工具理性社会的意义，也谈及社会制度和技术对于文学的影响。这些不经意间的言谈使我看到透过更广阔的视角去看待诗歌的可能。开题答辩时，我并未设想完全从一种立体的活动性诗歌的角度来进行研究。感谢留基委资助我通过国家公派留学项目赴美国宾夕法尼亚大学联合培养一年。在宾大，我有幸跟随当代美国诗人、学者查尔斯·伯恩斯坦教授学习，他对诗歌的体悟与见解时常令人惊叹。在选修课程的间隙，我多次参加凯利作家屋（Kelly Writers House，宾大当代写作中心所在地）举办的诗人朗读、表演等活动，现场体验让我重新审视当代美国诗歌状况。而这些以"声音""表演""合作"为关键词的现场诗歌形式，可在 20 世纪中期找到其兴盛的现代起点，纽约派诗人则是先驱之一。因此，在课堂学习、大量阅读以及实地观察与体验的过程中，我的研究重心逐渐偏离书本中心，转而向非书面文本的诗歌形态——"活动形态"倾斜，由此展开对"活动诗歌"谱系的追溯以及对纽约派诗歌具体活动诗歌类型的考察。

　　博士论文的框架搭建是最耗心力的。费城的冬天很漫长，我至今能回忆起冬天从图书馆里面推开大门而外面已经天黑的情景。踩着"吱嘎、吱嘎"的积雪回家，科恩的音乐一路陪伴我，而对论文框架与各个部分构建的思索也一直在脑子里翻腾、萦绕，我试图在迷雾中捋出清晰的线索来。春天的到来仿佛宣告了整个世界的苏醒，论文的架构也是在这个时候显现的。感谢那些每日步行回家的日子，一边行路一边思索是极其有趣的经历，常常有新的灵感迸出。再后来，就是日复一日的"修炼"，最终在夏天接近尾声时为论文画上了一个粗糙的句号。事实上，博士论文并没有真正完结的时刻，有的只是暂时搁置。那些光亮兀自若隐若现的角落，仍时常引诱我去揭开表面的杂芜，进入下一个"兔子洞"。

　　看似是独自在异乡求学与写作博士论文，但我深知，我的思考方式与研究方法选择的学术之根出自哪里。当我第一次踏入四川大学文科楼三楼文新学院所在地时，正值某年的毕业季，看到楼道里满墙满壁贴着的红榜告示，我极其惊讶与感动。在打印唾手可得的当下，以大红纸为底、用毛笔手书答辩告示，是怎样的郑重和情怀。感谢川大中国语言文学系，它满足了我年少时对中文系的所有想象。这里浓厚的学术氛围、绵延不断的学术耕耘，时常让我感到幸运、喜悦与感激。

感谢我的导师王晓路教授，成为他的学生是我的幸运。记得考博复试时，王老师提出了一个关于全球化的问题，我答不上来，他就坐在那里娓娓道来。那是我第一次意识到，做学术研究并非完全是书斋之事，它与我们生活的世界、与社会的变迁息息相关。跟随老师求学的几年，每一次课堂、读书会、学术会议或其他交流，都将我引入新的思想境地。他对我博士论文开题的严格把关，至今回忆起来都觉惊险。我几经辗转，在开题前一个月才最终确定选题。而这一过程中他表现出来的严谨、深刻以及独到的思维方式，都是我日后进行研究的珍贵教益。博士论文成稿后他敏锐地指出论文存在的问题，也使我意识到文章的欠缺处以及如何改进、提高。老师的深厚学养、睿智、幽默与雅致，是我永远的灯塔。

在川大中文系学习期间，其他老师也给我许多启迪、教诲与帮助。感谢曹顺庆教授、傅其林教授、马睿教授和阎嘉教授。回想那时的课堂，至今仍觉熠熠生辉。老师们的博学、智慧，以及思维幽微处的精妙、深刻与敞亮，是人类精神世界的美好所在。博一那一年的课堂，我的喜悦常常如星光般洒落，那是美好而闪亮的记忆。傅其林老师课堂上关于"文学事件论"的讨论对我的博士论文立意有诸多启发。在博士论文开题答辩中，傅老师与马睿老师给了我许多宝贵的意见和指导，在此向他们表达最诚挚的谢意。

感谢宾大英语系、艺术史系以及宾大图书馆，这里是学术的海洋。感谢我在宾大的导师伯恩斯坦教授，感谢他带领我进入当代美国诗歌最真实的内核。感谢艺术史系迈克尔·莱杰（Michael Leja）教授、亚历山大·考夫曼（Alexander Kauffman）博士，他们的课堂不仅使我对美国艺术史、西方现代艺术史有了更深刻的认识，也为我写作论文第三章纽约派诗人与抽象表现主义艺术家的合作渊源奠定了基础。

　　读博期间，家人的支持是我最坚实的后盾，而更加漫长的人生与求学道路上，他们为人处世的态度与方式、他们坚忍的品格与宽厚的胸怀，是我永恒的粮仓。感谢我的祖母，儿时她教我唱的歌谣、拥我在怀给我讲故事，或许是对语言和想象的最初拓荒。她一生坎坷，但性格坚忍、心中有爱。在博士一年级的暑假，我永远失去了她。那段灰暗的、对死亡苦苦思索以及梦境中不断闪回有关她或是死亡的日子，如今回想起来，或许是我们最后痛苦而拉扯的告别。我永远怀念她。

　　感谢我的父亲母亲，他们以无尽的爱与智慧养育我、教导我、支持我。父亲的睿智与豁达，使我在面临人生难题时都能一一化解；母亲的善良、包容与韧劲，为我铸造最安稳的后方。特别是母亲，读博期间如果没有她帮助分担照料小孩，我不可能顺利完成学业。

　　感谢我的爱人罗晶，谢谢你的支持与包容。每当我遇到困难时，你总会在关键时刻化身"开导者"与"拯救者"，替我驱走阴霾与困扰。很幸运能遇到一位与自己交流思想、谈论各种问题的伴侣。那些有过的探讨和辩论，即使是激烈的争吵，回头看也不算无趣，因为它们总让我对女性主义存在的社会根源有更进一步的了解。

　　感谢我的小孩稻稻，你的到来让我有了一次完整地历经生命的机会。谢谢你每天盼着妈妈早些回家，在与时间的拉锯中，一切步调都变得紧凑起来，也挤去了那些可有可无。谢谢你的机敏，让我看见生命原初的诗意与灵动。感谢我的兄弟姐妹、我所有的家人与好友，谢谢你们的爱护、陪伴与鼓励。

　　感谢黄伟珍、张秦、王洋、陈宇、谭永利、汤黎、陈颐、段化鞠、杜亚鑫、陈燕萍、霍国安、李婉瑶等同师门的兄弟姐妹，感谢孟东丽、潘万里、高然、彭成广、张宇维、王冉等同学，与你们一同求学、共同交流分享的岁月是难忘的记忆。在宾大求学期间，华中师范大学的曾巍副教授、中山大学的罗斌副教授、上海交大的汤轶丽同学、武汉大学的汪奕君同学也都曾给予我关心与帮助，在此一并致谢。

　　11月初的四川盆地，太阳竟然还有夏天的味道。即将远去的2018年以及博士学习生涯，是结束，也是新的起点。感谢岁月。

2018 年 11 月于成都

再　记

　　本书在我的博士毕业论文基础上修改完成，此上《后记》是当年博士毕业之际所写的感悟与致谢。因为它还原了"活动诗歌"这一选题研究与写作的大致经过，所以我将原文以相对独立、完整的形态放置在这里。光阴匆匆，一晃三年过去了。毕业这三年在研究上进展缓慢，不过，在心力的沉淀中渐渐生发出一种对学术研究的"皈依"之念。

　　感谢国家社科基金优秀博士论文出版项目资助，使我的博士毕业论文得以出版。感谢在教育部外审和国社项目申请评审中的各位匿名评审专家，虽然并不知晓你们的姓名，但对于你们给出的鼓励和建议，我都已一一细读并深表感激。你们所提出的意见与问题非常具有启发性，促成了该书的修改与完善，也为我日后的研究提供了一些思考方向。感谢中国社会科学出版社周到、细致、严谨的工作，感谢出版社编辑慈明亮老师，您在书稿修改编辑中事无巨细的认真与专业态度，令人敬佩。

　　本书的部分内容曾在《文艺争鸣》《社会科学研究》《华中学术》《湖北美术学院学报》等学术期刊发表。

　　由于暂时的能力所限，本书的写作与修改并未达到理想状态。对于其中的纰漏与浅见之处，还望诸位学友多多批评指正。

蒋　岩

2021 年 11 月于成都